대학2

대학2

초판 1쇄 | 인쇄 2023년 10월 13일
초판 1쇄 | 발행 2023년 10월 21일

지은이 | 고광률
펴낸이 | 권영임
편 집 | 조희림, 김형주
디자인 | 사과나무

펴낸곳 | 도서출판 바람꽃
등 록 | 제25100-2017-000089(2017. 11. 23)
주 소 | (03387) 서울시 은평구 연서로22길 16-5, 501호(대조동, 명진하이빌)
전 화 | 02-386-6814
팩 스 | 070-7314-6814
이메일 | greendeer@hanmail.net / windflower_books@naver.com
홈페이지 | https://blog.naver.com/windflower_books

ISBN   979-11-90910-12-5   03810
        979-11-90910-13-2(세트)

값 16,000원

고광률 연작 소설

대학2

잃어버린 정의를 찾아서

바람꽃

인간이야말로 가장 거짓된 종이다. 말로써 거짓을 행하기 때문이다
— 로버트 라이트, 『도덕적 동물』 중에서

주요 등장인물

학구 금기태 설립자 겸 이사장. 명예이사장
  금홍설 _ 장녀. 재미 건축가. 건축과 교수
  금상설 _ 아들. 중석대 병원장
  금별아 _ 금기태·홍예란의 딸

  홍예란 _ 마드무아젤 홍. 금기태 내연녀
  허삼평 _ 맏사위. 명예교수 일본 게이오대학 교수 출신

금종태 금기태 큰형
  금상구 _ 첫째아들. 총장. 2대 이사장. 외과전문의. 의대 교수
  금상필 _ 둘째아들 총장
  금상걸 _ 막내아들. 총장. 하버드대 건축대학원 출신 건축가

금명태 금기태 작은형. 학교법인 상임이사
  금상조 _ 총장. 아들. 의료기기 사업가

금인산 데이비드 금. 구조개혁본부장
  금교필 법무·감사실장(훗날 사무처장으로 보임) 금일도 건축학과 교수
  모용춘 국제교류원장. 전 입학처장
  부상봉 초대 학장, 마구종 초대 총장, 공수달 총장
  우대업 평주시장(官選) 금상구 장인, 허삼평 명예교수 금기태 인척
  도판구 우대업의 처남

조교 우자광

우자광 국어국문학과 조교, 표성일·허삼락(실용문예창작학과로 전보)·정의명·반윤길·기해연·문엽(학과장) 국어국문학과 교수, 금상조 총장

죽은, 어느 교수의 일기

성조기·피도린(딸 피마리·피애리), 문대업·마강철(방통대로 이직)·소대길(모교 Y대로 이직) 불어불문학과 교수

주하영 와인 바 '무몽(MOMENT)' 사장, 어기수 복학생, 심영출 시간강사

우아한 정식

고시철 대학원 학사운영팀장

명경수·성애옥(학과장)·기창국 국어국문학과 교수

김순녀(사설 여성인권보호센터 센터장) 실문창과 교수, 방우득 동문 출신 강사

지종순 박사과정 원생, 이미연(지종순 친구) 비전임 교원

허틀러 행장기

박박(주인공) 강사, 허삼락·김순녀 실용문예창작학과 교수

오, 모세

오모세 사회복지교육원 원장, 식스아츠칼리지(六藝 대학: SAC)의 학장. 수학과 교수

안장생 특임부총장, 소이만 SAC 학장. 역사콘텐츠학과 교수

구해주 사회복지교육원 원장, 견대성(학교법인 기획조정실장) 교수, 묘종팔 교수

우민동 사회복지교육원 행정팀장, 도미정 과장

그때 왜 그러셨어요

동태걸 건설실장, SAC 운영팀장, 엄영숙 SAC 학장. 의상디자인학과 교수

조미정 SAC 운영팀 과장, 서진욱·주명건·손재수: 동태걸 친구

데우스 엑스 마키나

설상구 전 정보통신지원센터 상임운영실장. 입학홍보팀장

구생만 입학처장, 신구창 홍보실장

오미옥 입학홍보팀 계약직 팀원

내 무덤에 침을 뱉어봐

어상군 사무처장

나도군 기획과 계장, 허지란 직원, 이순녀 팀장

조강면 시설관리과장, 동태걸(사무처장으로 승진) 건설실장, 설상구 입학홍보팀장

문엽(교협 회장) 교수, 구해주(성과연봉제 TFT 위원장) 교수

대학 사용법

사비아 외교·통상학과 재학생

음근한 외교·통상학과 교수, 구애정(음근한의 처) 항공운항과 교수

이대팔(본명 임의걸) 중석대 부속병원 레지던트

사삼식 사비아 아버지, 사비아 큰아버지

잃어버린 정의를 찾아서

천정철(중국장仲國將) 미디어센터팀장

소송 주동자 5인방: 하병구·우구업·소만성·주둔수·기병중

이치돈·백지성·어창길·가중섭 교수

임오구 기획처장, 천오두(전국사학교수연대 고문 변호사) 원고 변호사, 서방언 피고 변호사

소송실무지원팀(TFT) 위원: 강갑열(강변) 기획팀장, 안수성 전 사무처장

오동춘 총장 비서실장, 방을구 법인 업무총괄팀장, 추정우 재무팀장

선우경삼 혁신개발팀장, 문신삼 교무팀장, 천정철 미디어센터팀장

구수하 대외교류협력 부총장, 금교필·양구필·어상군·동태걸·안수성 사무처장, 공수달 총장

이 글은 학구 금기태 선생이 1980년 평주직할시의 배후도시인 소읍 안천에 개교한 학교법인 중일(中一)학원 중석(仲石)대학교의 이야기이다.

대학2

대학1

그때 왜 그러셨어요

1

"어머, 동 실장님 아니세요?"

귀에 익은 목소리였다. 그러나 한국에서 비행기로 날아 13시간, 약 만 킬로미터나 떨어진 이국땅이었기에 잘못 들었을 것이라 생각하며 다시 가이드의 설명에 집중했다. 그때 뒤에서 누군가가 어깨를 툭 쳤고, 돌아보는 순간, "어마, 맞네" 하고는 알은척을 했다. 그것도 깡총깡총 뛰면서 매우 반갑다는 듯이…….

— 아브 압달라 모친이 말하길, '너가 사내답게 이 왕국을 지키지 못했으니, 앞으로는 울 때 여자처럼 울어라'라고 했대요.

이슬람의 마지막 왕 아브 압달라가 침략자 이사벨과 페르난도와 싸워 보지도 않고 그라나다 왕국을 양도했다고 했다. 물론 무고한 백성의 살상을 막고자 한 결단이었으나, 점령자들은 양도받은 후에 약속을 파기하고 많은 유대인 백성을 쫓아내거나 죽였다는 것이다. 동태걸이 가이드의 이런 설명을 듣고 있을 때 그녀가 알은척을 한 것이다.

알카스바로 들어가는 문 앞은 도떼기시장이었다. 국적이 다른 다섯 무더기의 관광객들이 비좁은 입구 근처에 뒤엉켜 서로의 가이드로부터 각국의 언어로 알람브라 궁전을 소개받고 있었는데, 한국인 관광객이 두 무더기였다. 중국인 관광객도 한 무더기가 있었는데, 성난 벌떼가 윙윙거리는 것 같았다. 눈을 감으면 자금성 내지는 경복궁에 와 있는 듯한 착각이 들 정도로 중국인과 한국인 관광객들의 존재감이 출중했다. 서양인들이 동양인 관광객들을 피해 다녔다.

"반가워요. 아니 어떻게 여기서 만난대. 애, 애야. 인사드려."

노부인이 40대 초반의 동행을 소개했다. 노랗게 염색한 히피펌 머리를 손수건으로 질끈 동여맨 여자였는데 막내딸이라고 했다. 곁눈질로 힐끔 쳐다본 히피펌이 인사를 하는 둥 마는 둥 했다. 태걸은 받는 둥 마는 둥 하는 수밖에 없었다.

태걸은 당황스럽고 황당했다. 이국땅에서의 조우가 그렇다는 것이 아니라, 노부인의 천연덕스러운 태도가 너무도 의외였기 때문이었다. 봤어도 의당 못 본 척해야 정상이라 할 터인데, 이걸 순진하다고 해야 하나 뻔뻔하다고 해야 하나, 그의 상식으로는 판단이 서지 않았다. 어쨌든 태걸은 무시당하고 있다는 생각에 어색하고 마뜩잖은 표정을 숨기지 못했다. 그러거나 말거나 백장미 문양 벙거지를 쓴 노부인은 거침이 없었다.

"긴가민가했는데, 정말 동 실장님이 맞네. 넘 반갑다. 난 얘가 정년퇴임 기념 여행을 시켜주겠다고 해서 끌려왔어요. 호호호. 동 실장님은 어떻게 ......?"

딸과 팔짱을 낀 노부인이 물었다. 태걸은 등을 돌리고 선 채 가이드의 추가 설명—같이 온 친구의 질문에 대한 답이었다—에 집중하고 있는 세 남자의 등짝을 눈짓으로 대충 가리켰다.

"아, 친구분들과 오셨구나. 그런데 언제 오셨대?"

엄마가 치근댄다고 생각한 것인지, 곁에 붙은 딸이 팔을 잡아끌며 눈치를 줬다.

"우리 또 만나요."

노부인이 딸에게 이끌려 알카스바로 들어가며 아쉬운 듯 말했다.

— 프란시스코 타레가의 기타 연주곡인 '알람브라 궁전의 추억'이 유명하지요. 실연의 아픔 속에서 여행을 하다가 이곳에 들러 지은 곡이라고 하는데, 그래서 그런지 몰라도 곡이 짠해요이.

다른 무리보다 한 걸음 앞서 움직여야 한다면서도 지적 자부심이 강한 가이드가 자기 말에 빠져 한 걸음씩 뒤졌다. 그는 틈만 나면 자신의 과거지사를 서사구조에 엮어 읊었다. '기—승—전—자기 얘기'였는데, 자신이 지금은 영락하여 가이드 신세지만, 한때 겁나게 잘 나간 셰프였음을 강조했다. 이러느라 한 걸음씩 늦었다.

동행인 수묵화가 서진욱은 이런 꼴을 못마땅하게 생각했다. 그래서 가이드에게 엉뚱한 송곳질문을 퍼붓고는 했다. 가이드가 답을 못하면 자신이 답하는 질문들이었다. 처음에는 답을 못해 쩔쩔매던 가이드가 진욱의 저의를 파악하고부터는 질문을 무시하거나 살짝 짜증을 내며 통을 놓기도 했다. 가이드에게 진욱은 진상 고객이었다.

노부인과 헤어진 태걸은 상한 기분을 추스르며 일행의 꽁무니에 따라붙었다. 동행 친구들이 명명한 '백의종군 출정 1주년 추념 및 위무 여행'의 취지가 알람브라 궁전에서 심하게 훼손됐다는, 아니 조롱당했다는 생각마저 들었다. 어떻게 이런 조우가 가능할 수 있는가 싶었다.

2

"동 실장님이 저한테 이러실 줄 몰랐어요. 흑흑."

동태걸은 엄영숙 학장의 대꾸가 놀라웠다. 말본새가 애정싸움 모드였다. 공무를 정실(情實) 문제로 대하는 태도에 억장이 무너지는 기분이었다.

현 직함인 팀장이 아니라, 직전 직함인 실장이라 부르는 것도 불편하고 못마땅했다. 학장이 그렇게 부른다고 해서 실장이 되는 건 아니지 않는가. 건설실장에서 SAC(식스아츠칼리지) 운영팀장으로 전보된 지 두 학기가 지났는데도 엄 학장은 태걸을 종종—주로 자신이 곤란한 일을 저질러 태걸의 눈치를 살펴야 할 때—실장이라고 불렀다. 엄 학장이 아르마니 백에서 장미꽃무늬 손수건을 꺼내 눈자위의 눈물을 톡톡 찍다가 꾹꾹 눌러대며 짐짓 가련한 표정을 지었다.

"학장님이 늘 처음 듣는 얘기다, 언제 그런 보고를 했었느냐, 라고 하시니까……."

엄 학장의 울음에 당황할 수밖에 없는 태걸이 변명하듯이, 달래듯이 조심스레 말했다. 학장실과 옆 운영팀 사무실은 샌드위치 패널로 나뉘어 있어서 시선 차단만 될 뿐 방음은 무방비 상태였다. 때문에 학장의 울먹이는 소리를 옆 사무실에서 들을 수 있었다.

팀장이 보고와 결재를 한다며 들어간 학장실에서, 팀장도 아닌 학장의 울음소리가 들린다면, 그것도 정년을 1년 앞둔 여학장의 울음이라면 팀원들이 대체 어떤 생각들을 하겠는가. 저 모질고 강퍅한 놈이 급기야 순하고 점잖은 학장에게까지 덤벼들며 핍박을 가하는구나, 라고 생각할 가능성을 배제할 수 없었다.

얽히고설킨 정실 관계 속에서 어우렁더우렁 좋은 게 좋은 거라며 헐렁하게 돌아가는 중석대에서 일머리와 시시비비를 따져가며 위아래 가리지 않고 쪼아대는 태걸이야말로 융통성과 인간미 없는 직원일 수밖에 없었다. 그래서 평판이 '밥맛'이었다.

"아니, 제가 뭘…… 도대체, 어쨌다고…… 흑흑…….."

다탁 위에 놓인 A4 용지 프린트물을 노려보며 다시 울음을 터뜨렸다.

태걸은 황당했다. 서럽고 억울한 것은 태걸인데, 상관이자 '갑'인, 아니 가해자인 학장이 적반하장이었다.

"아니, 학장님. 그렇게 울지 마시고……."

난감한 태걸은 우선 학장을 달래야 했다. 뚝 그치라고 야단칠 수는 없지 않은가. 영악한 학장은 울 일이 아닌 일을 가지고, 또 울어서 해결될 일이 아닌 것을 가지고 자꾸 울었다. 그러니까 울음이 항의 표시였다.

"아니 꼭 이렇게까지 하셔야 했어요? 흑흑……."

태걸이 묻고 싶고, 하고 싶은 말을 학장이 죄다 하고 있었다. 바뀐 대본을 연기하는 것 같았다. 왜 팀장으로 하여금 이렇게까지 할 수밖에 없도록 만들었는지에 대해 전혀 생각하지 않는 학장이 야속하고 원망스러웠지만 어쩌겠는가, 그녀가 학장인데.

태걸은 20년 전에 시설관리과에 기능직으로 입사했다. 10년 전부터 마스터 플랜에 따른 캠퍼스 확장 사업으로 강의동, 본부행정동, 연구동, 실험실습동 등이 꼬리를 물며 대거 신축되면서 시설관리과가 건설팀과 관리팀으로 나뉘었고, 공사 주기가 겹치고 규모 또한 점점 커지게 되자 건설팀을 건설실로 격상시킨 뒤, 태걸을 실장으로 앉혔다. 그는 건축학과 출신에 건축기사 자격증 소지자였다.

태걸은 건축설계업체와 시공업체를 틀어쥐고 금기태 이사장의 뜻에 따라 저렴한 가격에 튼실한 건물이 설계되고 시공되도록 견마지로 했다. 그는 설계 및 시공업체 관계자로부터 물 한 모금, 밥 한 끼 얻어 마시거나 받아먹지 않았다. 설계 및 시공업체 관계자들은 가능한 수단을 다 동원해 밥 한 끼, 술 한 잔 대접하고, 백화점상품권 한 장이라도 건네려고 갖은 애를 다 썼으나 태걸에게 생수 한 병 먹이지 못했다. 그래서 영특한 업자들은 매수를 포기하고, 중상모략의 기회를 엿봤다.

'동태걸 실장은 성실하고 강직하고 청렴한 사람이다'

사람이라고 하면 자기 자신조차도 믿지 않는다는 금 이사장이 하사한 인물평이었다. 금 이사장은 태걸을 건설실장으로 앉힌 뒤부터 더 이상 공사현장에 나와 납품받은 벽돌 숫자를 세지 않았다. 하지만 그럴수록 설계사무소와 시공업체 관계자 들은, 특히 현장소장은 태걸을 좋게 보지 않았다. 대충 주워 먹고 대충 봐주는 업계에서, 안 먹고 안 봐주는 고집통을 누가 좋아하겠는가.

이런 태걸의 별명은 고집통이 아닌 '동키호테'였다. 무모한 것은 아니었으나, 옳고 그름에 대한 소신과 사리분별이 분명했고, 옳다고 생각하는 것을 향해 갈 때 좌고우면 없이 저돌적이었다. 이런 소신과 사리분별에 걸려든 타일공 조장이 자신의 경험칙에 따라 부실시공을 무마해보려고 태걸에게 린치를 가해 손가락을 부러뜨리기도 했으나 아무 소용이 없었다. 오른손 중지가 부러진 그는 왼손에 망치를 들고 부실시공 타일은 물론이요 멀쩡한 타일까지 밤새 쪼아 부셨다. 그러고는 조장에게 타일 시공을 죄 다시 하시든지, 폭행치상으로 형사고발을 당하시든지 둘 중 하나를 선택하시라고 했다. 이런 동키호테와 이해관계가 걸린다면 누군들 좋아할 수 있겠는가.

교직원들도 극소수를 빼고는 그를 좋아하지 않았다. 교수들은 건물만 줄창 때려지어 자신들의 월급이 안 오른다는 불만—정부의 정책에 따라 10년째 동결 및 인하 중인 등록금에 대해서는 말이 없었다—과 시공 뒤에 생기는 통상적 하자를 가지고 리베이트를 먹은 증거라며 트집을 잡았다. 직원들은 그의 능력과 성실함에 따른 일취월장, 승승장구, 이사장의 편애 등을 싸잡아 시기 질투했다. 특히 능력도, 하는 일도 없이 아첨하는 재주 하나로 빌붙어 금 이사장의 판단력을 좀 먹고 사랑을 얻는 '십상시'—사실을 감추거나 왜곡·호도하면서 오직 심기 경호만으로 사랑을 독점하고 있는 금 이사장의 하수인들을 십상시라 칭했다. 물론 이들의 전횡 때문에 손해를 보고 있다고 생각하는 세력들이 붙인 별명이다—들이 그를 호시탐탐 꼬나봤다.

뭣도 모르면서 건설에 간여하는 측근들과 입장을 달리할 때마다 그들의 증오가 하늘을 찔렀다. 아마도 동태걸에 대한 금 이사장의 사랑과 믿음이 식은 것 같다고 느끼는 순간, 개떼처럼 달려들어 물어뜯을 것이 분명했다. 십상시의 생존법이었다.

그들은 뒤를 캐고 다니면서 건설실 소속 팀원과 태걸의 비위사실 또는 실수나 부주의를 잡아내기 위해 혈안이 되었다. 그들끼리는 공조를 통해서 '카더라' 소문을 가지고 사실을 만들었는데, '카더라'가 '그렇다'가 될 때까지, '그렇게 보인다, 그렇게 생각된다, 그게 아니라면 뭐겠어' 라고, 이심전심이 되어 주구장창 떠들고 다녔다. 그러면 신기하게도 그 소문이 실체로 둔갑하여 금 이사장의 귀로 들어갔다. 금 이사장이 따로 진위를 가리기는 쉽지 않았다.

동태걸도 육예(六藝)교육을 위한 450억짜리 SAC 건물을 지으면서 급기야 사달이 났다. 싼 자재를 비싼 가격으로 구입해 공사 단가를 올렸으며, 불필요하게 잦은 설계 변경을 통해 시공가를 올려줬고, 공기를 늦춰 학교에 손실을 끼치고 있는데도 이를 손금 보듯 알고 있는 태걸이가 방조하고 있다고 했다. 이 모두 뒷돈을 받아먹고 있는 방증이 아니겠냐고 했다. 실장을 오래 시켜서 생긴 문제라고도 했다.

조사를 한다고 해도 곧바로 또 명명백백히 밝혀질 수 있는 사안들이 아니었다. 정답은 없고, 답만 여럿인 주장들이었다. 금 이사장에게 이 말이 통했다. 효자 아들의 심성을 믿는 증삼의 어머니도 아들에 대한 세 번째 같은 모함을 듣고는 빨래를 팽개치고 달아났다 하지 않던가. 십상시가 어디 세 번만 모함을 했겠는가.

"건축은 인문학이다, 동 실장이 한 말로 기억하는데, 맞지요?"

태걸을 법인 이사장실로 호출한 금기태 이사장이 뜬금없이 물었다. 일본 건축 기행에서 안도 다다오의 오모테산도 힐스와 유명 건축물 세 곳을 보고 신주쿠 지하철역 뒷골목 음식점에서 태걸이 건배사를 갈음해 한 말이었다. 왜 갑자기 불러들여 10년 전 건배사를 되새겨준단 말인가.

"인문학 책도 많이 읽는다고 들었는데, 맞지요?"

이 두 가지 질문의 답을 들은 이사장은 기능직으로 입사해 맡은 바 소임을 빈틈없이 성심껏 수행하고 있는 건축기사 동태걸을 SAC 운영팀 팀장으로 전격 전보 발령했다.

SAC는 중석대만의 특화된 육예 교양교육을 가르치는 단과대학이었다. 인문학적 소양을 인정해서 기능직을 행정직으로 돌려준 것이니, 인문학적 가치 구현을 위해 개설한 SAC로 가서 능력을 발휘해보라는 것이었다. 말은 그럴듯해 보이나, 명백히 부당한 인사요, 좌천이요 팽(烹)이었다. 건축학과 교수를 국문과 교수로 전보 발령한 것과 같은 이치였다.

그리고 나서는 건설실을 까뒤집어 대대적인 특별감사를 6개월 동안 진행했다. 그러니까 태걸은 지지난 한 학기를 가시방석 위에 있다가, 지난 학기 초반에 감사 결과가 무혐의로 드러나면서 겨우 안정을 되찾아가고 있었다. 그러나 공황장애 치료 약은 끊지 못했다.

3

SAC 운영과 관련한 금 이사장의 지시는 그의 조카인 금상걸 총장 라인을 타고 동태걸 팀장에게 직접 하달됐다. SAC는 금 이사장이 전략적이라는 이유로 직접 챙기는 단과대학이었다.

금 총장은 SAC에 대해 이해도가 낮고 이사장의 지시를 직접 전달하기가 껄끄러운 초임 학장보다는 육예교육에 대해 잘 알고 다루기 편한 동 팀장을 상대하고자 했다.

엄영숙 교수가 학장이기는 했으나, 의상디자인학과 교수이고, 그녀 역시 전공 중심 입장에서 대다수 교수들과 같이 육예교육을 백안시하는지라 금 이사장의 뜻과 지시를 이해해 받들 만큼 SAC 운영 방안에 대해 호의적일 수 없었다. 게다가 주요 보직도 초짜인 교수였다. 그러니 동 팀장이 명령 접수자이자 전달자였다. 이렇게 해서 엄 학장 부임 후, 금 총장으로부터 시달받아 쌓인 명령과 지시사항만 다섯 가지였다.

1) 육예교육에 대한 전체 교수 세미나 추진. 2) 인성교육과 체력 단련 관련 교과목을 유관 학과들과 논의하여 설계. 3) 전공과 교양 학점 비율 재조정. 4) 융·복합 교과목 신설 및 교재 개발. 5)교육부 평가와 육예교육의 관련성 분석 보고.

전임 팀장이 인계해 주고 간 것이 두 가지였고, 학장이 바뀌면서 새로 받은 과제가 세 가지였다. 이 중, 4)는 동 팀장의 제안에 따라 승인받은 과제였고, 5)는 전임 학장이 싸지르고 간 똥이었다.

그러나 엄 학장 부임 후 한 학기가 지나도록 어느 것 하나 진행되지 않았다. 그녀는 업무 파악이 아직 덜 됐다 또는 안 됐다라고 하다가, 무슨 뜻인지 좀 더 살펴봐야겠다, 이해를 못 하겠다, 다른 교수들 의견도 좀 들어봐야겠다는 등등의 이유를 대며 한 학기 내내 허송세월했다. 이런 실상을 금 총장에게 고자질할 수는 없었다. 그사이에 동 팀장은 세 차례나 총장에게 불려가 지지부진한 업무 진행에 대한 엄중 경고를 받았다.

태걸은 이럴 거였으면 엄 교수가 학장직을 왜 수락한 것인지 이해가 되지 않았다. 학장직은 본직이 아닌 보직이니까 능력이 안 되거나 싫으면 안 맡으면 되는 일이었다. 왜 수락을 하고는 일을 하지 않고 요리조리 간만 보고 다니면서 개기는 것인지 이해가 되지 않았다.

"어머, 동 실장님. 어떻게 세상을 예측하면서 살아요. 살다 보면, 아니 살아가면서 길도 찾고…… 또…… 이런저런 방법도 생기고…… 뭐 그러는 거 아니에요? 동 실장님은 다 예측하면서, 예측대로 살아요? 그게 돼요?"

다섯 가지 과제 수행을 위한 운영 계획을 세워 보고해야 한다고 했을 때 학장이 한 대꾸였다.

자기가 자기 삶을 사는 것이야 자기 삶이니까 아무런 예측 없이 살아도 된다고 하지만, 타인의 삶에, 그것도 교육자가 학생의 삶에 지대한 영향을 끼치는 교육을 아무런 예측도 계획도 없이 되는대로 교육을 하겠다는 게 말이 되는 얘기냐고 묻고 싶었으나 참았다.

엄 학장은 동네 슈퍼에 장 보러 갈 때도 자신은 아무 생각 없이 가는데, 가서 보다 보면 생각이 나고, 그 생각에 따라서 골라 사는데 지금까지 아무 문제가 없었다고 했다.

"어머머. 맡으라고 하는데, 어떻게 못 맡겠다고 해요?"

미움받을 빌미를 제공하기 싫어 학장직을 수락했다는 뜻이었다. 그러니까 받고 싶지 않은 보직을 받았다는 것이다. 중석대 교수들에게 보직은 자다가 받는 떡이었고, 또 그렇게 믿는 교수들만이 보직을 맡았는데, 맡은 교수들마다 공통적으로 하는 소리가, 거절하면 미움 내지는 불이익을 받을 것이 염려되어 부득이 받을 수밖에 없었다고 했다. 그러면서 맡은 보직으로 유세를 부려가며 자신의 득을 챙겼다.

태결은 그녀의 말이 전공을 중시하는 동료 교수들로부터 미움받을 빌미를 제공하지 않기 위해 자신이 맡은 교양 관련 직무를 방기하고 있다는 뜻으로 들렸다.

"어머, 정말 그렇게 말씀하셨단 거예요?", "아니, 그걸 어떻게 하란 거예요, 말도 안 돼", "그걸 어떻게 그때까지 할 수 있단 거죠?"

그동안 동 팀장을 통해 위로부터의 지시를 전달받고 엄 학장이 보여준 반응과 태도가 이러했다. 그 반응과 태도 속에는 금 이사장과 금 총장에 대한 불만과 비아냥이 담겨 있었다.

이사장은 지시와 명령을 내릴 때 총장을 상대했으나, 총장은 그 지시와 명령을 이행할 때 교수 보직자를 상대하지 않고 직원 팀장을 상대했다. 이렇게 되니 팀장은 거꾸로 그 지시와 명령을 직속상관인 보직자에게 보고하고, 그 지시와 명령을 되받아 업무를 수행해야 했다. 그래서 홍어 좆이나 다름없는 직원 팀장은 고달팠는데, 십상시 팀장들은 예외였다. 보직자들은 그들로부터 전달받은 지시나 명령을 불만이나 이의 없이 따랐다. 교수 보직자들은 이사장 측근인 십상시의 직보를 두려워하며 경계했다. 오히려 보직자들은 십상시를 통해 이사장의 근황과 복심 또는 바람 등을 알고자 전전긍긍했다.

하지만 엄 학장처럼 정년퇴임을 1년 남짓 남겨됐거나 '사심(私心)도 공심(公心)'도 없어 천방지축인 보직자들은 자유로웠다. 이들은 이사장과 총장에게 대놓고 하지 못하는 불경스러운 말들을 팀장에게 했다.

똑, 똑. 연필 뒤꼭지로 책상 위를 두드리듯 크지도 작지도 않은 노크 소리가 들리고 나서 문이 열렸다. 조 과장이 쟁반에 담아온 모과차와 믹스커피를 다탁 위에 올렸다. 평소에 근로학생이 하는 일이었다.

"학장님. 이거 드셔보셔요, 모과차. 제가 집에서 담근 거예요…… 팀장님은 언제나 달달한 믹스커피죠?"

조 과장 출연에 화들짝 놀란 동 팀장은 다탁 위의 A4 용지 프린트물을 뒤집어 엎어놓느라 답을 할 수 없었다. 조 과장이 이런 걸 보려고 들어왔을 터인데, 그녀가 보면 십중팔구 엉뚱한 해석을 낳을 소지가 컸다.

엄 학장은 몸을 틀고 앉아 조 과장의 눈길을 피하려 했으나, 되레 과한 제스처가 되고 말았다. 차를 내려놓고도 뭉그적거리던 조미정 과장이 동 팀장의 험악한 눈과 마주치자 쫓기듯 학장실을 나갔다. 말 좋아하는 갱년기 여직원이 울음소리를 듣고 들어와, 울어서 벌겋게 부어오른 학장의 눈자위까지 확인했으니 곧 괴소문이 떠돌겠다 싶었다.

조 과장이 나간 뒤, 무겁고 긴 침묵이 흘렀다. 침묵 속에서 모과차와 커피가 식어갔다. 동 팀장은 이쯤에서 그만 일어나 나가보는 것이 옳은지, 좀 더 앉아서 대화를 끝내고 나가는 것이 옳을지 판단이 서지 않아 뭉그적대고 있었다.

지난 한 학기 내내 하달받은 지시와 명령을 네댓 번씩 반복해 전달했지만 엄 학장은 움직이는 시늉조차 하지 않았다. 결국 견디다 못한 동 팀장이 1학기 말쯤 다섯 가지 중에서 상대적으로 급한 문제를 가지고 엄 학장을 다그쳤다.

"교양 학점 조정 문제에 대해서 왜 아직까지 보고가 없느냐고 하십니다."

전공 교수들의 의견을 수렴한 뒤, 그들과 논의를 거쳐 합의를 이끌어내야 하는 문제였다. 그러니까 당장 시작을 해도 수개월이 걸릴 난제였다.

"어머, 누가요?"

당연히 이사장의 명을 받은 총장이 아니겠는가.

"갑자기 나한테 뭘 보고하라는 거예요?"

"예?"

동 팀장은 어처구니가 없었다. 갑자기라니.

"저한테 학점 조정 문제, 그런 거에 대해서 언제, 언제 말씀을 하셨다고 이래요."

동 팀장은 이 상황을 어떻게 받아들여야 할지 난감했다. 마치 자신이 일을 안 한 것이 아니라, 네가 보고하지 않아서 모르는 일을 내가 어떻게 할 수 있느냐는 뜻이었다. 한마디로 책임 회피 내지는 책임전가였다. 결국 이 사건 이후, 동 팀장은 엄 학장에게 보고 또는 대화할 때, 핵심 사안이나 요지를 글로 정리해서 그녀의 이메일로 전송했다. 대화한 내용을 보고할 때는 시간, 장소, 내용 등을 꼼꼼히 기록했다. 깔끔하게 녹취를 할까도 했으나, 그럴 경우 상대의 동의가 필요할 것 같아 포기했다.

다탁 위에 뒤집어놓은 A4 용지가 그때그때 전송했던 이메일 내용물들이었다. 또 동 팀장의 무릎 위에 펼쳐놓은 다이어리에는 보고 시 나눈 대화 요지가 날짜별로 요약되어 있었다. 동 팀장의 보고가 또 금시초문이라고 억지를 부리는 바람에 별수 없이 이 두 가지 물증을 방금 전에 제시한 것이다. 그래서 이 사달이 난 것이고.

지시 결과에 대한 보고가 왜 없느냐는 총장의 호된 질책을 받고 학장에게 이를 보고했는데, 그녀는 예의 그 사슴같이 크고 호수처럼 맑은 눈을 껌벅이며 "언제 그런 말씀을 하셨나요? 저는 처음 듣는 얘긴데……" 라고 발뺌을 한 것이다. 결국 동 팀장이 두 달 동안 축적해 둔 증거를 방출할 수밖에 없었다.

기능직으로 들어와 건물 짓는 일만 하다가 행정직으로 옮겨 앉은 동 팀장은 대학의 행정 운영 방식이 도무지 이해되지 않았다.

건물은 개념·형태·구조·비례·디자인·재료·공법 등으로 형상과 결과가 명명백백하게 드러나, 그 형상과 결과를 들여다보면 진행 과정까지도 일목요연한 복기가 가능해서 헛소리나 헛짓거리를 할 수가 없었다.

그러나 학사 행정 업무는 그렇지가 않았다. 실체가 없었는데 기록만 소급해 남기면 실체가 생겼고, 분명 실체는 있는데 기록이 없으면 없는 실체가 되었다. 또한 과정에 대한 점검도 없었고, 결과에 대한 책임도 묻지 않았다. 동 팀장은 이런 식으로 일을 해 온 놈들이 자신을 음해했다는 생각이 들자 가슴이 벌렁거리고 속이 메슥거리면서 뒤집어지는 것 같았다.

오직 감언이설과 교언영색으로써 행정을 하는 놈들이 십상시였다. 동 팀장은 말만으로 일하는 놈들을 그 말로써 평가하는 금 이사장이 이해되지 않았다. 그러니 벽촌 구석에 틀어박힌 중석대에는 아름다운 말만 신기루처럼 떠돌 뿐, 그 말의 실체는 찾아볼 수 없었다.

SAC도 말로 쌓은 바벨탑이었다. 특화된 육예교육으로서 중석대의 교육 브랜드를 대표한다고 했으나 실체가 없었다. 모르타르 대신 모래와 흙을 물로 섞어 쌓아올린 탑과 같아서 비바람 없이도 스스로 무너질 허깨비였다.

좌천과 조사를 동시에 당한 동 팀장으로서는 직원과 교수 들로부터 존재감과 위상을 심각하게 훼손당한 상태였다. 금 이사장으로부터 미움 내지는 의심을 받는다는 것은, 중석대에서 별 볼 일 없는, 그저 그렇고 그런 하바리 또는 기타 등등에 불과한 놈이라는 뜻이었다. 위계와 질서로부터도 예외였다. 오죽하면 입사 11년 후배인 조 과장이 동 팀장을 건너뛰고 엄 학장과 직접 업무 진행을 하겠는가.

중석대는 사학인지라 권력 서열 또는 파워가 금 이사장의 총애 등급에 따라 주어졌다. 이 서열 등급을 매길 때, 이사장은 관련 정보를 십상시로부터 받았다. 교직원(敎職員)은 특히 직원의 경우에는 십상시 좌장에게 잘 보여야 승진·영전의 기회가 주어졌다.

금 이사장이 판석동 법인에서 안천의 중석대를 시시콜콜 들여다보고 꼼꼼하게 파악할 수 있는 것은 십상시, 그중 특히 좌장의 눈을 통해서였다. 직접 보고 듣는 것이 아닌지라 여럿의 눈과 귀를 갖는 것이 바람직할 터인데, 금 이사장은 그러지 않았다. 믿는 놈의 말만 듣고자 했다.

놀라운 것은 태걸도 한때 좌장을 능가하는 줄타기의 명인으로 구성원의 부러움을 샀다는 것이다. 조 과장의 귀띔이었다. 그런데 좌천성 전보를 당하면서 동 팀장의 위상이 나락으로 떨어졌다고 했다. 이런 동 팀장을 조 과장이 상급자로 대우해 줄 리가 없었다. 게다가 기능직이라는 이유로 깔보기까지 했다. 이게 중석대의 조직문화였다.

"이건 말이죠, 이 근거에 의해서 이렇게 되는 건데, 학사 행정을 안 해 보셔서 이런 건 잘 모르시죠? 이해해요."

여우 같고 양 같은 조 과장이 때때로 동 팀장을 공깃돌인 양 가지고 놀았다.

동 팀장은 루틴하게 관행과 규정에 따라, 또 때로는 금 이사장과 총장의 지시에 따라 움직이는 행정에는 관심이 없었다. 어차피 경험과 요령이 쌓여 능수능란해진 조 과장이 해오던 방식대로 처리하면 되는 일이었다. 낯선 분야로 쫓겨난 동 팀장의 관심사는 딴 데 있었다.

부적절하고 부당한 인사 조처를 당했다고 해서, 아무 일이나 하는 척하면서 잘 모르는 일을 붙잡고 앉아 개기고 싶지는 않았다. 당장 사직을 할 것이 아닌 다음에야 정년까지 남은 6년을 허투루 보낼 수 없는 노릇이었다. 허투루 보내기에는 삶이 아까웠고 또 너무 긴 세월이었다.

그래서 동 팀장은 SAC에서 자신의 새로운 가능성을 찾고 싶었다. 그는 최선을 다해 주어진 과제와 지시를 성공적으로 완수하고, 그 공을 인정받아 본업인 건설로 복귀하고 싶었다. 다행히 6개월 동안 실시한 감사 결과에서 꼬투리를 잡힐 만한 실책 또는 비리가 발견된 바 없었기 때문에 SAC에서 잘 버텨내면 금 이사장에게 본직 복귀를 간청할 수도 있었다.

또 이러한 사적 바람에 못지않게 중요한 것이 있었다. SAC 운영팀에 와서 3개월쯤 지났을 때, 동 팀장은 금 이사장이 징벌적 사유 하나만으로 자신을 SAC에 보낸 것이 아닐 수 있다는 생각이 들었다. 금 이사장은 SAC에서 운영 중에 있는 육예교육의 기반과 방향에 대해 나름대로의 의구심을 가지고 있는 것 같았다. 그러니까 무엇인지 알 수는 없으나, 골조

공사와 내부 시공 과정에 부실 내지는 하자가 있는데, 그것이 무엇인지 알고 싶어 하는 것 같았다.

금 이사장은 의심 못지않게 탐구심까지 갖춘 오너였다.

동 팀장은 전부터 SAC가 말로써 쌓은 바벨탑이라는 생각을 가지고 있었다. 리버럴아츠—중국의 육예가 결국 서양의 리버럴아츠였고, '육예대학'이라는 명칭이 촌스럽다는 생각에서 '식스아츠칼리지'라고 명명했다는 사실을 알게 됐다—교육을 한다고 했는데, 교육 목표는 거창하고 한정된 시수 안에서의 교과목이 방대했다.

동 팀장으로서는 윤리 도덕도 아닌, 타고난 심성이 교육 대상이 될 수 있는지 모르겠으나, 심성 함양과 체력 단련까지 교과목에 들어 있었다. '십첩반상' 같은 가짓수 못지않게 과목별 지향점과 달성 목표 또한 지나치게 높았다. 만능 재주와 열정을 타고난 수재가 아닌 다음에야 감당키 어려운 수준이었다. 교수들 눈높이에서 본 지적 수준과 이상적 과욕이 담긴 교과목들이었다. 말로만 하려다 보면 얼마든지 생기는 일이었다. 아무튼 수재가 궁벽진 시골 대학을 찾아와 수학할 리는 없었다.

지원금을 받고자 교육부에 올렸다는 설계가 야심 차서 천궁(天宮) 신축 수준이었는데, 문제는 하늘의 구름 위에는 어떤 건물도 지을 수 없다는 사실이었다. 그럼에도 불구하고 관련 교수들은 설계도만 들여다보며 이사장 앞에서 자화자찬했다. 이렇게 설계도만 펼쳐놓고 공상의 나래를 펴 만족해하는 것이 중석대의 유구한 전통이었다.

동 팀장은 SAC가 추구하는 육예교육이 영세서민 집단주거지를 헐어내고 그 자리에 타워팰리스를 짓겠다고 하는 것이나 다름없다고 생각했다. 생필품이 걱정인 서민에게 타워팰리스는 당장 필요치도 않을뿐더러, 필요하다 할지라도 거기에 들어가 살 수 있을 만한 여력이 없었다. 그림의 떡인 것이다.

또 SAC의 교육 목표를 달성하려면 학생 수준이 공맹이나 다빈치급이 되지 않고는 불가하다는 생각이 들었다. 최소한 두뇌, 재주, 성실, 인내 등이 상위 1퍼센트에 들지 않고서는 도전조차 불가한 수준이었다. 타고난 심성을 개조해야 함은 물론이요, 문·사·철, 수학, 화학, 물리, 생물, 심리, 사회에 심지어 AI까지 배워야 하는데, 이를 설계했다는 특임부총장이 개론 수준이 아니라 전공 수준이 되어야 한다고 했다.

문제는 설계를 이렇듯 삐까번쩍 과하게 하고는 서둘러 착공을 했다는 점이었다. 도면을 받아들고 시공 현장에 간 기술자들이 도면대로 따를 수가 없었다. 기존 공법도 이해 못하는 인부들에게 새로운 실험적 공법을 요구할 수는 없지 않은가. 그래서 결국은 기술자들이 저마다 감당 가능한 수준에서 나름대로 도면을 수정하여 시공에 들어간 것이다. 아예 무단 폐기하고 다시 만들어 쓰는 기술자도 있었다. 그러니 장차 어떤 건물이 완공될는지 아무도 알 수 없는 노릇이었다.

이런 식의 깜깜이 시공이 곳곳에서 두 학기째 벌어지고 있는데, 누구 하나 전체를 들여다보고 점검을 하거나 지휘·감독하는 사람이 없었다. 그 일을 해야 할 사람이 SAC 학장인데, 자신은 설계도를 들여다 볼 능력이 없다고 했다. 그녀는 자기가 참여한 설계도가 아니기 때문에 자기가 못 보는 것은 당연한 것이라고 주장했다. 그러면서 설계도가 이상하다고 했다.

금 이사장은 자신이 지시하고 참여해 만든 설계도임에도 불구하고 전체를 볼 줄 몰라 부분만 들여다보지 않았던가. 그리고는 그 부분만을 보면서도 잘 모르겠다면서 이 교수 저 교수를 시켜 그에 해당하는 상세 조감도를 따로 그려오라고 했다.

"전체 도면과 상황을 들여다보시고 조감도를, 아니 육예교육의 미래를 학장님 머릿속에 그려보셔야 합니다."

동 팀장이 엄 학장에게 말했다.

"그게 무슨 말이에요? 건설실장님 같은 말을 하시네."

비유를 알아듣지 못하는 학장이 무슨 생뚱맞게 주제넘은 수작이냐는 반응이었다. 그리고 나서 이어진 대꾸가 "어머, 한 치 앞도 보기 힘든 세상인데, 어떻게 미래를 보라고 다그치는 거야. 점쟁이들도 모르고 미래학자들도 모른다는 미래를, 왜 자꾸 나한테 보라고 이러는지 모르겠네, 정말"이라는 동어반복이었다.

4

— 이븐 나스르가 폐허가 된 알카사바 요새를 코란에서 묘사한 지상 천국으로 만들겠다는 욕망으로 이 알람브라 궁전을 지은 겁니다요. 보세요이.

가이드가 코마레스탑 내부에 있는 대사의 홀 천장을 손가락질로 가리키며 말했다. 그가 집게손가락으로 가리키는 곳에는 이슬람의 우주철학에 담긴, 일곱 개의 천국을 묘사했다는 모가라베스 종유석 장식이 신비한 빛깔과 어우러져 천상의 멋을 프리뷰하고 있었다. 이곳에서 그라나다 왕국의 양도 문제를 놓고 마지막 회의를 열었다고 하니, 붉은색(알람브라) 점토의 외장이 핏빛으로 보였다. 아름답고 화려하고 우아하지만, 왠지 애상미가 느껴지는 이유가 아닐까 싶었다.

"아까 그 고아한 패셔니스트 쁘레씨오사(사랑스러운) 노마님은 누구셔? 엄청 반가워하데."

잠깐 주어진 자유 관람 시간을 이용해 아라야네스 정원을 스케치하던 주명건이 짓궂은 표정으로 물었다. 가이드를 주목하고도 어느 틈에 노부인을 본 것 같았다.

"그냥 좀 아는 할머니."

태걸은 시큰둥하게 답했다. 이 추념 여행의 동기를 제공한 장본인이라고 일러주려다가 그만뒀다. 노부인의 정체를 밝히면 구구절절 시시콜콜 떠들어야 할 게 뻔했고, 그렇게 되면 위무 여행이 좀스럽고 구질구질한 무드로 바뀔 것 같았다.

"뭇 할머니치고는 예쁘던데."

"너 그 말 성희롱이다."

태걸은 가볍게 퉁을 주면서도 불편한 기분이 들었다. 그 미모와 빼어난 패션 감각 때문에 태걸이 더욱 모진 놈으로 내몰리지 않았던가.

"올 때는 더 이쁘다."

"뭐? 네가 울렸냐?"

우는 것을 봤느냐가 아니라, 울렸냐고 묻는 명건의 질문에 멍한 기분이 들었다. 다들 그렇게 생각하는구나, 싶었다.

"이 정원만큼이나 예쁜 할머니를 울렸다니…… 나쁜 놈."

명건이 눈을 흘겼다.

— 궁전의 삼분지 이가 파괴되었다지만, 남은 것만으로도 넘치게 아름답고 예쁘죠?

한 걸음 빨리 가자면서 일행을 재촉하는 가이드가 하렘인 사자궁전으로 안내하며 예쁘다는 타령을 했다.

"아니 실장님은 어쩌자고 그 예쁘신 학장님을 울리셨대요?"

구내식당에서 마주친 건설실 팀원이 농처럼 물었다. 조 과장발(發) 소문이 떠돈 것이다.

"동키호테가 미녀 끝판왕 엄 학장님을 울렸다는 소문이 쫙 퍼졌는데, 모르셨어요?"

태걸은 씹던 밥알이 모래가 된 느낌이었다. 엄 학장의 고아한 미모가 태걸의 강퍅한 성질머리와 1:1로 대비되어 극적이고 악의적인 막장드라마를 만들어내고 있었다.

십상시가 학장의 외모와 태걸의 성격을 업무와 버무려 융·복합시킨 뒤, 태걸의 하극상에 대해서 죄를 물어야 한다며 떠벌여댄다고 했다.

이메일을 프린트한 A4 용지와 다이어리 기록을 들이민 이후, 엄영숙 학장은 더 이상 태걸에게 처음 듣는 말이다, 언제 그런 말을 했느냐, 등등의 발뺌이나 부인은 일체 하지 않았다. 동 팀장이 학장을 핍박해서 울리는 '악한'이 되었기 때문에, 굳이 악한이 된 그를 더 이상 신경 쓸 필요가 없었다. 학교는 업무상 문제보다 신분과 위계에 기반한 예절과 품위 위반을 더 큰 문제로 삼았다.

엄 학장은 동 팀장과 엄격한 거리두기를 했다. 그녀는 그동안 묵혀두었던 다섯 가지 지시사항을 저글링 하듯이 동시다발적으로 진행하면서 동 팀장과는 업무 논의를 하지 않았다. TFT 구성, 회의 소집 등에서 동 팀장을 배제했다.

'너 없이도 나 혼자 얼마든지 할 수 있고, 아쉬울 것도 없어. 그러니까 내 앞에서 얼쩡댈 생각하지 마.'

그녀가 태걸을 바이러스 취급하며 수시로 보내오는 무언의 메시지였다. 피치 못해, 불가피하게 동 팀장을 상대해야만 할 때는 신분과 위계를 분명하고 엄격히 했다.

'당신은 직원, 나는 교수야. 노는 급이 다르다고. 뿐만 아니라 당신은 팀장, 나는 학장이야. 그러니까 내가 얼마든지 당신에게 지시할 수 있는 거야. 함부로 토 달지 말고, 내게 이러라 저러라 하지 마. 당신 생각? 내가 당신 생각 따위를 왜 들어야 하는데.'

물론 대놓고 이렇게 말을 하지는 않았으나, 분위기와 행동으로 보여주었다. 팀장과 학장 간의 대면 업무가 없어지고, 지출 관련 비대면 업무만

간간히 이루어졌다. 십상시의 여론 플레이도 활발히 재개됐다. 동 팀장과 학장 사이에 있었던, 업무 보고 관련 사실관계 확인과정에서의 예기치 못한 '마찰'—그걸 마찰이라고 볼 수 있다면—이 확대 재생산되어 일개 직원 팀장이 교수 학장을 야단치고 겁박해서 울린 무도한 사건으로 둔갑했다.

조미정 과장의 과장 내지는 왜곡된 발설과 악의적 윤색 없이는 만들어지기 어려운 소문이었다. 엄 학장의 울어서 부은 눈탱이를 봤을 조 과장이 앞뒤 상황을 전혀 모르는 상태—아니면 적당히 페어 맞추어서—에서 십상시에게 일러줬을 터이고, 1차 음해 공작에 실패한 십상시가 2차 음해 공작을 위해 엄 학장의 울음을 윤색해서 자신들이 관리하는 네트워크를 통해 전파하고 있는 것이다.

동 팀장을 따돌린 엄 학장은 신을 신은 채 발등을 긁듯이 건성건성 업무를 소유(遡遊)했다. 진정한 인문학자가 된 것이다. 그녀는 그러면서도 가까운 교수들과 험악한 교수들의 민원만큼은 조 과장을 통해 속전속결했다. 독자적 행정 방식으로 처리 중인 다섯 가지 업무에 대해서는 자신이 힘없는 대리인 입장임을 분명히 했다.

— 학교에서 이렇게 하래요.

— 그런 거, 저는 잘 몰라요.

— 그렇게 안 하시면 안 된대요.

— 저도 모르겠으니까, 일단 하라는 대로 하시고요, 나중에 하시고 싶은 대로 바꾸세요.

— 하라는 대로 해야지, 우리가 뭘 어쩌겠어요.

들리는 말에 의하면, TFT에서의 논의와 SAC 소속 교수회의 또는 간담회에서 엄 학장이 즐겨 하는 워딩 타입이라고 했다.

그녀는 자신의 무능과 과오를 감추고 변명하기 위해—동 팀장은 그렇게 봤다—사실을 왜곡하고 거짓 보고를 하고, 본질과 무관한 엉뚱한 곁가

지들을 기획했다. 이렇게 다섯 달쯤 지났을 때, 갑자기 금 총장이 동 팀장을 호출했다.

"동 팀장! 당신은 대체 뭐하는 사람이얏?"

총장이 보고서 뭉치를 동 팀장에게 집어 던지며 말했다. 처음 보는 보고서였는데, 엄 학장이 건넨 보고서 같았다. 총장 호출을 전하는 비서의 볼멘소리와 구겨진 인상을 보고 예상은 했으나, 총장의 분노가 그 예상 밖이었다.

동 팀장은 보고서에 대해 아는 바가 없었기에 대꾸할 말이 없었다. 학장이 자신을 진즉에 업무에서 배제시켜서 아는 바가 없다는 말을 어떻게 할 수 있단 말인가.

"학장하고 싸움질이나 하려고 그 자리에 앉아 있는 건가?"

점잖음이 검증된 총장이 모질게 다그쳤다. 사실은 전달되지 않고, 십상시의 의견만 전달된 것 같았다. 동 팀장은 결단이 필요했다.

5

"학장님께서 저를 다른 부서로 전보시켜 주셨으면 합니다."

학장과 더 이상 맞서 싸울 수도, 총장에게 고자질을 할 수도 없는 동 팀장으로서는 따로 할 수 있는 것이 없었다.

"어머, 왜 또 저한테 이러시는 거예요?"

눈을 동그랗게 뜬 엄 학장이 상체를 뒤로 젖혀 몸을 사리며 말했다. 벌레를 피하는 자세였다.

"제가 동 팀장님을 어떻게 전보시켜요?"

그러면서 자신은 그런 힘이 없다고 했다. 동문서답이었다. 학장으로서 팀장의 전보를 총장에게 건의해 달라는 것이지, 엄 학장에게 전보를 시켜 달라는 말이 아니지 않은가. 태걸은 어이가 없었다. 그럼 누구한테, 어떤 사유를 대면서 전보를 요청하란 말인가.

"제가 불편해서서 눈조차도 안 마주치려 하시잖아요."

"어머, 망측해라. 제가 왜 동 팀장님과 눈을 맞춰요."

엄 학장이 비웃으면서 말을 받았다. 그러고는 허공을 바라보며 눈을 굴리던 그녀가 말했다.

"저한테 모든 책임을 뒤집어씌워 보시려고 이러시는 거예요?"

"예?"

"학장이 동 팀장 말을 안 듣고, 다 학장 맘대로 해서 이렇게 됐다는 걸 폭로하시겠다는 거잖아요."

학장도 불려가 호된 질책을 받았기에 '이렇게 됐다'고 하는 것 같았다. 아무튼 지난 다섯 달 동안 자기 멋대로 업무를 진행해서 문제가 생겼다는 사실은 시인하는 것 같았다.

"저는 불편한 거 일(1)도 없어요."

그러면서 자신은 부하 팀장과의 이견 때문에 보직을 수행하기 힘들다는 말을 인사권자에게 할 수 없다고 했다. 또 동 팀장이 힘들다고 해도 자신이 총장에게 그런 말을 해야 할 하등의 이유가 없다고 했다. 그러니까 자신이 싫으면 당신이 인사권자에게 가서 직접 말하라고 했다.

이게 어떻게 좋고 싫음의 문제냐고 하자, 그게 아니면 뭐냐면서 따지고 들었다. 그러고는 인간관계가 좋으면 업무도 잘되는 거고, 그게 나쁘면 업무도 다 망치게 되는 법이라고 했다. 그러니까 우리 관계를 망친 사람은 "내가 아니고 너인데, 내가 나서서 너의 거취를 부탁할 이유가 뭐냐"고 했다.

태걸은 동정심조차 없는 엄 학장에게 더 이상 부탁하고 싶지 않았다.

총장님께

　　(……)

　　현재 상황에서 SAC 운영팀에 제가 꼭 있어야 할 이유는 없다고 생각합니다.

　　저는 건축기사 자격증을 소지한 기능직 직원입니다. 제 생각이 틀리지 않다면, 이런 저를 SAC 운영팀에 보내신 이유는 행정만을 하라는 것이 아니라, 가지고 있는 역량으로 '무엇인가'를 설계, 기획하라는 뜻이 들어 있었다고 생각했습니다. 그런데 이런 설계와 기획은 고사하고 팀장 역할조차 수행할 수 없다면, 제가 SAC 운영팀에 있어야 할 이유가 없다고 생각합니다.

　　저의 거취는 (당연히) 총장님의 뜻에 따를 것입니다. '대승적 차원에서의 결단'인 팀장 보직 사퇴를 포함해서입니다. 다만, 팀장 보직을 해임하신 뒤에 다른 팀으로 전보하여주시길 간곡히 당부드립니다. 보직 수행 실패에 대한 책임을 지고 백의종군하겠습니다.

　　(……)

　　태걸은 중석대 31년 역사상 최초로 '팀장 사퇴서'를 제출한 직원이 되었다. 글이 중언부언 구차하게 길어진 것은 최초이기 때문에 조직을 또는 조직의 장을 무시한다는 오해를 사지 않기 위함이었다.

　　사퇴서를 받은 총무팀장이 교수가 보직 사임을 요구한 예는 있어도, 직원의 팀장 보직 사퇴는 전례가 없는지라 자신은 받기 곤란하다면서 사무처장에게 직접 드리라며 돌려줬다. 되돌려줄 때 표정이 '자식, 유난 떠네'였다. 사무처장도 난색을 표하며 비서실을 통해 총장님에게 직접 제출하는 것이 좋겠다고 했다. 처장은 서로 팀장 좀 해보려고 안간힘을 쓰는데, 조직에 반항하는 인상까지 줘가면서까지 굳이 이럴 이유가 있겠느냐며 충고인지 비아냥인지 모를 군말을 덧붙였다. 그러면서도 만류하지는 않았다.

태걸은 팀장직을 유지한 채 타 부서로의 전보를 요청하려고 했다. 그러나 학장과의 불화로 팀장직 수행이 어렵다면 팀장 사퇴를 하는 것이 옳지, 거기다 다른 요청을 덧붙인다는 것은 구차하고 도리가 아닌 듯싶었다. 다만, SAC 운영팀장을 하다가 팀원으로 강등되어 그대로 SAC에 그대로 남아 있는 것은 누가 봐도 적절치 않으니, 다른 팀으로 옮겨달라는 당부를 덧붙인 것이었다.

사퇴서는 이틀 만에 처리됐다. 금 총장 또는 금 이사장이 한 번쯤 불러서, 아니면 전화로라도 몇 마디 묻거나, 해줄 줄 알았다. 어쨌든 직원으로서 처음 발생한 보직 자진사퇴 아닌가. 그러나 그런 '배려'는 없었다. 태걸은 학교를 생각했으나, 학교는 태걸을 생각하는 것 같지 않았다.

사직서가 수리된 지 일주일 뒤, 이해할 수 없는, 충격적이고 모욕적인 인사 조치가 이루어졌다. 태걸은 SAC 운영팀에 팀원으로 잔류해야 했다. 그리고 다시 보름쯤 지난 뒤, 후임 팀장이 겸보 발령을 받고 왔다. 혁신기획팀장으로서 태걸의 3년 입사 후배이자 6년 연하였다. 태걸은 이튿날부터 신경정신과 치료를 받아야 했다.

후배인 총무팀장을 통해 나중에 알게 된 사실은 이랬다. 십상시 미팅에서 금 이사장이 혁신기획팀장을 후임 팀장 겸보로 결정하고, 그에게 동태걸의 전보 문제에 대한 의견을 묻자, 그가 "동태걸이 별겁니까? 제가 못 데리고 있을 이유가 뭡니까"라고 답하며, 조직에서는 누구나 장(長)을 하다가도 졸(卒)이 될 수 있는 것인데, 졸로서 잘 간수할 테니 걱정하지 마시라고 호언장담했다는 것이다.

태걸은 극심한 모멸감을 주체할 수 없었다. 이게 21년 근속한 직원에 대한 학교의 예의인가 싶었다.

혁신기획팀장의 SAC 운영팀 겸보 팀장 발령을 통보받은 태걸은 팀장으로서 앉아 있었던 책상을 비우고, 조미정 과장 뒤편 모서리 벽 쪽으로 자리를 만들어앉았다. 팀원 모두가 창구테이블에 앉아 민원 업무를 보기 때문에 태걸이 앉을 자리가 마땅치 않았다. 대민 행정을 해본 적이 없어 창구 일은 볼 수도 없지만, 볼 수 있다 해도 앉을 자리가 없었다. 더 이상 팀장이 아닌 때문인지 선뜻 도와주려는 팀원이 없어 근장에게 임시로 쓰라고 줬던 책상을 혼자 옮겼다.

팀에 앉을 자리가 없다는 것은, 필요 없는 인력이라는 뜻이었다. 금 총장은 SAC 소속 특화 학과의 운영을 도와주라는 별도 업무를 특명처럼 지시했으나, 학과는 소속 교수들 소관이고 또 조교가 있어 따로 도울 일이 없었다. 또 학과 교수들이 도움[간여]을 원할 리 없었다.

엄영숙 학장은 겸보 팀장 환영회식에서 개선장군인 양 희희낙락했다. 얼마든지 불편해할 수도 있는 자리였으나, 겸보 팀장과 농과 재담을 주고받느라 달떠 있었다. 일말의 동점심도 배려심도 찾아볼 수 없는 회식이었다. 직원 팀원은 물론이요, 조교와 근장까지도 이 달뜬 분위기에 편승해서 즐겼다. 그들에게 태걸은 더 이상 팀장이 아니었다. 그들은 돌아가면서 술 한 잔씩을 따라주고는 자기들끼리 웃고 떠들었다. 태걸은 슬며시 밖으로 나와 약을 챙겨 먹었다.

엄 학장은 태걸이 팀장 보직이 해임되어 구석 자리로 쫓겨난 뒤부터는 아예 거들떠보지도 않았다. 미안스럽고 불편해서라기보다 상대를 안 하려는 것이 역력했다.

혁신기획팀장이 태걸을 보기가 안쓰러웠는지, 조 과장에게 "책상도 바꿔드리고, 칸막이도 쳐 드려야 하는 거 아냐"라고 했는데, 지나가는 말이었다. 비품 관리 규정에 의하면, 기능직 5급은 양수책상이 배정되었다. 하지만 태걸은 그 이듬해 3월까지 8개월 내내 근장이 쓰던 중고 편수책상에 앉아 왕따 생활을 해야만 했다. 책상은 예산이 없다며 바꿔주지 않았고, 칸막이는 규정에 없다면서 설치해 주지 않았다.

SAC 비정년트랙 교수들도 이런 태걸을 똥친 막대기 취급했다. 팀장 때 살갑게 굴던 교수들마저도 측은하고 민망한 표정으로 태걸을 피했다.

학장이 주재하는 월요회의 때는 다리를 꼬고 앉은 겸보 팀장과 턱을 괴고 앉은 조 과장과, 손톱을 매만지는 8급 직원과, 이를 쳐다보고 있는 비정규직 직원과 조교 둘, 근장 둘 사이에 끼어 꿔다놓은 보리자루인 양 앉아 있어야 했다. 이런 태걸을 팀원들은 손님처럼 대했다.

그렇게 한 달이 지나자, 태걸이 일을 안 하고 탱자탱자 개긴다는 소문이 십상시 중심으로 돌았다. 태걸을 졸로 부릴 수 있다고 호언장담했던 겸보 팀장은 친화력이 떨어져서 말도 붙이기 힘들다며 헐뜯었다. 그러면서 약을 먹는 것으로 보아 정신적인 문제가 있어 보인다고 했다.

금기태 이사장의 '신뢰와 사랑'이 식은 태걸은 끈 떨어진 연이 되어 시궁창에 처박힌 꼴이 되고 말았다. 건축기사 자격증에 박사학위까지 가지고 여섯 개 동의 건물을 대과없이 신축했으나, 3년 된 8급 직원들로부터도 무시당하는 신세가 되고 만 것이다.

그리고 1년이 지나서 직장에서의 백의종군과 공황장애라는 것을 알게 된 친구들이 부랴부랴 스페인 위무 여행을 기획한 것이다.

6

— 본래 직장에서도 왜 겉도는 이질적인 사람들이 있잖아요. 알람브라 궁전에도 생뚱맞은 건축물이 있는데, 보셨나요?

오리궁둥이 가이드가 그라나다 야경 투어에 앞서 물었다.

"르네상스 양식으로 지은 카를 5세 궁전, 이슬람 사원이 있던 자리에 세운 산타마리아 성당, 산프란시스코 수도원. 이 세 건축물이잖아요. 신성로마제국 카를 5세가 미켈란젤로의 제자인 페드로 데 마추카에게 알람브라 궁전에 맞먹는 궁전을 알람브라 궁전 내에 세우라고 해서……."

수묵화가 서진욱이 기다리고 있었다는 듯이 장황하게 답했다.

— 산니콜라스 광장에서 알카사바 요새와 알람브라 궁전이 보입니다. 멀리서 보는 야경도 아름답습니다. 거기서 단체사진 한 장 박겠습니다. 자, 무반쎄(이동)!

가이드가 필요 이상으로 길어지는 진욱의 말을 잘라먹고 말했다. 알람브라 궁전과 그라나다 왕국을 에스파냐의 역사와 엮어 흐드러지게 한바탕 지식의 향연을 벌이던 진욱은 가이드를 째려보며 입맛을 쩝쩝 다셨다.

나서기 좋아하는 진욱과 달리 건축가가 된 주명건은 단체사진을 찍을 때도 기어이 빠졌다. 진욱이 우리끼리만 찍자고 했으나, 그마저도 끝내 거부했다. S대 건축학과 교수이자, 지상파 방송에서 인기인으로 한창 뜨고 있는 명건은 30년 지기인 태걸의 위무를 위해 패키지여행에 동행하기는 했으나—본래는 자유여행을 가자고들 했으나, 말만 앞세우고 아무도 나서서 추진하지 않았다—쪽팔려서 얼굴을 드러낼 수 없다며 볼 캡 모자에, 선글라스에 마스크로 위장을 하고 다녔다. 오뉴월 땡볕에 개 꼴값이다 싶었으나, 다들 그의 프라이드에 스크래치를 내지 않으려고 입조심을 했다.

샘 많은 진욱이 이런 명건을 못마땅해했는데, 이를 잘 아는 명건은 자신의 라이카 Q2 카메라로 건축물과 풍경을 찍어 대다가 간간이 그를 불러서 독사진을 찍어주었기 때문에 탈이 나지는 않았다. 사진작가이기도 한 명건이 찍는 사진은 곧 작품이었다.

알람브라 궁전 야경을 배경으로 단체사진을 박은—명건은 끝내 빠졌다—일행이 삼삼오오 무리지어 어둑어둑한 골목으로 접어들었다. 오래된

골목이 낮은 조도의 가로등 아래 설핏설핏 형체를 드러내고 있었다. 베이징의 후통 같은가 싶었는데, 그와 달리 완만한 경사를 따라 계통 없이 이리저리 내닫는 자유분방한 골목이었다. 폭도, 경사도, 커브도, 노면도 자유자재인 골목을, 간간이 외벽에 붙은 등이 밝혀주고 있었다. 방범등이라기보다 관광객을 위한 안내 유도등 같았다.

길바닥 한복판에 두어 뼘 폭으로 골을 파 만든 우수로(雨水路)를 따라 걷다 보면, 엄지손톱 크기의 희고 검은 잔돌로 수놓은 앙증맞고 해학적인 문양들이 드문드문 보였다. 어느 집이건, 문을 열고 들어가면 이슬람 최후 도시가 겪었을 옛 얘기를 들을 수 있을 것 같았다.

골목 투어가 끝나자, 제법 널찍한 공터가 나타났다. 다닥다닥 붙어 있는 기념품 상점과 노상 주점 들이 보이고, 집시 예술가들의 즉석 공연이 보이고, 가로등 밑에서 이를 무심히 지켜보는 관광객들이 보였다. 어김없이 트레몰로 주법으로 연주하는, 자꾸 들어서 귀에 익은 '알람브라 궁전의 추억'이 들렸다.

— 맥주 한잔 생각나시지요이? 제가 쏘것습니다요.

가이드가 일행을 모아 2층 테라스가 있는 주점으로 들어갔다. 낡은 이층 목조 건물이었는데, 그의 단골집 같았다. 가이드가 대접하는 맥주 한 잔씩이 나와 막 건배를 했을 때, 노란 히피펌 머리를 한 여자가 우리 일행 쪽으로 급히 다가오며 알은체를 했다. 낯이 익다고 생각하는 순간, 여자의 뒤쪽으로 백장미 벙거지가 보였다.

"어머, 교수님! 주, 명, 건, 교수님 맞네? 들어오실 때부터 긴가민가했는데…… 봐, 엄마. 교수님 맞잖아. 으아, 어떡해! 여기서 우리 교수님을 뵙다니…… 안 믿겨. 이런 영광이…… 대박이다, 엄마, 이리 와서 인사해. 짜잔! 이분이 제 스승이신, 그 유명하신 주명건 교수님이야."

명건이 맥주를 마시려고 마스크를 내린 것이 사달이었다. 엄마와 달리

딸은 몹시 수다스러웠다. 딸이 호들갑을 떨며 인사를 시켰는데, 엄마가 태걸을 소개시킬 때와는 딴판이었다.

"어머, 그러네. 텔레비전에 나오시는……."

'어머'는 모녀의 공동 감탄사 같았다. 모녀의 과한 수다에 주명건의 신분이 들통났다.

명건이 모녀와 인사를 주고받느라 모자와 선글라스마저 벗자, 한국인들로 보이는 관광객들뿐만 아니라 동남아 지역에서 온 관광객들까지도 명건을 알아보는 눈치였다. 모두 명건의 팬이라고 했다.

진욱이 이 틈을 놓치지 않고 잽싸게 나서서 요즘 대세 인기인이라면서 친구 자랑을 주절주절 늘어놓았다. 그는 명건의 자랑을 자기의 자랑—자기가 이런 친구를 둔 사람이라는—인 양 쏟아냈는데, 말에 굶주렸던 사람 같았다.

음전한 건축평론가이자 철학 교수인 손재수가 명건의 일그러진 표정을 보고 정색을 하며 말릴 때까지 진욱의 친구 자랑이 이어졌다. 진욱이 선거 운동에 나선 찬조 연설자인 양 설레발을 치는 동안 명건은 구경거리가 되고 말았다. 하지만 태걸은 떠벌이는 진욱보다도 유난을 떠는 명건이 되레 밉상이었다.

"우리 주 교수님은 화끈한 소주파신데……."

노란 히피펌이 현지어로 소주를 주문했다. 명건은 거절하지 않았다. 점원이 '참이슬' 한 병을 내왔다. 그사이에 관광객들의 관심에서 벗어난 명건이 명함을 건네며 백장미 벙거지와 말을 텄다.

진욱이 이런 명건을 힐끔힐끔 바라다보며 참 취향도 특이한 놈이라며 입을 삐죽거렸다. 그때 분위기를 파악한 가이드가 다가와서 나머지 일행을 모시고 먼저 갈 테니 천천히 드시고 숙소로 오라고 했다.

"얘, 우리 동 실장님도 소주파셔. 한 병 더 시켜라."

엄 학장이 벙거지를 벗으며 말했다.

"한 병에 1만 5천 원……."

부잡스러운 히피펌이 뒤늦게 말실수임을 알았는지 급히 입을 닫았다.

"15만 원이어도 내가 살 거니까, 한 병 더 주문해."

맥주를 비운 잔에 두 병의 소주를 나눠 따랐다. 명건이 귀한 소주를 사주신 미인 어머님께 감사드리고, 모쪼록 즐거운 여행이 되시길 바란다면서 시키지도 않은 건배사를 했다.

"유명한 친구를 둔 덕분에 이국땅에서 벨다드(미인)께서 사주시는 귀하고 비싼 소주를 마시게 되어 저희들도 영광입니다."

음전한 손재수도 친구 네 명의 공동명의까지 팔아서 굳이 안 해도 될 아부를 덧붙였다. 재수에게 핀잔을 들은 진욱은 삐져서 시큰둥한 반응이었다. 명건에 대한 모녀의 호기심과 아부 때문에, 재수와 진욱의 박학다식하고 청산유수인 언변 때문에 소주 세 병을 더 비우고 나서야 겨우 자리가 파했다.

"교수님을 여기서, 이렇게, 뵐 줄은 정말 몰랐어요. 대박이야."

히피펌 제자가 헤어지면서도 만날 때 한 인사를 과장된 말투로 반복했다. 정말 아부기질을 타고난 것 같았다. 사제지간이라는데 갑을관계로 보였다.

"패키지여행은 처음인데, 너를 만나게 돼서 좋다. 나도 좋은 추억이 됐다."

명건은 굳이 묻지도 않은 말까지 했다. 패키지여행이 '가오'를 상하게 했다고 보는 것 같았다.

"우리도 그렇답니다."

진욱이 입을 삐죽거리며 한마디 보탰다.

"그럼 말씀들 더 나누시고, 즐거운 여행되세요."

백장미 벙거지를 챙긴 엄 학장이 자리에서 일어섰다. 그러고는 딸을 따라서 배꼽인사를 했다. 태걸은 모녀가 택시 잡는 것을 돕기 위해 큰길까지 따라 나갔다. 택시를 잡느라 차도로 내려서 두리번거리고 있을 때, 엄 학장이 다가와 말했다.

"동 실장님."

"예."

"그때, 저한테 왜 그러셨어요?"

심각하고 신중한 말투였다.

"예?"

태걸은 둔기로 뒤통수를 얻어맞은 기분이었다. 그는 택시를 잡으려 뻗었던 팔을 내리며 멍한 표정으로 엄 학장을 바라봤다.

"저는 궁금해요."

이 말을 물어보려고 알은척을 하고 소주를 샀구나, 싶었다. 그때 택시를 잡은 히피펌이 소리쳤다.

"엄마!"

히피펌이 붙박인 듯 서 있는 엄 학장을 택시 안으로 밀어 넣었다. 모녀를 태운 택시가 떠난 뒤, 한참 동안 멍한 자세로 서 있던 태걸이 친구들에게로 돌아왔다.

"중년 딸보다 늙은 엄마가 더 예쁜데."

명건이 히죽이며 말했다.

"참 특이한 취향이다."

진욱이 못마땅한 표정으로 받았다.

"이 비싼 소주를 다섯 병이나 사주는 벨다드의 매녀와 인심은 또 어떻고……."

재수가 막잔을 번쩍 들어 올리며 말했다.

"씨발놈들."

입안의 소주를 뿜어낸 태걸이 욕설을 내지르고는 자리에서 벌떡 일어섰다.

데우스 엑스 마키나

1

중석대학교에는 7개 단과대학, 56개 학부 및 학과에 316명의 전임 정년 트랙 교수가 있다. 전임 비정년트랙 교수를 포함하면 그 배쯤 된다.

내가 316명 정년트랙 교수 중의 한 명인 구생만을 알게 된 것은 정보 통신지원센터 상임운영실장으로서 학사운영 관련 시스템 재구축을 위한 태스크포스팀 회의에 참석했을 때였다.

학사운영 구조, 특히 전교생에게 공통으로 해당되는 교양교육운영과 관련해서는 해마다—어떤 해에는 두 번—어김없이 바뀌었는데, 그때마다 서버를 보완하고 프로그램을 재구축하여 리셋을 해야 했다. 올해로 구입 11년째인 하드웨어에 매년 새로운 소프트웨어만 땜질하듯이 덧붙여 온 터라 문제가 많았다. 11년째 해가 바뀔 때마다 짐을 추가시켜온 꼴이었다. 그러니까 늙어가는 노새에게 더 많은 짐을 얹어주며 나르라고 한 것이니 어찌 견뎌낼 수 있었겠는가. 지치고 노쇠한 노새가 언제 퍼질러 앉을지 모르는 위험천만한 상태였다.

그러나 학교는 이런 문제를 제기하며 하소연 내지는 경고를 할 때마다 전산 기기가 아니라 엔지니어, 즉 소속 직원들이 노쇠하고 나태해져서 꾀를 부리는 것으로 치부했다. 특히 전산에 대해서는 쥐뿔도 모르는 십상시가 이렇게 주장했다.

아무튼 학교 당국—정확히 금기태 이사장과 금상필 총장—은 해마다 교육 혁신, 교육 차별화, 교육 브랜드 구축 등등을 신규 과목 편성, 과목명 개칭, 배정 학점 재조정 등등으로 갈음했다. 그러니까 낡고 허술한 틀과 속은 바꾸지 않고 겉칠만 새로 했는데, 어쨌든 칠을 할 때마다 색을 바꿨기 때문에 그에 맞춰 전산프로그램을 뜯어고쳐야 했다.

처음에는 희거나 검거나 혹은 빨갛거나 노랗거나 파랗거나 했었는데, 이제는 그런 정도를 넘어 희끄무레하거나 거무스레하기도 하고, 발그스름하거나 노르무레하거나 푸르스름한 바람에 낡고 늙은 전산 기기가 헷갈리거나 알아먹지 못해 버벅거리는 경우가 다반사로 발생했다. 하지만 국책 사업 수주 및 평가 등을 대비하기 위해서는 학사운영 변경이 불가피한 만큼 전산 기기가 감당할 수 있건 없건 간에 유관 부서들의 요청에 따라 정보통신운영위원회 회의는 반드시 해야만 했고 또 그 결과에 따라 프로그램 또한 바꿔야만 했다.

정보통신운영위원인 구생만 교수를 처음 만난 때가 2010년 11월 말쯤이었고, 장소는 정보통신지원센터장실이었다.

그는 넙데데한 상인데 하관은 좁고 주걱턱이었으며, 사십 중반임에도 반백의 머리칼에 등이 굽었다. 그럼에도 불구하고 염색을 하지 않았다. 아마도 노숙하고 권위적인 이미지를 고려한 것 같았다. 또 쪽 째진 눈매에 송곳으로 빠끔히 뚫어놓은 듯한 뱀눈을 가지고 있었는데, 상대를 살피거나 말을 할 때마다 눈동자를 계통 없이 마구 굴리는 바람에 보는 이들을 불안에 빠뜨리고 불편하게 했다. 양자역학에서 계통 없다고 말하는 분자의 파동이 저럴까 싶었는데 틱 장애의 일종 같았다.

늘 고가의 명품 브랜드 옷을 입고 다녔으나, 좁고 굽은 어깨에 긴 허리,

작달막한 다리 때문에 좀처럼 옷태가 나지 않아 보따리장수로부터 산 중국산 떨이 옷을 입은 것과 다름없었다. 그러나 뻣뻣하고 굼뜬 행동거지에서 자만심이 넘쳐나는 바람에 마치 시골 오지에 사는 중국 공산당 간부의 꼴사나운 거만함을 보는 것 같아 실소를 자아낼 정도였다. 이런 허세가 볼품없는 외모 콤플렉스로 생긴 부작용 같았는데, 누구나 그의 첫인상은 비호감이라고 했다. 그러나 외모가 아무리 천박스럽고 행동거지가 오만방자해 보여도 그에게는 명문 S대 출신이라는 자부심이 있었다. S대 학사·석사·박사가 그에게는 완장이었다.

나와는 전혀 엮일 일이 없는 이 자가 업무상 상하관계로 엮여 악연이 될 줄을 꿈엔들 상상이나 했겠는가. 대학이 신분을 중시하는 집단인지라, 즉 교수가 보직을 맡게 되고 그와 같은 부서에 속하게 되면, 직원·교수는 예외 없이 상·하 주종관계로 엮이게 되는 것이다.

학교가 교수에게 보직을 줄 때 전공이나 경험 따위를 따져서 주는 것이 아니기 때문에, 교수는 자질과 능력을 떠나 어떤 보직이든 할 수 있었다. 그러니까 교수라는 것 자체가 만사를 수행할 수 있는 라이센스였다.

교수 보직자는 자신이 보직을 맡은 부서에 어떤 전문가, 어떤 경력자가 있어도 부서장으로서 해당 부서의 최상급자이자 의사결정권자였다.

글머리가 길어지고 말았는데, 그래도 본 얘기로 들어가기에 앞서 내가 정보통신지원센터 운영실장으로서 입학사정위원회 위원으로 일할 때 겪었던 2013년 10월 24일 사건을 먼저 말하지 않을 수 없다. 그걸 모르면 본 얘기를 이해할 수 없기 때문이다.

공자가 말하길 수오지심(羞惡之心) 측은지심(惻隱之心)이 없으면 제대로 된 인간이 아니라고 했다는데, 내 주제도 모르고 함부로 이 가르침을 본받으려다가 경을 친 사연을 얘기하려 한다. 한순간의 연민이 나를 격동시킨, 아니 '자만'케 한 바람에 발생한 사달이라고 볼 수 있는 사연이다.

"아니, 성적들이 왜 이렇습니까?"

지원자들의 성적을 분석한 회의 자료를 들여다보던 금상필 총장이 배신이라도 당한 표정으로 물었다.

"아, 예…… 그, 그게…… 쪼까 신경을 써서 홍보도 하고…… 하면서 쪼까 신경을 쓰느라고 썼습니다만……."

당황한 구생만 입학처장이 곁눈질로 총장의 눈치를 살피며 버벅댔다.

"뭔 소린지…… 대체……."

비웃음을 지은 총장이 회의실 천장을 올려다보며 구시렁거렸다. 학교 차원에서 아무리 신경을 썼다고는 해도, 신설 학과 입학 지원자들의 낮은 성적이 왜 구 처장의 탓이겠는가. 하지만 총장은 그에게 어떤 책임이 있다고 생각하는지 작심이라도 한 듯 다그쳤다.

"쪼까 신경을 쓴 게 이 모양입니까? 쯧쯧."

총장이 구 처장의 말투를 흉내 내고 혀까지 차가며 몰아붙였다. 전례 없던 모습이었다.

"총장님. 저희 입학처에서는 정말 각별히 신경을 써서 최선을 다해 한다고 했습니다만, 결과가 요래 나올 줄은……."

고개를 숙인 구 처장이 뒷말을 삼키며 읍소하듯 말했다. 비굴해 보이기는 했으나, 교수도 월급쟁이라서 그러는가 싶었다.

"열심히 안 하는 사람들도 있습니까? 그건 기본인 거고, 잘해야 하는 겁니다, 잘. 쪼가가 아니라 마이 마이!"

교사가 불량 학생을 훈계하는 것 같았다.

"죄, 죄송합니다요."

구 처장이 머리를 조아리며 울먹이는 목소리로 사과했다. 그러는 구 처장을 총장이 계속 다그쳤다.

"어떡하실 겁니까?"

"……."

"대답해보세욧!"

머리를 책상에 처박은 채 구 처장이 침묵하자, 총장이 버럭 고함을 내질렀다.

성적 사정 회의 참석 대상자로 지목되어 동석한 나는 이게 야단을 치며 다그친다고 해서 해결될 일인가 싶었다. 아마도 총장은 작은아버지인 금기태 이사장에게 힐책당할 일 때문에 분노가 터진 것 같았는데, 나는 그보다 총장이 희생양을 만들고 있다는 의구심이 들었다.

신설 전략 학과인 글로벌사이버콘텐츠창의학부(글사콘창)는 금 이사장의 구상과 지시에 따라 탄생했다. 그렇게 탄생한 학과의 두 차례 모집 결과, 최종 경쟁률이 4.3:1에, 영어 평균이 6등급이었다. 전체 평균 경쟁률이 5.25:1이고, 전체 영어 평균이 5등급이니, 평균적으로 타 학과들이 설익은 밥―1부터 9 등급까지 있다―을 지을 때, 글사콘창은 풀죽을 쑨 것이나 다름없었다.

글사콘창을 설계할 때, 사이버 전문가 자격으로 TFT에 참여해서―금 총장은 프로젝트를 할 때, 유사성 내지는 유관성이 있다 싶으면 교수와 직원을 차별하지 않고 참석시켰는데, 이는 특정 또는 개별 교수와 전문가를 믿지 않는 금 이사장의 가르침이었다―IT 교육 파트를 담당했다는 이유로 회의에 참석한 나는, 총장의 질책 방식과 태도는 물론이요 정도도 지나치다는 생각이 들었다. 물론, 필요하다면 수시로 임원의 조인트를 까기도 하는 기업이라면 가능한 일이겠지만, 대학은 기업이 아니지 않는가.

교수도 노동자라고는 하지만 '특수 근로자'로서 그 신분과 지위가 회사원과 달랐다. 게다가 동료 교수와 직원 팀장 들까지 있는 자리에서 면박과 모욕을 줄 일은 아니지 싶었다.

허리가 방아깨비처럼 길어 유독 앉은키가 큰 구 처장은 장 테이블에 머리를 처박은 채 파리 모양 양손바닥을 비벼대며 말끝마다 죄송하다를 달아 붙였다. 급기야 금 총장이 '쪼까 신경 썼다'와 '죄송하다'라는 말은 회의가 끝날 때까지 사용하지 말라며 윽박질렀다. 언어 표현의 자유까지 박탈당한 구 처장은 어쩔 줄 몰라 했다.

부동자세로 말석에 앉은 나는 그 꼴이 비굴해 보여 고개를 돌린 채 앉아 있었다. 같은 교수 신분인 학무부총장, 특임부총장 겸 글사콘창 학부장 내정자, SAC(식스아츠칼리지) 학장, 인문예술대 학장, 국제교류위원장, TFT 운영단장도 함께 있었으나, 누구 한 사람 구 처장을 도와주려 하지 않았다. 그는 동료 교수와 팀장 들이 있는 자리에서 금 총장의 억지스러운 힐책에 난타당하고 있었다.

"칠사칠은 무슨…… 쯧쯧."

눈을 부릅뜬 총장이 다시 혀를 차며 비아냥거렸다.

'7, 4, 7'은 이명박 정권의 747 정책—경제성장 7퍼센트, 국민소득 4만 달러, 세계 7대 경제 대국을 이루겠다는 계획으로 대통령 전용기 747에서 정책 명을 땄다고 한다—에서 비롯된 말이라고 하는데, 캄보디아 여행 중에 나온 말이라고 했다.

747은 수시와 정시 경쟁률 각각 7:1 달성으로 중부권 대학 4위의 입시 경쟁률을 확보하되, 내신 7등급 이상의 지원자 선발을 목표로 한다는 의미라고 했는데, 앙코르와트 입구 노천 술자리에서 낮술에 취한 구 처장이 부귀영화의 무상함을 말하다 말고 뜬금없이 동석한 금기태 이사장에게 약속한 목표라고 했다. 아마도 평소 아부가 습관화된 그가 아부가 지나쳐 또 실수를 한 것 같았다. 그런데 수시와 정시 모집 결과가 평균 5.25:1이 되는 바람에 목표가 물거품이 되었다. 예년에 비해 선방은 했으나, 결국 5, 9, 9가 되었다. 그러니까 내신과 관련해서는 9등급인 학생이 전체 입학생 중 7.6퍼센트를 차지해 역대 최악이었다.

SAC를 설립하기 전 금 이사장은 교육 특화 브랜드를 구축해야 하는데, 미국 동부식 리버럴아츠교육을 표방한 중석대식 리버럴아츠 구현을 위해 신설 학부가 필요하다면서 글사콘창을 전격 개설했다. 첨단도 아니고, 전투적 의지를 담아 '첨병 특수' 학부라고 했다. 그러니까 정해진 전공 없이 모든 전공을 교양처럼 두루 공부하는 학부였다. 유명 S대의 자율전공학부와 취지는 유사하나 운영 방식이 확연히 다른, 말 그대로 '특수' 학부였는데, 아무튼 마드무아젤 홍과 성조기 교수와 트요(트리오)가 되어 프랑스 고등교육 방식만 좇던 금 이사장이 뒤늦게 미국식 교육 방식을 본떠 추진하는 야심찬 학부였다.

이렇듯 한국에서 전대미문인 학부에 지원한 학생들의 영어 성적은 물론이요 평균 성적마저 중석대 평균 성적에 밑도는 것으로 나타난 것이다. 금 총장은 영어 성적이 형편없이 낮으면 글로벌을 감당할 수 없다는 측면에서 문제가 중차대하다고 했다.

"배점 가중치를 올립시다."

영어 배점 비중을 높이자는 총장의 말이었다. 즉, 영어 성적이 낮은 지원자를 우선하여 떨어뜨리자는 뜻이었다.

이미 공고한 것과 다르게 합격 기준을 조정하라는 지시였다. 금 총장은 글사콘창의 개설 취지에 맞춰 지원자의 미래 성장 가능성과 열정을 전향적인 비중으로 반영하기 위해 내신 성적은 우선으로 하지도 중요시 하지도 않기로 했는데, 내신 성적도 우선으로 하고, 그중에 특히 영어 성적을 우선으로 해서 내신 등급이 낮은 지원자는 아예 뽑지 않는 것이 좋겠다는 의견까지 덧붙였다.

불과 몇 달 전만 해도 프랑스 철학자인 들뢰즈의 해체주의라는 말까지 끌어다가 붙이며 인과론은 더 이상 금과옥조가 아니라는 둥, 과거가 미래를 결정하는 동인이 될 수 없다는 둥 하면서 내신 성적 반영을 앞장서서 반대했던 교수들이 금 총장의 위험천만하고 위법적이라고도 볼 수 있는 억지 주장에 꿀 먹은 벙어리가 된 양 아무 반응들을 보이지 않았다. 물론 이런 상황이 한두 번 겪는 일은 아니었다.

"그, 그것도 좋은 방법인 것……."

모두가 침묵하자, 잔뜩 주눅이 든 구 처장이 입을 열었는데, 확신 부재 때문인지 아니면 긴장 때문인지 말끝을 흐렸다. 놀란 나는 행여 잘못 들었나 싶어 구 처장을 힐끗 바라봤다.

"그래서 어떻게 하면 좋겠다는 거요?"

구 처장의 말을 동의로 받아들인 총장이 확실한 방법을 제시하라며 또 몰아붙였다.

"사정 기준표를 다시 만들어 올리겠습니다요."

잠시 눈알을 굴리던 구 처장이 비굴한 표정으로 서둘러 답을 하고는 맞은편에 앉은 입학팀장에게 눈짓을 보내며 자리에서 벌떡 일어섰다. 어서 같이 나가서 사정표를 다시 만들자는 재촉 같았다.

나는 저러려고 처장이 됐나 싶었다. 이해가 되지 않았다. 안쓰럽다는 생각을 너머 불쌍하다는 생각이 들었다. 배짱이 없는 것인지, 겁이 많은 것인지, 소신이 없는 것인지, 줏대가 없는 것인지, 개념이 없이 사는 것인지 알 수가 없었다.

기가 막힌 수준을 너머 위험하기까지 한 것은 이미 시작된 게임의 룰을 총장이 바꾸겠다고 하는 것인데, 마땅히 이를 말려야 할 구 처장이 되레 동의를 하고 나선 점이었다. 게임의 룰은 게임을 시작하기 전에 정하는 것이고—입시 공고 전에 정해서 이미 대교협과 교육부에 보고했다—게임 전에 공식적으로 공포한 것인데, 슬그머니 바꾸겠다니……. 지원자와 그들의 학부형이 알면, 아니 그 누구라도 알게 되면 공정성 시비가 생길 수 있는 중차대한 사안이었다.

"그건 안 됩니다, 총장님. 심각한 문제가 될 수 있습니다."

자문역으로 참석해 지켜보고만 있던 전 입학처장이자 현 국제교류원장인 모용춘 교수가 총장의 주장과 구 처장의 동의를 제지하고 나섰다. 그는 팀장과 함께 급히 나가려는 구 처장을 손짓으로 주저앉혔다.

"아니 합격 기준을 바꾸자는 것이 아니라, 사정 기준을 바꾸자는 거요. 우리끼리 내부적으로 정한 것인데, 뭐가 심각한 문제라는 거요, 뭐가?"

총장이 말장난이나 다름없는 억지를 부리고는 모 교수를 노려봤다. 도끼눈으로 좌중을 둘러보는 총장의 표정이 '너희들 가운데 이 일을 가지고 떠벌일 사람이라도 있는 거야'라고 묻는 것 같았다.

"구 처장. 내가 물어볼 때마다 당신이 아무 문제없이 잘되고 있다면서 입으로만 일을 한 결과가 이거요, 아시겠소?"

모 원장의 말에 비위가 상한 총장이 다시 구 처장을 몰아붙였다. 그래도 독일 유학까지 가서 많이 배워온 사람인지라, 모 원장의 말에서는 공격할 건더기가 없다고 판단했는지, 금 총장이 화살을 다시 구 처장에게로 돌린 것이다. 책임 소재를 분명히 하려는 말처럼 들렸다. 금 총장은 겉보기와 달리 몽니가 있는 집요한 사람 같았다.

"죄송합니다요, 총장님."

"그, 그 말! 하지 말라고 안 했소? 죄송은 무슨…… 꼴도 보기 싫구만."

총장이 감정 제어를 못했다.

"다음부터는 좀 더 신경 써서 더욱 열심히……."

그래도 구 처장은 싫은 내색 없이 머리를 조아렸다.

"거, 참, 말귀 못 알아듣네. '열심히'가 아니라, '잘'이라니까, 자알! 잘이라고! 그리고 그 신경이라는 단어도 쓰지 말라고 안 했소?"

"아, 예. 다음부터는 자알……."

"다음이라는 단어도 쓰지 마시오. 대학이 언제 망할지 모르는 판에, 다음은 무슨 다음."

금 총장이 성적 사정 회의는 뒤로 한 채 구 처장을 본보기 삼아 군기를 잡고 있다는 생각이 들었다. 그 때문인지 참석자 모두가 불편하고 언짢은 표정들을 짓고 있었다.

나는 이 거듭되는 핀잔과 모욕을 공손한 말대답으로 받아넘기고 있는 구생만 처장이 이해되지 않았다. 도를 닦는 것인지, 비굴한 것인지, 인내심이 강한 것인지, 아니면 권력욕이 강한 때문인지 도통 알 수가 없었다. 분명한 것은 도인인 양, 바보천치인 양 감정의 동요를 찾아볼 수 없다는 점이었다. 자신의 잘못을 모두 시인하고 질책은 기꺼이 받아들인다는 표정이었다.

"입학처장을 8년이나 하신 모용춘 교수가 안 된다고 하시니 어쩌겠어요. 사정 기준은 바꾸지 말고 그대로 두시오. 대신에 상위 성적 합격자가 반드시 최종 등록을 할 수 있도록 강력한 대책을 강구해 보고하고, 1차 합격자 발표 후에 발생한 미등록 결원은 추가로 합격자 발표를 하지 말고 다음번 모집으로 이월시키시오. 판을 깔아줘도 소용이 없다니까……."

금 총장이 구 처장을 흘겨보며 구시렁거리듯이 뒷말을 덧붙였다. 추가 합격자 발표 없이 결원을 이월시키는 것도 입시 규정 위반이었다. 그러나 더 이상 토를 달거나 이의를 제기하는 사람이 없었다. 모 원장도 침묵했다. 이쯤에서 구 처장에 대한 성토를 마치고 본격 사정회의에 들어가나 싶었는데, 그게 아니었다. 금 총장이 나에게도 총알을 날렸다. 유탄이 아닌 조준사격이었다.

"그런데 거기 설상구 실장. 당신은 왜 끄트머리에 쭈그리고 앉아 한마디도 안 하는 거요?"

나는 구 처장이 당할 때부터 번민에 빠진 우거지상을 짓고 있었다. 달리 취할 대책이 없었다.

무슨 한마디를 하라는 거지, 한마디 할 게 뭐가 있겠는가? 그래도 표적지가 된 이상 총 맞은 시늉은 해야 했다.

　"모 교수님 의견이 맞는 것 같습니다, 총장님. 그리고 결원을 내림차순으로 충원하지 않으시겠다는 총장님의 의견에 저도 동의합니다요."

2

나는 이런 불상사가 있고 난 1년 뒤에 구생만 교수를 직속상관으로 모시게 되었다. 그와 내가 같은 부서에서 상하관계로 만날 확률은 0퍼센트에 가까웠으나, 정보통신지원센터가 외주업체 운영으로 넘어가면서 학교가 전산직을 행정직으로 전보시키는 바람에 만나게 됐다.

　들리는 말에 의하면 금상필 총장은 보직 임기 2년을 마친 구생만을 연임시킬 계획이 없었다. 그러나 마땅한 후임자가 나서지 않았고, 또 찾을 수 없었다. 입학처장이라는 자리가 예민하고 노회한 고교 교사들을 일선에서 상대하며 학생을 보내달라고 읍소하는 자리인지라, 교사 대 교수가 갑과 을로 만나는 불편한 보직이었고, 또 경쟁률과 등록률 등에 따라 업무 성과가 매년 적나라하게 드러나는지라 웬만큼 보직 욕과 자기 과시욕이 강한 교수가 아니고서는, 또는 학교에 대한 충성도가 웬만하지 않고서는 하겠다고 선뜻 나설 수 있는 자리가 아니었다. 빛 좋은 개살구가 입학처장이었다.

　금기태 이사장이 마음에 두고 있는 교수 몇몇은 이런저런 핑계와 사정을 대며 보직을 사양했다. 학령인구의 급격한 감소로 입학 재원이 줄어 신입생 모집이 해마다 점점 어려움을 겪는 것도 이유였지만, 보직을 해봐야 일과 책임만 잔뜩 떠안을 뿐, 실권이 없고 실익이 적은 것도 이유였다.

중석대는 보직자의 권한이나 실질적 혜택이 중부권 타 대학에 비해 낮은 수준이었다.

그렇다고 해서 득이 전혀 없는 것은 아니었다. 본부처장 보직은 '가오' 가 살고, 그 가오로 가욋일, 가욋돈이 생기는, 하기에 따라 돈과 명예가 따르는 보직인지라 겉으로는 사양을 해도 내심 군침을 흘리는 교수들이 꽤 됐다. 그러나 이들 중에는 금 이사장의 마음에 드는 인물이 없었다.

아무튼 새 학기가 시작됐음에도 마땅한 처장 적임자가 나타나지 않았다. 교수들의 이런 이기적이고 방관자적인 태도에 불만과 약이 바짝 오른 이사장과 총장은 그렇다면 적임자가 나서기 전까지 입학처장을 공석으로 입시를 치르겠다고 선언했다. 싫다는 사람을 사정하고 설득해서 입학 처장으로 '모실' 생각이 없다는 뜻인데, 일종의 압박이자 협박이었다. 입학처장이 없다고 해서 입시 업무를 못 치르거나 학교가 당장 망하는 것도 아니기 때문에 이사장과 총장은 아쉬울 것이 없으니, 처장 없는 신입생 모집 업무를 관계자들끼리 감당해보라는 억지이자 겁박이었다.

이렇게 해서 3개월이 흘렀다. 대학의 핵심 업무가 입학과 취업이 아니던가. 취업은 입학이 전제된 것인데, 입학처가 선장 없이 난바다를 항해한다는 것은 결코 바람직한 일이 아니었다. 물론 선장이 없다 해서 배가 당장 산으로 가는 것은 아니었으나, 쓰나미 속을 항해 중인지라 필요했다. 이를 모를 리 없는 이사장과 총장도 속으로는 걱정이 되는지라 전전긍긍하는 것 같았다.

이즈음 호시탐탐 연임 간청 기회를 노리고 있던 구생만이 나섰다. 우선 가까운 동료 교수들과 십상시에게 바람잡이 내지는 지원사격을 부탁한 뒤, 금 이사장에게 다이렉트로 대시했다. 지난 2년은 경험 부족으로 기대에 못 미쳤으나, '미워도 다시 한번'이라는 말이 있듯이 자신에게 747을 할 수 있는 기회를 한 번만 더 달라고 읍소했다. 그는 명문 S대 출신으로서 지난 2년 동안—특히 글사콘창 입시 실패로 인하여—잃어버린 자존심과 명예를 회복하고자 하는 것 같았다. 그와 친하다는 S대 출신 동료 교수들이 떠들고 다니는 말들이 이를 뒷받침해 주었다.

구생만이 자강불식(自强不息)·멸사봉공(滅私奉公)의 자세로 다시 최선을 다할 수 있는 기회를 달라고 매달렸으나, 그래도 금 이사장은 그를 앉히고 싶은 마음이 없었는지, 한 달을 더 끌었다. 이유는 알 수 없었다. 다만 십상시 측근들의 말에 따르면, 구생만이 머리가 큰 가분수임에도 반 뼘쯤 모자라는 판단과 허리가 긴 때문인지 늘 한 발짝 더딘 행동이 문제인 것 같다고 했다.

그러나 내가 보기에는 결정적인 순간마다 보여주는 표리부동한 태도와 마뜩찮은 외모 때문이 아닌가 싶었다. 금 이사장은 그의 후줄근한 외모가 대외 활동에 적합하지 않다고 판단하는 것 같았다. 어쩌면 747 달성 실패의 원인에 그의 외모가 일정 정도 기여했다고 생각하는 것 같았다. 파리지앵인 양 행세하는 이사장은 미감(美感)을 중요시했다. 이런 자의적 미감이 그의 결함이었다.

실질적인 업무는 팀장과 팀원 그리고 전담 교수 사정관 들이 잘 알아서 하고 있었기 때문에 실무 진행에 별다른 문제가 없었다. 중석대 입시 정책은 입학처 자체만의 업무가 아니라 해마다 별도로 꾸리는 TFT가 서로 또는 학과 간의 이해(利害)를 고려해 적당히 짜 맞춰서 학교 학무회의와 법인 이사회의 심의·의결을 거쳐 정했다. 나머지는 유사 수준의 타 대학들과 보조를 맞춰 루틴한 방식에 따라 실행하면 그만이었다.

그러나 처장이라는 직함과 교수 가오가 있어야 제대로 할 수 있는 대외적인 업무가 있었다. 고교 3학년 부장교사들 응대나 접대, 입시 관련 언론사 기자 간담회 등이었는데, 이는 직원 팀장이나 교수 사정관급으로 상대할 수는 있는 문제가 아니었다. 물론 우리가 상대하고자 한다면 상대는 할 수 있으나, 상대가 격을 따져 상대하려고 하지 않는다는 것이 문제였다. 교사와 기자 들의 카운터 파트너는 교수 처장이었다.

결국 처장 공석이 5개월째로 접어들자, 구생만의 연임이 결정됐다. 누가 봐도 마지못한 결정이었다. 총장이 이사장의 결단을 전달할 때, 이사장은 당초부터 구 처장의 연임을 고려하고 있었고, 자신도 같은 생각이었노라고 했다. 구생만은 명예 회복 기회를 얻어 다행이라면서 립 서비스 따위는 신경 쓰지 않는 눈치였다.

입학처장직에 늦장 연임된 구생만 처장이 입시 홍보의 전문화·차별화·집중화를 내세우며 '입학홍보팀'의 신설을 총장에게 전격 요청했다. 지난 2년간의 경험 끝에 터득한, '747 필승 입시'를 위한 필요충분조건이라고 했다.

글사콘창의 모집 실패를 만회하고, 747에 재도전하기 위해서는 반드시 필요하다며 떼를 써가며 주장했다는 것이다. 글사콘창 모집과 747의 성공이 전적으로 입학홍보팀 신설 유무에 달려 있는 양, 금 총장과 금 이사장을 상대로 보챘는데, 비서실에서 흘러나온 말에 의하면, 늦장 연임에 대한 앙갚음인지 생떼를 쓰는 수준에 가까웠다고 했다.

결국 현실적인 당위성과 필요성을 인정한 점도 있겠으나, 지난 2년 내내 좀 심하게 다룬 점과 연임 문제로 과하게 자존심을 건드린 점에 대한 미안함 등을 고려한 금 총장이 이사장의 재가를 득해 입학홍보팀 신설을 허락했다. 그러고는 그 신설팀에 본직인 전산직을 잃고 행정직을 받고 나서 말 그대로 상갓집 개 신세가 된 나를 돌려막기 하듯이 전보한 것이다. 두 명의 팀원 중 한 명은 기존 홍보팀의 비정규직 직원—떠도는 말에 의하면 홍보가 안 맞아 타 부서로 전출시키려 했다던—을 전보했다.

입학팀에서 입시 업무를 위해 필요한 것은 홍보의 전문성 확보와 성과 보상을 통한 팀원들의 사기진작이었다. 이는 기존 홍보팀에서 감당하는 것이 마땅하고, 또 감당할 수 있도록 해야 할 일이었다. 그런데 굳이 입학처 산하에 따로 전속 홍보팀을 둬야 한다고 고집한 것이다. 결국 동일·유사 업무의 이원화가 아닌가. 나는 대체 그럴 이유가 뭔가 싶었다.

입학처에서 필요한 하부 조직이 있다면, 전속 홍보팀이 아니라 마케팅 팀이어야 했다. 그러나 홍보와 마케팅을 구분할 줄 모르는, 어쩌면 알면서 도 모르는 척하는 보직자들끼리 좌충우돌·갑론을박—팀 추가에 따른 입 학처장의 위상과 권한 강화에 대한 불만과 견제에서 비롯된 것이다—하 다가 기존 홍보팀의 업무를 쪼개고, 그래도 업무가 중복될 수밖에 없는, 또 마땅히 그래야만 정상적인 업무를 수행할 수밖에 없는 입학홍보팀을 만들었다. 그러니까 학교는 홍보 일에 두 집 살림을 차린 것이다.

나는 기존의 팀에 덤으로 얹히는 꼴이 아니라, 신설팀에서 어쨌든 새로 시작하는 업무를 할 수 있어서 좋기는 했다. 그러나 상식 수준에서 생각 할 때, 비합리성과 비효율성 그리고 업무의 중복과 상충 등을 들어 부적 절한 팀의 신설이 아닌가, 걱정됐다. 하지만 이런 걱정은 팀의 신설과 폐 지 여부를 좌우하는 윗분들의 고유 권한이었기 때문에, 전산직에서 행정 직으로 쫓겨난 내가 관여할 바는 아니었다.

그런데 입학처와 입학홍보팀 사이에 홍보·협력실이 들어왔다. 본래 홍 보팀 위에 있던 홍보·협력실이었는데, 구생만 입학처장이 자신은 홍보 업 무를 잘 모르니 홍보·협력실장을 자기와 같이 일할 수 있도록 요청했다 는 것이다.

홍보·협력실장은 교수였으나, 유관 학과 또는 전문성을 가진 교수가 아니었다. 그러니까 홍보·협력실장이 홍보 업무를 잘 알고 있어서 이를 기획하거나 진행하는 것이 아니었다. 대학에서 보직은 교수라면 어느 자 리가 됐건 누구나 다 맡을 수 있었다. 아무튼 홍보·협력실장의 공식적 도 움을 받겠다는 것은 입학처 산하에 홍보·협력실이라는 기구를 둔다는 뜻이었다.

전산직에서 행정직으로 직종을 전환한 직원 한 명에, 홍보팀에서 뽑아낸 비정규직 직원 한 명으로 구성한 입학홍보팀 위에 홍보·협력실을 두고 교수 실장까지 앉힌 것이다. 입학 홍보 분야를 전문화·특화·강화하여 입시 경쟁력을 키우겠다는 야심찬 계획으로 기구조직을 전격 개편한 결과였다.

당시에는 정말 이해가 안 되는 편제 개편이었는데, 나중에 밝혀진 바에 따라 다시 생각을 해보니 충분히 이해가 되고도 남을 일이었다. 대외교류협력 부총장이 구생만 입학처장을 조용히 따로 불러서 자신의 직할 조직인 홍보·협력실 '양보'를 제의했다는 것이다. 이는 기존 홍보·협력실에서 교수 실장을 거쳐 처리했던 홍보와 대외협력 부문을 없애 버리고 부총장 자신이 직접 직원 홍보팀장을 통제하겠다는 것을 뜻했다. 즉 매스 미디어와 소셜 미디어를 자신이 직접 상대—이를 홍보·협력실장이 했다—하고, 홍보비도 자신의 판공비와 버무려 직접 조몰락거려 볼 생각이었던 것인데, 실제로 그렇게 됐다.

이는 누가 봐도 꿍꿍이가 의심되는 제의였으나, 대외교류협력 부총장이 입학홍보팀 신설을 지지하는 조건으로 구생만이 덥석 받아들인 것이다. 서로의 이해(利害)가 맞아떨어진 것이다.

'협력'—대외교류협력의 줄임말이다—도 떼고, 서열과 위상도 격하되어 입학처 소속이 된 홍보실장은 그나마도 기존 홍보팀과 입학홍보팀을 관할하는 것이 아니라, 입학홍보팀만 관할하게 되었다. 반쪽짜리 홍보실장이 된 것인데, 그 반쪽마저도 입시와 홍보에 대한 전문성이 전무한 그—임상병리학과 교수였다—로서는 무용한 자리였다. 부서가 말 그대로 위인설관(爲人設官)이 되고 말았다.

금기태 이사장은 이렇듯 이해 불가한 편제 개편과 인사 발령을 해놓고는 홍보·협력실 축소 유지에 대해서는 미래의 본부 보직자 양성 차원이라고 의미를 부여했다. 아무리 그래도 금 이사장의 의미 부여가 조직을 바로 이끄는 것은 아니었다. 조직에서 형태와 기능은 서로 유기적으로 상관하고 간섭하는지라, 기능에 따라 형태가 정해지기도 하고 형태에 따라 기능이 이루어지는 것이 아니던가. 형태와 기능이 따로 겉노는 조직이 어찌 제대로 될 수 있겠는가.

만약 이따위 조직을 직원 보직자가 주장했다면, 아니 직원이 관여된 문제였다면 어림 반 푼어치도 없었을 것이나, 주요 보직을 담당한 교수들—특히 부총장까지 나서서—이 주장했기에 먹힐 수 있었다.

당시 팀장급 보직마저 삭탈되어 무관인 데다가 별다른 소임마저 없는 상태였던 나는 굿이나 보고 떡이나 먹는 것만으로도 감지덕지했기에 복지부동했다. 또 나는 넓게 멀리 보는 말을 함부로 했다가 곤경에 처한 적이 한두 번이 아닌 '실언 전과자'였기에, 분수에 맞춰서 좁게 눈앞의 것만 보며 깔짝거려야 겨우 살아남을 수 있는 처지였다. 약 50억이 든다는 정보통신지원센터 중앙 서버 교체의 필요성을 주장했다가 굿 못하는 무당이 작두 탓을 한다면서 뭇매를 맞고 쫓겨난 것이 1년 전 일이 아니던가.

어찌 됐든 홀아비 고충은 과부가 안다고, 같은 설움과 왕따 경험이 있는 나는 순하고 착하고 성실한, 그래서 금 총장으로부터 부당한 모욕까지 당한 구생만 처장의 자긍심 회복과 성공적인 '부활·재기전'을 돕기 위해 견마지로하기로 했다. 그의 심기일전·절치부심이 곧 내가 공감·공유해야 할 일인 양 생각됐기 때문이다.

당시 총무팀 대기발령 중으로 버려진 헌신짝이 되었던 나는 의욕도 희망도 없는 공황상태였다. 헌신짝이 됐다는 사실을 눈치챈 일부 직원들은 나를 폐품으로 취급했다. 새로 짝이 된 동료 팀원도 이런 나의 처지를 알았는지 기선을 제압하려 들었다.

"설 차장님. 올해로 저도 10년 차 된 거 아시죠?"

자기도 입사 10년 차가 됐으니 당신과 같은 팀원으로서 대우를 해줘야지 행여라도 자기에게 상급자 또는 선배 행세를 하려 들지 말라는 경고성 발언이었다. 14년 후배가 실장 보직을 잃은 나를 차장이라 불렀다. 직위는 잃었으나, 직급은 인정해 주는 예우 같았다.

"……잘 부탁해."

입사 24년 차인 나는 어처구니가 없었으나 이의 없다는 뜻으로 고분고분 답했다.

이런 상황에서 직속상관으로 모시게 된 신임—사실상 신임은 아니었다— 홍보실장은 신구창 교수였는데, 인연이 각별한 사이였다. 누구로부터 어떤 말을 들었는지 프로그램 개발 문제로 외주를 준 사업들에 대해 못마땅해하던 금 이사장이 지난 5년 동안 정보통신지원센터와 외주업체 간에 오간 거래와 결재 내역을 조사하여 철저히 감사하라고 지시했는데, 이때 신 교수가 조사 겸 감사 위원으로 참여했다. 그는 경찰학이라는 자신의 전공을 부러 오용하여 조사와 감사를 하기도 전에 나를 용의자 취급했다. 금 이사장의 뜻에 맞추고자 곡학아세를 한 것이다.

3

"간격을 잘 생각해서 안내를 배치해야지. 서문과 의대 사이에는 안내가 왜 한 명도 없는 거요? 우리야 캠퍼스가 어떻게 생겨먹었는지 훤히 알지만, 여기를 처음 오는 고삐리들이 그걸 어떻게 알겠어요. 생각을 쪼까 해 봐요."

구생만 처장이 학생 안내 도우미의 배치 간격과 위치를 두고 일일이 간섭하며 질책하듯 잔소리를 퍼부었다. 같은 말을 다르게 10여 분 동안 반복했다. 입학팀장과 나는 '고삐리'들이 오가는 길 한복판에 부동자세로 선 채 꾸중 같은 잔소리를 들어야 했다.

서문과 비탈 끝에 있는 의대 건물까지는 약 15미터였다. 비탈이지만, 일직선 거리인지라 시선이 틔어 있었다. 그 일직선 거리 중간에 안내 도우미를 배치하지 않았다고 해서 아침 댓바람부터 게거품을 물어가며 닦달질을 하는 것이었다. 시각장애인들이 내교하는 것도 아닌데 왜 그러는지 알 수가 없었다. 아무튼 자신의 승용차를 몰고 캠퍼스 곳곳을 쑤시고 다니며 사사건건 '생각을 쪼까 하라'고 닦달했다. 직원들은 다그치고 조교들은 윽박질렀다. 나와 입학처 소속 팀원들은 구생만 처장이 연임된 지 한 달 만에 모두 생각이 없는 무뇌아이거나 생각을 안 하는 게으름뱅이들이 되어버렸다. 입학팀장은 사람이 변했다고 했다. 아마도 747 미달성에 대한 원인과 책임을 입학팀원들의 '생각' 때문으로 보는 것 같다고 했다.

총장 앞에서는 늘 동네 달건이 막내처럼 쩔쩔매며 비굴한 언행을 일삼던 구생만—입학팀장의 말이다—은 지킬 박사와 하이드인 양 전혀 딴사람이 되어 자신의 소속 팀원들에게 권위적이고 고압적인 태도로 업무 일체를 시시콜콜 간섭하고 통제했다. 간섭과 통제가 디테일했는데, 인문사회계열 교수이기 망정이지 보건의료계열 교수였다면, 들숨과 날숨의 주기와 횟수까지도 정해주고 이를 특정하며 감시할 판이었다. 물론 이런 디테일이 있었기에 금 이사장과의 회식 자리에 블루투스를 휴대하고 다니는 기지와 융통성을 발휘할 수 있었을 것이다.

그는 입학팀장으로부터 고교 홍보용품인 광동 비타500의 재고 수, 휴대전화 충전기 세트의 재고 수, 치약·칫솔·치실 세트 재고 수, 포스트잇 재고 수까지 입출 현황 및 내역을 일일보고 받았다. 팀장 재량으로는 비타500 한 병도 마시거나 줄 수 없었다.

그는 일단 입학처 산하 모든 부서와 부서원들의 일거수일투족이 자신의 손바닥 안에 들어와 있어야 마땅하다고 생각했고, 또 그래야 만족했다. 안 그러면 잔소리 고문과 히스테리가 발동했다. 처장의 권위를 신봉하는 그는 자신의 지시에 토를 달거나 다른 의견을 내기라도 하면, 그 옳고 그름을 쪼까 생각하기 전에 무조건 못마땅한 표정을 지으며 핀잔을 줬는데, 이런 식이었다. "그건 내가 생각해보지 않은 게 아닌데, 쪼까 별로일 것 같아요", "쪼까 일리 있는 말인 것 같은데, 다 같이 생각을 좀 해봅시다", "다른 대학에서 해봤다는데, 효과가 없대요", "그걸 총장님께서 하라고 하시겠어요?"

부서원들의 의견에 따라 현란한 핀잔, 평계 등을 찾아서 응수했는데, 그게 안 통하는 경우에 히든카드로 총장을 끌어들였다. 아무리 명문 S대를 나왔다고는 하지만, 무불통지에 무소불위였다.

이렇게 해서 나는 단 한 달 만에 그의 숨겨졌던 지적 수준과 인간적 성품을 새로 알게 되었다. 팀장이 해야 할 일, 팀원 각자가 해야 할 일, 또 입학 사정관들 각자가 주어진 역할과 책임 소재에 따라 해야 할 일들까지 일일이 나서서 지시하고 체크하고 감독하고 피드백했다. 뿐만 아니라 이 팀원에게 저 팀원에 대해 묻고, 저 팀원에게는 이 팀원에 대해서 물었다. 그래서 팀원들은 본의 아니게 서로가 서로의 스파이가 될 수밖에 없었다.

이런 구조인지라 입학처는 구생만의 수준과 능력을 넘어서는 일은 절대로 할 수가 없었다. 그는 시시때때로 지난 2년의 입학처장 경력을 벼슬이요 금과옥조인 양 내세우며 자랑했는데, 그 2년의 경력이 안하무인의 근거이자 예상되는 실패의 씨앗이라는 것을 그만 모르고 있는 것 같았다.

아무튼 그가 입학처의 '생각들'을 좌지우지하는 뇌였고, 나머지는 수족이자 하수인이었다. 그러니까 2년 전 747을 달성하지 못한 원인과 책임이 오롯이 구 처장에게 있었던 것이다.

나는 일찍이 아무리 신세가 처량하고 신산해도 용꼬리로는 살지 말고 뱀 대가리로 살아야 한다는 엄마의 가정교육을 철저히 받고 자라 비록 신분 낮은—대학은 신분 질서로 움직였다—직원이라고는 해도 낙타-사자-어린이의 삶을 살아온지라 구 처장의 시시콜콜한 지시를 주체적·선별적으로만 받았다. 자신이 나보다 다섯 살 밑인 고교 후배이고, 입사 또한 14년 후배이기는 하지만, 신분이 교원이요 직위가 본부처장인 데다가, 명문 S대 출신인지라 구생만은 나의 주체적·선별적 지시 수용을 분수를 모르는 시건방진 태도로 받아들여 몹시 못마땅해하면서 그 쭉 째지고 톡 튀어나온 뱀눈으로 나의 일거수일투족을 예의주시했다. 꼬나보고 있었다는 말인데, 그렇다고 해서 구생만이 금 총장을 대하는 식의 비굴한 자세로 그를 대할 생각은 추호도 없었다.

이렇듯 팽팽한 긴장감이 돌던 즈음에 엉뚱한 일이 터졌다. 구 처장에게는 엉뚱한 일이 공격의 빌미였다. 마치 생화학 무기를 찾겠다는 구실로 이라크를 전격 침공해 패악질을 한 부시 같은 행동을 취했다. 그러나 그도 부시처럼 허방을 디딘 것이었다.

"설 차장님이 안 도와주셔서 난리가 났다는데, 왜 그러셨어요?"

내선전화를 걸어온 신구창 홍보실장이 완곡한 표현으로 물었다. 신 실장으로서는 공포탄을 쏜 것이라 볼 수 있으나, 말의 불순한 저의를 직감한 나는 총상을 입은 기분이었다. 말본새로 볼 때 한 건 잡았다는 기세였다.

"누가 그럽니까?"

용건을 파악하고 사태를 짐작한 나는 발끈해서 다그치듯 물었다. 방어가 아닌 공세적 질문이었다. 평소에 구 처장과 신 실장이 노는 행태나 수준으로 볼 때, 서로가 나에 대해 어떤 추측성 험담을 주고받았을는지 충분히 미루어 짐작하고도 남았기 때문이었다.

"구 처장이 나한테 그것도 모르고 있었느냐고 묻던데요."

신 실장은 자신이 직위상 아랫사람임에도 불구하고 구생만이 같은 교수에 연배라는 이유로 처장님으로 부르지 않고 처장이라 불렀다. 구는 이를 모르는 것 같았다. 알아도 신분이 같은 교수들끼리는 위아래를 따지며 다투지 않았다.

신 실장의 말은 저의가 불순했다. 내용을 떠나 당신은 직속상관인 내게 왜 '그것'을 보고 안 했냐는 힐문이었다.

신 실장이 난리가 났다고 표현한 '그것'은 보고할 일이 아니었다. 그러나 권위주의에 물든 보직교수들은 부서에서 발생한 모든 일들을 보고받아야 할 대상이라고 생각하는 것 같았는데, 그도 예외가 아닌 것 같았다.

문제로 삼은 '그것'은 산학협력단과 지역 레거시 방송사와 엮인 일이기 때문에 입학홍보팀과는 무관했다. 즉 소관 업무가 아니었다.

언론사를 상대하는 업무는 양 팀이 협의한 업무분장에 따라 홍보팀 업무였다. 그러니까 '그것'은 당초부터 업무와 무관해서 업무협조 대상조차 될 수 없는 것이었다. 게다가 업무의 일부분이 아닌, 업무를 통째로 떠넘기는 것은 업무 전가이지 업무협조 또는 지원이 아니지 않은가.

이러한 이유를 들어서 거절하는 것이 마땅했으나, 도움이 꼭 필요한 것이라면 입학홍보팀 팀원으로서가 아니라, 중석대 직원 개인 또는 자연인 자격으로 도울 용의가 있다고 한 것인데, 이 선의가 '난리'를 부른 '그것'으로 둔갑을 했다.

만약 규정에 근거한 업무협조 사안이었다면, 산학협력단도 모양 빠지게 구구절절 사정을 지껄여 대며 도움을 청하지 않고, 간단하게 '업무협조전'을 날려 보냈을 것이다. 중석대에서는 자기 부서가 해야 할 고유 본연의 업무도 업무협조라는 황당무계한 명분[사유]을 달아 타 부서로 넘기기 일쑤였다. 자신들이 상대 부서보다 상위 부서라고 생각하거나, 소속 부서장이 금 이사장의 인정을 받고 있다 싶으면 이런 짓거리를 갑질하듯이 서

습없이 했다. 만약 이렇게 받은 협조 업무를 거부할 경우, 소통 능력이 떨어지고 배려심이 없어 조직문화를 해치는 구성원으로 치부했다. 금기태 이사장이 만든 요상한 업무 풍토인데, 능력과 책임이 아닌 정실(情實)을 중요시하는 특이한 조직문화를 가지고 있었다.

신 실장이 말한 '그것'의 발단은 이랬다. 지역 대학이나 지역 방송사가 다 같이 어려운 게 작금의 냉혹한 현실 아닌가. 허접한 소셜 미디어 등쌀에 정통 매스 미디어가 맥을 못 추게 된 게 어제오늘 일이 아니지 않은가. 굳이 둘을 놓고 누가 더 지지리 궁상인가를 따진다면 방송사 쪽이다. 그러니 아직은 상대적으로 형편이 넉넉한 대학이 우리 궁색한 방송사를 좀 도와줘야 상생하지 않겠는가, 라고 했다는 것이다. 이런 말을 누가 했는지는 밝히지 않았으나, 이 말을 직접 들었다는 산학협력단장은 언론사의 말이기 때문에 듣고 뭉갤 수 있는 각설이타령과는 다르다고 했다.

그러니까 각설이타령을 요약하자면, 기업과 달리 언론의 생리와 메커니즘에 대해 무지하고 순진한 대학—때문에 다수의 대학들이 언론에 쩔쩔맸다—을 상대로 광고에 준하는, 또는 그에 준하는 홍보를 고 퀄리티로 해주겠다면서 프로그램 제작 협찬비를 품위 있게 '부탁'한 것이다. 그래도 명색이 언론 권력 중에서도 최상위에 있는 지상파 방송사인지라 절대 부탁은 아니고, 제안이라고 강조했다는 것이다.

방송사와 대학도 여느 기업이나 기관처럼 갑과 을의 관계가 성립—그러면 안 되겠지만 어디 그런가—되기 때문에 방송사 입장에서는 제안이지만, 학교 입장에서는 절대명령과 다름없었다.

모두 여섯 꼭지를 종합선물세트인 양 패키지로 묶어서 제안한 프로그램 안(案)인지라 협찬료의 규모가 제법 됐다. 그런데 이 제안을 받은 것이 업무 유관 부서장이라 할 수 있는 대외교류협력 부총장이나 홍보팀장이 아니라, 산학협력단장이었다. 해당 방송국 편성부국장이 산학협력단장과 대학 동기라는 인연이 작동한 것이다. 평주시 같은 지역사회에서는 전통적으로 세상사의 이치나 도리, 계통과 질서를 떠나 지역의 옛 명문고교, 서울의 명문대 출신들끼리 서로서로 끌어주고 밀어주고 받쳐주며 상부상조했다. 이것이 이치나 도리, 계통과 질서를 대체하는 평주시의 작동원리였다. 이렇게 지연과 학연이 의기투합하면 평주시에서 못 이룰 일이 없었다. 중석대는 안천에 있다고는 하지만, 재학생의 40퍼센트가 평주시 거주자였다.

방송사가 홍보팀에 줄을 대달라고 산학협력단장에게 입질을 한 것인데, 거기는 형편이 궁하다―금 이사장은 홍보비가 뜬구름 잡는 소모성 경비라면서 해마다 최소 예산만 승인해줬다―는 답을 들은 편성부국장이 그러면 네가 직접 하라고 했다는 것이다. 단장이 부국장의 1년 후배였다.

홍보팀에는 패키지 방송 제안의 10분의 1조차도 받아줄 만한 돈이 없었으나, 산학협력단은 이와 달랐다. 마침 산학협력단은 단장의 인맥과 로비력으로 정부가 정책적으로 지원하는 바이오 사업과 관련해서 여러 건의 사업을 수주해 꽤 많은 용역비를 확보했는데, '생각'을 폭넓게 하면 이 중에 홍보비로 전용할 수 있는 재원이 있을 것이라고 했다. 부국장의 코치였다. 단장은 자신이 따온 용역비 총액이 어마무지하기 때문에, 심술보일 뿐 방안 풍수인 금 총장도 불법만 아니라면 전용을 승낙해 줄 것이라고 응수했다는 것이다.

이렇게 해서 다 해결이 됐나 싶었는데, 정작 그 이후부터 문제가 꼬이기 시작했다. 산학협력단이 그 자금을 전용하여서 업무 소관 부서인 홍보팀으로 이월해 주거나, 수주사업 관련 회계 규정상 이런 식의 이월이 어렵다면, 지출만 해주고 관련 업무를 홍보팀에 맡기면 될 터인데 그렇게 하지 않았다. 아니 못했다.

산학협력단으로서도 그럴 만한 이유가 있었다. 먼저, 대외교류협력 부총장의 지휘하에 있는 홍보팀에서 규정에도 없는 일을 그런 식으로 할 수 없다며 거부했다는 것이다. 하지만 단장도 바보가 아닌지라, 방송사와 산학협력단이 상호 협의한 수준의 일, 즉 프로그램 공동 기획을 감당할 만한 전문 인력이 홍보팀에 없다는 사실을 잘 알고 있었다.

아무리 그렇다고 할지라도 산학협력단장은 홍보팀에서 그 일을 할 수 없다고 버티더라도 할 수 있도록 하는 다른 방도를 '생각'해봤어야 했다. 그러나 그러지 않았다. 그에게도 나름대로의 꿍꿍이속이 있었던 것이다.

산학협력단장은 그 패키지 프로그램 제작·방송을 통해 금 이사장에게 자신의 산학협력 성과를 자랑하고 싶었으며, 만약 이게 어렵다면 차선책으로 자신이 학교 홍보에 큰 기여를 했다는 생색이라도 한껏 내고 싶었던 것이다. 그러려면 방송국과 공동으로 프로그램을 기획·제작하는 일에 자신이 어느 정도 간여를 할 수 있어야 했다. 돈과 업무를 다 넘겨줘 버리면 개털 신세가 될 것이 빤했다. 무엇보다 대외교류협력 부총장과 그는 서로 개무시하는 라이벌 관계였다.

학교 측이 방송사 담당 제작진 측에 제공해야 할 업무협조는 이런 것이었다. 제작진 측에서는 학교 사정과 또 원하는 것이 무엇인지 알 수 없으니, 학교가 그 소스 내지는 아이템을 발굴·구상하여 방송국 측에 제공해 달라는 것이었다. 산학단에는 이 일을 감당할 만한 팀원이 없어 홍보팀으로 넘기려 했던 것인데, 그마저도 여러 계산과 사정으로 여의치 않게 되자, 엉뚱하게도 입학홍보실로 떠넘기려 한 것이었다.

방송사가 원하는 것은 기획·구성이 아니라, 발굴·구상이었다. 그러니까 전문성이 있어야만 할 수 있는 일이 아니었다. 제작·편집·송출권이 방송사에 있고, 또 이를 담당하는 전문 피디와 구성작가 등 전문 인력이 있는데, 기획·구성을 왜 부탁하겠는가. 그러니까 중석대 사정은 중석대 내부인이 잘 알 터이니, 소스나 아이템만을 찾아서 제공해 달라는 것이었다.

그런데 홍보팀에서는 이 일을 못하겠다고 하고, 또 산학협력단 내에는 이 일을 할 수 있는 팀원이 없으니, 입학홍보팀에서 할 수밖에 없다는 것이었다. 산학단장은 말이 안 되는 억지를 산학협력운영팀장을 통해 내게 전했다.

나는 황당하고 당황스러웠다. 돕고는 싶었으나, 명색이 언론을 담당하고 있는 부서가 따로 있는데, 그 해당 부서가 퇴짜놓은 일을 입학홍보팀에서 덥석 받아 할 수는 없는 노릇이었다. 그럴 수 있는 근거도 없었다. 그래서 고민 끝에 입학홍보팀원이 아닌 사적인 자격으로라면 도울 수도 있다고 한 것이다.

서몽수 산학팀장은 우리 단장님이 원하는 것이 바로 그것이라고 했다. 그런데 그냥 도움을 청하면 안 도와줄 것 같아 업무로 엮어서 협조 어쩌고 하며 공연한 말을 떠들어댈 수밖에 없었노라고 너스레를 떨었다. 때문에 신 실장이 말한 '그것'은 입학처장이나, 홍보실장하고는 업무상 하등의 관계가 없는 일이었다. 그런데, 이 업무와 관련해서 황당하고 어처구니없는 일이 생긴 것이다. 상식적으로는 예측하기 힘든 일이었다.

구생만 입학처장이 뜬금없이 이메일을 통해서 내게 이 업무의 지연과 관련된 힐책과 함께 독촉 지시를 내린 것이다. 분명 업무 지휘 및 지시에 해당하는 힐책과 독촉이었다. 왜 제대로 처리해야 할 업무를 하지 않고, 보고도 안 해 소속장인 자신의 체면을 손상케 하고 곤란하게 만들었느냐는 내용이 포함되어 있었다. 그러고는 수신자 참조로 떡하니 신구창 실장을 걸었다. 홍보실장에게도 슬그머니 일러바친 것이다. '네 부하가 지금 이러고 있는 거 당신도 모르지?'라는 뜻일 것이다.

산학협력단으로부터 '부탁'을 받고 난 뒤에 내가 마지못해 수락한 일 즉, '그것'은 그동안 안 한 것이 아니라, 하려고 해도 할 수가 없었다. 산학협력 운영팀장이 부탁한 것을 내가 조건부—팀 업무가 아닌 사적 도움으로 하겠다는—로 수락한 이후, 그 일의 진행과 관련해 아무런 언급이 없었기 때문이었다. 언제부터 어떻게 진행을 해달라는 말도 없었고, 그가 진행을 하고 있는 것 같지도 않았다. 그러니 나로서는 내 조건이 못마땅했다거나 또 다른 사정이 생겨서 지연 내지는 중단된 것일 수 있다고 생각할 수밖에 없었다. '그것'을 못한다고 해서 내가 안달할 일이 아닌데, 먼저 물어보거나 보챌 필요는 없지 않은가.

그런데 당시 산학협력단이 복마전이었다. 나중에 알게 된 사실인데, 승진이 급했던 그가 어떻게 해서든지 단장으로부터 자신의 능력을 인정받고자 내게 '부탁'을 한 뒤, 일을 끌어안은 채 자신이 처리할 수 있는, 아니 어쩌면 자신이 처리한 것으로 할 수 있는 방식을 찾느라 전전긍긍하며 뭉그적거린 것—이건 단순 추정이 아니라 여러 증언과 정황 증거 들을 기반으로 한 합리적 판단이다—이었다. 서몽수 산학팀장이 이러느라 무려 3개월이나 허송세월을 한 것이다.

5월 초에 들어간 일이 8월 말이 다 지나가고 있는데도 아무런 진척의 기미조차 보이지 않자, 실무진만을 닦달하던 방송국 편성국장이 부하 차장을 대동하고 내교했다. 열받은 편성국장이 후배 산학단장을 제치고 금 총장을 직접 만나서는, 우릴 놀리는 것이냐, 우리가 동냥질하는 거지로 보이냐, 안 할 거면 그만 둬라, 하겠다고 줄 선 대학들이 쌨다, 라며 불편한 심기를 가감 없이 드러낸 것이다.

이렇게 되자, 놀란 총장이 산학협력단장을 불러 지청구를 했고, 단장이 서몽수 팀장을 불러 야단을 쳤다. 일이 커져 책임 문제가 대두되자, 산학팀장이 구생만 입학처장을 찾아가서는 뜬금없이 설상구가 일을 할 수 있도록 조처를 해달라고 홀짝거리며 통사정을 했다. 나를 희생양으로 만들려 한 것이다.

마치 '백의(白衣)'인 내가 팀장인 자신의 '부탁'을 아니꼽게 생각해서 무시하고, 일을 하려고 들지 않아 생긴 문제로 만들어버렸다. 이 간특한 놈이 '부탁'을 '협조'로 바꿔 표현하면서 자신을 고깝게 생각한 내가 그 협조를 거부한 것인 양 일러바친 것이다. 오지랖만 넓어 전후 사정을 모르는 구생만이 들으면 수긍이 갈 만한 고자질이었다.

이 잔망스럽고 영악한 팀장 놈이 내게 진즉에 진행해 달라고—아니 지시를 했더라도—했다면, 이미 해결이 됐을 문제인데, 일체 아무 말이 없다가 뒤늦게, 그것도 입학처장에게 달려가서 하소연하듯이 고자질을 한 것이다. 능력 없고 게으른 직원들이 중석대에서 팀장직을 유지하며 행세하는 방식이었다.

나는 오지랖 넓고 귀 얇고 권위적인 구 처장이 제 입맛에 맞게 설설 길 줄 아는 산학팀장의 고자질만 믿고 보낸 업무 독촉 명령 이메일에 대한 장문의 답을 즉각적으로 써 보냈다. 아무리 후배라고는 하지만, 처장이기에 그가 짧은 명령을 내렸다 해도 아랫사람으로서 마땅히 긴 답을 해야 했다.

이 일은 자초지종이 이러저러하기 때문에 처장님께서 관여하거나 지시할 일이 아니다, 그러나 처장님의 간여를 통해 일이 이렇게 되어 있는 딱한 사정을 알게 됐으니, 내가 산학협력단과 방송사 관계자 들을 당장 만나서 상의한 뒤에 해결하겠다고 했다. 그러고는 덧붙이기를, 처장님께서 일의 진행 상황을 그때그때 직보하라는 것에 대해서는 앞서 설명드린 바와 같이 우리 처와 팀의 업무가 아니기 때문에 따로 보고를 드리지는 않을 것이고 다만, 처장님의 메일로 인해 신구창 홍보실장도 이 사실을 알게 되었으니, 필요하다고 판단되면 일이 마무리된 뒤에 그 결과를 홍보실장에게 알릴 수도 있다고 썼다.

이에 대해 구생만 처장은 내가 자기 부하직원이기 때문에 명령도 내릴 수 있고, 나는 자기에게 보고할 의무가, 자신은 보고받을 권리가 있다고 했다. 그렇게 하지 않으면 지시불이행으로 문제 삼겠다고 했다.

나는 그 일이 우리 팀 또는 내 업무 소관이라면 마땅히 그렇게 해야겠지만, 그렇지 않기 때문에 보고하지 않을 것이라고 다시 설명해 주었다. 정히 보고받기를 원하시면, 그게 내 업무 소관이라는 근거를 제시해 달라고 했다.

3개월 동안 질질 끌었던 일은 닷새 만에 종결되었다. 산학협력단장이 자신의 공치사로 만들려고 일의 성과를 대학 홍보라고 주장했다. 내가 방송심위규정을 고려해서 대학 홍보에 맞는 아이템과 소스를 구두로 제공해준 때문이었다.

주무 담당자인 산학 팀장 서몽수가 업무를 싸쥔 채 질질 끌어 발생한 문제인데, 산학협력단장은 그에 대한 책임을 몽수에게 묻지 않았다. 그런데 구 처장은 황당하게도 그 질질 끈 책임이 내게 있다면서 끝까지 나를 추궁했다. 그것도 공식 절차가 아닌 뒷구멍으로 홍보실장과 사무처장—직원 인사 문제는 사무처장 관할이었다—을 끌어들여서 문제를 키우려 안간힘을 썼는데, 이런 사실을 안쓰럽게 생각한 사무처장이 내게 귀띔해 주었다.

구 처장은 일의 결과를 떠나 직속상관인 자신이 보고하라고 한 일을 자신에게 보고하지 않은 것은 명백한 지시불이행에 해당한다, 무엇보다 진행 상황을 보고하라는 지시를 수차례 거듭했음에도 불구하고 이를 거부한 것은 상관 모독이자 업무방해에 해당한다면서 조사와 상응하는 처벌을 주장했다. 그는 나를 공식적으로 처벌하기 위해 문제를 부풀려가며 홍보실장과 사무처장을 집요하게 설득했다. 나는 이런 사실을 소문을 통해 소상히 알게 됐다.

조직의 질서와 기강을 바로 세우기 위해서는 지시불이행에 따른 본때를 반드시 보여줘야 한다는 것이 입학처장의 의지라고 했다. 이런 사실은 서몽수 산학 팀장을 만나 시시비비를 다투는 과정에서 알게 되었다.

어쨌든 나에 대한 입학처장의 징계 의도는 불발로 끝났다. 사안이 경미하다는 이유였다.

하지만 이 쪼잔하기 그지없는 계급의식과 권위주의가 낳은 추태는 에피타이저, 즉 서곡에 불과했다는 것을 어찌 짐작이나 했겠는가. 구생만은 피를 충분히 빨아야 떨어져 나가는 거머리 같았다.

4

"입학홍보팀의 소관 업무가 맞아요."

금기태 이사장의 친척으로 십상시 좌장 격인 법무·감사실장 금교필이 조사위원장을 제치고 나섰다.

"우리 팀의 업무분장에는 없는 내용인데, 무슨 근거로 소관 업무가 맞는다는 겁니까?"

금 실장의 저의를 아는 내가 따지듯이 물었다.

"업무분장표에는 딱 꼬집어 나와 있지 않지만, 거기 나와 있는 걸 미루어 살펴보면 그렇고, 또 누가 봐도 그쪽 소관 업무가 맞아요."

엿장수 가위질 같은 대꾸였다. 금 실장은 피조사자인 나의 반문이 못마땅하다는 듯 눈을 부라리고 이마에 주름까지 잡으며 답했다. 법무·감사실장으로서의 위엄을 보이려는 것 같았다.

조사가 시작된 지 30분이 지났건만, 법무·감사실장에게 '주도권'을 빼앗긴 조사위원장은 바지저고리가 되어 강 건너 불구경하듯 참관만 하고 있었다. 구생만 입학처장의 'SOS'를 받은 금교필이 결론을 지어놓고 진행하는 조사라는 것을 알고 있는 그인지라 굿이나 보고 떡이나 먹겠다는 태도 같았다.

금교필이 주관하는 조사나 감사에서 위원장은 누가 됐건 간에 바지사장 같은 존재였다. 어차피 실세는 금 이사장의 친척이자 최측근인 법무·감사실장이었다. 때문에 조사는 그의 뜻대로 결론 날 것이 빤했다. 금 실장은, 금 이사장처럼 어떤 일을 하건 답을 가지고 시작하는 사람이었다.

나는 조사 시작 때부터, 아니 조사 통보를 받기 전부터 여러 정황과 징후를 통해 법무·감사실장과 구 처장의 교감과 짜웅이 있었을 것이라는 합리적인 의심을 가지고 있었다.

"그게 어디에 나와 있는, 어느 대목, 어느 항목입니까?"

나는 분노를 통제하지 못했다.

"몰라서 묻는 거요? 여기 업무분장표에 있잖아요, 여기! '학교 홈페이지 운영 및 관리' 딱 나와 있구만⋯⋯."

금 실장이 복사한 A4 용지를 흔들어 보이며 말했다. 순간 나는 분노가 짜증으로 바뀌었다. 그 주장이 지록위마 수준인 때문이었다.

홍보와 마케팅조차 구분 못하는 —설령 안다고 해도 금 총장의 판단과 결정을 따랐을 것이다 —것들을 상대로 홈페이지 콘텐츠 운영 및 관리와 홈페이지 발·수신 기기의 운영 및 관리가 서로 다르다는 것을 올바로 이해시키려면 어떻게 설명을 해야 한단 말인가. 필요하다 싶으면, 아니라는 걸 알면서도 같다고 우겨대는 무리가 아니던가. 정보통신지원센터 운영실장을 지낸 나는 그 일이 정보통신지원센터의 업무 소관이라는 말을 할 수 없었다.

조사위가 꾸려져 시비를 다루게 된 이 문제는, 구생만 처장이 한 달 전쯤 근엄하게 주관하는 입학처 산하 전체 부서의 월요 정례 회의 석상에서 비롯되었다. 처진 어깨를 한껏 뒤로 젖히고 거들먹거리며 들어와 좌중을 쓰윽 훑어본 뒤, 상석에 눕듯이 앉은 구 처장이 대뜸 쪽 째진 눈을 들어 입학홍보 팀원들 쪽을 꼬나보며 말했다.

"우리 학교 홈페이지가 모바일에서 작동이 잘되지 않는대요. 잘 안 열린다는데, 알고는 있었어요?"

시비조의 말투였다.

"예?"

나는 뜨악한 표정으로 반문할 수밖에 없었다.

"모르고 있었는가 보네이. 입학홍보 팀장님이 쪼까 실태를 조사해서 보고해 주쇼이."

혀를 찬 구 처장이 사투리를 섞어가며 지나가는 말처럼 내뱉고는 입학 팀장에게 주례 보고를 시작하라고 했다. 나는 뭐라고 대꾸, 아니 이의 제기를 하려다가 고개를 돌려 창밖을 바라봤다. 멀리 구진벼루 곁으로 서화천(西華川) 물이 느럭느럭 흐르고 있었다.

입학홍보팀 신설 초기 한 학기 동안에는 대장 노릇을 하며 업무 일체를 시시콜콜 좌지우지해 가며 지시하고 간섭하는 맛에 사무실을 수시로 드나들던 신구창 홍보실장이 어느새 식상함과 불편함을 느꼈는지, 갑자기 팀장의 필요성과 중요성을 주장하며 한 달 가까이 총장실을 들락날락했다. 그러고는 어느 날, 총장을 설득해 나를 팀장으로 앉히게 됐으니 그리 알라고 하면서 갖은 공치사를 30여 분 가까이 늘어놓았다.

팀에 팀장이 없으면, 계속해서 자신이 사무실을 들락거리며 실무를 진행하고 점검해야 했다. 말로써 지시하고 말로써 확인만 하면 되는 보직 교수가 왜 그런 수고로운 짓을 계속하겠는가. 초기에는 총장에게 생색이라도 냈지만, 더 이상 생색낼 것도 없었고 또 총장이 그 대동소이한 자화자찬을 처음과 같은 마음으로 계속해서 들어줄 리도 없지 않겠는가.

그러니까 내가 갑작스럽게 팀장이 된 데에는 무엇보다 10년 차 동료 팀원의 공—공이라고 말할 수 있을는지는 의문이지만—이 컸다.

팀장 공석 상태에서 팀원끼리 쌍방 협의하에 업무분장을 했으니, 각자의 소관 업무가 명확하게 정해져 있었고, 그 소관 업무는 소관 팀원의 책임하에 실행해야 했다. 팀 내에서는 누구로부터 검사나 검토를 받을 일도, 간섭받을 일도 없었다. 각자 프리했다.

어느 날, 홍보실장의 결재를 받으러 그의 연구실에 갔다 온—연구실과 너무 멀리 떨어져 있다는 이유로 신구창은 실장실을 거의 이용하지 않았다—10년 차가 "씨발"과 "좆까"를 따발총 쏘듯 내뱉으며 짜증을 냈다. 자신은 입사 이후 여태까지 한 번도 직접 기안을 작성해 본 적이 없다, 모두 팀장님들이 작성을 해주었다면서 기안을 퇴짜놓은 실장을 성토했다.

나는 대체 뭔 소리를 하는가 싶었다. 그러면서 실장이 씨발, 기안을 가지고 '생트집'을 잡는다며, 자기 보고 뭘 어쩌라고 '좆같이' 이러는 건지 모르겠다며 울분을 토했다.

나는 아무리 무기계약직이라고는 하지만, 10년을 근무한 행정직원이 기안 한 번을 작성해 본 적이 없고, 또 배우지도 않은 것을 떳떳하고 당당하게, 그것도 욕설과 원망까지 섞어가며 말할 수 있는 것인지 이해가 되지 않아 어안이 벙벙해졌다. 물론 10년 동안이나 그에게 아무도 기안을 가르쳐주지 않았다는 것도, 기안 못하는 그가 10년 동안 또박또박 승진까지 해가면서 버텨왔다는 것도 이해되지 않았다. 이게 중석대 금 이사장이 그토록 자랑하는 조직문화인가 싶었다. 그래도 일단 같은 사무실에서 근무하는 팀 동료이니 도와주려는 생각에 리젝트 당한 기안을 보여 달라고 했다.

나는 그 기안을 보는 순간, 하마터면 "씨발", 이라고 내지를 뻔했다. 내가 신구창 홍보실장이라면 당장 사무처장에게 달려가서 이 직원의 채용 경위와 과정을 낱낱이 조사해 달라고 할 지경이었다. 실장이 빨간 줄을 죽죽 그어 고쳐준 수정안과 10년 차의 당초 원안을 다시 보니, 과장이 아니라, 둘 다 유치원생 사고와 작문 수준에도 못 미치는 실력이었다. 그러니까 실장의 수정안도 10년 차와 다를 바 없는 수준이었다는 얘기다.

이런저런 문제로 신 실장과 여러 차례 개그 같은 불화를 겪은 10년 차는, 입학홍보팀으로 발령을 받은 지 9개월 만에 만담 수준의 '항명'—실장이 10년 차에게 시내 모처에 설치한 학교 광고판의 관리 상태를 점검하고 오라 했는데, 근무 중에 사무실을 이탈하면 안 된다는 이유를 들어 이를 거부했다. 실장의 지시 이행은 근무가 아니라는 것인지, 아니면 외근은 근무가 아니라는 것인지, 도무지 그의 언행을 이해할 수 없었던 실장과 나는, 평소에는 서로가 애써 피했던 눈을 마주 보며 엄청 당황했다—을 한 뒤에 전격 사직서를 제출했다. 사직을 하고는 수도권 고향으로 가서 오프라인 목욕용품점을 운영할 계획이라고 했다.

"자, 잠깐 중단해보시오."

한참 동안 입학팀장의 보고를 듣던 구 처장이 말했다. 그러고는 나를 바라보며 "홍보팀장님은 왜 창밖만 내다보며 제 지시에 답을 안 하시는 겁니까"라고 물었다.

"예?"

10년 차 생각에 빠져 있던 내가 뒤늦게 반문했다. 말은 알아들었으나, 대체 왜 이리 갈구는가 싶은 때문이었다. 회의에 참석한 입학처 산하 직원들이 구 처장과 나를 번갈아가며 바라봤다. 표정들이 시큰둥했다.

"오미옥 씨가 하면 되겠네. 오 선생이 하세요."

구 처장이 홈페이지 관리 담당자인 오미옥을 턱짓으로 가리키며 말했다. 무기계약직 10년 차를 대신해 일반계약직으로 온, 온 지 2개월밖에 안 된 신입 여직원이었다.

처장인 내가 오미옥에게 직접 업무 지시를 내려서, 그 일을 하도록 했으니까, 딴짓을 하고 있는 네 답은 들을 필요가 없다는 뜻 같았다. 자기 지시에 즉각 답을 하지 않은 것에 대한 보복 같았는데, 아무리 처장이라고는 해도 지휘계통을 무시한 월권이었다.

"모바일상에서의 홈피 수신 상태를 왜 우리 팀에서 조사를 해야 합니까?"

처장의 권한 남용을 모른 체 넘어갈 수는 없었다.

"그쪽 소관 업무잖소."

처장은 팀장이 자기 팀 업무가 뭔지도 모르느냐는 표정으로 쐐기를 박듯 답했다. 그러고는 뭐라고 토를 달았는데, '말이 많아'라고 한 것 같았다.

나는 못 들은 척했다. 그러나 처장의 무데뽀 지시와 부당한 처사는 고분고분 받아줄 수 없었다. 이거야말로 계통과 질서를 바로 잡고, 지키는 문제 아닌가.

"처, 아니 우리 집에 케이비에스 수신 전파가 잘 안 잡히면, 케이비에스에 전화해서 에이에스를 요청하나요?"

나는 '처장님 집에'를 '우리 집에'로 바꿔 말했다.

"뭐, 뭐요?"

처장이 째진 눈을 한껏 부라렸다.

"저희 팀은 홈페이지 콘텐츠를 제작하고 그걸 운영·관리하는 팀이지, 수신 매체의 상태를 운영 관리하는 팀이 아니잖습니까?"

"뭐 이래 말이 많앗! 그게 그거잖아."

처장이 나를 꼬나보며 소리쳤다.

"피씨 모니터에 홈페이지가 잘 안 떠도 우리 팀원이 실태 조사를 해야겠네요?"

"누가 컴퓨터 모니터 조사하래. 핸드, 아니 모바일을 조사하라는 거잖소, 모바일!"

처장이 기세를 올리며 거듭 소리쳤다. 회의 분위기가 꽁꽁 얼어붙었다.

"전파의 발·수신 문제는 정보통신과 관련된 일이니까, '넷조인'과 협의

해서 업무협조를 취하겠습니다."

별수 없이 내가 한발 물러섰다. '넷조인(NET JOIN)'은 정보통신지원센터의 시설과 업무를 통째 '접수'해 운영하는 외주업체였다.

"누가 넷조인에 부탁하래? 오미옥 선생이 한다니까. 그렇지, 오 선생?"

처장이 오미옥을 바라보며 다그치듯 물었다. 넷조인은 자신의 통제 권한 밖에 있는 업체이니 상관하고 싶지 않다는 뜻도 있었으나, 그보다 나를 뭉개버리겠다는 뜻이 큰 것 같았다.

"……에, 예. 처장니임."

잠시 나와 구 처장의 눈치를 살피며 안절부절못하던 오 선생이 주뼛거리며 답했다.

"오 선생. 가만히 있어요. 대답은 내가 합니다."

나는 오미옥에게 주의를 주었다. 개인사(個人事)가 아니지 않은가.

"그럼 제가 어, 어떡해 해야……?"

이럴 수도 저럴 수도 없는 오미옥이 고개를 처박으며 주눅이 든 목소리로 물었으나, 질문이라기보다 항의 같았다.

"넷조인과 상의하겠습니다."

나는 처장을 뚫어지게 바라보며 말했다. 월요 회의에 참석한 17명의 입학처 산하 직원과 조교 들은 고개를 숙인 채 시종 침묵을 유지하고 있었다. 입사동기인 입학팀장만이 못마땅하고 불쾌한 표정으로 나를 쏘아보고 있었다. 됐으니, 그만하라는 눈빛이었다. 그의 아들이 구 처장 소속 학과에 재학 중인지라 신경이 많이 쓰이는 것 같았다.

"조사만 하라는 거잖아. 고치라는 게 아니고…… 왜 그것도 못 하겠다는 거지……."

처장이 구시렁거리며 계속 말을 깠는데, 틀린 말은 아니었다. 하지만 나는 그러고 싶지 않았다. 구 처장의 부적절한 '곤조'를 받아 줄 이유도 없었고, 또 조사를 해서 보고를 하면, 그에 따른 해결방안을 찾아서 조처하라고 할 놈이었다. 이미 서너 차례 당한 일이 아니던가.

"설 팀장. 당신 지금 지시불이행하는 거야?"

어디다 대고 '당신'이냐며 따지고 싶었으나, 참았다.

"어떤 근거로 지시불이행이라는 겁니까?"

그러나 험악한 분위기는 통제 불능 상태로 치닫고 있었다.

"내, 내가 당신이 항명하며 업무를 방해하고 지시를 불이행한 채, 책임을 반드시 물을 거요!"

자리에서 벌떡 일어선 구 처장이 방아깨비 같은 허리를 꼿꼿이 세우고는 삿대질을 해대며 소리쳤다. 자신의 권위가 손상당했다는 생각과 망신을 당했다는 생각이 뒤섞인 표정이었다. 나야말로 모욕감에 온몸이 달아오르고 뒷목이 뻣뻣해졌다.

"처장님이 참으세요."

이제는 나서서 말릴 타이밍이 됐다는 판단을 했는지, 입학팀장이 구 처장 쪽으로 다가가며 달랬다. 자신이 잘 말해볼 터이니 더 이상 직접 상대하지 마시라는 말을 덧붙였다. 처장이 팀장의 설레발에 못 이기는 척하며 뒷목을 잡고 의자에 주저앉았다.

"저도 이게 합당한 지시인지 한번 따져보겠습니다."

"뭐, 뭐욧? 허, 참!"

뒷목을 주무르던 처장이 콧방귀를 뀌며 비웃었다. 감히 일개 팀장 놈 따위가 나한테 해보자고 덤벼들겠다는 거야, 라는 의미가 물씬 묻어나는 비웃음이었다. 마치 듣고 싶어 했던 말을 해줘서 고맙다는 표정이었다.

좌중은 찬물을 끼얹은 듯, 아니 얼음땡놀이를 하듯 조용했다. 입학팀장은 물론이요, 세 개 팀의 17명 팀원 모두가 얼음 조각상이 된 것 같았다. 계속 자리에 앉아 있어야 할는지, 자리를 피해줘야 할는지를 몰라 눈치를 살피며 엉덩이를 들썩이는 팀원도 보였다.

이런 분위기를 지켜본 구 처장이 회의 자료 파일을 집어 던지고는 자리를 박차고 일어나 회의실을 나갔다. 나는 순간, 아뿔싸 싶었다. 결기를 다스리지 못해 쓸데없이 일을 키웠다는 생각이 들어 얼굴이 화끈거렸다. 나는 민망함을 벗어나고자 죄 없는 오미옥 선생을 닦달했다.

"사적인 심부름은 오 선생 마음대로 해도 되지만, 공적인 업무는 오 선생 멋대로 하는 게 아닙니다."

구생만 처장의 지시에 덥석 답을 한 데 대한 허튼 질책이었다. 나는 입 가벼운 근장을 통해 입사 2개월밖에 안 된 오미옥이 종종 구 처장의 사적 심부름을 해준다는 것을 알고 있었다. 직원을 종처럼 부리는 구 처장이 불러 시켰기 때문에 생존 차원에서 마지못해 하는 것인지, 아니면 예우 또는 아부 차원에서 자발적으로 하는 것인지는 알 수 없었으나, 구 처장의 권위적 행태와 그녀의 평소 헤픈 언행을 생각할 때 바람직하게 생각되지는 않았다.

"……예."

내 말이 못마땅했는지 잠시 뜸을 들이던 오미옥이 모깃소리로 답했다. 열이 내리고 화가 가시자, 구 처장에 대한 대응 방식이 미숙하고 부적절했다는 생각이 들었다. 자존심이 상하더라도 아랫사람으로서 어떤 식이건 빠른 수습이 필요해 보였다. 그러나 구 처장은 유감과 사과의 뜻—물론 대응 태도와 방식에 대한 사과다—을 표명하고자 곧바로 처장실로 찾아간 나를 바쁘다는 핑계로 만나주지 않았다. 만남까지 구걸하고 싶지 않았다.

구 처장은 이 일을 즉각 금 총장에게 보고했다. 보고를 받은 총장이 규정에 따라 법무·감사실장을 불러 조처를 지시했고, 지시받은 금교필 실장은 득달같이 구 처장에게 찾아가 사건 개요를 들은 뒤, 서둘러 조사위원회를 꾸렸다. 일사천리로 조사위를 꾸린 금교필이 보름 만에 나를 불러

대면 출석 조사를 연 것이다. 금 실장은 내가 낚싯바늘에 걸렸다는 확신을 가진 것 같았다.

금교필은 그 첫 대면조사에서 손맛을 느끼고 싶어 했다.

"우리 집 티비에 케이비에스 전파가 잘 안 잡힌다고 해서 케이비에스에 전화를 해서 이유를 묻거나 고쳐달라고 하지는 않잖아요?"

나는 법무·감사실장에게도 구 처장에게 했던 말을 반복하지 않을 수 없었다.

"입학홍보팀이 케이비에스라는 거요?"

십상시 왕초답게 십상시의 사고 수준에 해당하는 반문을 했다.

"아, 제발 이제는 그만 좀 하셔! 날 좀 봐줘요. 그만큼 조사를 해봤으면 됐지, 뭘 또 조사하겠다고 이러는 거요?"

나는 울부짖듯 하소연했다. 중석대 개교 이래 33년 동안 교원과 직원을 통틀어서 자체 조사와 감사를 가장 많이, 가장 길게 받았던 사람이 나였다. 금교필이 꾸린 10인의 조사위원들에게 '돌림빵'을 당하듯 3개월 동안이나 표적조사와 업무 감사를 받은 게 불과 2년 전이었다. 어디 그뿐인가. 욕지거리를 하며 하극상을 한 계약직 부하직원과 다투는 과정에서 내가 되레 욕설과 위협을 했다는 이유로 구두 서면 조사도 받았고, 부당한 지시를 따져 묻자 교비 유용 혐의가 있다며 보복성 뒷조사도 받아봤고, 단과대 학생회로부터 학생을 겁박했다는 신고가 접수됐다고 해서 신고 내용도 모르는 채 학생처장에게 불려가 어처구니없는 '심문'과 훈계도 당해봤다. 모두 내 잘못이 없었다.

지금 또 '지시불이행'과 '업무방해'를 했다는 이유로 터무니없는 표적 조사를 받고 있는 것인데, 이 모든 조사의 배후에는 고교 동기동창이자 입사 동기이며 금 이사장의 친척으로 악연 관계에 있는 금교필 법무·감사실장이 있었다.

"뭘 봐달라는 거요, 뭘?"

어처구니없다는 표정으로 나를 바라보던 금 실장이 눈을 부라리며 비아냥거렸다. 조사위원장은 고개를 숙인 채 휴대전화 액정화면만 들여다보고 있었다.

"그럼 죄를 밝혀내 보시든가. 한 사람만 붙들고 그렇게 죽기 살기로 예닐곱 차례나 파고들었으면 지금쯤 뭐든 찾아냈어야 하는 거 아냐?"

쥐도 고양이에게 쫓기다가 궁지에 몰리면 뒤돌아서 물려고 덤벼든다지 않던가. 내가 그 꼴이었다. 이미 결론을 내린 법무·감사실장에게 하소연을 하거나 대거리를 한다고 해서 달라질 것은 없었다.

"뭐얏?"

금 실장이 고함으로 맞받았다.

"어허, 왜들 이러세욧!"

금 실장의 고함에 화들짝 놀란 조사위원장이 휴대전화를 들여다보다 말고 끼어들었다.

"지시불이행과 업무방해만 한 게 아니야. 당신은 상관 모욕도 했어, 알아?"

점입가경이었다. 조사가 감정 다툼으로 치달았다.

"뭐?"

"회의 진행을 방해하려고 처장님을 모욕했잖아?"

"그래? 그것도 입증해줘. 그러면 수긍할게. 됐지?"

악에 받친 내가 빈정댔다.

"그걸 입증하려고 바쁜 사람들이 모여서 조사를 하고 있는 거잖소. 그러니 피조사자답게 답변에나 충실하세요."

조사위원장이 법무·감사실장을 거들고 나섰다.

"처장님에게도 이런 식으로 대들면서 소릴 질렀소?"

위원장이 물었다. 질문인지 질타인지 알 수 없었다.

나는 모욕감에 사지가 떨렸다.

"위협적인 언행으로 억박질렀느냐 말이오?"

양복 겉저고리 깃을 연 위원장이 느긋한 동작으로 휴대전화를 안주머니에 넣으며 되물었다. 지켜만 봤던 자신도 조사를 하겠다는 제스처 같았다.

"제 목소리 큰 건 중석대 가족이면 모두가 아는 사실 아닙니까?"

항변하듯 되물었다.

"물어보신 말씀에 맞는 답이나 해요. 딴청 부리지 말고"

금 실장이 거들고 나섰다. 조사위원장과 법무·감사실장이 쌍끌이 심문을 하듯이 빠짝 조여왔다.

"말소리가 컸는지는 모르겠으나, 억박지르거나 대들지는 않았습니다."

"그게 그거요."

"방금 전에 목소리가 컸다고 본인이 말하지 않았소?"

위원장과 실장이 합세해서 외통수로 몰아넣으려는 것 같았다.

"알겠소. 그런데 소리 지르는 게 정상은 아닐 텐데…….'"

위원장이 안주머니에 넣었던 휴대전화를 꺼내들며 혼잣말인 양 중얼거렸다. 자신들의 지위와 권한으로 나를 조롱하고 있는 것이 분명했다.

"사실관계는 제가 경위서에 상세히 적어 제출했습니다. 경위서 진술 내용의 진위 여부는 당시 회의에 참석했던 팀원들에게 물어보시면 확인이 가능할 것입니다. 제게 더 이상 물어보실 게 없는 것 같은데, 신상 발언 좀 해도 되겠습니까?"

나는 더 이상 조사를 구실로 조롱당할 이유가 없었다.

"더 이상 질문 없습니까?"

다시 휴대전화 액정화면을 둘째 손가락으로 문질러대고 있던 위원장이 조사위원들을 둘러보며 물었다. 다섯 명의 조사위원 중 법무·감사실장을 뺀 나머지 조사위원들은 대사 없는 엑스트라들인 양 시종 한마디의 질문이나 발언을 하지 않았다. 조사위원에 뽑혀 오기는 했으나, 사건 개요를 듣고 조사과정을 지켜보면서 마뜩잖다는 표정들만 짓고 있었다.

"구 처장님이 회의를 중단하고 나가신 뒤에 저는 자리에 앉아 잠깐 생각을 정리한 뒤에 처장실로 찾아갔습니다. 시시비비를 떠나서 제가 처장이어도 팀장이 따지고 들면 기분이 나쁘겠다 싶었어요. 그래서 사과를 하려고 갔던 거죠. 그런데 시간이 없다면서 만나주시지를 않더군요. 저는 문밖에 서서 5분가량 멍하니 기다리다가 돌아왔습니다. 사과받으실 시간은 없어도 조사 요청하실 시간은 있으셨나 봅니다."

"거 참. 말을 이상하게 하네."

조사위원 중 한 사람이 통을 주듯이 말했다. 위원장과 가까운 사이여서 조사위원이 되었을 것으로 추정되는 오모세 SAC 학장이었다. 조사 막바지에 들어온지라 앞선 조사 내용을 알지 못할 텐데도 괘념치 않는 눈치였다. 안 들었어도 다 안다는 듯 말했다.

비 오는 날, 예비역 학생이 반바지 차림에 슬리퍼를 끌고 강의실에 들어왔다고 해서 면도칼로 발모가지를 그어버리겠다는 말을 해, 대내외적으로 적잖은 구설에 올랐던 교수였다. 1년 전 일이었는데, 내가 그 사건 수습에 힘을 보태줬기에 우호적일 것이라 생각했는데 착각이었던 것이다. 그는 당시 반바지 학생에게 그런 폭언을 하지 않았고 다만, 그리고 다니면 면도칼에 발모가지를 베는 불상사를 당할 수 있다고 한 것인데, 강의실이 시끄러워 이를 오청(誤聽)한 것 같다고 했다. 누가 들어도 고개가 갸웃할 요설(妖說)이었다. 그러나 나중에 따로 알아본 결과, 반바지의 주장이 맞았다.

"저는 조사 결과가 타당하다고 판단되면 받아들이겠으나, 그렇지 않다고 판단되면 이번에야말로 행정소송을 제기해서라도 실체적 사실과 시시비비를 반드시 밝혀내겠습니다."

"뭐라는 거야? 설 팀장이 지금 우릴, 겁박하는 거야?"

오모세 학장이 황당하다는 표정으로 위원장을 쳐다보며 중얼거렸다. 저런 놈은 봐주면 안 된다는 표정이었다.

"허, 풋!"

법무·감사실장이 손에 쥐고 끼적거리던 볼펜을 수첩 위로 던지며 콧방귀를 뀌었다. 그러고는 빈정대며 덧붙였다.

"정보통신지원센터 운영실장을 한 사람이 모바일 수신 불량 문제를 모를 리 없을 텐데 지금은 자기 소관 업무가 아니라고 해서 거부한 것을 정상적인 구성원이라면 누가 이해를 하겠소?"

조사 개시 전에 금 실장과 구 처장이 내린 결론 같았다. 나는 허를 찔린 기분이었으나 괘념치 않았다.

"죄 없는 사람의 죄를 밝히겠다면서 툭 하면 조사위를 꾸려서 없는 죄를 만들어내려고 행정력을 낭비하고 있는 사람이 누구인지 나도 이참에 밝혀볼 생각입니다. 조직이 업무 관련 능력이나 팩트는 사그리 무시하고, 정실 관계의 프레임 속에 묶여서 작동하는 게 안타까울 따름입니다."

"피해망상증 환자구만."

오 교수가 자리에서 일어나 나가며 구시렁거렸다. 나는 어처구니가 없어서 할 말을 잃었다. 사지는 여전히 떨리고 있었다.

"요즈음은 신경정신과 치료나 내과 치료나 다 같은 급이오. 피해망상도 일종의 감기 같은 병이니까 빨리 치료받아요."

조사실 문을 나서다 말고 멈춰선 오 교수가 충고를 하듯 내게 말했다.

5

똥 싸고 밑 안 닦은 것 같은 대면조사를 마친 이튿날이었다. 신구창 홍보실장의 지청구를 받아내느라 진을 빼고 있을 때, 오모세 교수가 사무실로 불쑥 들어왔다. 노크도 없이 꺾어 신은 구두 뒤축을 짤짤 끌며─교수가 왜 그러고 다니는지 알 수 없었다─들어왔다.

나는 송수화기를 귀에 댄 채 허리 숙여 인사를 한 뒤, 응접용 의자를 손짓으로 가리켰다. 그러고는 눈짓으로 잠시만 기다려 달라고 했다.

"설 팀장, 서, 설 팀장님? 요즘 애들은 말로만 해서는 들어먹지를 않아요. 반드시 확인을 하셔야 돼요, 확인!"

딴전을 부리고 있다고 판단했는지, 몇 번을 재우쳐 부른 신 실장이 시궁창 같은 지청구를 이어갔다.

아침 댓바람에 시작한 홍보실장의 핀잔과 타박 섞인 통화가 15분이 넘도록 이어지고 있었다. 그는 외따로 떨어져 있는 홍보실장실─본부 건물 '에밀센터' 11층에 있었는데, 입학홍보팀이 있는 '학구(學釦) 볼룸'과는 직선거리로 50미터가량 떨어져 있었다─의 화초가 말라 죽으려고 한다는 이유로 관리 소홀에 대한 책임 소재를 파악해 보고하라며 잔소리를 늘어놓고 있었다. 11살 아래에, 입사 5년 차인 놈인데, 신분이 교수이고 지위가 상관이라는 것을 내세워 자기 방 화초가 죽은 것도 아닌, 죽어가고 있다는 이유로 팀장인 나를 닦달하고 있는 것이다.

"실장님 죄송합니다. 앞으로는 꺼진 불도 다시 본다는 심정으로 확인, 확인을 꼭 하도록 할게요. 아까부터 손님이 기다리고 계셔서 이만……."

생각 같아서는 학교 재산도 아닌, 보임 선물로 받은 사적 소유물을 돌보는 일이 팀장의 업무 소관에 해당하느냐고, 또 그 일이 팀장을 붙잡고 잔소리와 훈계를 할 일이냐고 따져보고 싶었으나 그러지 않았다. 그런 것까지 따지고 다툰다면, 신 실장과는 시궁창을 뒹굴며 따지고 다툴 일이 부지기수였다. 지금은 구 처장과의 다툼만으로도 역부족이지 않던가.

"그러니까 힘센 처장만 신경 쓰시지 마시고, 이 힘없는 실장도 좀 챙겨 주세요, 예?"

끊자는 전화는 끊지 않고, 옹이 박인 허튼수작만 주절대고 있었다. 나는 지위나 직위에 따라 상급자를 차별한 적이 없었다. 그러나 그는 지난번 구 처장의 이간질을 뼛속 깊이 새겨두고 있는 것 같았다.

신구창 실장이 서울 코엑스에서 열린 입시박람회 종료 회식에 다녀온 직후였다. 전국 대학의 입학 관계자들이 모여서 3박 4일 동안 방문자 상담 위주의 입시박람회를 열었는데, 마지막 날에는 관계자들을 격려하기 위하여 금기태 이사장이 노구를 이끌고 강남 음식점에서 만찬을 제공했다.

신 실장은 눈도장을 찍기 위해서인지 이 만찬자리에만 참석했다. 짐작컨대 아마도 이날 1차 음주와 식사를 마치고, 2차 입가심을 간 자리에서 구 처장과 신 실장이 나에 비난을 주고받은 것 같았다.

"내가 자리를 비우는 일이 잦고, 쓸데없는 간섭이 심하다고 하셨소?"

결재를 받으러 연구실로 찾아간 내게 구 실장이 굳은 표정을 지으며 다짜고짜 던진 말이었다.

"무슨 말씀이신지……?"

"구 처장에게 그렇게 말하지 않았어요?"

질문이라기보다 시비였다.

"대체 뭔 말씀을 하시는 건지……?"

내가 시치미를 뗀다고 생각했는지 잔뜩 흥분한 그가 구구절절 자초지종을 말했다. 구생만 처장에게 자신에 대한 험담과 불평불만을 왜 까발렸느냐는 닦달이었다.

틀린 말은 아니었다. 또 전혀 근거 없는 말도 아니었다. 학교 홍보용 달력을 제작할 때, 그는 자신만의 생각과 기호에 따른 콘셉트와 디자인을 외주업체에 직접 제시하고 작업을 진행했다. 다이어리 샘플도 직접 정했다. 이 일로 나는 금 총장에게 불려가 호된 질책을 받고 경위서까지 써 제출했으나—달력 디자인은 물론이요 다이어리 샘플도 총장의 컨펌을 반드시 받아 결정해야 했다. 매년 그렇게 진행한 업무였다. 그런데 이를 무시한 신 실장이 자신이 다 책임질 테니 팀장은 빠지라고 했다. 이런 사실을 총장에게 고자질할 수는 없는 노릇이 아닌가—정작 책임을 지겠다며 일을 강행한 그는 달력과 다이어리를 받아본 총장이 노발대발하며 홍보실장을 호출하자, 감기 기운이 있다면서 퇴근해버렸다. 직원은 이런 식의 책임 회피가 불가했지만, 교수는 가능했다.

총장은 비서실을 통해 홍보실장 대신 팀장을 불렀다. 이렇게 해서 비서실로 불려간 나는 딱하다는 눈으로 바라보는 비서실장 앞에서 구시렁대며 홍보실장을 원망했는데, 이게 알 수 없는 경로—이런 경로가 많았다—를 통해 구 처장 귀로 들어갔고, 그가 이를 적당히 빼고 보태서 신 실장에게 찔러 박은 것 같았다. 1차에 2차의 취기까지 더해졌을 테니 어떤 '오염'된 말이 오갔을는지 감이 잡혔다.

나는 신 실장에게 당장 3자 대면을 하자고 했다. 3자가 만나 거품을 빼고 진위를 같이 찾아보자는 제안이었다. 그런데 웬일인지 신 실장이 3자 대면을 하자는 말에 전의를 상실한 듯 슬그머니 꼬리를 내리며, 그렇게까지 하는 것은 서로가 꼴사나운 일이니 없었던 것으로 하는 게 좋겠다고 했다. 아마도 구 처장으로부터 전해 들은 말에 자신이 가미한 말까지 보태진 때문인 것 같았다. 그러면서 멋쩍은 표정으로 다음부터는 말을 조심해 달라는 훈계를 덧붙였다. 내가 할 말을 그가 하고 있었다. 나는 모욕감에 핏대가 솟았으나, 참을 수밖에 없었다.

구 처장과 신 실장 사이는 원만하지 않았다. 위계를 무시하는 신 실장 때문이었다. 엄연히 상하관계였으나 같은 정규직 교수에, 고만고만한 나이에 품성마저 고만고만하다 보니, 서로가 서로를 인정하지 않고 데면데면했다. 같은 교수 신분이면 보직의 위계를 떠나 서로 인정해 주는 관행이 있는데 구 처장이 이를 무시하는 경향이 있었다. 지난번 방송 프로그램 제작 지원 건으로 나에 대한 조사와 징계 여부를 두고 구 처장이 물밑 작업을 벌이며 강하게 밀어붙일 때, 신 실장이 보여준 뜨뜻미지근한 태도를 마음에 안 들어 했다는 것이다. 신 실장이 일러주지 않았다면 내가 어찌 알 수 있었겠는가. 신 실장은 나를 이용해 구 처장과 신경전을 하려 했다.

구 처장의 오만하고 쪼잔한 오지랖으로는 신 실장을 감쌀 수 없었고, 신 실장의 부잡스럽고 간살맞은 처세가 구 처장에게 통할 리 없었다. 게다가 하나는 S대, 하나는 '기타대'였다. 그래서 같은 입학처에 소속되어 있으면서도 서로가 소 닭 보듯이 오불관언(吾不關焉)했다. 물론 직원인 나를 통제하거나 길들이는 일에는 사안에 따라서 기꺼이 의기투합을 했다.

어쨌든 실장실과 팀 사무실은 서로 50여 미터가량 떨어져 있으나, 내가 볼 때 잘못 급조된 조직인지라 서열도 불분명하고 업무 권한이 중첩되어 있는 처장과 실장은 1억 광년쯤 떨어져 있는 것 같았다. 업무 지시를 할 때, 처장은 실장을 거치지 않고 팀장인 나를 직접 상대했다. 또 처(處)회의, 즉 월요 정례 회의에는 처음부터 실장이 참석하지 않았다. 서로 그러기로 했는지는 몰라도, 그랬다고 하더라도 정상적인 조직 운영 방식이라고 보기 힘들었는데, 묵시적으로 합의된 관행이 되어버렸다. 하지만 역으로 신 실장이 어떤 일을 할 때는 구 처장을 꼭 거쳐야 했다. 구 처장이 업무 혼선을 막는다는 이유를 들어 그러자고 했다는 것이다.

아무튼 내게 유감이 큰 구 처장이 주위들은 말을 부풀려서 나와 신 실장을 이간시켜보려고 의도한 짓임은 분명했다. 그러나 구생만의 원험을 잘 알고 있는 상황에서 그의 이간질에 놀아난다는 것은 바보 같은 일이 아니겠는가.

신구창 실장은 팀장인 내가 부서장인 자신에게 어떤 것을, 어떻게 신경 써줘야 하는지에 대해 지난 사례들—구 처장 이간질이 포함된—을 들어가며 시시콜콜 설명했다. 고문을 당하는 기분이었다.

그는 시시콜콜 설명하면서, 서운하고 아쉽다는 투정을 추임새인 양 끼워 넣었다. 나는 송수화기를 던져버리고 싶을 만큼 통화가 역겨웠다. 그러나 신 실장은 똥 싸고 그 위에 주저앉아 뭉개듯이 10분을 더 지분거리고 나서야 전화를 끊었다. 결국 평소 하던 대로 자기 성에 찰 때까지 할 말을 다하고 나서야 나를 놓아준 것이다.

통화가 길어지자, 내가 자신을 피하려고 부러 그러는 것으로 판단했는지 자리에서 벌떡 일어서 나가려던 오모세 학장이 피식, 웃으며 도로 주저앉았다. 오 교수는 기다리는 동안 눈을 희번덕거리며 짬짬이 오미옥 씨의 맨 종아리를 훔쳐봤다. 나는 그러는 모습을 보며 민망해서 딴전을 부려야 했다.

내게 시선을 들킨 오 교수는 무안했는지, 믹스커피를 타다 주는 사무실 근장에게 "야, 너는 팀장님에게 불만이 있다고 해서 실장님 방 화초를 죽여 버리면 어떻게 하냐?"라며 장난기 어린 말투로 호통을 쳤다. 신 실장과의 통화 내용을 들은 것 같았다. 화들짝 놀란 근장이 쟁반으로 얼굴을 가린 채 굳은 자세로 서서 "저, 그게…… 그런 거 아닌데요"라고 하며 어쩔 줄 몰라 했다.

"흐흐흐…… 오 학장님도 들으셨어요?"

송수화기를 들고 있었던 팔을 주무르며 물었다. 나는 조사 받을 때 오모세로 인해 상한 마음을 내색하지 않으려고 무진 애를 써야 했다.

"당신들 목소리가 다들 크잖아."

그건 사실이었다. 신 실장도 다혈질이어서 흥분하면 배기통을 불법 개조한 오토바이 엔진음이었다.

"그런데 어쩐 일로 저를 다 찾아주시고…….."

웃음을 지으려 했으나 되지 않았다.

"밖으로 자, 잠깐 나가지."

둘이서만 볼 용건이 있다는 뜻이었다. 그는 나오면서도 오 선생 쪽을 힐끔 훔쳐봤다. 그러느라 말까지 더듬었다.

"'주의'나 '경고' 처분 정도를 생각하고 있으면 될 거 같아."

사무실 밖으로 나온 오 교수가 나란히 복도를 걸으며 말하길, 그 정도면 조사위가 많이 봐준 것이라는 뉘앙스로 말했다. 자신이 나름대로 힘을 썼다는 생색을 내려고 찾아온 것 같았다.

"그깟 일로 조사위까지 열어서…….."

구 처장을 두고 하는 말 같았다. 악어의 눈물 같은 말에 어처구니가 없었다. 조사위가 나에 대한 징계 가부를 밝히기 전에 먼저 밝혀야 할 것이 있었다. 모바일 실태 점검이 입학홍보팀의 소관 업무냐 아니냐, 하는 것이다. 처장과 팀장 간에 주고받은 말을 가지고 시시비비를 가리는 것은 그다음 문제였다. 조직에서 말이 규정에 앞설 수는 없는 것이다.

마땅히 조사와 판단의 기준이 되어야 할 업무 소관 여부는 따지지도 밝히지도 않고, 직원이 교수에게, 하급자가 상급자의 말에 이의를 제기하는 과정에서 발생한 일을 '대들었다'—조사위원장과 금 법무·감사실장과 오 교수 주장이었다—라는 이유를 달아서 '주의' 또는 '경고'를 주겠다니 기가 막힐 노릇이었다. 사달의 발단이 된 사적이고 자의적인 '말'을 공적 규정의 합당한 '지시'로 둔갑시켜서 근거를 날조하려는 행위가 아닌가.

"내가 총장님한테는 설 팀장을 다른 부서로 보내주는 게 좋겠다고 간청드렸어."

나는 오 교수를 빤히 바라봤다. 기가 막혀 핏발이 섰다. 오 교수의 판단과 행태를 이해할 수 없었다. 이건 곤경을 나누는 것도 도와주는 것도 아닌, 때리는 시어미보다 말리는 시누이가 더 밉다는 수준도 아닌, 등에 꽂힌 칼을 빙빙 잡아 돌리는 것과 같은 짓이었다.

내가 왜 전출되어야 한단 말인가. 이런 인사이동은 내 잘못이 규명되었기 때문에 뒤따르는 견책이 아니던가. 오 교수의 말을 들으니 '주의'나 '경고'는 눈속임이고, 인사이동이 목적이자 핵심인 것 같았다.

"그건 아닌 거 같은데……."

나는 표정을 일그러뜨리며 중얼거렸다.

"아니, 부서원들이 떼거리로 지켜보는 가운데 서로 고함을 질러가며 싸움질한 사람들인데 어떻게 낯바닥을 맞대고 같이 근무를 하겠다는 거야. 명색이 처장인데, 구 처장 체면도 생각해줘야지. 안 그래? 구가 자리를 옮길 수는 없잖아?"

표현도, 말본세도, 의도도 음흉하고 상스럽기가 그지없었다. 듣기에 따라 똥이 무서워서 피하냐 더러워서 피하지 쯤으로, 그러니까 내 편을 드는 말로 받아들일 수도 있는 말이었으나, 그렇게 생각할 말은 아닌 것 같았다. 그런 식으로 내가 피한다고— 전보발령—해도, 차라리 똥을 밟는 것만 못할 수 있다는 생각이 앞섰다.

나는 문득 구 처장과 짠 오 교수가 그의 생각을 전해주려고 왔거나, 내 생각을 떠보려고 온 것일 수도 있다는 의구심이 들었다.

"처장의 체면이 팀장의 인사이동 근거가 될 수 있습니까?"

"허허, 이 사람이…… 서로가 좋게 끝내자는 거잖아. 내 말을 들어봐……."

발끈한 오 교수가 제 성질을 못 이겨 이실직고했다. 구 처장이 말하길, 자신이 총장을 찾아가 설 팀장의 인사이동을 직접 건의하기는 뭣하니, 설 팀장이 먼저 인사이동 의사를 밝혀만 준다면, 자신이 기꺼이 '좋은 자리'

로 갈 수 있도록 힘써줄 용의가 있다고 했다는 것이다. 고양이가 쥐를 돕겠다는 말인데 가재는 게 편이라고, 결국 오 교수가 구 처장을 도우려 찾아온 것이었다. 나는 그 좋은 자리가 대체 어떤 자리인지 묻고 싶었으나 참았다.

"제 본직으로 보내주시겠대요?"

내가 본직을 수행했던 정보통신지원센터는 해체되어 사라진 지 오래였고, 해당 업무 일체를 외주업체인 '넷조인'에서 운영하고 있다는 것을 그도 모를 리 없었으나 심통을 부리듯 물었다.

"허, 참……"

마음이 상했다는 반응이었다. 표정이 굳어지는가 싶더니 심하게 일그러졌는데, 봐줘도 고마운 줄 모르는 배은망덕한 놈이라고 생각하는 것 같았다.

오모세 학장이 조사위원 멤버라는 것을 알았을 때, 왠지 든든한 마음이 들면서 일말의 기대도 있었다. 과거 그의 사고를 해결해 주느라 힘쓴 것도 있지만, 순수학문 전공이어서 그런지 언행과는 다르게 원칙과 신념에 집착하는 성향이 강한 교수인지라, 적어도 문제의 단초가 된 소관 업무 여부는 밝혀지겠지 하는……. 그런 기대를 한 내가 바보였다.

"그나저나 구 처장을 들이받은 일로 설 팀장은 영웅이 됐어."

찾아온 용건을 마친 것 같은데도 머뭇머뭇하던 오 학장이 담배를 빼 물며 말했다. 빈정대는 말투였다. 얼김에 담배를 물었으나 건물 안인지라 불은 붙이지 못했다.

"예?"

"몰랐어? 상관의 부당한 갑질로부터 자신을 던져 부하직원을 챙긴 용감무쌍한 팀장이라는 소문이 쫙 퍼졌던데……."

군말처럼 내뱉은 말이었으나 무언가 야료가 느껴지는 말이었다.

나는 이 과다 포장된 소문 때문에 인사이동을 당할 수도 있겠다는 불길한 예감에 휩싸였다. 구 처장이 이런 소문을 안다면 낯바닥을 맞대고 같이 근무할 것 같지 않았고, 간교한 오 학장 또한 이런 소문을 이용하지 않을 리 없었다. 교활한 놈들이었다.

순간, 나는 오 학장이 오미옥 선생을 힐끔힐끔 쳐다본 것도 예사롭게 생각되지 않았다. 그가 군이 내 앞에서 대놓고 오 선생을 훑어볼 이유가 없었다. 나는 오 선생의 미모도 마음에 걸렸다.

의뭉스러운 눈빛으로 나를 바라본 오 학장이 강의를 가야 하니 다시 보자고 했다. 나는 '공작원' 내지는 '세작(細作)'으로 왔을 오 교수를 사무동 현관 방풍실 밖까지 따라나가 정중하게 배웅했다.

다시 보자고 했던 오 학장은 다시 보자고 하지 않았다. 그로부터 다섯 달이 흘렀다. 총무팀장의 심부름이라면서 근로장학생이 흰 편지봉투 한 장을 전해줬다. 밀봉되어 있는 봉투였는데, 겉면에 조악한 손 글씨로 '설상구 팀장 친전'이라고 쓰여 있었다.

징계 관련 문서는 기밀사항인 데다가 개인의 프라이버시가 걸려 있기 때문에 이메일이나 전자문서가 아닌, 종이 문서로 작성하여 직접 당사자에게 전달해 주는 것이 관례였다.

6

친전 봉투를 뜯어 '주의' 처분 통지를 전달받은 이튿날, 비서실로부터 연락이 왔다. 여비서가 사흘 뒤인 금요일 오후에 금상필 총장님께서 주관하시는 군산 근대건축기행 행사가 있는데, 참석이 가능하겠느냐고 물었다. 참석 가부를 묻는 것이라기보다 스케줄을 조정해서 참석하라는 지시사항 전달로 봐야 했다.

금 총장은 자신의 업무 스트레스 해소 차원에서인지, 부하직원들 격려 차원에서인지 1년에 서너 차례 이런저런 취지나 구실을 달아 '깜짝' 원행 또는 외유를 즐겼다. 이번 깜짝 원행에 깜짝 초대를 받은 것이다. 이번에는 건축기행이 구실이었다.

'주의' 처분을 받고 이런저런 생각으로 심란해 있던 나는, 참석하겠다는 답을 하고 참석 대상자들을 물었다. 총장님을 비롯하여 비서실장, 동태걸 건설실장, 금일도 건축학과 교수, 사무처장, 오모세 SAC 학장, 묘종팔 교수, 허삼평 명예교수가 참석하는데, 법인 쪽에서는 견대성 기획조정실장이 뒤늦게 저녁 회식 자리에 참석할 수도 있다고 상세히 일러줬다. 통상적으로 원행이나 외유의 경우에는 비공식 이벤트인지라 비서실에서 참석자를 공개하지 않았다. 웬일인지 그동안 고정멤버나 다름없었던 금교필 감사실장이 빠지고, 그 자리에 동태걸 건설실장이 들어가 있었다. 부러 뺀 것인지, 사정이 있어 빠진 것인지는 알 수 없었지만 나쁘지 않았다.

모두 금기태 이사장의 오랜 측근들로만 구성된 건축기행 멤버였다. 허삼평 명예교수는 금 이사장의 맏사위였다. 게이오대학에서 교수직을 마치고 중석대에 명예교수로 온 그는, 친족 사이에서 민감하거나 껄끄러운 사안이 터질 때마다 금씨 가계 원로들의 어른—생존자 중에 가장 항렬이 높다고 했다—이자 좌장 역을 맡고 있었다. 금씨 같은 허씨였다. 물론 금이사장의 '지도 편달'에 따라 움직인다고 봐야 했다.

구내식당에서 이른 점심을 먹은 나는 12시 정각에 선행 출발 내정자여섯 명과 함께 청색 스타렉스를 타고 학교를 출발했다. 허삼평 명예교수는 교육 특성화 전략 회의에 참석한 뒤, 총장 차로 뒤따라온다고 했다.

군산에 도착해 근대역사박물관 주차장에 차를 둔 일행은 군산 근대화 거리를 느적느적 걸었다. 앞서 걷던 금일도 교수가 몸을 돌려 뒷걸음질을 하며 입을 열었다. 그가 이번 이벤트의 코디네이터였다.

　3차원 공간을 구성하는 건축물은 시간 못지않게 우리네 삶에 중차대한 영향을 끼친다고 했다. 그러면서 4차원에 속하는 시간은 형체가 없어 개별적으로 체험할 수밖에 없지만, 공간은 유형의 구조물을 통해 집단적 사유와 공유 경험을 낳는다고 했다. 장소성을 대표하는 건축물은 기억과 추억을 만들어주고, 당대의 역사를 현재적 의미로 해석해 들려주고 추체험토록 해주는데, 거기에 교훈도 포함된다고 했다. 때문에 김영삼 정권이 중앙청 건물을 조선총독부 청사였다는 이유로 헐어 없앤 것은 역사와 교훈을 지워버린 것과 다름없는, 분서갱유에 버금가는 야만이라고 성토했다. 열등감과 치욕과 실패는 부끄러움이 아니라, 미래의 성취를 위한 동기이자 동력이라고 덧붙였다.

　뒷걸음질을 멈춘 금 교수가 뒷말을 덧붙이고는 나를 보며 눈을 찡긋했다. 일행은 프롤로그에 이은 금 교수의 해설을 들으며 두 시간 가까이 옛 군산세관과 근대미술관 등을 둘러보고, 한 시간 남짓 차를 마시며 끼리끼리 한담을 나눴다. 그러고는 뒤늦게 도착한 총장 일행과 합류하여 히로쓰 가옥과 왜식 사찰인 동국사를 둘러봤다.

　도면 작업이 아닌, 강의실에서 이론으로만 설계를 해 온 때문인지, 아니면 총장이 온 때문인지 금 교수의 말이 길고 깊어져서 시각이 아닌 청각 위주—그의 표현에 따르면 공감각적인 체험—의 건축기행이 진행됐다. 걸으며 보기보다 서서 듣다가 해가 지고 말았다.

　"근대건축물들 보시면서 다들 법고창신(法古創新) 하셨소? 나는 너무 늙어서 법고는 다된 것 같은데, 창신이 안 돼 걱정이오."

　만찬 시간에 맞춰 지팡이를 짚고 나타난 금 이사장이 횟집 통유리 밖으로 달빛 아래 누운 검푸른 바다를 바라보다 말고 인사말을 갈음해 한 말이었다. 그러면서 "옛날[法古]은 자기 것, 현재와 미래[創新]는 여러분 것임을 명심들 하시라"고 토를 달았는데, 다들 이 토에 담긴 의미를 되새기는지, 아니면 되새기는 시늉을 하는 것인지 고개를 끄덕였고 잠시 엄숙한 침묵이 어색하게 흘렀다.

금 이사장은 자기 말대로 몸은 늙어 쇠했으나, 때마다 언변이 새로워 구성원에게 놀라움과 긴장을 안겨주는 재주가 있었다. 이 때문인지 그의 말은 중석대의 힘이자 무한 에너지였다.

"우리 중석대학교의 영원한 생존과 번영을 위하여!"

왼손에 금장(金裝) 자우어 지팡이를 짚고 오른손으로는 첫 잔을 들어 머리 위로 한껏 쳐든—언제봐도 장엄하고 멋들어졌다—금 이사장이 건배사를 선창했다.

"법, 고, 창, 신!"

함께 잔을 든 좌중이 고개를 들어 허리를 빳빳이 세우고 힘찬 목소리로 화답했다. 그러고는 이사장과 총장의 산발적인 훈화 속에서 중간 중간에 서열순으로 참석자들의 건배사와 술이 돌았다.

흡연자를 위한 10분 휴식—금 이사장은 이런 디테일한 배려에도 탁월했다—이 끝나고 빈자리가 채워지자, 이사장이 두 사람을 위해서 건배를 제의하겠다며 지팡이를 짚고 일어섰다. 뜻밖에도 동태걸 건설실장과 나를 위한 건배제의였다.

"동키호테를 위하엿!"

"또옹, 태, 걸!"

이사장의 건배 선창에 생뚱맞은 표정을 지었던 좌중이 힘차게 화답했다.

"데블스 에드버킷을 아시지요?"

이사장이 난데없이 좌중에게 '악마의 변호사'를 아느냐고 물었다. 질문의 뜻을 몰라 좌중이 다시 생뚱맞은 표정을 짓고 있을 때, 오모세 학장의 표정이 설핏 일그러졌다. 질문의 뜻을 알아챈 것 같았다.

"……예."

말에 담긴 의미는 몰라도 단어의 뜻을 아는 좌중이 뒤늦게 우물우물 답했다. 설령 단어의 뜻을 모른다 할지라도 이사장의 물음을 어찌 생까겠는가.

"조직에는 반항하고, 저항하고, 불화하는 사람도 필요합니다. 새로운 입장과 관점에서 보려고 하지 않고, 관행이나 습관에 따라 전체의 흐름에 어우렁더우렁 휩쓸려가게 되면, 요즘 같은 위기 시대에서 조직의 생존은 불가할 것이오. 자, 잔들 드세요. 이 건배만 하고 아무짝에도 쓸모없는 법고는 그만 일어나렵니다. 다들 즐거운 시간 보내고 오시오."

작별 인사까지 마친 이사장이 나를 바라보며 잔을 추켜올렸다. 나는 잽싸게 자리에서 일어나 이사장을 향해 허리를 굽혔다. 뒤늦게 데블스 에드버킷의 뜻을 알아챈 좌중의 시선이 내게 와 꽂혔다. 나는 몸 둘 바를 몰랐다. 그때 이사장이 좌중을 향해 손가락 세 개를 펴 보였다. 손가락의 의미를 알고 있는 좌중이 놀란 표정을 지으며 잔을 들었다. 몇몇은 고개를 주억거렸는데, 수긍해서라기보다 비위를 맞추기 위한 행위로 보였다.

오모세 학장은 여전히 떨떠름한 표정으로 술상 위의 굴 껍데기를 정리하며 딴전을 부리고 있었다.

"조직에는 악마의 변호사가 필요합니다. 자, 우리 중석대학교의 데블스 에드버킷을 위하엿!"

"써얼, 싸앙, 구! 썰, 상, 구! 설, 상, 구!"

좌중이 설상구를 연호했다. 손가락 세 개는 세 번의 연호인데, 세 번의 연호는 중석대 술자리에서 표하는 최고의 예우를 뜻했다. 금기태 이사장이 만든 술자리 문화였다.

한 시간 남짓 어울려 취흥을 나눈 금 이사장은, 금 총장에게 금일봉을 전하며 남은 시간과 일정을 부탁하고 자리를 떴다.

"데우스 엑스 마키나께서 왜 여기까지 오셨는지 알겠지?"

금 이사장을 배웅하고 돌아온 금 총장이 옆자리에 와 앉으며 내 귀에 대고 속삭였다.

7

건축기행을 다녀오고 난 다음 주 월요일, 평소처럼 7시에 출근한 나는 PC를 켜고 먼저 이메일을 열었다.

기구조직 개편에 관한 전자공문이 와 있었다. 일시를 보니 어제 군산에 있을 때 발신된 메일이었다.

개정 이전	개정 이후	비고
입학처-홍보기획실-입학홍보팀	학무부총장-홍보기획실-입학홍보팀	

홍보팀은 대외교류협력 부총장 산하 그대로였다. 기구조직 개편은 대학에 있는 몇 사람이 주물럭거려서 하루아침에 이루어지는 것이 아니었다. 중석대의 경우, 법인에 먼저 개진·조율하는 절차를 밟고 나서, 소관 부서에서 발의하고, 검토하고, 학무회의 의결을 거치고, 법인 이사회를 통과해야 비로소 이루어지는 일이었다. 국회를 통과해야 하는 정부 기구조직처럼 여야의 속셈과 셈법에 따라 까다롭거나 번거로운 절차는 거치지 않지만, 사학의 조직도 조직인지라 절차만큼은 주먹구구식으로 대충 이루어지지 않았다. 물론 홍보기획실을 입학처 산하로 옮기고, 입학홍보팀을 신설할 때도 나름의 엄격한 절차를 거쳤다.

나는 금상필 총장이 군산 만찬자리에서 귓속말로 한 '데우스 엑스 마키나'가 무슨 뜻이었는지 비로소 알 것 같았다.

"축하해. 설 팀장이 이기셨네."

9시 땡 하자마자 오모세 학장이 전화를 걸어왔다. 축하라기보다 비아냥거리기 위해 걸어 온 전화 같았는데, 군이 이런 전화를 한 그의 의도가 뭘까 싶어 불안했다.

"이게 어디 축하할 일인가요? 아무튼 여러모로 신경 써주셔서 고맙습니다, 오 학장님."

나는 책잡힐 긴말은 하고 싶지 않았다. 기구조직 개편이 오모세의 공인 양 정중히 감사를 표했다.

"고맙긴…… 뭐. 그리고 모르고 있는 것 같아서 알려주는 건대, 오미옥 선생 이모부가 구생만 처장이야."

"……."

"설 팀장. 나는 누구의 데블스 에드버킷이야?"

웃음 속에서 답을 기다리던 그가 전화를 끊었다. 나는 뚜뚜뚜뚜 소리를 반복하는 송수화기를 움켜쥔 채 허공을 바라봤다.

내 무덤에 침을 뱉어봐

1

자율과 다양성을 위해서는 자율과 다양성을 희생해야 하는 법이다. 다시 말해 통제와 단일성이 있어야 자율과 다양성을 얻을 수도, 지킬 수도 있다는 말이다. 빛이 있으려면 어둠이 있어야 하는 것과 같은 이치로 보면 된다.

어상군은 이것을 네 자로 줄여서 '멸사봉공'이라 했는데, 그의 신념이자 소신이며 입신양명—그가 이룬 것을 입신양명이라 할 수 있을는지는 모르겠으나—의 키워드였다. 그는 교련 교관 시절부터 이 당위와 정의로 포장한 자신의 소신을 윗분들 앞에서 기탄없이 피력했고, 윗분들은 그의 소신 가운데 절대다수가 자신들의 이해와 일치하는지라 이의 없이 받아들여 써먹었다. 그러면서 윗분들은 그가 머리카락 한 올까지도 빠짐없이 군인정신으로 무장된 진정한 '중석인(仲石人)'—중석대 교시(校是)는 진리·정의·자유이다—이라고 치켜세웠다. 군인정신과 중석인이 서로 무슨 상관인지는 몰라도, 금기태 이사장에게 군인정신은 이데아요 절대이성이요 물자체요 궁극의 절대가치였다.

중석대 경영진에게 어상군은 고집, 소신, 의리, 충성의 대명사로 통했다. 그래서 언제부터인지 윗분들 중의 윗분인 금 이사장의 신망을 한몸에 듬뿍 받고 있었다. 그의 의리는 장마철 개구리들처럼 주둥이만 놀려대는 사이비 의리가 아니라, 멸사봉공과 분골쇄신을 실천하는 행동대장으로서의 진짜 의리였다. 그러니까 평소 아름다운 말만 하고 정작 일이 터지면 뒤로 자빠지는 교수들과는 질이 달랐다는 얘기다. 늘 고립무원을 주장하는 이사장은 그의 의리와 충성을 고맙게 생각했는데 세상이 상식과 이치대로만 흘러가는 것이 아닌지라 문제가 있다고 생각하는 그의 고집과 소신도 필요하지 않을 수 없었다.

이런 어상군이 자신도 세상을 '컬러풀'하게 보는 사람이라며 떠들고 다녔는데, 이 모순된 사고와 언행이 그의 가치관이자 처세술이었다. 혹자들은 그를 중석대가 낳은 '하이브리드 신인간'이라고 했다.

그는 교관 시절 새내기들—의대생을 뺀—에게 이렇게 떠들었다. 세상이 컬러풀하다고? 맞아. 컬러풀해. 또 대학의 생명은 자율과 다양성이라고 하지. 그래서 허구한 날 데모질을 하는 거 아냐. 그러나 세상이 컬러풀하다고 해서, 또 세상이 컬러풀하게 보인다고 해서 세상을 컬러풀하게 살 수는 없어요. 세상은 복잡다단한 원리로 작동하는 것이 아니라, 단순한 이치로 작동되기 때문이지. 통일. 즉 단(單)과 심플. 이것을 중요하게 생각해야 컬러풀한 세상을 성공적으로 살아갈 수 있는 겁니다.

민주와 자유에 대한 열망이 방방곡곡 들불처럼 타오르고 대학마다 정의가 가마솥처럼 절절 끓던 1980년대 후반과 1990년대 초반, 새내기들을 신병 대하듯 하던 그가 이렇게 훈시를 했다는 것이다. 아마도 시골구석에 처박혀 세상물정과 담을 쌓고 지냈던 대학인지라 이런 시대착오적인 반민주적 마초 훈육이 먹혔던 것이 아닐까 싶다. 그는 자신의 삶이 장차 이를 입증해 줄 것이라며 순진한 철부지들 앞에서 호언장담했다. 그러면서 이렇게 맺은 연을 잊지 말고 졸업 후 학교 방문 기회가 있을 때 자신을 찾아달라고 당부했다.

어상군은 23여 년 전 새내기들을 대상으로 했던 이 훈시를 2010년대 후반인 지금 부하직원들을 대상으로 써먹었는데, 스티브 잡스가 당시 자신이 주장했던 '통일과 단과 심플'의 정신을 상업적으로 도용해서 큰 성공을 거두었다는 황당한 자랑질과 함께 위대한 정신적 가치임이 입증됐다고 주장했다.

직원들은 목구멍이 포도청인지라 실세 어상군의 이런 망발에 이의를 달 수 없었다. 그의 입에서 오랜 세월 수시로 담금질된 '통일' 또는 '단'이 대체 어떤 의미를 갖는 것인지는 모르겠으나, 교관에서 학교의 4급 정규 직원(서기관)을 거쳐 급기야 2급 직원(이사관)으로 334여 명 직원—정규직과 비정규직을 모두 포함해서—의 대장자리에까지 오른 어 처장은 소속 부서의 정기 주례 회의 때마다 변함없이 이 '불온한' 사상을 강조했다.

평직원이 그 뜻을 묻는 질문을 할 때면, 그 답은 말로 할 수 있는 것이 아닐뿐더러 공짜로 얻을 수 있는 답이 아니니까 스스로 피땀 속에서 찾으라고 하고는, 향후 거저먹으려는 질문일랑 하지 말라고 엄중 경고했다. 어쩌다 임의로운 자리에서 짬밥 좀 먹은 팀장이 물어봐도, 잔머리 굴리지 말라고 면박을 줬기에 이제는 물어보려 하는 직원조차 없었다.

상하가 계급장을 떼고 허심탄회한 소통을 위해 월요일마다 주례 회의를 하는 것이라고 했으나, 실제는 탑다운 방식의 지시사항을 전달하고 충성심을 확인하는 상명하복의 시간이었다. 디테일한 명령과 지시만 있는 것이 아니라 교관 시절 단련한 장황한 이바구도 곁들였다. 팀장들은 매주마다 모두가 지긋지긋했던 병영 시절의 악몽을 떠올려야만 했다.

어 처장은 잊어버리는 법을 몰랐다. 특히 앙갚음만큼은 끈질긴 비열하고 졸렬한 사람—스스로는 이를 디테일 경영 기법이라고 했다—이었기 때문에 그의 지시는 물론이요 비위를 거스르면 반드시 뒤끝을 감당해야 했다. 그 수준과 정도가 변태적이라 할 수 있었다.

소령으로 예편한 어상군은 배우면서 싸우자는 박정희·전두환 두 장군님의 국토수호 및 향토방위 지침에 따라 대학마다 교련을 필수과목으로 박아 빡시게 가르치던 시절, 중석대 교관으로 입사했다. 중석대에는 1984년 당시 네 명의 교관이 있었는데, 철딱서니 없는 대학생들의 무책임한 학원민주화 투쟁으로 88올림픽을 하던 해에 교련 과목 폐지가 전격 결정되었다. 대체 국방과 민주화가 무슨 상관이란 말인가. 군사정권은 학원민주화의 유탄을 맞고 하루아침에 실직자가 되게 생긴 교관들을 해당 소속 학교에서 직원으로 전원 고용토록 협조를 요청했다.

당시에는 정부가 '명령'을 곧잘 '협조'로 표현했기 때문에 중석대도 오독(誤讀) 없이 당사자들의 원에 따라서 세 명의 교관—한 명은 통행금지까지 없앤 전두환이 교련까지 없애 나라를 빨갱이새끼들에게 헌납했다며 시국선언을 하고는 하늘을 우러러 크게 울부짖고는 사직했다—을 일반 행정직 정규직원으로 전격 고용 승계했다. 뿐만 아니라 이사장의 특별지시에 따라 국가가 인증한 고급인력 세 명 모두를 파격적·전격적으로 과장직에 앉혔다.

계급도 경력도 나이도 고만고만한 세 명의 교관은 일반 행정직으로 전환하고부터 서로 라이벌 관계가 됐는데, 백병전이라도 벌이는 양 음으로 양으로 피 터지게 경쟁했다. 이미 군인정신으로 전신갑주를 두른 그들은 서로 경쟁하면서도 기존 행정직을 공동의 적으로 삼아 굳건한 전우애와 상관—이사장과 총장—에 대한 충성심을 무기로 일취월장했다. 그들은 개인주의와 무사안일주의에 젖어 헐렁한 일반 행정직 직원들을 단숨에 제압하고, 1년이 안 돼 십상시와 대등 반열인 리더 군에 올랐다.

셋 모두가 이렇게 리더 군에 오르자, 전우애는 더 이상 필요치 않게 되었다. 셋은 리더 군의 리더가 되기 위해 진검 승부 대신 암중모색하며 이

전투구를 시작했다. 이사장이 실력으로 다투는 진검 승부보다 아부로 다투는 충성심을 더 중시했기 때문이었다.

세월이 지나고 이해관계가 칡넝쿨처럼 뒤엉켜 서로가 서로를 물어뜯는 통에 전우애로부터 자유로워진 어상군은 '하면(무조건) 된다' 식으로 무장한 발군의 맞춤형 아부 실력으로 리더 군의 좌장 격에 올랐는데, 이에 만족하지 않고 진정한 1인자가 되기 위해 불철주야로 더욱 분발했다. 마치 군에서 주야간 전환훈련 시, 주야간을 모두 근무할 수밖에 없는 부대장 당번병처럼, 예수 십자가 고난을 따르겠다며 오직 자해로 수행한 중세 수도사처럼 근무했다. 이렇듯 욕심이 능력을 앞지르다 보니 관상마저 변했는데, 족제비상에서 독 오른 시궁쥐상으로 변했다.

금기태 이사장은 그의 군인정신과 물불을 가리지 않는 충성심을 높이 평가하고 치하했다. 군인정신이 만병(萬病)을 다스리던 옛날이 그립다며 그를 더욱 가까이했다. 그럴수록 어상군의 관상에서 뿜어내는 독기가 예리해졌다.

금 이사장은 1980년 중후반과 90년 초반 지옥 같았던 학원민주화 시대를 거치면서 숱한 하극상—심지어는 어린 학생 놈들이 의대 건물을 언제 지어줄 것이냐며 인민재판을 하듯이 늙은 이사장을 불러 운동장 한복판에 세워놓고 삿대질과 고함을 질러가며 협박과 공갈을 치기도 했다. 아무리 의대 전용 건물 없이 의대를 신설했다고는 하지만, 그만큼 사정이 급했던 것이고 또 건물이 없어 의대를 신설하지 못했다면 제놈들이 어떻게 의대생이 될 수 있었단 말인가. 지금 돌이켜 생각해봐도 싸가지가 없고 배운망덕한 호래자식들이었다—을 겪은 터라 위계질서와 상명하복을 중시하는 군인정신과 군사문화가 절실히 필요했다. 패악한 학원민주화를 제압할 무기가 필요했는데 이런 군인정신으로 담금질된 그리고 검증된 세 명의 교관을 직원으로 확보한 것이다. 그러니 어찌 이 복덩이들을 골

고루 애지중지하며 중용하지 않을 수 있겠는가. 금 이사장은 서로가 자신의 충복이 되고자 애쓰는 셋의 충성 경쟁을 지켜보고 있노라면 먹지 않아도 배가 불렀고 기쁘고 뿌듯하기 한량없었다.

그러나 기존의 일반 행정직원들은 금 이사장의 부당한 편애와 이들의 얼토당토않은 부각과 득세를 달가워하지 않았다. 거부감과 반감, 견제의 분위기가 조성됐다. 셋 중 두 명의 교관 출신들은 이런 분위기를 당연한 현상으로 보고 조심하는 반응을 보였으나, 자존감과 전투력이 강하고 의심과 보복심이 남다른 어상군은 그렇게 반응하지 않았다.

그는 셋 중 으뜸을 넘어, 직원 전체의 '짱'을 지향했기 때문에 그럴 수밖에 없었다. 군인이 민간인을 상대로 하는 싸움인데, 어려울 게 없다는 생각이었다. 이미 충성심 하나만으로 금 이사장의 마음을 점령한 상태가 아니던가.

교육기관인 대학은 영업이익을 내야 하는 기업과 달라 입학 정원만 확보하면 따로 큰 걱정거리가 없었다. 기업처럼 끊임없이 돈 벌 걱정, A/S 걱정 등을 안 해도 된다는 얘기다. 기업이 기술개발과 영업실적으로 이윤을 남긴다면, 대학은 장학금이나 소모성 경비 등의 지출 절감으로 '이윤'을 남겼다. 그러니까 보다 많은 이윤을 얻기 위해 신상품을 개발하거나 영업확장 등을 통해서 벌어오는 것이 아니라, 안에서 밖으로 나갈 돈을 힘껏 쥐어짜면 되는 것이다. 다시 말해 '아나바다' 정신으로 지출 관리만 잘하고 남긴 돈을 잘 꿍쳐두기만 하면, '이윤'을 남길 수 있었다.

수익사업으로 부동산과 금융 대부업을 하는 금 이사장은 노회한 경영 마인드를 가진 백전노장인지라 해마다 학교의 '이윤 창출'을 학수고대하며 독려했다. 이 이윤이 자기가 하는 사업 자금과 연동되기 때문이었다.

정훈 병과 출신임에도 불구하고 남보다 계산속이 빠르다는 것을 이사장으로부터 인정받은 어상군은 기획과장으로 발탁되어 루틴하게 집행해

온 학교회계를 스페셜한 학교회계로 바꿀 수 있는 전략을 찾아냈다. 그는 이사장의 근검절약 정신을 내세워 예산 책정 단계부터 검증은 물론이요, 지출 통제를 촘촘하고 까탈스럽고 쪼잔하고 철두철미하게 했다. 구성원이 감탄하며 혀를 내두를 정도였는데, 예산 검증과 지출 통제를 GOP 경계근무 서듯이 했다.

그는 예산 운용에 아나바다 정신을 기본으로 깔고, 다시 마른 수건 짜듯이 쥐어짰다. 그가 '새벽별 보기'—아침 6시에 출근했다—를 하면서 노력한 결과, 기획과장이 된 이듬해에 전전학년도 대비 16.6퍼센트라는 말도 안 되는 예산이 절감됐다. 물론 이 중에는 올해 집행해야 할 예산을 익년으로 슬그머니 넘겨 퍼센트포인트를 올린 꼼수도 끼어 있었으나, 그래도 말이 안 되기는 마찬가지였다.

각 부서와 학과에서는 이미 줄여서 배정받은 예산마저도 집행을 하지 못해 난리였다. 지나친 통제 때문이었다. 어상군 과장은 회계 규정과 세부집행 지침 및 매뉴얼을 새로 만들어서는 기존 방식에 따른 집행을 근거 없는 관행적 집행이라 하여 금지토록 강제했다. 그는 또 회계 관련 규정을 해석·적용할 때, 자신의 사적 신념과 마이너스[예산 절감] 개념을 기준으로 삼았다. 기준이 마이너스인지라, 상향 조정을 한다고 해도 이전 수준을 넘지 못했다.

교수 보직자와 팀장 들의 불만이 팽배했다. 그러나 불만이 계란이라면 어상군은 바위였다. 불만이 해결되지 않고 지속되자, 이상한 현상들이 감지됐다. 예산이 없다는 이유로 일들을 하지 않았다.

당연한 얘기지만, 대다수 업무는 예산과 맞물려 있다. 물론 예산과 무관한 업무도 더러 있으나, 그런 업무는 대부분 중요치 않은 경우가 많다. 즉 예산 없이는 학교 발전과 경쟁력 강화를 위한 주요 업무를 할 수 없다. 예산이 부족하거나 없으면, 이런 일들을 줄이거나 못한다는 뜻이다. 하지만 그렇다고 해서, 즉 일이 줄었다고 해서 월급이 줄거나 안 나오는 것은 아니었다. 학교는 또 기업과 달라 일을 하지 않아도 당장 망하는 것이 아니었다.

세상사는 작용 대 반작용이고, 선이 있으면 악이 있고, 뛰는 놈 위에 나는 놈이 있다고 했던가. 결국 구성원이 제기한 불만은 책임회피용 항의가 되고 말았다.

절대강자가 되고자 하는 어 과장의 사심으로 선택한 방식이 중석대를 수렁에 빠뜨리고 있었다. 목조 건물에 흰개미 알을 번식시키는 짓이요 빈대 잡자고 초가삼간 태우는 짓을 했다. 능력은 없으나 욕심만 큰 그가 할 수 있는 충성이라는 것이 이랬다. 똑똑한 어 과장이 이를 모를 리 없겠으나, 자기 눈앞의 것만 볼 줄 아는 헛똑똑이인지라 그에게 중요한 것은 목조 건물과 초가삼간이 아니라 당장 잡아서 이사장에게 보여줘야 하는 몇 마리의 빈대, 즉 당장 보여줄 수 있는 자신의 예산절감 실적만이 중요했다. 이렇게 해서 그가 실적을 쌓으면 쌓을수록 중석대는 점점 소실(消失)되어갔다.

"이렇게나 많은 돈이 낭비되고 있었단 말이오?"

16.6퍼센트의 예산 절감에 대한 성과 보고를 받는 자리에서 금 이사장이 입을 쩍 벌리며 탄식하듯이 한 말이었다. 마치 그동안 도둑놈들에게 곳간을 맡겨놨다고 생각하는 것 같았다. 그도 마이너스 기준으로 학교회계를 판단하며 지켜본 사람인데, 16.6퍼센트나 낭비되고 있었다니…… 기가 막힐 노릇이 아니겠는가.

어 과장은 자신의 '절감'을 '낭비' 프레임으로 판단하는 이사장의 가치관이 몹시 황당해 입을 쩍 벌리지 않을 수 없었다. 정말 뛰는 놈 위에 나는 분이 아니신가. 그러나 금 이사장이 절감을 낭비로 바꿔 표현한 숨은 진의를 어 과장이 알 리 없었다. 예산의 절감 또는 삭감에 따라 발생한 책임은 학교나 법인이 질 수도 있으나, 낭비로 인해 발생한 경우에는 그런 책임과 무관했다. 그래서 어상군이 입에 침이 마르도록 강조하는 절감을 금이사장이 군이 낭비로 바꿔 표현한 이유였다.

"이번 학년도 입시에서 56명의 결원이 생겼습니다요, 이사장님. 대학 위기가 현실화된 것입니다. 대략적으로 56명 곱하기 1천만 원 곱하기 4년을 하면, 22억 4천만 원입니다."

어 과장이 침소봉대, 견강부회를 위해 과장된 표정과 동작으로 계산기를 두드린 뒤 말했다. 당연히 재학생이 감소되면, 소요되는 지출 경비도 그만큼 감소되건만 이는 무시했다.

"적은 돈이 아니구먼. 고맙소, 어 과장. 내, 임자만 믿어요."

흡족하고 대견한 표정을 지으며 맞장구를 친 이사장이 신뢰의 뜻으로 그의 어깨를 토닥였다. 법인 보고를 마치고 돌아온 어상군 과장은 기세가 올랐다. 그는 이사장의 신임을 바탕으로 자신과 학교에 대한 불평불만 세력, 즉 안티 적대 세력 색출 작전에 들어갔다.

법무·감사실을 제친 그는 기획과 나도군 계장—이 역시 능력은 쥐꼬리인데, 욕심이 태산이었다—을 행동대장으로, 갓 입사해 학교 물정 모르는 여직원 허지란을 정보수집원이자 연락책으로 각각 활용했다.

금기태 이사장은 순진무구하거나 천진난만한 사람이 아니었다. 그가 하는 헛소리는 몰라서 하는 헛소리가 아니었고, 그가 입에 달고 사는 이해하고 용서한다는 말도 이해하고 용서해서 하는 말이 아니었다. 그는 자신이 단죄할 수 없는 죄에 대해서는 단죄할 때가 될 때까지 다 이해하고 용서했다. 그때까지 말을 아름답게 했다.

그에게는 언제 어디서나 거침없는 직보를 제공—물론 직보자 자신의 이해가 걸린 것은 예외였다—하는 십상시 골수 딸랑이만 해도 다섯 명에 이른다. 이사장이 적재적소에 심어놓은 이 십상시를 통해 수시로 보고받고, 수시로 점검하고, 이를 기반으로 수시로 지시했다. 그러니까 그는 양 귀에 딸랑이를 줄줄이 달고 사는 오너였다.

이 십상시는 학교의 핵심 부서들에 속해 있었다. 어상군도 이들이 속한 부서의 경우에는 유도리 있는 별도의 예산 책정 및 통제 기준으로 관리할 수밖에 없었다. 약점과 실수 없는 사람이 어디 있겠는가. 자칫 불만과 원한을 사서 관계를 손상시킬 필요가 없기 때문이었다. 어상군이 아무리 이 사장의 총애를 받고 있다고 해도, 중석대에서 십상시의 총애를 능가할 수 있는 교직원(敎職員)은 없었다.

대학은 또 상하가 분명하고 엄격한 신분사회인지라 부담스럽고 동티 날 우려가 커 교수는 함부로 건드릴 수 없었다. 수드라가 아무리 뛰어나고, 브라만이 아무리 등신 같아도 절대 건드릴 수 없는 이치를 생각하면 된다. 물론 동태걸과 설상구처럼 교수들과 맞붙어 싸우는 미련한 직원 놈들도 있으나, 결국 주제 파악도 못한 채 제 그림자와 싸우는 바보들일 뿐이다. 세상을 역주행하는 놈들이 아닌가.

어 과장은 평소 자신에 대해 억하심정을 갖고 뒷담화를 하고 다닌다는 과장 두 놈을 찍었다. 그러고는 수집해 둔 첩보를 바탕으로 나 계장에게 좀 더 내밀하고 디테일한 결정적 뒷조사를 부탁했다.

지난번 정기 인사이동 때 총무과에 부탁해 스카우트한 나도군 계장은 과 회식자리에서 어 과장에게 장자방이 되어드리겠다며 자발적 충성을 맹세했고, 이튿날 충성 서약서를 써서 슬그머니 건네줬다. 뭐 이런 황당한 놈이 다 있나 싶었으나, 유난히 큰 머리와 간 쓸개까지 내주며 충성을 다하겠다는데 굳이 마다할 이유가 없었다. 인사고과 평점은 하위 수준이었으나, 체력과 잔머리와 처세는 S등급이었다. 사람마다 각자 타고난 달란트가 있고, 어차피 잠시 쓰고 내칠 놈에게 뭘 더 바라겠는가 싶었다. 놈이 어 과장에게만 충성 계약서를 써서 바쳤다고 어찌 믿음을 장담할 수 있겠는가.

2

어상군이 금 이사장만 바라보며 좌고우면 없이 매진할 때, 선의의 열띤 경쟁을 하던 교관 출신 직원 셋 가운데 하나가 사직했다. 전직 5년 만에 사직한 것이다. 행정직이 적성에 안 맞는다는 것이 사직 사유였으나, 진짜 사유는 어상군과의 갈등이었다. 그는 임관 서열로 따질 때, 어상군보다 3년이나 고참이었으나, 전직 이후로 진급에서 밀렸다. 어상군뿐만 아니라 ROTC 출신에게도 밀려서 무시당하는 것을 못 견뎌했다. 그는 삼군사관학교 출신으로 계급에 대한 자부심이 대단한 사람이었다.

교관 시절 엄격하게 지켜졌던 서열이 행정직으로 바뀌면서 깨졌고, 그러자 시궁쥐 같은 어상군이 굼뜬 곰 같은 그를 단숨에 제쳐버린 것이다. 행정직이 되면서부터 곰의 가오를 잃어 방황하고 고민하던 그는, 어상군의 등치기 일격—나 계장을 통한 뒷조사—을 감당치 못하고 사직서를 제출했다.

사람과 사람 간의 정리(情理)와 '관계'를 우선하던 그가, 그 우선하는 가치 구현을 위해서 허구한 날 퇴근 후에 서로 어우러져 밥과 술을 먹고 퍼마실 때—이때마다 어상군의 이기적이며 야비한 처세를 안주로 올렸다—약간의 눈먼 공금[과 급량비]을 지출한 것이다. 돈 문제에 관해서는 융통성과 동정심이 없는 어상군과 이사장에게 '약간'이나 '눈먼'도 무조건 횡령과 동의어였다.

그의 사직을 어떻게 생각하느냐는 금 이사장의 질문에 어상군이 답하기를, "조직은 능력과 책임감을 갖춘 성실하고 정직한 사람을 필요로 하지, 삿된 정실에 얽매여서 떼를 지어 다니며 공금으로 술이나 퍼마시면서 가오나 잡고 학교를 헐뜯고 다니는 사람은 필요하지 않습니다. 군대 같았으면 영창감입니다요"라고 했다. 어상군은 그들이 자신을 헐뜯었다고 하지 않고 학교를 헐뜯었다고 고했다.

정훈장교 출신이라 그런지, 어상군의 말솜씨는 금도금을 한 양 나름 번쩍이는 바가 있었다. 그러나 뱉는 말마다 마디마디에 이사장이 신봉하는 의미와 가치를 억지로 욱여넣은 듯해서 듣기 거북해하는 구성원이 더러 있었다. 처음 얼핏 들을 때는 무언가 있어 보이는데, 듣고 되새겨 보거나 계속 듣다 보면 내용과 진정성 없는 헛소리임을 누구나 알 수 있었다. 그럼에도 불구하고 금 이사장에게는 어상군의 말이 110퍼센트 통하고 또 먹혔다. 그가 무엇이 됐건 이사장의 관점에서 보고 판단하고 말하기 때문이었다.

그는 어떤 상황에서 어떤 표현을 하건 간에 정훈장교 시절 열독했다는, 『그리스 로마 신화』, 『삼국지』, 『사기』, 『군주론』, 『이솝 우화』에서 뽑아낸 내용과 버무려서 지껄여댔다. 이 다섯 권 속에 세상사 원리나 이치가 다 들어가 있을 리 없으니, 억지가 안 생길 수 없었다. 그 다섯 권에다가 근자에 업데이트한 『난중일기』도 그가 읽은 독서의 총량일 것이라는 소문이 학내에 자자했다. 『난중일기』는 대학의 위기 상황을 극복하는데 도움이 될까 해서 읽은 것이고, 곧 『징비록』으로 업데이트할 것이라고 했다. 자신이 늘 대비하고 준비하는 사람이라는 것을 과시하려는 수작이었다. 이 또한 이사장에게는 110퍼센트 먹혔다.

그러나 그에게는 같거나 비슷한 말—주로 비유였다—을 부단히 반복해서 상대를 세뇌시키는 집요함이 있었는데, 워낙 그 재주가 출중한지라 신통한 효력이 있었다. 한 음절 악보를 놓고 악기만 바꿔가며 연주하는 식이었다. 현악기로 별로였던 음이 관악기로 강한 임팩트와 감동을 주는 경우가 있지 않은가. 그의 말이 그랬다. 상황과 장소에 따라 적정성과 진정성을 띠는 것처럼 보일 때가 있었던 것이다.

어쨌든 대다수 직원 사랑을 한 몸에 받던 교관 시절 상관을 등치기 한

방으로 제거해버린 어상군은 그를 '추종'했던 인맥을 탈탈 털고 흔들고 잘라서 해체했다. 해체된 인맥 중 일부가 나 계장을 통해 어상군의 품에 안겼다.

직원들은 금 이사장의 꽉 차고 넘쳐서 주체하지 못하는 권력의 찌끄레기가 언제부터인지 십상시가 아닌, 어상군에게 먼저 흘러들고 있다는 것을 알게 있었다. 권력을 욕하며 무심한 척하지만, 권력의 향방에 예민한 것이 직원들이었다. 아무튼 어상군이 가공할 예산 절감 신공(神功)으로 십상시를 제압한 것이다.

어상군은 금 이사장이 쓰다 버린 찌끄레기들을 하찮다 여기지 않고—교수들은 이것들을 하찮게 여겨 이용할 생각을 안 하고 대립각만 세웠다—금가루인 양 알뜰살뜰 긁어모아 유사시에 상부상조할 수 있는 자기 세(勢)를 만드는 밑천으로 삼았다. 하지만 어상군 자체가 원체 속이 밴댕이 소갈딱지만 한 데다가 코앞의 자기 이득만 겨우 챙길 줄 아는지라 세가 늘수록 뭉치고 조여지기보다 헐렁하고 엉성해졌다.

그러나 어상군 과장은 충성심에 기반한 예산 절감 실적 하나만으로 뱁새가 황새가 될 수도, 찌질이가 대장 행세를 할 수도 있다는 것을 확실히 보여줬다. 이사장과 조직의 한계가 어상군에게는 기회였던 것이다.

드디어 어상군은 전직 14년 차가 된 2003년 3월 1일자로 합리적이며 효율적인 예산 관리 및 집행으로 학교 재원을 절감—대다수의 각종 수당을 없애거나 대폭 삭감하는 제2의 '금풍 대혁명'을 이루었다. 금풍(金風)의 뜻은 가을바람인데, 수입이 줄어든 다수의 교수가 비바람 맞은 가을 낙엽인 양 줄줄이 중석대를 떠났다 해서 붙여진 별칭이다—하고, 직원 근무 기강을 바로잡았다는 공을 인정받아 사무처장에 보임됐다. 직원들은 이 보임을 '금풍 대혁명'에 이은 '어 소령의 쿠데타'라고 칭했다.

그러나 당사자 어상군은 성공, 아니 승리의 기쁨에 들떠 먹지 않아도 배가 부른지라 실제 사흘 동안이나 곡기를 끊었다고 했다. 그의 심복 나 계장은 어 처장님께서 얼마나 기쁘셨으면 생명 유지 수단이자 원초적 욕망이라 하는 먹는 즐거움까지 마다하셨겠는가, 먹지 않아도 배가 부르다는 옛말이 헛말은 아닌 것 같다며 떠들고 다녔다.

군에서 102명의 중대원을 거느려봤다던 그가, 334명의 부하 직원—정규직 153명에 비정규직 181명이다—을 거느리게 되었다. 어상군은 주님께서 은밀히 이런 영광을 예비하셨기에 느닷없이 교련을 파하시는 결단을 내리신 것이 아닌가 싶었다. 그는 아내에게 평소 곱절의 주일 감사헌금을 허락하고, 신을 차별할 수 없으니 절에도 같은 금액을 시주하라 했다. 그의 아내는 부처는 신이 아니니 차별해도 된다 했으나 허락하지 않았다.

금기태 이사장은 신임 본부처장으로 임명한 교수들에 대한 공식 만찬이 파한 뒤, 2차로 간 음주가무 자리에서 어상군 사무처장 보임 축하연을 별도로 열어줬다. 금 이사장이 축하곡으로 젓가락 장단에 군가와 트로트를 불렀다. 전례 없는 특별 예우였다.

뿐만 아니라 이사장은 자신이 따로 챙겨온 발렌타인 30년산을 특별 건배주로 개봉했다. 건배사에 앞서 축하와 격려의 덕담을 장황하게 건넨 이사장은 그 자리에서 사무처장으로서의 포부와 계획 그리고 중석대의 가치와 비전을 제시해 보라고 했다. 신임 교수 보직자들 가운데 핵심 3인방—기획, 학무, 학생처장—이 참석한 자리였으나, 이사장은 어상군 사무처장만 콕 집어서 띄워준 뒤, 비전 제시를 요구했다. 그러니까 초임 본부 보직자의 업무 자질도 보고, 충성도도 확인해 보고, 군기도 잡고자 하는, 여러 의도가 담긴 통과의례였다. 직원 본부 보직자가 받는 '차별대우'였다.

어상군은 들뜬 기분에 넙죽넙죽 받아 마셨던 술이 깰 듯—그는 술이 약했다—이 깜짝 놀랐으나, 나름의 잔머리를 굴려 지금 당장 어설픈 계획을 섣부르게 말하기보다 이 달 중에 서면으로 작성해서 올려드리겠다고 했다. 이사장도 급조된 말보다는 글이 좋겠다며 그렇게 하라고 했다.

어상군은 앞서 자랑했던 다섯 권의 책이 교양과 지식의 핵심이자 전부라고 해도 무방했다. 이튿날 그는 이사장을 지근거리에서 보좌하는 법인의 기획조정실장 견대성 교수와 나중을 위해 평소 관리해 두었던 경영학과와 행정학과 교수들에게 전화를 돌려 SOS를 쳤다. 보고서 작성이라 하면 교수들을 따를 자가 없었다.

평소에 피터 드러커, 클레이튼 크리스텐슨, 스티븐 코비, 이나모리 가즈오, 야마다 아키오 등을 연구했다며 떠벌리고 다닌 교수는 스타벅스 커피—그는 스타벅스 커피만 진정한 커피라고 했다—를 사들고 직접 연구실로 찾아가 도움을 청했다. 자신에게 넘쳐나는 지식으로 약간의 도움을 주면 더 큰 도움을 되받을 수 있을 것이라 판단했을 '스타벅스'를 포함한 세 명의 교수들로부터 네 건의 페이퍼를 얻었다.

어상군은 동냥질로 얻은 이 네 건의 페이퍼를 뭉뚱그려 융·복합시킬 생각이었다. 그러나 네 건의 페이퍼를 일별한 결과, 누가 봐도 형식적, 도식적, 이상적이었다. 총론만 있고 각론은 빠진 데다가, 총론이 유명 이론서들을 요약·발췌한 수준이었다. 현실계에서 박박 기며 사는 사람과 이론계에서 탱자탱자 사는 사람들의 차이가 아닐까 싶었다.

어쨌든 학생들의 리포트 또는 기말시험 답안지 수준과 다름없는 보고서를 금기태 이사장에게 올릴 수는 없는 노릇이었다. 어상군은 교수들이 패스해 준 공으로 자살골을 넣고 싶지 않았다.

그는 약속한 마감일을 하루 앞둔 저녁—머리가 특출한 교수들은 하나같이 게을러터져서 재촉에 재촉을 거듭했으나, 마감 하루 전인 퇴근 무렵이 돼서야 겨우 건네받을 수 있었다—에 퇴근을 포기하고 저녁도 거른 채 컴퓨터 앞에 앉았다. 학교 주거래 은행 등 거래처 여기저기서 저녁을 사겠다는 연락이 쇄도했으나, 응할 처지가 안 됐다. 아직은 사무처장 보임을 자축하거나 자랑할 때가 아니었다.

어상군은 주문을 외우듯이 구시렁거리고 방언을 하듯이 투덜대면서 생각과 체험의 밑바닥까지 박박 긁어내 꿰맞춰가면서 독수리 타법으로 자판을 두드렸다.

새벽 3시까지 졸린 눈을 부릅뜨고 아등바등 작성한 보고서가 30쪽에 달했다. 30쪽 안에서 뿔뿔이 흩어져 나부대는 생각들을 슬로건으로 만들 듯이 10쪽으로 축약했다. 그는 책상 위에 머리를 찧어가며 이 생각 저 생각 사이에서 고군분투했다. 엎치락뒤치락하며 썼다 지우기를 반복하다가 동이 틀 무렵이 되어서야 최종 '야마'를 두 가지로 잡았다. 장자방 나도군이 구해준 인근 대학의 '비전 2010' 페이퍼가 결정적인 도움이 되었다.

10쪽에 달하는 생각을 늘여놓고, 금 이사장의 입장과 시각에서 다시 생각을 다듬었다. 중석대는 이사장의 대학이 아닌가.

　예산 절감
　— 유사학과사무실 통합(예: 법학과—행정학과, 무역학과—산업통상학과, 간호학과—물리치료학과, 회계학과—국제통상학과)
　— 긴축예산편성 및 예산 누수 방지를 위한 집행 통제 강화 기준 재수립
　—성과연봉제 도입 추진(교원 자발적 참여 유도) 로드맵 구상

　행정기구조직 재편
　— 과 단위 직제를 팀 단위로 변경(인사의 유연성과 업무 효율성 추진)

어상군은 '야마'를 화두로 삼아 세부 내용을 추가했다. 색색의 밑줄을 그어 강조하는 것도 잊지 않았다. 그러면서 유사학과사무실 통합은 교무

처 업무 소관일 것 같아 뺐다.

어상군은 문득, 진대제가 장관시절 노무현 대통령에게 원 페이퍼 보고를 했는데, 이를 받아본 대통령이 좋아서 '환장'—이사장의 언어 구사 수준이다—했다는 말을 들었던 기억이 났다. 금 이사장의 '훈시'를 받아쓰기한 메모장을 찾아보니, 2003년 6월 23일(월), 신임 교원 워크숍에서 환영 축사 중 했던 말이었다.

메모장에는 이사장이 '무단 도용'한 거스 히딩크의 발언과 훈시도 적혀 있었다. 나는 내 갈 길을 간다, 경영[게임]을 지배하라, 생각하는 경영[축구]을 해라, 등등이었다. 이사장이 꽂힌 말들이니 적절히 써먹으면 후한 점수를 딸 수 있었다.

어상군은 원석을 가공하듯이 10쪽을 2쪽으로 줄였다. 원 페이퍼는 결국 실패했다. 2쪽 보고서를 들여다본 이사장은 예상대로 성과연봉제와 팀제에 관해서만 집중적인 질문을 쏟아냈다. 연봉제가 이사장의 해묵은 복심이라는 것을 촉빠른 어상군이 모를 리 있겠는가.

금 이사장은 임금을 소모성 경비도 아닌 손실로 봤다. 화장실에서 쓰는 두루마리화장지 구입 경비 수준으로 보는 것이다. 그 때문인지 이사장은 교수들 앞에서 툭 하면 '봉사' 또는 '기부'라는 단어를 즐겨 사용했다.

어상군은 신자유주의 이념과 기업의 가격 경쟁력에 빗대어 성과연봉제 도입의 당위성과 필요성을 역설했다. 그러면서 이제는 연봉제가 대학의 살길이자 새로운 경쟁력이라고 침을 튀기며 강조했다. 때문에 시급한 도입이 절실하다고 했다. 이때 얼굴이 시뻘겋게 달아오른 어상군은 두 주먹까지 불끈 움켜쥐었다.

"그 정도로 시급합니까?"

침 파편을 피하느라 고개를 돌린 이사장이 되물었다.

"중석대가 살길입니다요."

"살길이라…… 그렇군요."

이사장이 고개를 주억거렸다.

다음으로 팀제 도입을 주장했다. 과 단위로 이루어진 행정 조직은 중세의 팔랑스 전투 대형이나 다름없다면서 팀제로 바꿔야 기동력과 생산력을 강화할 수 있다고 했다. 이사장이 팔랑스가 뭐냐고 묻자, 신이 난 그는 군사 전문용어라고 한 뒤, 창칼로 싸우던 시대, 전투 중에는 군사들이 죽음에 대한 공포와 두려움 때문에 도망치는 것을 막고자 서로 어깨를 사슬처럼 걸고 떼거리로 뭉쳐 적과 싸웠던 전투대형인데, 총이 나온 이후에도 한 세기 이상 '이 지랄'로 싸우는 바람에 숱한 병사들이 죽어나간 것이라면서 길고 장황하게 설명했다. 그는 전투 대형의 변천사에 대해 10분 가까이 더 떠들어대다가 금 총장의 눈총을 받고서야 본론으로 돌아갔다.

어상군은 성과연봉제가 이미 절대다수의 기업들과 일부 대학에서 시행하고 있으니 당장 시행해도 사회통념상 전혀 문제될 것이 없다고 했다.

직원들이 과장 자리에 오르기만 하면, 그 자리에서 뭉개며 방귀나 뿡뿡 뀌고 코털이나 뽑아가며 정년퇴임 때까지 '과장질'로 허송세월을 하는데, 팀제 조직의 팀장 역할과 지위는 이와 달라서 관리·지휘뿐만 아니라 실무까지도 맡아 해야 하고, 지금의 과장들처럼 뭉갠다 싶으면 언제든지 교체가 가능하고 팀원으로 강등시키는 것이 용이하다고 했다. 기존의 규정과 관행상 5급—직원 등급은 9급부터 1급까지였다—이 돼야 할 수 있는 과장은 연공서열도 무시할 수 없었으나, 팀장 자격은 정하기 나름이어서 7급부터 할 수도 있었다. 이렇게 되면 해당 자격자가 많아져 학교는 후보 선택의 폭이 넓어질 수 있고, 직원 간 경쟁력도 확보할 수 있었다. 즉, 연공서열에 준했던 과장직과 달리 팀장이 되려면 서로 치열한 업무 및 충성 경쟁을 해야 했고, 팀장이 되어서도 그 자리를 유지하려면 더욱 치열한 자기 계발과 성과 창출을 통해 계속해서 자신의 가치를 입증해야만 했다.

어상군은 교활한 웃음을 지으며, 때문에 팀장제는 연못 속의 메기와 같은 역할을 한다고 했다.

기존 과장만큼의 직위 보장이 안 되는 팀장인지라 그 위상이 과장의 절반에도 못 미치므로 팀제가 업무 기동성과 효율성, 인사 유연성은 높일 수 있을는지 모르겠으나, 직원의 위상과 사기를 크게 떨어뜨릴 수도 있는 제도였다. 안 그래도 대학은 신분 우선 사회인지라, 전공학문 빼고—심지어는 포함해서— 여러모로 모자란 교수들이 능력과 경험 있는 직원들을 함부로 대하면서 업신여기는 바람에 학사행정이 종종 특정 보직교수의 사익에 휘둘리거나 산으로 올라가는 비합리적이고 비효율적인 조직이었다. 그러니까 이 또한 빈대 몇 마리 더 잡자고 초가삼간을 통째 태울 수 있는 제도였다.

그러나 어상군은 대학을 하늘이 내린 직장으로 알고 복지부동, 천하태평, 무사안일로 일관하여 조직을 침체에 빠뜨리고 있는 암적 직원들을 하루속히 때려잡아서 바로 세워야만 하는데, 현재로서 때려잡을 수 있는 합법적이며 유일한 방법은 팀제뿐이라고 했다.

이사장의 복심을 간파하고 있는 어상군이 곡학아세와 침소봉대를 해가며 A4 용지 2쪽을 보고하는데 75분이 걸렸다.

어상군 사무처장은 보고 내용을 원안대로 추진해도 좋다는 즉답을 받았다. 장고형(長考型)인 금 이사장이 개문발차하듯이 속단을 내릴 수 있도록 군인정신을 발휘하여 집요하게 설득한 결과였다. 다만 이사장은 불필요한 오해와 말썽이 생기지 않도록 금상구 총장과 그때그때 의논해 가면서 심사숙고하고 좌고우면하면서 당분간 비공개로 추진하라고 했다.

어상군은 이 당부의 말을 도둑고양이처럼 은밀하게 하되 기습적 실행이 가능하도록 준비하고 있으라는 밀명으로 받아들였다. 하지만 공무에 비밀이 어디 있으며, 또 그런 비밀이 있다고 한들 어디 오래가던가.

"대장군으로 임명이 되셨으면, 성 밖으로 나가 적들과 싸우셔야지, 왜 허구한 날 성 안에서 마른행주를 쥐어짜시며 부하들 군기나 잡고 계십니까? 그러시다가 장비처럼 되시면 어쩌시려고……."

같은 전직자인 조강면 시설관리과장이었다. 뒤늦게 승진과 영전 축하난 화분을 안고 들어온 그가 찍자를 놓았다. 삼국지의 장비처럼 병졸들을 괴롭히다가는 부하 칼에 죽을 수 있다는 악담이었다. 입바른 소리가 몸에 밴 놈이어서 이사장도 때로는 그러려니 하고 대하는 놈이었다.

"협박을 하려면 칼을 들고 왔어야지……."

어 처장이 싸구려 철골소심(鐵骨素心)을 힐끔 쳐다보며 대꾸했다. 당장 난 화분을 빼앗아 패대기치고 싶었으나, 윗사람으로서 보여야 할 도량이 있는지라 눌러 참았다. 게다가 놈 또한 자신과는 다른 면으로 금기태 이사장의 신망이 두터운지라 직위와 서열만으로 대할 수 없었다. 하지만 조만간에 팀제가 도입되면 팀장이 될 놈이니 굳이 정색을 하고 상대할 필요도 없었다.

조 과장은 뒤늦게 상업고교 출신에, 주산·부기 각각 2급 자격증 소지자임이 밝혀져 경리과장이라는 곳간지기 요직을 6년 동안이나 차지했고, 그 뒤 시설관리과장직을 5년째 맡고 있다. 두 자리 모두 돈을 주무르거나 돈이 오가는 자리인지라 금 이사장이 능력만 보고 앉히지 않았다. 돈의 요망성(妖妄性)을 누구보다 잘 아는 금 이사장은 일가친척과 동향친지, 중석대 졸업자 출신 직원들에게는 이 두 중직(重職)을 절대 맡기지 않았다. 다만 두 중직자의 감시·견제를 위해 일가친척 가운데 한 사람씩을 엄선하여 계장급으로 꽂아두었다.

"조 대위가 나를 도와주지를 않으니 부하들이 당나라 군대가 됐잖소. 나와 생각을 달리하는 오합지졸들을 데리고 어떻게 적들과 싸울 수 있겠소. 생각이 다르면 그게 곧 적이 아니겠소, 조 대위?"

어 처장은 난 화분을 받아 한쪽 구석에 대충 내려놓고는 하오체로 덧붙였다.

그는 직원들을 존중하여 '관계'를 중요시했던 전직(轉職) 전우를 공금 횡령으로 몰아 정리한 뒤부터 대다수 직원들의 마음이 자신에게서 떠났다는 사실을 잘 알고 있었다. 그는 이 과정에 조 과장이 어느 정도 개입했을 것이라 믿고 있었다.

"정훈장교 출신들은 관심법도 합니까? 그런데 잘못 보셨어요. 저는 영원히 어 소령님 편입니다요, 충성! 딸랑땅랑⋯⋯."

거수경례를 한 조 과장이 양손을 귀에 붙여 까부르며 이죽거렸다.

조강면 대위, 이놈은 손발이 무기였던 야전군 출신이었다. 하지만 언제부터인가 입술에는 꿀을 바르고 등 뒤에 칼을 숨기고 다니는 놈이 되었다. 군 생활과 사회생활이 서로 다르다는 것을 깨달은 것 같았다. 놈의 감언에 빠져 방심했다가 고자질과 이간질에 당해 엿을 먹은 놈이 어디 한둘인가. 제 능력을 갈고 닦아서 승진한 놈이 아니라, 앞선 놈들을 하나하나 낚아채 자빠뜨리고 그 자리에 오른 놈이었다. 같은 군 출신으로서 부끄러운 놈이었다.

교관 부임 초기였던 1980년대 중반기에는 같이 어울려 다니며 가끔 원정 오입질도 했는데, 동료 교관과 사소한 말다툼을 한 놈이 보복을 하겠다고 이걸 고자질하는 바람에 해당 가정은 물론이고 학교까지 발각 뒤집히는 참변을 겪은 바 있었다. 이런 흉악스럽고 무도한 놈이 전직(轉職)과 함께 십상시 반열에 끼었다.

이놈에 대한 심각성을 알고 있었으면서도 미처 조처하지 못한 것이 어상군은 한스러울 뿐이었다. 놈이 내뱉는 하찮은 감언들에 현혹되어 끌려다닌 때문이었다.

"어 소령님께서 대장군, 아니 처장님이 되시니까 어투도 바꿔시고⋯⋯

아무튼 폼이 나십니다. 우리 처장님께서 세우신 큰 뜻이 뭔지 말씀해 주시면 분골쇄신하겠습니다요. 어서 말씀해 주십시오, 충성!"

또다시 발뒤축까지 모아 거수경례를 올려붙인 조 과장이 손뼉을 치고 양손바닥을 싹싹 비벼대며 너스레를 떨었다. 다 알고 있을 텐데 짐짓 모르는 척 시치미를 떼는 조 과장이 가증스러웠다. 어상군은 이놈이 싸구려 난 하나 안겨주고 같이 놀자는 건가, 뭔가 싶었다.

고졸 출신 비공채 남녀 직원들은 별문제가 없었으나, 대졸 출신 공채 직원들은 교관들의 행정직 전직 특혜를 몹시 못마땅하게 생각했다. 그런 와중에 교관 출신이 자기들끼리의 권력 암투를 거쳐 처장자리까지 차지했으니 좋게 볼 리도 협조적으로 나올 리도 없었다. 더구나 이제는 민주와 자유를 되찾았다면서 정신이 해이해져 헐렁거리고 휘청거리는 시대인지라, 군바리 출신의 처장 보임이 적폐라고 떠들고 다니는, 용공세력들까지 생겼다.

이런 이유 등으로 부하 직원들은 자신이 손가락질하는 별을 보지 않고, 각자 보고 싶은 별들을 멋대로 바라봤다. 이래가지고는 혁신은커녕 부하 직원들에게 끌려 다닐 판이었다.

"모두가 일사불란하게 내가 가리키는 별을 보는 거요."

딴생각에 빠져 있던 어 처장이 뒤늦게 통을 놓듯이 대꾸했다.

"예?"

미처 알아듣지 못한 조 과장이 반문했다.

"내 바람은 일단 우리 모두가 하나의 목표를 향해 한 방향으로 똑바루 나가는 거요?"

어 처장이 표현을 바꿨으나, 결국 같은 말이었다.

"예에, 알겠습니다. 좌표만 찍어주십시오. 어느 방향인가요? 동쪽, 서쪽…… 아님 이쪽, 저쪽, 아님 요쪽…… 혹, 군주론에 나오는 방향인가요?"

조 과장이 몸을 돌려 동서남북 사방을 손가락질해 가며 물었다. 진심인지 비아냥인지 얼핏 분간이 안 되는 행동이었다.

"조 대위. 지구에 깔린 모래 알갱이가 128해쯤 된다는데, 우주에 떠있는 별은 몇 개쯤 될 거 같소?"

어 처장 스스로가 국면 전환 카드로 써먹는 자신의 잡학다식을 꺼냈다. 그로서는 자신의 해박함을 내세워 대화의 주도권을 쥐려는 수작이었으나, 정작 상대는 생뚱맞고 불쾌하게 받아들였다.

"처장 일을 감당하시기도 벅차실 텐데, 언제 또 천체물리학 분야까지 섭렵을 하시고……."

"모래보다 겁나 많소. 600해쯤 된다고 하오. 이 600해 중에 우리 금 이사장님이 가리키는 딱 한 개의 별만 바라보면서 그 별을 향해 가야 한다는 거요. 그게 좌표이고, 한 방향이오."

어 처장은 또 슬그머니 금 이사장을 팔아서 자신의 뜻을 펼치려 했다. 이런 어 처장 속을 누구보다 정확하게 간파하고 있는 조 과장은 심각한 표정으로 경청하는 태도를 취했다. 그러고 나서 "아, 그 방향을 말씀하신 거로군요. 옛, 썰!" 하며, 엉덩이를 뒤로 빼고 허리를 숙여 거수경례를 올려붙였다. 또 덧붙이기를, "사람이 태산에 걸려 넘어지는 게 아니라 돌멩이에 걸려 넘어진다고 하잖습니까. 잘 나가실 때 조심하시면 더 잘 나가실 수 있다는 뜻에서 전우애로 드리는 말씀이니 오해하지는 마십시오"라고 했다.

생각 같아서는 놈을 붙들어 앉혀놓고 빈정거리는 이유를 따져 묻고 싶었으나, 놈이 바라는 시비에 말려드는 것 같아 참았다.

서로 속을 까놓고 시시비비를 다퉈봐야 어 처장이 불리하기 때문이었다. 윗사람이 아랫사람과 말로 싸워서는 얻을 수 있는 게 없었다. 무엇보다 어 처장은 자신이 직원들로부터 원성을 사고 있다는 것을 잘 알고 있었다. 높이 오를수록 거센 바람을 타는 법 아닌가. 각오한 일이었다. 어찌금 이사장과 직원들의 사랑을 동시에 얻을 수 있겠는가.

어 처장은 그의 말을 시기질투 내지는 견제구쯤으로 정리했다.

"그 난, 이번 달에 쓸 제 용돈으로 산 겁니다, 소령님. 급량비로 산 거 아닙니다. 그리고 난은 휴지통처럼 그렇게 구석에 처박아놓으시면 안 되고, 잘 보이는 곳에 가까이 두셔야 하는 겁니다."

조 과장이 구석에 밀어놓은 난 화분을 손가락질로 가리키며 말했다. 성가신 놈이었다.

3

어상군 처장은 조강면 과장이 나간 뒤 나도군 계장을 불러 철골소심을 총무팀으로 보냈다. 난을 보며 놈의 잔망스러운 말을 떠올리고 싶지 않았다.

일단 어 처장은 인천상륙작전을 위해 장사상륙작전을 했듯이 성과연봉제 도입 타당성을 묻는 설문조사로 성동(聲東)을 하면서, 행정학과와 경영학과 일부 교수들의 도움을 받아 팀제 전환을 추진하는 격서(擊西)를 감행했다. 적을 앞뒤로 두고 싸우지 말라 했으나, 두 가지 이슈[적]를 성동격서로 뭉뚱그려버린 것이다.

성과연봉제 도입 타당성은 성과에 따라 임금을 더 주는 방식으로의 전환에 대한 찬반 의견을 묻는 것처럼 꾸몄다. 장차 더 안 주고 더 못 받을 수도 있다는 쪽으로 생각하는 것을 뭉그러뜨리기 위해 플러스섬 방식의 전환임을 문항마다 강조했다. 임금을 깎거나 덜 주는 것이 아니므로 당장은 틀린 말이라 할 수는 없었으나, 장차 더 주거나 더 받지 못한다면 결국 덜 주고 덜 받는 것과 다를 바 없으니 조삼모사식으로 하는 의견 수렴이었다. 이렇게 해서 의견 수렴 결과는 성과연봉제 도입 찬성이었다.

이와 같은 결과를 보고받는 자리에서 금 이사장은 어차피 두 과제 모두 어 처장이 아니면 총대를 매고 추진할 사람이 없었다고 하면서 치하와 격려의 말을 아끼지 않았다. 이사장은 입가의 미소를 감추지 못했다.

직원 팀제는 사무처장인 어상군의 업무 소관이라 전격적으로 밀어붙일 수 있으나, 전체 구성원의 임금이 걸린 성과연봉제는 기획처장의 업무 소관이라 어상군이 어쩔 도리가 없었다. 어상군은 교묘한 설문조사로 성과연봉제 도입 찬성 여론만 끌어낸 채 뒤로 빠질 수밖에 없었다.

경영학자와 유명 CEO 들이 수립·검증한 팀제 관련 이론과 실행 사례들은 물론이요 대학에서의 팀제 성공 사례들까지 교수들로부터 넘겨받은 어 처장은, 기존 과 단위 부서 운영에 따른 문제와 부정적 실태들을 끌어모아서 나열하고 분류하고 분석·평가했다. 기업에서의 팀제 정착 및 대학들의 도입 초기 사례를 분석할 때는 사안에 따라 침소봉대하고, 당위성과 필요성은 과대 포장했다. 팀제의 장점은 키우거나 보태고, 단점은 줄이고 뺐다. 직원노조를 상대할 때는 남들—기업은 물론이요 대학까지—은 이미 다 하고 있는 좋은 제도인데 우리는 왜 아직도 안 하고 있는 거야, 이러다가 경쟁에서 뒤처지면 어쩌려고, 라는 식으로 몰아가 초장에 주도권을 잡았다. 그러고는 '중석대 맞춤형 팀제의 성공적 안착'을 위한 여론조사를 통해 의견수렴·세미나·설명회 등을 동시다발적으로 가졌다. 모두가 어 처장이 짠 각본과 시간표 대로 진행됐다.

과를 팀으로 바꾸고, 일단 과장들을 팀장으로 보임—기존 과보다 신설 팀이 많아 그럴 수밖에 없었다—한 뒤, 금 이사장이 참석한 가운데 팀제 성공을 위한 결의대회를 열었다. 출정식이었다. 모든 과장이 팀장으로 전환된 것을 보고 무늬만 바뀐 팀제라는 오해를 불식시키기 위해 결의대회 전에 내용도 바뀌었다는 것을 보여줄 필요가 있었다. 그래서 '팀제 운영

과제와 성과 평가 방식'에 대한 최종 설명회를 가졌다. 질의응답도 있었는데, 어 처장의 간여하에 약속대련처럼 치렀다. 조강면도 팀장 내정자로서 참여했다. 치사를 할 때 늦손주를 본 할아버지—손주가 하나뿐인 이사장은 여자에 대해 융통성 없는 외아들 금상설을 못마땅해했다—마냥 이사장의 입이 찢어졌다.

중석대는 개교 이래 지금까지 학구 금기태 이사장께서 결단이 됐건 결론이 됐건 간에 일단 내려지면, 원인이나 이유 불문하고 오직 실행만 있을 뿐이었다. 그 결단이나 결론은 금 이사장이 학교와 구성원을 사랑하는 마음과 발전을 앙망하는 뜻에서 비롯된다고 했는데, 사적 기분과 감과 흥에 따라 정해질 때가 많은 것 같았다.

중석대는 1980년대 초·중반기 직원 채용을 할 때, 일가친척 또는 고향 친지들과의 연을 따지고 정을 헤아려 뽑았다. 당시에는 반드시 공채를 해야만 한다—지금 같은 강제 법규가 없었다—거나 정규직과 임시직 구분이 칼로 두부 자르듯 분명해야 할 필요도 없었기에—이사장의 기분에 따라 임시직이 정규직이 될 수도 있었고, 해고가 지금처럼 힘들지도 않았다—고졸 출신들을 그때그때 필요한 만큼, 또 정실(情實) 관계에 따라 자유롭게 뽑아 쓸 수 있었다. 참해 보이는 여직원도 다수 뽑았는데, 주로 타자(打字)와 차 심부름 등을 담당했다. 임금도 썼고, '미쓰 김, 미쓰 양, 미쓰 리' 등으로 부르며 부리기도 쉬웠다. 여직원이 사환, 아니 지금의 근장이나 다름없었다.

그러다가 이 '미쓰'들 대다수는 2006년 고용안정화정책이 수립·이행되면서 특별한 결격 사유—해고행위 또는 지시불이행 등에 준하는—가 없는 한 정규직이 되었다. 그리고 정규직이 된 이들은 고졸 출신 남자 직원들이 밟은 코스에 따라 중석대 야간 과정에 입학해 학사학위를 취득했다. 물론 각종 시간 배려와 장학금 혜택도 주어졌다.

이렇게 해서 대졸 학력이 된 남녀 직원들 가운데 일부는 승진 또는 보직 배정에서 학사 자격으로 입사한 '무연고' 일반 직원들보다 우대받았다. 입사 당시 대졸 직원들—중석대 졸업생이 배출되기 전이었고, 또 배출된 초기에 입사 직원은 네댓 명에 불과했다—은 중석대와 무연고자였지만, 이들 대다수는 친인척 또는 동향 출신 친지들이었기 때문이었다. 정실 관계로 입사한 고졸 출신 직원들에게 공채로 입사한 대졸 출신 직원들이 밀리게 된 것이다. 어쨌든 중석대는 '우리가 남이가?'와 '상명하복'이 어우러져 작동하는 조직이었다.

고졸 출신 직원들에게 대학 학사학위를 취득할 수 있도록 '특전'을 베푼 금기태 이사장은 이 공을 국가로부터 공인받아 당시 문교부와 노동부 장관 표창을 각각 받았다.

금 이사장은 고졸 출신 직원들의 페스탈로치이자 구세주였다. 이에 따라 이들의 애교심과 충성도가 더욱 고양됐다. 그러자 줄곧 홀대를 받아온 대졸 출신 공채 직원들의 사기가 크게 떨어졌고, 낙오자가 된 이들은 비판자 내지는 방관자가 됐으며, 더러는 훼방꾼과 안티 세력이 되어 법인과 학교의 정책을 사사건건 비방·폄훼하고 다녔다.

처장이 된 지 한 학기 만에 과 단위 체제의 행정조직을 팀제로 바꿔버린 어상군 처장은 자신이 개편한 팀제의 우수성을 즉각적으로 증명해 보이려 했다. 이런 사욕이 사적 감정이 개입된 인사(人事)를 낳았다. 금 이사장의 일가친척으로서 '미쓰' 출신인 여직원 이순녀를 8급에서 7급으로 깜짝 승진을 시켜 팀장으로 앉혔다. 민심은 물론이요 상식에도 반하는 무리한 인사발령이었으나, 시시때때로 금 이사장과 한상에 둘러앉아 그가 주는 밥과 술을 얻어먹는 권력의 찌끄레기들인 십상시조차도 어 처장의 독단과 독주를 막아내지 못했다. 이제는 팀장이 된 조강면도 더 이상 어상군 처장에게 조언은커녕 조롱도 비아냥도 할 수 없었다. 어상군이 금기태의 복심이 되었기 때문이다.

어 처장은 자신과 다른 의견이나 판단 등을 자신의 허락 없이 금 이사장에게 직보하는 십상시에게는 인사 등을 통해 그에 상응하는 대가—그는 물증과 심증에 입각한 승진 해당자의 부정적 사유를 부각시켜 최종 결정 단계에서 여러 가지 술수를 부렸는데 그가 명색이 사무처장이기 때문에, 또 그의 술수를 반박할 만한 정보가 없기에 이사장으로서도 총애하는 십상시라는 이유만으로 특전을 베풀 수가 없었다—를 치르도록 했다. 상황이 이렇게 되자, 금 이사장의 충견 겸 애완견들인 십상시도 어 처장의 눈치를 안 볼 수 없게 되었다.

그는 이 정도에서 그치지 않고 팀제 전환 후, 개혁이라는 이름으로 입사 전 고졸 출신 직원들을 팀장으로 대거 발탁했다. 삼성의 이건희는 일찍이 마누라 빼고 다 바꿔야 조직이 살 수 있다고 했다면서 발상의 혁명적 전환 없이는 개혁이 불가능하다고 했다. 이는 조직의 새로운 성장 동력 확보를 위한 대승적 결단으로서 숨은 인재의 새로운 발굴 및 중용을 위한 불가피한 조처라고 했다. 그러나 대다수 구성원은 선무당이 사람 잡는다, 식자우환이다, 흰개미가 번식한다, 라며 혀를 찼다.

어 처장은 이와 같은 파격적·혁명적 인사를 통해 무사안일에 빠진 직원들에게 두 가지 메시지를 전하려 했다고 금 이사장에게 보고했다.

첫째는 대학 행정업무라는 것이 특별한 전문성을 요한다거나 난도가 있는 일이 아니기 때문에 개인의 실력이나 능력보다 '상식을 바탕으로 한 열정과 성실성, 책임감과 복종심'—그가 이렇게 표현했다—만 있으면 누가 됐건 얼마든지 주어진 업무를 너끈히 수행할 수 있음은 물론 탁월한 성과도 올릴 수 있다는 것을 보여주고, 둘째는 학교에 비협조적이고 반항적인 공채 출신 대졸 직원들에게 학력이나 학벌, 실력이라는 것이 대학 행정업무 수행에 있어 필요조건도 충분조건도 아니라는 것을 일깨워주기 위한 조처라고 했다.

결국 직원의 수장이라는 처장이 나서서 직원의 위상과 자질에 스스로 똥칠을 하고 깎아내리는 짓을 한 것인데, 조강면의 충심어린 조언을 그가 가져온 난과 동급으로 보고 걷어차버린 결과였다. 아무튼 이 모든 것은 대졸 공채 출신 직원들에게 본때를 보이고 경고함으로써 궁극적으로 자신의 권한과 위상을 강화하고자 하는 사리사욕에서 비롯된 것이었다.

그는 교수들도 별 하는 일 없이 탱자탱자하면서 월급만 많이 받아간다며 자기는 그 절반만 받아도 그보다 많은 일을 할 수 있다고 이사장 앞에서 떠벌여 온 인간이었다.

하지만 세상사가 어 처장 뜻대로 돌아가지 않았다. 어 처장이 '미쓰' 가운데 전격 발탁한 팀장으로부터 한 학기도 지나지 않아 동티가 났다. 사실, 행정업무를 수행하는데 있어 학력과 학벌이 절대적으로 중요하다거나 반드시 필요한 것은 아니었다. 업무를 학력과 학벌로 하는 것이 아니었기 때문이다. 때문에 고졸 출신 '미쓰'에다가, 나중에 야간 대학을 나왔다는 사실은 업무 수행에 있어 하등 문제될 것이 없었다.

문제는 어 처장이 '직원 길들이기'를 하기 위해 사심과 무리수로 인사를 좌우한 데 있었다. 누가 봐도 팀장으로서는 함량 미달인 이순녀를 다소곳하고 참하고 예절이 바르다는 점을 들어 그것만으로도 리더 자격이 차고 넘친다면서 부득부득 우겨 팀장에 보임한 것이 문제가 된 것이다.

조강면 시설관리본부장—팀장이 된 그가 자신의 지위를 격하로 판단하여 강한 불만을 표출하자, 이사장이 그가 속한 팀을 본부로 승격시켜 주었다—도 어 처장을 찾아와 며느리 보는 것과 팀장 선발은 다른 경우라며 우려를 표한 바 있었다. 되레 이순녀를 죽이는 일이 될 수도 있다고 했다.

이순녀 보임 초기에는 언해력, 문해력이 달려 말귀를 못 알아듣고 공문 해석이 어설프다는 말이 들렸다. 이를 한심하게 여긴 팀원들이 팀장을 깔

봐서 종종 티격태격하며 불화를 일으킨다고 했고, 교수인 부서장도 마이 동풍하고 동문서답하는 팀장과 마찰을 빚는다고 했다. 그러나 어 처장은 곧이들으려 하지 않았다.

어상군 떨거지로 분류된 이순녀 팀장은 그로부터 각별히 받은 당부—팀장직을 반드시 성공적으로 수행해야 둘 다 산다는—가 있는지라 모든 문제의 원인을 남의 탓으로 돌리며 버텼다. 팀원들이 짜고 자신을 무시하기 때문에 발생한 문제라고 했다. 하지만 어 처장님이 뒤에 있기 때문에 시간이 지나면 '제압'할 수 있다고 했다.

그러나 어 처장도, 시간도 그녀 편이 되어주지 못했다. 그녀는 자신도 명색이 팀장인데, 팀원들로부터 부당한 차별과 개무시와 왕따가 점점 심해지고 있으며, 팀원들의 이간질에 놀아난 부서장까지 팀원들 앞에서 자신을 무시하고 모욕한다면서 어 처장을 찾아와 울면서 탄원했다. 눈물에 번진 마스카라 때문에 영화 〈길〉의 구박받는 젤소미나를 보는 것 같았다.

이순녀 팀장과 마주앉은 어 처장은 안타까움과 난처함에 긴 한숨이 절로 나왔다. 며느리의 하소연을 듣고도 어쩌지 못하는 못난 시애비가 된 것 같았다. 아무튼 가능한 한 빨리 이 문제를 수습하지 못하면 책임의 화살이 자신에게로 돌아올 판이었다.

이 팀장의 부서장—임용 3년 차 조교수로 이 팀장보다 두 살 아래인 41세였다—은 이미 학무위원들이 참석한 업무 보고 석상에서 어 처장에게 삿대질을 해대며 팀장의 무능과 불경한 태도를 지적하고, 이런 팀장을 발탁해서 자신에게 붙여준 부실한 인사행정을 꾸짖은 바 있었다. 어 처장은 심한 굴욕감을 느꼈으나 자업자득인지라 당할 수밖에 없었다.

그도 이런 일을 예상하지 못한 건 아니었다. 그래서 상대적으로 루틴하고 쉽고 헐렁한 업무를 담당하는 팀을 골라 상대적으로 온순하며 자질과 능력이 떨어진다 싶은 직원들을 모아서 팀원으로 꾸려준 것이었다. 팀원들에게 꺼들리지 말라고 촘촘히 배려한 것이었는데, 되치기를 당한 기분이었다. 부서장이 말하길, 팀장은 물론이요 팀원들도 하나같이 변변치 못해 일을 할 수가 없다고 했다. 그러는 너는 얼마나 변변한 놈인지 따져보자 하고 싶었으나, 모양새 빠지게 어린 교수와 싸우고 싶지 않았다.

어쨌든 열등한 팀원들에게조차 꺼들리고, 동생뻘 되는 부서장에게까지 불경하다고 찍혔다면 희망이 없었다.

어 처장은 장미 문양 자수 손수건에 밴 눈물을 비틀어 짜내며 서럽게 울고 있는 젤소미나를 위로해야 할는지, 훈계해야 할는지, 야단쳐 쫓아내야 할는지 판단이 서지 않아 헤맸다.

"흐흑, 흑, 크큭큭! 저, 저도…… 저를 생각해 주신 처장님을 새, 생각해서…… 이를 악물고 끝까지 버, 버티면서…… 자알, 크윽 큭…… 해, 해…… 해보……."

그녀는 어깨를 들썩이며 바람 빠지는 소리로 격하게 울었다. 서러움에 북받쳐 하소연을 하느라 스트라이프 원피스가 허리춤까지 말려 올라가 속곳이 보이는 줄도 몰랐다. 우는 모습을 보여주려고 찾아온 양 딸꾹질까지 해가며 울고 또 울었다.

어 처장은 그녀가 안타깝고 원망스러웠다.

"내 의도가 선했는데, 그 선한 의도를 악으로 꺾으려는 놈들 때문에 네 고초가 크구나."

속곳을 가리라고 일러줄 수 없는 어 처장은 눈을 돌리며 넋두리처럼 말했다. 그리고 덧붙여 그녀를 무시한 팀원들을 나무라며 위로했다. 달리 해줄 것이 없었다.

"처, 처, 처자앙…… 님. 크으윽, 죄, 죄소옹해…… 요."

이 팀장이 원피스 자락을 갈무리하며 말했다. 어 처장은 총무팀장으로 앉힌 나도군을 통해 이순녀 팀장을 왕따시킨 사건에 대해 자세한 경위를 조사해서 가능한 한 빨리 보고할 것을 지시했다. 뭐든 반격의 소지를 찾아낸다면 가만히 있지 않을 생각이었다.

"공식적으로 조사하라는 말씀이시죠?"

전화로 지시를 받은 나 팀장이 생뚱맞게 물었다.

"뭐? 내가 언제 나 팀장에게 뒷조사를 시킨 적 있나?"

어 처장은 나 팀장에게 버럭 소리쳤다. 그러고는 송수화기를 팽개쳤다.

팀원이 해야 할 일을 빼내서 자기가 하고, 자기가 해야 할 일을 팀원들에게 나눠줌. 팀원들에게 모닝커피 타 주고, 워드 작업하는 게 전부.

부서장 지시사항 전달 및 이행을 못 함. 파워포인트만 다룰 줄 앎.

도시락을 싸가지고 다니며 사무실에서 혼자 먹음. 회식자리에서는 술도 안마시고 안 권함(종교적 이유 의심됨). 아들을 핑계로 매일 칼퇴근.

치마가 짧다고 팀원(이해민 계약직 9급)을 불러 10분 넘게 야단침.

반말하고 무시한다며 눈도 안 맞춤.

조교와 근장(박사준 무역학과 2년)에게만 떡볶이 오댕 등 군거질꺼리를 사줌.

팀장이 팀 내에서 벌어진 일을 어상군 처장님께 일러바친다고 알고 있음.

팀원들 앞에서 부서장을 헐뜯고 욕함. 위하감 조장.

나도군 팀장으로부터 닷새 만에 '최선을 다한 공식적인 조사결과'라며 받은 반쪽짜리 서면 보고서였다. 나 팀장이 6하 원칙에 맞춰 육필로 직접 작성했다고 했다. 어 처장은 새삼 나 팀장의 수준도 이 팀장과 다름없다는 생각에 우울했다.

개조식으로 작성한 보고서는 맞춤법과 띄어쓰기가 엉망이었다. '위하감'은 '위화감'이 아닐까 싶었다. 보고서를 훑어본 어 처장은 단박에 팀원들이 자신에 대한 불만과 보복을 이 팀장에게 한 것이라는 판단이 섰다. 나 팀장을 다시 불러 자신에 대한 구성원의 여론 동향을 물었다. 나 팀장이 게거품을 물며 굳이 들려주지 않아도 될 말까지 주절주절 늘어놓았다.

어 처장은 그의 말을 듣다 보니 처장을 욕하는 직원들을 이간질하는 것인지 욕먹을 짓을 한 처장의 죄상을 드러내려는 수작인지 헷갈렸다.

"그만해라, 됐다!"

나 팀장의 지칠 줄 모르는 풀무질에 이윽고 시뻘게진 어 처장이 소리쳤다. 나 팀장을 내보내고 분노를 삭이던 그는, 자신에 대한 직원들의 하극상이 도를 넘어섰다는 생각이 들자 섬뜩해졌다. 무언가 특단의 조처가 필요할 것 같았다. 차제에 기강을 바로 잡는 차원에서도, 위기관리 차원에서도 무언가 제대로 된 본때를 보여줘야 할 타이밍이라는 판단이 섰다.

나 팀장의 보고서를 보고 잠시 악감정에 휘둘렸으나, 그의 여론 동향을 보고 받고 나서는 평정심을 되찾았다. 어 처장은, 자신의 예견과 판단이 틀리지 않았다는 결론을 내렸다. 이 팀장의 업무 수행 능력에 하자가 있다기보다 인신공격에 가까운 팀원들의 악의적인 무시와 비협조가 문제의 원인인 것 같았다. 그러니까 이순녀 팀장과 팀원 사이의 불화는 팀장의 무능과 리더십 부재가 아닌 지시불이행 또는 하극상 차원에서 들여다볼 필요가 있었다.

어상군 처장은 전가의 보도를 뽑았다. 직원들을 위한 '업무 능력 혁신 과제' 두 가지를 선정했다. 직원들에게도 이순녀 팀장과 같이 기본 업무 수행을 위한 공인된 필수 자격을 갖추고 있는지를 점검하고, 그에 따라 향후 자기계발 대책을 마련토록 추궁할 심산이었다. 군인의 기본 자질이라 할 수 있는 영점 사격 실력으로 군기를 잡는 것과 같은 이치였다.

그는 이 혁신 과제 수행을 위해 근무 시간 중에도 수강이 가능한 별도의 강좌를 개설하고, 퇴근 후 학원 수강을 원하는 직원들을 위해서는 향후 자격증을 취득한 경우에 한해 수강료 전액을 지원해 주겠다고 했다. 그럴 테니 워드프로세스와 파워포인트 자격증을 따서 제출하라고 했다. 워드 작업이 더뎌서 업무 효율성이 떨어지고, PPT 작성을 못해 업무 보고의 질이 떨어진다는 것이 이유였다. 이순녀는 둘 다 자격증을 가지고 있었다. 취득 유무는 인사고과에도 반영할 것이라고 했다.

"직원 여러분의 직무능력 향상과 효율적 업무 혁신 차원에서 불가피하게 추진하는 직원 핵심 역량 강화 사업입니다. 다들 협조해 주시리라 믿고, 그럼 오늘 전체 회의는 여기서 이만……."

팀별로 조교 한 명씩만 잔류시키고 직원 전체—정규직, 비정규직 모두—를 '나뽈레옹체육관' 강당으로 긴급 소집한 어상군 처장은 '行政職員 職務力 UPGRADE를 爲한 PROJECT'라는 제하의 급조된 12쪽 짜리 유인물을 나눠주고, 훈계인지 훈시인지 모를 일장 연설에 이어 두 종의 자격증 취득을 명령한 뒤에 일방적으로 산회를 지시했다. 너무도 갑작스럽고 충격적인, 가히 혁명적이라 할 명령인지라 강당 분위기가 마치 이순신 제독께서 칼에 새겼다는 검명(劍銘)—'一揮掃蕩 血染山河(일휘소탕 혈염산하:한번 휩쓸어 버리니 산하가 피로 물든다)'—과 같았다. 이 검명은 어 처장이 시도 때도 없이 마구잡이로 써먹는 건배사였다.

"갑자기 자격증은 왜 따라는 겁니까?"

동태걸 건설실장이 서둘러 달아나려는 어 처장의 말을 자르고 따지듯이 물었다. 평소 보직교수들을 포함한 윗사람들에게 이의가 많다고, 그래서 할 말은 많아도 말없이 순종하는 직원들까지 보직교수들로부터 불필요한 미움을 받는다는 이유로, 선후배 및 동료 직원들로부터 눈총과 미움을 받는 동태걸이었다. 금기태 이사장이 그에게 '동키호테'라는 별명을 지어주었다.

"뭐욧?"

어 처장의 목소리가 덫에 걸린 짐승의 비명 같았다. 떳떳하지 않은 짓을 했는지라 질문을 시비로 받아들인 것 같았다.

"입사 전에나 요구하는 자격증을, 입사 후에 요구하시니……."

동 실장이 단상도 단하도 아닌 어정쩡한 층계참에서 엉거주춤한 자세로 눈을 부라리고 있는 어 처장을 향해 퉁을 놓듯이 말했다. 볼멘소리로 웅성거리던 좌중이 얼음땡 놀이를 하듯 조용해졌다.

동 실장이 자신들과 같은 직원 입장에서 학교 측에 이의나 반론을 제기할 때마다 밉살맞거나 고깝게 생각했던 직원들이 일순 태도를 바꿔 동조와 응원 그리고 기대의 눈길로 그를 바라봤다. 자신들이 말하지 못하는 부당함과 불만을 대신 말해주고 있다고 생각한 때문인 것 같았다.

"지금까지 설명했잖소? 뭘 들은 거요? 직무 수행 능력 업그레이드 차원이라고……."

다시 단상에 오른 어 처장이 턱을 치켜들며 답했다. 그러고는 '너 또 까부는 거냐'라는 표정으로, "이보시오, 동 실장. 입사 전과 입사 후, 사무 환경이 달라진 걸 생각하시오"라며 일갈했다.

"자격증이 있어야, 또 자격증 등급에 따라 워드 작업을 잘할 수 있고, 피피티를 잘 만들 수 있다는 겁니까?"

질문이 복잡했는지, 아니면 답을 할 필요를 못 느낀 것인지 어 처장이 도끼눈으로 동 실장을 내려다 볼뿐 답이 없었다. 동 실장도 흥분해서 말이 꼬였는지 혼잣말로 뭔가를 중얼중얼대다가 말을 바꿔 다시 물었다.

"아니지, 그러니까…… 자격증이 없으면, 워드 작업을 못 하고, 피피티를 못 만든다는 겁니까?"

"못하는 사람들이 있으니까, 이러는 거지!"

얼굴이 시뻘게진 어 처장이 급기야 양손을 부들부들 떨며 짜증스레 소리쳤다.

"그런 이유시라면 저는 안 따르겠습니다."

둑이 터져 물이 쏟아지는 양 좌중이 웅성웅성했다. 동 실장이 공개석상에서 어 처장을 엿 먹이고자 그의 지시에 대놓고 항명을 한다고 생각하는 것 같았다.

"뭐욧?"

어 처장의 표정이 뻣뻣하게 굳어지는가 싶더니 심하게 일그러졌다. 그때 헐레벌떡 달려온 근장이 단 밑에서 안절부절못하고 있는 나도군 총무팀장에게 다가가 귀엣말을 전했다. 잠시 쭈뼛거리던 나 팀장이 단 위로 올라가 어 처장에게 귀엣말을 전하는 것 같았다. 미루어 짐작컨대 아마도 보직교수들이 한 시간 넘게 자리를 비운 팀장과 팀원 들을 찾는 것이 아닐까 싶었다.

"워드를 못하고 피피티를 못해서 업무를 제대로 하지 못하는 사람이 있다면, 개별 조처를 지시하시고, 그래도 해결이 안 되면 업무 처리 미숙이나 업무 능력 부족으로 인사 조처를 하면 될 일이지, 단체로 자격증을 취득하라고 할 문제는 아니지 않습니까?"

어 처장의 악의적 꿍꿍이를 알아 챈 동 실장이 물러서지 않았다.

"업무 능력을 가지고 문제 삼지 않겠다는데, 뭐가 문제요? 선처를 해줘도 문젠가?"

눈 가리고 아웅 하는 말장난이었다. 업무 처리 능력 미숙이나 부족 등은 그 기준도 모호하고 따지는 것 또한 만만치가 않아서 인사상 불이익을 주기가 쉽지 않을 것이다. 그러나 자격증을 취득하라고 하면, 취득한 놈, 취득 못한 놈, 취득 안 한 놈을 각각 명명백백하게 가려낼 수 있고, 또 급수와 정도에 따라 인센티브나 페널티의 경중을 매길 기준으로 삼을 수가 있었다.

"자격증 취득을 권장한다기보다 미 취득자들에게 불이익을 주려는 게 아닌가요?"

건축기사 자격증을 가지고 있는 동태걸은 바보가 아니었다. 그는 1급 건축기사 자격증뿐만 아니라 캐드 1급에 워드프로세서와 파워포인트 자격증까지 이미 취득했다. 하지만 워드프로세서와 파워포인트 자격증 취득에 대해서는 아는 구성원이 없었다. 굳이 알릴 이유도, 알 필요도 없는 자격증이었다.

"처장님도 독수리 타법 아닙니까?"

동태걸의 노골적인 이의 제기에도 어 처장이 좀처럼 물러서려고 하지 않자, 설상구 팀장이 거들고 나섰다. 바늘 가는 데 실 가는 격이었다. 금 이사장이 '데블스 에드버킷(악마의 변호인)'이라는 별칭을 붙여준 입학홍보 팀장이었다.

"하, 이 친구들이 협공을 하네. 돋보기를 껴야만 자판이 보이는 나도 딸거요, 나도 딴다고! 따면 될 거 아닛! 우리가 다 같이 따자고! 됐소?"

나 팀장의 귀엣말을 전해 듣고 나서부터 똥마려운 강아지 모양 안절부절못하던 어 처장이 설 팀장까지 나서자, 이성을 잃은 것 같았다. 자폭 선언하듯이 자기주장을 외친 어 처장이 황급히 단을 내려왔다.

"처장님이 따시는 거하고, 저희들이 따는 거 하고 무슨 상관이 있습니까? 따느냐 마느냐…… 아니, 왜 모두에게 반드시 따라고 강요하느냐가 본질적인 문제 아닙니까?"

"업무 효율성과 질적 제고가 본질적 문제요. 이제 그만 합시다."

단을 내려온 어 처장이 나 팀장의 호위를 받아 체육관을 빠져나가며 말했다.

"업무 효율성과 질적 제고의 본질이 왜 자격증 취득에 있다는 겁니까?"

"이봐요, 설 팀장. 이미 딴 직원들도 많아요. 어디, 어디 손 좀 들어봐요."

걸음을 멈춘 어 처장이 까치발로 선 채 좌중을 휘둘러보며 말했다. 궁지에 몰린 장수가 호위무사들을 찾는 것 같았다. 디테일한 어 처장이 사전에 나 팀장과 공모하여 동원한 네댓 명의 호위무사들이 여기저기서 손을 들었다. 이순녀도 손을 들었다. 그들 모두가 A4 용지 크기의 종잇장을 각자 두 장씩 들고 있었는데, 아마도 자격증인 것 같았다. 디테일한 사전 준비라지만 속 보이고 구차해 보였다.

"필요에 의해 자발적으로 따는 것과 따라고 해서 따는 것은 다르지요."

동 실장이었다.

"왜 못 따겠다는 거요? 어디 이유나 들어봅시다."

나 팀장이 똥마려운 강아지 모양 종종거리며 눈짓을 줬으나, 격분한 어 처장은 개의치 않았다.

"맡은 바 업무를 잘 해내는 것이 목적이지, 자격증을 따는 것이 목적은 아니잖습니까? 그렇다면 직원 각자가 워드와 피피티 제작 능력을 잘 익혀서 업무를 잘할 수 있도록 조처하면 될 일이지, 열외 일 명 없이 자격증을 따라고 강요할 이유는 없지 않나요? 또 운전면허증을 땄다고 해서 누구나 운전을 잘하는 것도 아니잖습니까?"

"허, 면허증 없이 어, 어떻게 운전을 할 수 있나, 이 사람아?"

어 처장이 부러 문제의 본질을 벗어나고 있었다.

"자격증 따는 게 어디 보통 스트레스입니까? 저는 시험만 보러 갔다 하면 발발 떠느라 시험을 제대로 치르지 못합니다. 한두 번이 아니에요. 예비고사도 그래서 망쳤어요. 그 고통을 반복할 생각이 없습니다. 타자와 피피티 제작 능력은 남부럽지 않습니다만, 자격증 시험은 정말 자신이 없네요. 그리고 자격증을 못 딸 경우에는 불이익과 차별을 받을 것이고, 또 망신을 당하고 스트레스를 받게 될 것이 아닙니까. 입사 29년 차인 제가 왜 그래야 합니까?"

뜨악한 표정을 짓고 선 어 처장을 향해 동 실장이 오물을 끼얹듯 내질렀다. 그러나 어 처장은 내게 이렇게 망신을 줘가며 대드는 패악질로 인해 장차 받게 될 불이익과 차별과 스트레스는 전혀 생각지 못하냐는 듯이 동 실장을 바라보며 말했다.

"결국 시험이 싫고, 망신당하기 싫다는 게 이유군요. 맞죠, 동 실장?"

"예!"

동 실장이 눈을 부릅뜨며 답했다.

"그렇다면 내가 책임지고 망신주지 말라고 할 테니까, 시험보세요."

어 처장이 억지를 부리며 대꾸했다.

"처장님은 저희들에게 시험을 강제할 권한이 없습니다."

동 실장이 악에 받쳐 소리쳤다. 설 실장과 열댓 명의 직원들도 거들었다.

"당신들 분명히 경고하는데, 이건 하극상이야."

어 처장이 고함을 질러댔다. 일순 분위기가 험악해졌다. 밀고 당기던 기 싸움이 감정다툼으로 치닫자, 장차 감당하게 될 분위기를 예견한 때문인지 직원들의 표정에서 우려와 피로감이 드러났다.

"워드와 피피티를 못해 업무에 지장을 주는 직원이 있다면, 그 해당 직원을 인사 조처하세요. 그러면 될 게 아닙니까?"

동 실장이 어 처장과 끝까지 맞서가며 물러서지 않는 속뜻을 제대로 알지 못하는 직원들은 '쟤 왜 저래. 누가 좀 말려봐', 라는 표정으로 서로서로 불편한 눈빛을 주고받으며 웅성웅성댔다. 틀린 주장이 아니라고 할지라도 이제는 그만 좀 하라는 분위기였다. 이 일로 열받은 어 처장이 사무처장의 권한을 남용하여 또 다른 일을 만들어서 직원들을 괴롭힐 것이 뻔한 때문이었다.

회의가 어느새 75분을 넘고 있었다. 다들 나름대로 업무가 바쁜 직원들이었다. 게다가 30분만 더 지나면 점심시간이었다. 각자의 휴대전화를 들여다보는 직원이 점점 늘고 있었다. 사무실을 지키는 직원과 근장 들로 부터 업무 관련 연락들이 오는 것 같았다.

"처장은 나야. 당신이 뭔데 얻다 대고 이래라 저래라얏!"

동 실장을 노려보던 어 처장이 삿대질을 하며 고함을 내질렀다. 그러고 는 동 실장을 밀쳐내고 출입문 쪽으로 걸어갔다.

"자격증 미 취득으로 피해를 입게 된다면, 저는 반드시 법적으로 대응 할 것입니다."

설 팀장이 어 처장의 뒤통수에 대고 말했다.

"그러시든지!"

뒤도 안 돌아보고 콧방귀를 뀌며 대꾸한 어 처장이 뒤좇아 오는 나 팀 장에게 물었다.

"조강면 본부장은 왜 안 보이지?"

"소방안전교육 가셨습니다요."

어상군은 배후에 조 대위가 있는 게 아닌지 의심스러웠다.

어상군 사무처장이 직원들을 싸잡아서 엿 먹이려고 수작했던 '行政職員 職務力 UPGRADE를 爲한 PROJECT'는 사후에 사건 전말을 보고받은 금 이사장에 의해 직원 간 '불필요한 갈등과 마찰을 조성'한 부적절한 사건으로 결론지어졌다. 십상시 중에 누군가가 시시콜콜 일러바친 것 같았다. 어상군은 이 또한 조강면이 사주한 것은 아닐까 싶었다.

동태걸 실장의 꼬장과 분탕질에 개망신을 당한 어 처장은 동 실장과 그를 도운 설상구 팀장 그리고 조강면 본부장에게 조만간 반드시 본때를 보여주리라 다짐하고는, 그동안 뒤로 물러나 있었던 성과연봉제 추진에 매진키로 했다. 어쨌든 이사장에게 잃은 점수는 회복해야 했다.

4

어상군 사무처장은 중석대 최초로 성과연봉제 도입에 관한 아이템을 보고하기 전, 그러니까 기획과장 시절부터 대학의 교수와 직원 들이 하는 일에 비해 많은 월급을 받고 있다는 주장을 주구장창 제기해 왔다. 그가 교직원(教職員)은 '신이 내린 직장'이라는 것을 일찌감치 간파했던 것인데, 금기태 이사장으로서는 고맙고 요긴한 발언이었다. 그러나 만고풍상과 간난신고를 두루 거친 역전노장 금 이사장은 특정인 한 명의 주장이나 보고만 믿어 판단하고 결정하는 결코 가벼운 사람이 아니었다. 그렇게 주장하는 객관적인 근거와 자료를 보고 싶다고 했다.

당시 어 처장은 수족 같은 나도군 대리와 함께 전국 대학의 교직원 임금 현황을 조사하고, 평주직할시 소재 대학들과 중석대와의 임금 비교표를 작성하여 보고했다. 임금 구성 항목이 비슷해 보이면서도 서로 상이하고 산정기준들 또한 들쑥날쑥이었으나, 이것저것 보태 중석대 임금 총액을 높이고 비교 대학들은 이것저것을 빼서 낮추어 작성했었다.

어 처장은 3년 전에 했던 이 경험과 방식을 되살려 재조사에 들어갔다. 처장 지위에 오른지라 이번에는 직접 하지 않고, 조사 방법과 작성 요령을 일러주며 취지에 맞는 보고서를 작성해 달라고 기획팀장과 총무팀장에게 지시했다. 서너 차례 재촉과 피드백을 통하여 추가적인 보충 조사—취지에 맞는 답을 찾기 위해—까지 마친 끝에 조사 결과표와 비교대조표를 2주 만에 받아봤다. 그런데 어찌된 노릇인지 어 처장의 주장은 물론이요 취지와 다른 보고서가 나왔다.

3년 전에 전국 144개 4년제 대학 중 교수 67위, 직원 78위였던 중석대 임금 랭킹이 각각 89위와 91위로 주저앉아 있었다. 국립대를 제외한 인근 지역 8개 대학과의 비교에서는 교수 5위, 직원, 6위로 중하위였다. 어

처장은 당황스러웠다. 지난 3년 동안 대체 무슨 일이 있었단 말인가. 그는 자신이 직접 조사하지 않아 생긴 문제라는 결론에 이르렀다.

어 처장은 눈치도 요령도 없이 고지식하기만 한 두 팀장을 불러 조사 기준과 산출 및 산입 항목 등이 잘못 되었다—일관성과 융통성 적용의 부적절성을 지적했다—면서, 객관성과 형평성이 담보된 재조사와 재작성을 하라고 지시했다. 재조사 결과도 대동소이했다. 수학과 출신인 기획팀장이 말하길, 객관성과 형평성을 지키려다 보니 똑같이 올리고 똑같이 내릴 수밖에 없어 대동소이한 결과가 나왔다면서 난감한 표정을 지었다.

어 처장은 기획팀장의 말이 '차라리 조사 결과를 조작하라고 하면 그렇게 해줄 수 있어' 라는 뜻으로 들렸다. 조사결과로 생긴 문제에 대해서는 그 책임은 자신이 져야 한다는 것을 잘 알고 있는 것 같았다. 고지식하지만 똑똑한 놈이었다.

결국 어 처장이 배포도 없고 요령도 없는 기획팀장을 불러 앉혀놓고 우리 대학의 위기상황과 이에 대응하는 조직 구성원의 역할과 사명, 책임 있는 자세와 멸사봉공의 정신 등을 귓구멍에 딱지가 앉을 정도로 훈계하고, 그에 합당한 기준을 일일이 제시해줄 수밖에 없었다.

"초과강의수당, 교통비 및 식비보조수당, 초과근무수당, 연구보조비, 추석과 설에 지급한 격려금 등등이 포함됐소?"

"통상임금으로 보기 힘든 건 뺐습니다."

어 처장은 담벼락과 소통하는 기분이었다. 그러나 기획팀장은 이런 이유로 금 이사장의 신임과 총애를 받는 팀장이었다.

"통상임금의 기준이 뭐요?"

"딱 뭐라고 단정적으로 말씀드리기가…… 사용자와 근로자가 서로 다르고, 사용자와 근로자가 법으로 다툴 때도 다루는 재판관마다 다릅니다."

"타 대학도 그렇게 했소?"

타 대학도 통상임금 문제로 시비가 될 만한 항목을 뺐느냐는 질문이었다.

"그건 타 대학에서 안 알려주기 때문에 알 수 없습니다."

"항목은 안 받고 금액만 받았다는 거요?"

"예. 세부항목은 안 알려줍니다. 우리도 안 알려줍니다."

총무팀장이 자랑스럽게 말했다.

"그럼 걔네들이 통상임금만 공표했다고 볼 수는 없는 거 아뇨?"

어 처장이 트집을 잡듯이 말했다.

"그, 그게…… 하지만 통상적으로 통상임금을 산출할 때, 산입항목이 대동소이해서 크게 차이가 나지는…….."

"또 대동소이 타령이오? 됐고, 우리도 교수들에게 지급된 건 뭐가 됐든 다 넣어서 다시 계산해오시오."

결국 어 처장의 주장과 취지에 맞는, 랭킹 순위가 중상위권으로 상향된 입증 자료가 만들어졌다. 보고받을 때 금 이사장이 자료의 객관성과 신빙성에 대해서는 따로 묻지 않았다. 다만 혼잣말인 양 "우리 중석대가 전국 중상위권 대학으로 볼 수 없을 텐데, 임금은 중상위권이라니 놀랍소. 대학의 수준과 임금 수준은 같아야 하는 게 아니오?"라고 했다. 가이드라인을 제시한 것이었다.

어 처장은 새 술은 새 부대에 담아야 한다면서, 팀제로 전환된 만큼 그에 맞는 직원 인사제도 개정이 필요하다고 건의했다. 동태걸 실장과 설상구 팀장 그리고 조강면 본부장의 인사 조치를 염두에 둔 정지작업이 필요했다.

현행 인사제도는 별로 중요하지 않은 일을 하거나, 또 별다른 성과가 없는 직원들도 때마다 꼬박꼬박 승진시켜줘 왔는데 그때마다 인건비도 올라간다고 했다. 해서, 기존처럼 꼬박꼬박 승진시킬 경우와 조곤조곤 따져서 승진시킬 경우의 인건비 차액을, 여러 경우의 수를 산입하여 도출한 데이터를 시뮬레이션해서 올렸다. 어 처장은 이 작업을 혼자 조용히 하느라, 처장실에 야전침대를 들여놓고 닷새 동안이나 철야를 했다. 금 이사장은 돈의 득실로 설득하는 것이 빨랐다.

"성과연봉제를 실시하면 바뀌는 거 아니오?"

서두를 이유가 뭐냐는 뜻이었다. 이사장은 어 처장의 개문발차식 무단 폭주가 걱정되는지 꺼림칙한 표정을 지었다. 어 처장은 아차 싶었다. 보복심에 쫓겨 미처 생각 못한 점이었다.

"성과연봉제를 도입하려면 절차를 거쳐야 하기 때문에 시간이 꽤 걸립니다요."

"좋소. 금 총장과 상의해서 잘하시오."

이사장이 동의했다. 이사장은 혹여 발생할는지도 모를 책임으로부터 벗어나고자 사안마다 조카인 총장을 끌어 들였다. 결정은 자기가 하되, 책임은 조카가 지는 식이었다.

"건설 부문도 점검을 좀 해 보시오."

"예?…… 아, 예."

잠시 당황했던 어 처장이 뒤늦게 말뜻을 알아듣고 답했다. 10년째 해마다 건설비로 수백억씩 들어가고 있었다. 동태걸 건설실장만 믿고 있을 수 없다는 뜻이었다. 어상군 처장은 자다가 떡이 생긴 양, 이사장실을 나오면서 싱글벙글거렸다.

성과연봉제 설계 및 도입은 직원을 대상으로 하는 팀제처럼 얼렁뚱땅, 마파람에 게 눈 감추듯이 해치울 수 없었다. 임금제도는 직원뿐만 아니라 교수들도 해당되는, 아니 교수들을 기준으로 하여 만든 제도이자 체계였기 때문에 교수들의 눈치를 살피지 않고 함부로 만지작거릴 수 없었다.

자칫 부정적 여론이 형성되면 논의조차 할 수 없게 된다.

중석대 보수 규정은 교수의 임금 체계를 국립대 교수에 준용(準用)하여 먼저 수립하고, 직원은 그 준용한 교수에 준용하여 만들었다. 물론 교수들은 직원들처럼 법적 지위를 보장받는 노조가 없었기 때문에 학교는 직원 노조와 임금 협상을 했다. 이때 교수협의회가 교수들의 뜻을 모아 직원노조 측에 전달하고 이를 반영한 임금 협상이 이루어졌다. 오랜 관행이었다.

어 처장은 직원들의 처장인지라 교수들의 임금 현황 비교 조사 등으로 곁에서 군불을 땔 수는 있어도 주도적인 역할을 할 수는 없었다. 더욱이 기획처장의 업무 소관이었다.

매주 법인 이사장실을 들락날락거리는 사무처장이 금 총장이 주관하는 주례 본부처장 회의 때마다 성과연봉제를 들먹이며 바람을 잡자 뭉그적대던 기획처장이 진행을 서두르지 않을 수 없었다.

"이사장님께서 이번 주에도 진행 상황을 물으시기에 기획처장님께서 애쓰고 계시고 조만간 보고가 있을 것입니다, 라고만 보고 말씀 올렸습니다."

이사장 복심이자 학교와 법인 간 메신저인 어 처장이 회의석상에서 이런 식으로 내뱉자 기획처장이 꽁지에 불붙은 강아지처럼 허둥대기 시작했다. 성과연봉제 도입을 위한 터를 다지고 멍석을 깔기 위해서는 우선 교수들의 도움이 절대적으로 필요했다. 기획처장이 앞장서야 가능한 일이었다.

더 이상 뭉그적거릴 수 없게 된 기획처장이 처우 개선—반발을 고려해 임금제도 개선이라 하지 않았다—을 위한 태스크포스팀을 만들었다. 본부처장이기 때문에 TFT 당연직 위원으로 들어간 어상군은 대학이 향후 점점 더 어려워질 것이라는 예언을 한 뒤, 지금부터 혁신을 해나가지 않으면 곧 닥쳐올 쓰나미를 감당할 수 없을 것이라며, 금 이사장이 빙의라도 한 듯 같은 주장을 반복했다. 그러면서 작금에 어려워지고 있는 대학 현실과 현상만을 미루어 짐작한 결과를 말했을 뿐 자신의 의견은 일체 넣지 않은 것이라고 했다. TFT 위원들은 금 이사장의 입장을 대변하는 것으로 받아들였다.

금 이사장은 어 처장을 통해 성과연봉제 논의와 진행을 통제했다. 어 처장은 법인과 학교 간 조정자로서의 중립적 입장을 견지하는 양 처신했다. 성과연봉제가 도입되어 시행된다고 해도 온전한 자기의 공이 될 수 없는데, 굳이 제도 수립 과정에 앞장서서 총알받이가 될 필요가 없다는 판단 때문이었다.

그러나 수립안 곳곳에 이사장의 뜻을 반영하는 것은 어 처장의 몫이었다. 때문에 아무리 서둘러도 더디게 진행됐다. 학교의 안이 법인에 올라가면 함흥차사였다. TFT와 학무회의에서는 속도를 다그칠 수 있었으나, 이사장에게는 그럴 수 없었다.

연봉제는 분위기를 살피고 간을 보느라 2년이, 좌고우면·갑론을박·심사숙고하느라 다시 3년이 걸렸다. 연봉제가 이사장의 복심에 따라 자신이 제시한 조작된 보고서를 근거로 하고 있기에 어 처장은 가능한 한 TFT에서 자신의 생각과 주장은 말하지 않았다. 이사장의 뜻을 전한 뒤에 자신은 위원회의 대세에 따르겠노라고 했다.

TFT가 금 이사장의 측근과 동조 세력 들로 구성되었기 때문에 굳이 그가 나서서 더하거나 빼자고 주장할 것도 없었다. 아무리 교수가 세상물정에 어리숙하다고 해도, 머릿속에 든 것이 많은지라 뜻이 세워지면 억지를 가지고도 훌륭한 근거와 결과를 만들어냈다.

성과연봉제 수립은 5년 동안 진행됐는데, 덜그럭거릴 때마다 생각이 다른 TFT 위원을 교체했다. 이 과정에서 총장도 바뀌었다. 그래봤자 금씨 친족인 조카들로 돌려막기를 하는 것이지만, 금상구 총장이 금상필 총장으로 바뀌었다. 어 처장은 처음부터 끝까지 깊숙이 간여·간섭하지 않고, 살짝했다. 이렇게 해서 탄생한 성과연봉제 안은 금 이사장의 사전 조율을 마친 뒤 학무회의를 통과했다.

학무회의에서 의결된 성과연봉제 안이 법인 이사회에서 최종 승인된 이튿날, 어 처장은 사직의 뜻을 밝혔다. 2년 임기인 처장을 6년이나 해 온 그가 갑자기 퇴직 의사를 밝힌 것이다.

팀제를 안정적으로 정착시켜야 한다는 이유로 연임에 중임까지 했고, 그러면서 성과연봉제 수립이라는 대업의 중심이 되어야 한다는 이유로 그 6년 동안을 금 이사장의 총애와 신임 속에서 그의 생각대로 또는 멋대로 그야말로 장기집권을 한 것이다. 이러다 보니 어느새 정년을 넘기고도 촉탁직으로 1년이나 더 하고 있는 상황이었다. 동갑내기인 조강면 대위는 이사장의 기분에 따라 본부장과 팀장직을 번갈아가며 왔다 갔다 하다가 정년을 한 학기 남겨두고 작년 8월에 명예퇴직을 했다.

그러나 어 처장은 스스로 사의를 밝힌 것과 달리, 견대성 법인 기획조정실장에게 자신의 생각은 그렇지만 금 이사장의 결정을 따르는 것이 머슴된 도리라며 떠벌였다. 그리고 덧붙이기를 자신은 금 이사장과 약속했던 일들을 모두 마쳤기 때문에 이제는 그만 물러나는 것이 옳은 것 같다고도 했다. 더 이상 자신이 할 일도 없지만, 에너지가 소진되어 여력도 없다고 했다. 참으로 복잡한 인간이었다.

그러나 실상은 그렇게 떠벌이는 말과 달랐다. 성과연봉제 시행 1년이 지나자 어 처장에 대한 학내 여론이 급격히 나빠졌고―그는 '관여'만 했다고 주장하나, 실무책임자였던 기획처장과 도입 과정을 지켜본 교협이 그를 보수제도 개악의 원흉으로 지목했다. 직원들 또한 그가 바람잡이를 자처하지 않았던들 임금의 불이익 변경은 결단코 없었을 것이라고 했다. 뒤늦게 그의 수작에 놀아났음을 깨달은 것이다―이 틈을 탄 십상시와 적대 세력들이 개떼처럼 달려들어 금 이사장에게 그의 공과(功過)에서 과(過)

만을 침소봉대하여 고자질하기 시작했다.

어찌된 영문인지 금 이사장이 이런 자들의 침소봉대를 내치지 않고 챙겨 듣는 것 같았다. 그러자 십상시가 중심이 되어 이간질과 고자질을 하는 교수와 직원 들이 무리를 지어 준동하기 시작했다. 지금은 이사장으로부터 받아온 신임에 틈이 벌어지고 금이 간 수준이지만, 머지않아 쪼개져 허물어질 판이었다.

어 처장은 조강면 대위의 충고가 떠올랐다.

"도(度)를 모르시네. 공은 주인이, 과는 머슴이 가져가는 거요. 머슴이 주인처럼 하다가는 주인이 지은 죄를 쓰게 됩니다."

아마도 '분수'를 '도'로 표현한 것이리라. 아무튼 강을 건너 간 이사장도 자신을 필요 없는 나룻배 취급을 하는 것 같았다. 나룻배가 되어 버려질 수는 있으나 희생양이 되어 수모를 당할 수는 없었다. 어상군은 중석대에서의 끝을 망신스럽게 마무리 짓고 싶지 않았다.

견대성 법인 기획조정실장이 어 처장의 사직 의사를 전하자 금 이사장이 말씀하시기를 아쉽지만, 어쩔 수 없지 않겠느냐고 했다는 것이다. 그러면서 동태걸을 후임 처장으로 어떻게 생각하는지 물어보라고 했다는 것이다. 어 처장은 순간, 이아손에게 금양 모피를 바치고 배신당한 메데이아가 된 기분이었다. 자신은 오직 금 이사장의 뜻을 받들어 중석대의 발전과 미래를 위해 죽자 사자 해가며 일편단심, 멸사봉공했을 뿐인데, 그걸 문제 삼아서 모두가 자신에게 침을 뱉으며 손가락질하고 있는 이 마당에 지켜주기는커녕 쫓아내려 한다고 생각하니 돌아버릴 것만 같았다.

결국 어상군 사무처장은 1급의 꿈은 이루지 못하고 2급 이사관으로 퇴직했다. 그 때문인지 그는 퇴직당했다고 말했다.

5

퇴직을 당한 것이라고 자가 판단한 어상군은 퇴직을 즐겼다. 팀제와 성과 연봉제 문제 등으로 바쁜 와중에도 입대 이후부터 계속해 온 채권투자 관리를 게을리 하지 않았고, 처가 유산까지 물려받아 돈 걱정이 없었다. 퇴직연금은 여행경비와 용돈으로 써도 문제될 것이 없었다. 자식 셋도 반듯하게 자라 각자 제몫의 삶을 살아가고 있어 손 벌릴 일이 없었다.

그동안 비좁은 안천 소읍 중석대 안에서 지지고 볶으며 안달복달 살아온 어상군으로서는 평주에서의 하루하루가 새로운 나날들이었다. 누구의 복심을 헤아리거나 명을 받아 사는 게 아닌지라 행복했다. 그동안 놀아주지는 않고 화풀이 대상으로만 삼아온 마누라와 옛이야기를 오손도손 주고받으며 여기저기 구경도 다니고, 첫째 딸이 떡두꺼비 같은 둘째 손주를 낳고, 미국에 유학 갔다가 눌러 사는 둘째 딸을 드디어 여의고, 막내아들이 소령 진급을 하는 사이에 1년이 총알처럼 지나갔다.

자신이 메데이아 신세와 같다던 한탄은 어느새 신화 속 이야기가 되어 사라졌다. 어상군은 돈 쓰면서 집안 어른 행세하는 재미가 속 끓이며 처장질하는 것 못지않았다. 중석대와 금 이사장으로부터 전직 이후 받은 28년 스트레스를 딸 둘과 아들 하나 그리고 마누라가 1년 만에 치유해 준 것이다.

그러나 어상군은 에너지가 소진된 것이 아니었다. 1년이 지나자 방안 풍수가 되어간다는 자괴감에 빠졌다. 단맛에 질린 어린아이처럼 탱자탱자 놀기만 하는 것에 신물이 났다. 기운이 넘쳐 주체하기 힘들어 노는 게 스트레스였다. 일 중독증 환자였던 그는 허전하고 무료했다. 중석대에 남겨두고 온 일이 있을 것 같다는 생각에 조바심쳤다.

어상군은 해외여행 중에도, 손주들을 돌봐주는 중에도 휴대전화를 들여다봤다. 이런 갈망이 전달된 것일까. 아니면 이심전심이었을까. 중석대와의 인연이 끝난 게 아니었다. 금기태 이사장으로부터 전화가 왔다. 비서실을 통하지 않고 자신의 휴대전화로 직접 한 것이다. 퇴직한 지 1년 5개월이 되었을 때였다. 그는 농막에서 외손주와 함께 낮잠을 자다 전화를 받았다.

어상군이 퇴직한 1년 뒤에 그도 고령을 이유로 이사장직에서 전격적으로 물러났으나, 그래도 그는 중일학원 설립자요 실소유주인지라 여전히 이사장으로 불리며 변함없이 절대 권력자의 권한을 행세한다고 했다.

그는 통화 중에 말하길, 학교법인에서 공식 이사장과 구분하기 위해 이사장 앞에 '명예'라는 호칭을 카네이션처럼 달아주었다고 하면서, 아마도 자신을 더 부려먹으려고 그러는 것 같다고 했다.

"어 처장. 나와 약속한 거, 그거는 아직 유효한 거지?"

이렇게 뜬금없는 말을 늘어놓은 금 명예이사장이 물었다.

"……예?"

어상군이 비명을 지르듯 되물었다. 뜬금없는 질문이 아닌가.

—으아앙.

잠이 깬 외손주가 어상군이 내지른 반문에 놀라 울음을 터뜨렸다. 아내가 밭에서 풀을 뽑느라 맡긴 외손주였다.

"어허…… 이 사람이…… 왜 이러시나? 벌써 잊은 게야, 아니면 그사이 무위도식에 맛을 들인 게야? 자넨 평생 비상대기를 타고난 군인이 아니던가? 애보개 짓을 하며 손주나 보고 있으면 안 되지."

금 이사장이 울음소리에 대해서는 묻지 않은 채 자기 말을 이었다. 어상군은 아내를 급히 불러 우는 외손주를 건네줬다.

그는 퇴임 만찬 자리에서 금 이사장이 부르시면 언제든지 무조건 달려갈 수 있도록 항상 비상대기를 하겠다고 한 약속이 생각났다. 그래서 노래방에서는 박상철의 '무조건'을 선곡해 이사장과 듀엣으로 불렀다.

"아, 예…… 이사장님."

기억 속을 헤집던 어상군이 뒤늦게 멋쩍은 목소리로 답했다.

"1년 반이나 충전했으면, 너무 많이 충전한 거야. 장수가 허벅지에 비곗살이 너무 많이 오르면 안 되잖아? 하하하…… 이 늙은이는 자네가 없는 동안 자네 일까지 두 몫을 하느라 비루먹은 당나귀 꼴이 되었다네."

이사장이 넋두리하듯 신파조로 말했다. 전례 없던 일이었다. 어상군은 마른침을 꼴깍 삼키며 침묵했다.

"오늘 아침에 일어나 이런저런 생각을 하던 중에 나보다 젊은 어 처장은 놀고, 나만 뼈 빠지게 과로한다는 생각이 들지 뭔가. 슬그머니 억울하다는 생각에 부아가 다 났다네. <u>흐흐흐.</u>"

어상군은 뭐라 대꾸할 말이 없어 다시 침을 삼키고 침묵했다. 엄살과 달리 금 이사장의 아름다운 언변은 여전히 짱짱했다. 외손주는 계속 울어댔다.

"이 사람, 왜 대꾸가 없나? 내가 힘에 부쳐서 전화한 건데, 통화하다가 진이 빠져 과로사하게 할 셈이야?"

후임 처장 동태걸이 금 이사장의 기대에 못 미친다는 소문을 들은 바 있었다. 시키는 대로 고분고분하지 않고, 자기 생각을 슬몃슬몃 말한다고 했다. 사람이라면 생각은 누구나 다 있는 것인데, 윗사람의 생각이 자신의 생각보다 중요하고 우선돼야 한다는 기본을 모르는 것 같았다. 하기야 그놈이 그걸 알 리가 있겠는가.

나도군 팀장이 옛정 때문인지 간간이 전화를 걸어와 이런저런 뒷담화로 학교 소식을 시시콜콜 알려줬다. 그러면서 자신은 처장이 바뀐 뒤 핵심 부서에서 밀려나 뒷방신세가 되었다면서 울분을 토했다.

나 팀장은 학교 소식보다, 하소연과 흉이나 욕을 할 데가 없어서 전화질을 하는 것 같았다. 어상군은 나 팀장의 징징대는 전화가 받기 싫을 때도 있었으나, 나름대로 챙겨 들어야 할 정보들이 있어 싫은 내색 대신 장단까지 맞춰주며 통화를 했다.

'BEYOND 2020' 프로젝트를 수립하는 자리에서 동 처장이 대학의 위기 시대에 중석대가 살아남으려면 과거를 버리고 미래를 지향해야 한다면서 과거 40년을 깨끗이 청산하고, 미래 40년을 준비할 새로운 프레임과 프로세스의 중요성을 지껄였다는 것이다. 이 말을 전해들은 금 명예이사장이 견대성 실장을 통해 깨끗이 청산해야 할 그 과거가 뭐냐고 물어보라 했는데, 이에 대해 동 처장이 답하기를, '현실을 벗어나 아름다운 구호와 전시행정으로 꿈과 이상만 좇아 온 지난 38년'이라고 했다는 것이다. 물론 충성심과 애교심에서 한 입바른 소리였겠으나 사재를 털어 대학을 세우고 만고풍상을 헤쳐나가며 중석대에 한평생을 몸 바쳐온 이사장으로서는 괘씸하게 받아들일 수밖에 없는 망발이었다. 듣기에 따라서는 금 이사장의 지난 업적이 깨끗이 청산해야 할 구악이라는 뜻이 아닌가. 동태걸이 대형 사고를 친 것이다.

인성 강퍅한 놈이 어 처장에게 덤벼들었듯이 금 이사장에게도 잘난 태까지 내며 덤벼든 것이다.

후문에 의하면, 노발대발한 금 이사장이 팔십 고령의 노구를 이끌고 사무처장실로 쳐들어가 "이 대학은 니 끼 아니라, 내 끼다, 이눔아! 그니께 앞으로도 내 맘대로 할끼다, 이눔아!"라고 고래고래 고함을 질러댔다고 한다.

어상군이 한 짓은 안 봐도 비디오였다. 정년이 몇 개월 안 남은 동태걸 사무처장은 사표 쓸 타이밍만 저울질하고 있다고 했다.

금기태 이사장은 '명예'가 붙어 있건 안 붙어 있건 간에 그 모든 것을 떠나서 아무나, 누구나 모실 수 있는 평범하거나 쉬운 분이 아니었다. 도깨비방망이에 버금가는 아이디어와 계획을 가지고 있다고 해서 꿈이 많거나 크다고 생각하면 오산이었다. 또 다정다감하고 아름다운 화술을 구사한다고 해서 인정미와 배려심이 넘치는 분이라고 생각하는 것도 큰 오산이었다.

그분은 이상과 현실의 구분이나 경계가 분명하고 엄중하다는 것을 잘 알고 있었다. 그분은 오랜 부동산과 대부업을 통해 현실을, 육영 사업의 경험을 통해 이상을 접하면서 꿈과 이상이 현실의 어려움을 잊게 해주거나 극복할 수 있도록 이끌어주는 유용한 사탕발림이자 디딤돌이라는 것을 깨닫고 있었다. 그러니까 이상을 진통제로 처방할 줄 아시는 분이었다. 그분은 이상으로 구성원을 꼬드겨 현실의 어려움을 대처하며 견뎠으나, 결코 그 이상으로 미래의 꿈을 만들어 구현코자 하는 무모한 짓을 하지 않았다. 금기태는 이런 가치관의 차이 때문에 외아들 금상설과 갈등하고 대립했다. 사람 속과 세상사는 한 치 앞을 내다볼 수 없는 것이라고 했다.

그분은 프랑스의 미와 멋을 맹종하는 것과 달리 보이고 만지고 느낄 수 있는, 현금화될 수 있는 현실과 실체만이 사실이요 진리요 정의요 희망이이라는 이율배반적인 생각을 가지고 있었다. 과거를 들먹이며 공치사로 아부를 하는 놈—물론 동태걸처럼 폄훼하는 놈도 마찬가지로—들도 미워했지만, 미래를 들먹이며 꿈을 말하는 놈들은 혐오했다. 다만 성과연봉제 도입 때처럼 미래의 위기를 끌어다가 현재의 '이득'을 챙겨주는 놈들은 존숭(尊崇)했다.

이렇듯이 크고 깊고 넓고 높아서, 헤아릴 수조차 없는 정체성을 알지 못하면 결코 가까이에서 모실 수 없는 오묘한 분이었다. 세상사가 객관성과 합리성 따위로 작동해야 마땅하다고 믿고 그렇게 살아가려고 발버둥 치는 동태걸 따위가 어찌 그분을 올바로 알 리 있겠는가.

어상군은 연봉 3천5백만 원에 2년 계약을 하고 중석대에 재입사했다. 금이사장은 동태걸의 자리에 어상군을 앉히려고 했으나, 뜻밖에도 용이치 않았다. 평소 변견인 양 얌전했던 직원노조가 갑자기 투견이 되어 어상군의 사무처장 보임을 반대한다고 했다. '재활용'은 막지 않겠으나, 학교 사무처장은 안 된다는 성명서까지 발표했다.

표면상으로는 계약직의 처장 보임이 전국 어느 대학에서도 전례를 찾아볼 수 없는 인사 조처이기에 받아들일 수 없다고 했다. 그러나 어상군은 이미 계약직으로 1년 동안 사무처장을 역임한바 있기 때문에 궁색한 사유였다.

금 명예이사장은 자신의 인사권에 대해 직원 나부랭이들이 감히 받아들일 수 있네, 없네 하는 것에 큰 충격을 받아 적절하고 강력한 조처를 지시했다. 그러나 조카인 금상구 총장—금상필 총장은 재임 2년 만에 건강상 이유를 핑계로 물러났다—이 지금은 그런 걸로 직원들과 싸울 때가 아니라며 만류했다. 노사 문화가 상생 분위기로 바뀌었고, 자칫 대학 평가를 앞두고 분규대학으로 찍힐 우려가 있다는 것이 그 이유였다. 금 총장도 이사장의 '복심'을 받아들이기 버거워서 분규대학이라는 프레임에 편승해 거부하는 것 같았다. 얻는 것이 있으면 잃는 것이 있다고, 어상군이 금이사장으로부터는 절대적 신임을 얻었으나, 직원과 교수 들로부터는 절대적 원망만 얻었기 때문이었다.

어상군은 개의치 않았다. 그가 이사장의 재입사 제의를 받아들인 것은 학교를 위해서라거나, 학교 구성원을 위해서가 아니었기 때문에 신경 쓸게 없었다. 지난 6년 동안 만고풍상과 간난신고 속에 사무처장으로 재직하면서 성심성의껏 멸사봉공하여 추진했던 자신의 과업이 옳고 성공적이었다는 평가를 금 이사장으로부터 받은 것만으로도 만족했다. 실패했다고 봤다면 다시 부르지 않았을 것이 아닌가. 그러니까 이제는 법인이나 학교 어느 자리에 보임이 되건, 또 언제 쫓겨나건 문제 될 것이 전혀 없었다. 그는 재입사를 덤이자 개평으로 생각하기로 했다. 그래서 자신이 받게 될 2년 치 연봉 전액을 대학발전기금으로 출연할 계획이었다. 이런 것이 대학 사랑이고, 명예이사장에 대한 진정한 충성이 아니겠는가. 이렇게까지 하는데 어떤 놈이 감히 왈가왈부하며 침을 뱉을 수 있단 말인가.

어상군은 금기태 명예이사장을 지근거리에서 보필하는 법인 사무처장으로 보임됐다. 그는 그 자리에 있으면서 업무 공조 내지는 조율과 협조를 위해 일주일에 두 차례, 즉 화요일과 목요일 정기적으로 학교를 드나들었다. 그러면서 금 이사장의 아바타로서 견대성 기획조정실장을 제치고, 동태걸을 지휘·통제하고, 총장과 본부 보직자들을 관리·감독했다. 동태걸은 어상군으로 인해 일단 사표를 내지 않고 버틸 수 있었다.

어상군은 자신의 퇴임과 함께 동태걸이 보류한 채 방치 중이거나 아예 취소했던 과제들—대부분 비용절감 정책들이었다—을 하나하나 찾아내 실행하도록 종용했다. 어상군은 동태걸이 'BEYOND 2020' 작업을 통해 주장하려 했던 새로운 프레임과 프로세스 개발 따위는 뭉개버렸다.

6

법인 사무처장이 된 어상군은 지난 6년 동안 학교 사무처장으로서 해왔던 일들을 찾아내, 해왔던 방식대로 다시 추진했다. 동태걸은 정년 60세를 채우고 퇴직했다. 틈만 나면 명퇴를 하겠다며 나대는 그를 어상군이 어르고 달래—노조가 자칫 동태걸의 명퇴를 자신의 재입사와 엮어 문제 삼을 수도 있었기 때문이었다—한 학기를 채우게 한 뒤, 후임으로 나도군을 천거해 앉혔다.

나도군은 어상군의 아바타인지라 순풍에 돛단배처럼, 구름에 달 가듯이 5년이 흘렀다. 어상군의 나이가 70이 되었다.

대학은 예상이 현실이 된 것인지, 저주가 된 것인지 몰라도 쓰나미가 덮쳐 초토화—14년째 등록금은 동결되었고, 교수들은 성과연봉제가 잘못되어서 임금이 적다고 소송을 제기했으며, 인구절벽 탓에 입학자원 감소로 315명의 결원이 발생했다. 최종 결과이니 충원이 불가했다—가 되었으나, 어상군은 원로공신 대접을 받으며 금 명예이사장 곁에서 여전히 순탄하고 명예로운 나날을 지냈다. 금 명예이사장 곁에 껌딱지처럼, 그림자처럼 들러붙어 있었기에 누구도 그를 헐뜯거나 이간질할 수가 없었다. 금심(金心)이 곧 어심(魚心)이었다.

무엇이든 문제가 생기면 책임을 지는 것이 아니라, 적당한 대상자를 찾아 책임을 지우면 됐다. 금 명예이사장이 팔십 중반이 넘자 어상군은 그런 위치에 올랐다. 금 이사장은 칼잽이—외과전문의인 아들을 배 째는 것밖에 모르는 놈이라며 이렇게 불렀다—아들보다 어상군을 더 믿었다. 가끔 외아들 금상설 병원장이 아버지와 어상군이 내린 결정을 간섭하거나 바꾸려 들었으나, 금 명예이사장이 허락하지 않았다.

그러나 성과연봉제가 도입 당시의 절차적 하자로 인해 쟁송으로 간 것은 어상군에게 치명적이었다. 학교는 사회통념상 문제가 없고, 불이익 변경이 아니고, 취업 규칙 위반도 아니어서 아무 문제가 없다고 주장했으나, 소송 교수들은 다 소용없고 과반동의절차를 밟지 않았기 때문에 위법하다고 주장했다. 절차적 하자 문제는 행정이라 볼 수 있기 때문에 이를 알고 있었는지 몰랐는지를 떠나, 아니 알았거나 몰랐거나를 떠나 방관적·미온적·소극적으로 대처한 사무처장의 책임도 컸다고 할 수 있었다. 어상군은 기획처장이 주관한 일이라고 했으나 행정에 관련된 문제를 명확히 하지 않은 책임을 면할 수는 없었다. 매의 눈을 가진 금상설 병원장이 이를 모를 리 없었다.

아무튼 임금이 적다는 불만으로는 소송을 걸 수 없다는 것을 아는 교수들이 성과연봉제가 불이익 변경임에도 불구하고 과반동의 없이 이루어졌다면서 위법하다고 주장했다. 그러고는 생각을 같이하는 교수들끼리 변호사를 선임해 민사소송을 제기했다.

일이 커지자, 법인과 학교는 희생양이 필요했다. 5년 전 상황과는 다른 것이었다. 그때는 불평불만 수준의 여론 악화였는데, 지금은 법적 소송이 제기된 것이다. 학교법인 이사이자 중석대 병원장인 금상설이 어상군을 희생양으로 찍었다. 고령인 데다 겁까지 먹은 때문인지 명예이사장은 어상군을 두둔하려 하지 않았다. 아버지 금기태가 미적미적하는 사이에 금상설은 자기 측근들을 불러서 어상군을 매달 십자가를 급조했다.

촉이 빠른 백전노장 어상군은 즉시 사직원을 제출—금상구 이사장이 원만한 해결을 위해 먼저 권고했다는 소문도 있었다—했다. 1년 단위로 맺는 근로계약기간—재입사 2년 뒤부터 근로기준법이나 고용안정법과는 무관하게 금 명예이사장과 어 처장 간에 관행처럼 이루어진 구두 계약이었다— 만료를 한 달 보름 남짓 남겨 둔 시점이었다.

어상군은 정식 근로계약서를 작성하지 않았기 때문에 굳이 사직원을 내지 않아도 됐으나, 선제적 방어 차원과 혹여 법적 하자라도 생길까 싶어 잽싸게 사직원을 팩스로 제출하고 잠적했다.

어상군은 억울했다. 그는 성과연봉제 도입 당시에 과반동의절차를 받자고, 받아야 뒤탈이 없다고 강력하게 주장했다. 그도 중석대 구성원으로 재직해 오는 동안 교수들의 곡학아세, 교언영색, 표리부동한 작태들을 신물이 날 정도로 겪어봤기 때문이었다. 그 당시 성과연봉제 입안 TFT 위원장인 구해주 교수가 자신만만한 목소리로 따지듯이 말했다.

"반대하는 교수가 아무도 없다는 것은 이미 다 묵시적 동의를 했다는

것인데, 어 처장님이 나서서 굳이 서명까지 받아야 한다고 박박 우기시는
이유가 뭐예요? 나는 그 저의가 무척 궁금하네."

조용히 넘어가도 될 일인데, 서명을 받겠다고 나대다가 자칫 동티가 나
서 성과연봉제 도입이 무산되면 어쩔 것이냐는 질문, 아니 질책이었다. 하
지만 어상군이 보기에는 구해주 자신이 교수들에게 서명을 받으러 다니
기가 번거롭고 구차스러워서 하는 말 같았다. 말 뜻을 잘 아는 어상군인
지라 구해주 위원장 의견에 동의하지 않았다.

"그래서 받자는 겁니다. 반대하는 교수가 없으니까, 반대하는 교수가
없을 때 받아놓자는 겁니다."

어 처장은 연봉제 전환 시 플러스섬 방식이고 또 당장은 불이익이 없
다고 하지만, 장차 불이익이 발생하지 않을 것─만약 그렇다면 금기태 이
사장이 임금제도를 굳이 바꿀 이유가 없었을 것이다─이라는 보장이 없
으니 지금 과반동의를 꼭 받아놓아야 한다고 주장했다. 법적 효력을 갖기
위해서는 과반동의가 필요하다는 것을 누구보다 잘 알기에 주장할 수밖
에 없었다.

근로자에게 상황과 여건을 떠나 현재에도, 미래에도 일체의 불이익이
발생하지 않을 임금제도가 어떻게 있을 수 있으며, 또 그렇다고 하면 사
용자가 무엇 때문에 나서서 굳이 번거로움을 무릅써가며 임금제도를 바
꾸려고 하겠는가. 막말로 조직에 불이익이 생기면 근로자에게도 불이익
이 생기는 건 당연지사 아니겠는가.

"그랬다가 문제라도 돼서 과반동의를 못 받으면, 그땐 어 처장님이 책
임지실 겁니까?"

문협 교협 회장이었다. 서명을 받아야 한다면 그도 구 위원장과 함께
교수들을 만나고 다녀야 할 사람이었다. 어 처장은 교협 회장의 특이한
사고와 황당하고 무모한 질문에 녹다운당했다. 많이 배운 교수라 그런지

사고의 폭이 광대무변했다. 상식 밖의 이런 질문을 한 사람이 교협 회장이라는 사실이 놀라울 뿐이었다.

"나도 아는 변호사를 통해 충분히 알아봤는데, 플러스섬 방식으로 전환하는 것이기 때문에 불이익 변경이 아니라 과반동의를 받을 필요가 없답니다."

문엽 교협 회장이 과반동의 문제에 관해서는 구해주 TFT 위원장과 같은 생각이라면서 쐐기를 박듯이 말했다.

당시에 교협 회장은 동석한 금상필 총장이 들으라는 듯이, 또 듣고 나서 금기태 이사장에게 전달해 주라는 듯이 확신에 찬 목소리로 불이익 변경이 아니기 때문에 굳이 과반동의 절차를 밟지 않아도 법적으로 아무 문제가 되지 않는다고 거듭 강조했었다.

어 처장으로서는 많이 배워 잘났다는 교수 두 명이 가르치려는 듯이 훈계하고 윽박지르듯이 우겨대는 데야 더는 주장할 방도가 없었다.

사정이 이러했으니 어찌 억울하지 않을 수 있겠는가. 그래도 이때 금기태 이사장에게 생떼를 부려서라도 과반동의 절차를 밟았어야 했다. 그러나 어상군은 유독 성과연봉제 추진 문제와 관련해서는 결정적인 고비 때마다 자신의 의견보다 TFT 위원장인 구해주 교수와 위원 교수들의 의견만 감싸고돈 금 이사장이 못마땅했고, 또 정말 만에 하나 과반동의절차를 밟는 과정에서 TFT 위원장과 교협 회장이 말한 것과 같은 '동티'가 생긴다면 독박을 써야 할 판이었다. 어 처장으로서도 그렇게까지 무리를 해야 할 이유가 없었다.

금기태 명예이사장이 팩스 사표를 제출하고 잠수를 탄 어상군을 판석동 법인으로 불렀다. 칩거한 지 나흘째 되는 날, 아내가 칠갑산 자락 농막으로 소식을 전했다. 어상군이 오지 않으면 명예이사장이 찾아가겠다고 했다는 것이다.

사직은 하되, 죄짓고 도망치듯이 그만둘 이유가 없다고 했다. 촉탁직 처장의 의원면직 문제를 놓고 이례적으로 비공식 긴급 회의를 소집했으니 참석하라고 했다.

금 명예이사장의 명이기도 하고, 마지막 배려인 것 같아 참석하지 않을 수 없었다. 뿐만 아니라 명예이사장은 어상군의 명예와 자신의 명예를 동일시 여기는 것 같았다. 그분의 말마따나 꿀릴 것도 죄가 있는 것도 아닌데 도망치듯이 나갈 이유가 없다는 생각이 들었다.

금명태 상임이사, 금상구 이사장, 금교필 이사장 보좌역, 견대성 기획조정실장. 묘종팔 교수가 부동자세를 취한 채 굳은 표정으로 테이블 양쪽에 나눠 앉아 있었다. 서로 바라보지 않은 채 어색한 표정들로 제가끔 상방 15도를 올려다보고 있었다. 분위기가 전시 비상작전 참모회의 같았다. 어상군 처장은 30분 뒤에 올 것이라고 금기태 명예이사장이 말했다. 명예이사장이 30분 일찍 사전 회의를 소집한 것이다.

회의에 지각한 금상설 의료원장이 좌중을 향해 목례를 하는 둥 마는 둥 하고는 의사 가운을 벗어 의자 등받이에 거칠게 걸었다. 흰 가운에 붉은 피가 묻어 있었다. 그는 정년퇴직을 하고도 의료원장을 하면서 진료를 봤다.

태도가 거친 의료원장을 금 명예이사장이 힐끔 바라봤는데, 쩨려본 것 같았다. 네가 여긴 웬일이냐 또는 올 거였다면 왜 늦었느냐, 라는 책망의 눈초리 같기도 했다.

금 명예이사장의 표정을 무시한 금 의료원장이 끼이익, 하고 의자를 당겨 앉았다. 그러고는 왜 자신은 부르지 않은 것이냐―누군가로부터 이 모임을 귀띔받은 것 같았다―고 항의를 한 뒤 곧 집도해야 할 수술이 있어서 먼저 발언하고 먼저 일어나겠다면서 입을 열었다.

"반드시 책임을 따져 물어야 합니다, 아버지."

어 처장의 사직원을 받아주지 말고, 행정적 과실에 대한 책임을 지우라는 뜻이었다. 좌중이 찬물을 끼얹은 듯 좌불안석이었다.

"그러지 마라. 35년간이나 중석대를 위해 몸 바친 충신이다."

금명태 상임이사가 형인 금기태 명예이사장의 눈치를 살피며 조카를 말렸다.

"아버님의 눈을 가리고 조삼모사를 해 온 자가 충신입니까?"

금 의료원장이 좌중을 쏘아보며 말했다. 너희 아첨꾼들도 차제에 새겨들으라는 경고 같았다.

"그 사람만의 잘못이 아니다."

조카의 위세에 눌린 상임이사가 한발 물러섰다. 어 처장의 잘못도 있다는 뜻이었다.

"그렇다면 책임 있는 자들을 다 찾아내어 책임을 물어야지요."

험악한 표정을 지으며 '책임'이라는 말을 강조했다.

"함부로 말하지 마라. 그 덕에 조직이 돌아갔고, 지금에 이른 것이다."

허리를 세운 금 명예이사장이 입을 열었다.

"아버지?"

"공식석상에서는 아버지라고 부르지 마라. 듣기 거북하다."

무안을 당한 금 의료원장이 표정을 일그러뜨리며 의자를 박차고 일어섰다. 뒤로 넘어지는 의자를 옆자리에 앉은 금상구 이사장이 가까스로 잡았다.

"이럴까 봐 내가 너는 부르지 않았는데, 누가 알려줘서 온 것이냐?"

금 명예이사장이 견대성 기획조정실장을 쏘아보며 말했다. 연봉제 쟁송이 터지자, 몇몇 교수들이 지는 해를 등지고, 떠오르는 해를 향해 다가가고 있다는 소문을 명예이사장도 들어서 아는 것 같았다. 견대성도 그

몇몇 교수들에 포함되어 있었다.

"상설아. 나와 따로 얘기하자."

아버지라고 부르지 말라며 통을 준 명예이사장이 아들의 이름을 부르며 달래듯 말했다. 급히 일어선 금상구 이사장이 자리를 박차고 나가려고 하는 의료원장의 팔을 잡아끌며 좀 더 앉아 있다가 가라고 했다. 그러나 의료원장은 사촌형인 이사장의 손을 거칠게 뿌리쳤다.

"그도 늙었다. 일흔이 넘었다. 나와 같이 중석대에 청춘을 다 바치고 늙은 거야. 그가 중석대, 우리라고…… 그러니까 우리가 명예롭게 보내줘야해. 그러려고 마련한 자리다."

돌아서 뛰쳐나가는 의료원장의 등 뒤에 대고 명예이사장이 중얼거리듯이 말했다. 회의실을 박차고 나온 금상설 의료원장이 씩씩거리며 비서실을 가로지를 때, 누군가가 그를 막아섰다. 그러고는 목례를 꾸벅했다. 아웃도어 차림의 어상군 처장이었다. 염색이 발해 백발이었다.

"저는 아버님과 중석대를 위해 분골쇄신했습니다, 원장님. 이제 칠십이 넘어 기운도 다됐습니다. 어여쁘게 봐주세요."

뜬금없는 말에 당황한 의료원장이 어상군을 바라봤다.

"제가 죽은 뒤에라도 제 잘못이 밝혀진다면 제 무덤에 침을 뱉으셔도 좋습니다."

"저, 저도 칠십이 넘었습니다."

의료원장이 불필요한 대꾸를 했다. 직원들의 표정을 보니, 일찍 온 어처장이 비서실에 앉아 회의실에서 자신이 한 말을 모두 엿들은 것 같았다.

"내가 당신 무덤을 찾아갈 이유가 뭐요? 중석대 역사가 알아서 평가할 겁니다."

뒤늦게 정신을 차린 의료원장이 손에 들고 있던 의사 가운을 챙겨 입고 돌아서며 말했다.

"제가 이래 봬도 아버님을 모시고 35년 가까이 충성한 사람입니다."

어 처장이 이글이글 타오르는 눈빛으로 의료원장의 뒤통수를 노려보며 소리쳤다.

"그래서 당신 같은 사람들이 중석대를 망친 겁니다. 아버지에게 아부가 아니라 중석대를 위해 충성을 했어야지요."

비서실을 나가다 말고 되돌아선 금상설 의료원장이 어상군을 쏘아보며 말했다.

"제 충성을 분골쇄신과 아부로 폄훼하시다니……."

어상군이 의료과장의 뒤통수에 대고 중얼거렸다.

대학 사용법

1

— 시험 끝나면 연구실로

명함 뒷면의 메모를 읽은 나는 등골이 서늘해지면서 얼굴은 불판인 양 화끈화끈 달아오르고 심장마저 제멋대로 뛰기 시작했어요.

나는 스타킹 레이스 밴드에 집어넣으려던 커닝 페이퍼를 손에 움켜쥔 채 무저갱으로 떨어지는 아뜩함에 빠졌어요. 이제 끝인가, 싶었어요.

책상 모서리에 놓인 교수님 명함을 바라보던 나는 땀에 절어 종이찰흙이 되어버린 커닝 페이퍼를 움켜쥔 채 어쩌지 못하고 있었는데, 음 교수님이 내 가슴 밑으로 슬그머니 손바닥을 디밀었어요. 커닝 페이퍼를 달라는 뜻이었어요.

우리 음근한 교수님은 선하고 소심해 보이는 무지렁이 인상을 가지셨어요. 물에서 건져준 사람이 보따리를 찾으면, 없는 보따리를 만들어서라도 줄 선한 사람 같았어요. 이런 음 교수님이 증거물을 압수하고는 교탁 쪽으로 가서 시험 종료를 알렸어요. 그러니까 종료 직전에 커닝이 들통난 거예요.

강의실을 나갈 때 음 교수가 저를 잠깐 바라봤는데, 쪽팔려 미치는 줄 알았어요. 플레어스커트를 최소 열 차례 이상 들척거렸는데, 그걸 다 지켜봤을 것이라 생각하니, 남사스러웠어요. 어쩌면 치마 속을 훔쳐보시느라 끝까지 지켜본 게 아니었을까 하는 의심이 들었을 때는 더욱 개쪽팔렸어요. 그런데 순간, 마비된 머릿속에 섬광 같은 불빛이 반짝였어요. 나는 이런 불빛을 놓치는 애가 아니에요.

"조만간에 연구실로 직접 방문하시겠답니다요."

쪽지가 육하원칙에 따라 씌어 있지 않아 나는 '시험 끝나'고가 언제인지 알 수가 없었어요. 그래서 오늘로 예정된 시험이 끝난 오후 3시 55분에 연구실로 찾아갔는데, 그때 음 교수가 외부 손님을 만나고 있었어요.

"지금 와서 번거롭게 그럴 필요까지야……."

복도에서 기다릴까 하다가 연구실 문을 빼꼼히 열고 들여다보는데— 문을 연 것은 무작정 기다릴 수 없어 왔다는 것을 알리기 위해서였고, 노크는 부러 안 한 거였어요—밖에서 기다리라는 눈짓을 보낸 음 교수가 감색 슈트 차림의 말쑥한 중년 남자를 향해 성의 없이 말했어요.

중년 남자는 마치 꾸지람을 듣는 학생인 양 양손을 다소곳이 모으고 얌전히 서 있었지만, 빼어난 슈트빨과 기름 먹인 2:8 가르마도 그렇고, 눈매와 말투, 몸짓 하나까지 스페셜한 기품이 묻어났어요.

"부임하시자마자 민감한 문제를 해결하시느라 인사가 늦어졌을 뿐입니다, 교수님. 고검장님께서 저를 이렇게 보내신 것은 송구스럽게 생각하시기 때문이 아니겠습니까?"

쩔쩔매는 듯했으나 말투는 당찼어요. 나는 새삼 긴장하지 않을 수 없었어요. 고검장을 아랫사람인 양 대하는 교수에게 커닝을 하다가 들킨 거예요. 잠시 후, 감색 슈트가 나간 자리에 죄인인 내가 섰어요.

"자식들 내가 무관이다, 이거지…… 새끼들."

나를 앉으라고 하고는 콧방귀를 뀌며 욕설을 뱉었는데, 그 무관이 무관(無冠)인 줄은 나중에 알았어요. 나는 아무것도 묻지 않고—그럴 처지가 아니잖아요—의아한 표정만 잠깐 지었을 뿐인데, 음 교수가 방금 전 그 '놈'이 부부장검사라고 하면서 술술 불었어요.

음 교수 강의의 30 내지 50퍼센트는 자기 자랑이었어요. 외교부 아프리카중동국에서 묻기에, 청와대 외교안보수석에게 일러주기를, 우리 야당 당대표가 찾아 왔기에…… 대략 이런 식으로 입을 열었는데, 다 자기가 알려주고, 가르쳐주고, 일깨워주고, 지적하고, 야단치고, 바쳐주고 하기 때문에 중동 및 아프리카 국가들과의 외교가 유지·발전되고 있으며, 더 나아가 나라 외교가 제대로 굴러가는 양 자화자찬했어요.

그러니까 고검장이 부임인사를 제때 안 오고 두 달씩이나 뭉갠 것은 이런 자신을 좆으로 봤기 때문이라면서 내게 분풀이를 해댔어요. 내가 작년까지만 해도 거의 밤마다 보고 듣던 '좆'이라는 단어를, 음 교수님의 입을 통해 그것도 훤한 대낮에 학문의 전당에서 들으니 당황스러웠어요.

"토익은 몇 점이냐?"

한바탕 자기 자랑과 분풀이로 굿판을 벌인 음 교수가 씹던 껌이 된 커닝 페이퍼를 물증인 양 다탁 위에 올리며 물었어요.

"예?"

치마 속을 내보인 것보다 수치스러운 질문이었어요.

"신발 치수는 되겠지?"

내 발 사이즈가 240이니, 240점은 되느냐는 물음이었어요.

"360점인데요."

나를 개무시하는 말에 발끈해서 대뜸 답했어요. 정확히는 356점이에요. 의과대를 뺀 중석대 재학생 평균이 268점이니 평균을 깎아먹는 학생은 아니었지요. 복학 전인 지난해 초까지만 해도 236점이었는데, 공부를 다짐한 몇 달 만에 120점이나 올린 거였어요. SAC(Six Arts College: 六藝대학)를 앞세워 고상한 리버럴아츠교육만 주구장창 부르짖던 학교가 뒤늦게 학생들의 토익 평균의 치명적인 심각성을 알고는 서울 강남의 유명 강사를 고액에 초청하여 겨울방학 동안 단기 속성반을 운영했는데, 그 덕을 톡톡히 본 거예요. 우리 총장님이 교수들의 구태의연한 교수법으로는 점수가 오를 수 없다면서 외부 전문강사를 초청한 것이었어요.

또 학교는 '쌍끌이 정책' 차원에서 토익 점수가 전에 비해 100점 이상 오르면 50만 원을, 200점 이상 오르면 100만 원을 특별장학금으로 내걸었어요.

"그래서 자랑스럽니?"

조롱으로 들렸어요. 원서(原書) 번역 시험을 커닝하다 들켰는지라, 조롱을 받아도 크게 기분 상할 건 없었어요. 단지 불만이 좀 있다면, 영문과도 아닌데, 굳이 외서(外書)를 원서라고 우기며 '지잡대' 학생들을 괴롭히는 음 교수가 변태스럽게 보이기는 했어요.

"앞으로 나하고 외국어 공부를 같이하는 건 어떻겠니?"

이건 또 뭔 소린가 싶었어요. 음 교수가 내 개인 교사가 돼주겠다는 것인데, 아니 왜……? 도통 이해가 안 되는 말이었어요.

음 교수는 아랍어와 쿠르드어로 된 중동국가 발행 서적 번역서만 스무 권에 달했고, 이 가운데 다섯 권은 사회과학 분야 베스트셀러에도 올랐던 분이에요. 본인이 수업 시간에 자랑을 하니 어떻게 모를 수가 있겠어요.

"제가 중동 말을 왜 배워요?"

나는 나름 떠본 건대 음 교수는 당황했나 봐요.

"누가 아랍어를 가르친다고 했니? 영어야, 영어. 영어를 하자고."

공사다망하신 폴리패서께서 왜 커닝한 학생을 개인 학습시켜 주시겠다는 건가요, 라고 묻고 싶었지만 꾹 참았어요. 아까 내 머릿속에서 반짝

했던 그 불빛 때문이었어요. 그래서 소 잡아먹은 귀신인 양 답을 않고 침묵으로 버텼어요. 여자는 결정적인 순간에 버틸 줄 알아야 해요. 내가 그걸 못 하는 바람에 인생이 뒤틀린 년이거든요.

모호한 침묵에 몸이 단 음 교수가 말했어요.

"같이 공부를 하겠다면 굳이 빵점 처리할 필요가 없겠지?"

단박에 들어온 협박이 급소를 찔렀어요. 커닝한 학생이 교수의 일대일 학습 제의를 수락하면 해당 학점을 정상적으로 줘도 된다는 게 학칙에 명시라도 되어 있는 양 말했어요.

이런 '쇼부'를 걸어오시려고 답을 끝까지 다 쓰게 하고는 시험 종료 직전에 커닝을 잡아낸 것이로구나, 싶었어요. 부정행위가 아니라면 A⁺가 확실했거든요.

제 영어 개인교습은 이렇게 해서 일주일에 두 번, 총 네 시간, 매회 두 시간씩 이루어졌답니다. 음 교수 연구실에서, 이유는 모르겠지만 문을 걸어 잠근 채 오붓하게 이루어진 것이지요. 음 교수는 가끔 교외(校外) 수업을 하자고 보챌 때가 있었는데, 힘써 배워서 얼른 800점대까지 점수를 올려놔야만 하는 나로서는 음 교수의 제의에 동의하기가 힘들었어요. 대신 플레어스커트를 여러 벌 사서 개인교습 날에 입어주었어요.

2

"교육은 가르치는 것이 아니라, 배우는 것이다. 그렇기 때문에 교육자 중심이 아니라, 학생 중심 교육이 필요한 거다."

음근한 교수님의 역설이세요. 학식이 높으셔서 그런지, 자칭 좌파라서 그러신지, 멋있게 들릴 법한 말을 종종 하세요. 그래서인지 따르는 학생들도 꽤 되는 것 같아요. 그런데 학사운영팀에서 국가근로장학생(근장)을 하다가 대학교육이 교수님의 멋진 역설과는 다르게 가고 있다는 것을 알게 되었어요.

행정팀들이 모여 있는 본부 건물에서 근장을 하다 보면, 사환 노릇을 하느라 이 팀 저 팀 쏘다니게 되고, 그러다 보면 이 팀 저 팀 근장들과 교류하게 되는데, 서로가 보고 들은 이 말 저 말을 섞다 보면 중석대의 행정뿐만 아니라, 대학에 하달된 교육부의 교육 정책까지 샅샅이 알게 된답니다. 부서장이라는 보직교수가 근장을 뒤로 불러서 팀장과 팀원의 동태를 묻기도 한답니다.

아무튼 이런 가운데 얻어들은 뒷담화들을 종합·분석해 보면, '학생 중심 교육'이라는 것은 개뼁까는 얘기고요, 교육부 중심 교육인 것 같았어요. 민주화 시대에 어긋나지 않게 교육부가 이랬으면 좋겠네, 또는 이러는 게 어떨까, 라는 식으로 툭 던져주면, 학교법인의 소유주와 경영주─중석대는 사립대학이에요─들마다 잽싸게 비용과 손익을 따져 보고는 학교 총장에게 가이드라인을 줘요. 그러면 학교법인 편에 선 주요 보직자들이 총장을 모시고 받은 언질과 형편에 맞는 방식을 찾아 실행하는 거였어요.

나는 5년 전에 정치외교학과로 입학을 했거든요. 그런데 복학 수속을 하는 과정에서 정치외교학과가 외교·통상학과로 바뀐 것을 알았어요. 학교가 마술도 부리냐고 했더니, 이런 경우가 많다는 거예요. 그러면서 학사서비스팀 창구 여직원이 덧붙이기를, "상품도 안 팔리면 단종이 되잖아요, 그렇게 생각하시면 돼요"라는 거 있죠. 그 여직원은 외교·통상학과가 업그레이드된 상품이기 때문에 고객님께는 되레 이득이라는 식이었어요. 그럼 내가 통상까지 배워야 하는 거냐, 라고 물었더니 그럴 필요는 없다는 거예요.

그렇다면 안심인지라, 복학등록을 마치고 수강신청을 하려고 보니, 요상한 과목들이 육예 교양필수라며 잔뜩 들어 있는 거예요. 분명 푸줏간에 들어 왔는데, 야채가 즐비한 거예요. '수의 소통', '에너지 톺아 보기', '나노야 놀자', '나는 뭐야'. 포장지[과목명]는 이랬는데, 그걸 뜯어보니 수학, 물리, 화학, 생물인 거예요. 이건 양두구육도 아니고, 너무하는 거잖아요. 말하자면 안 팔려 재고가 된 상품을 포장만 바꿔서 팔아보겠다는 수작이잖아요.

내가 일찍이 포기한 이런 과목을 왜 수강해야 하냐고 따지자, 돌아온 답이 걸작이에요. 개인 역량 강화와 국가 경쟁력 강화를 위해 4차 산업형 컨실리언스(통섭) 융·복합교육을 하기로 했다는 거예요. 알아듣기도 힘든 그런 걸 누가 만든 거냐고 물으니, 교육부라는 거예요.

나는 당연히 거부했어요. 정치외교학과로 들어올 당시에 개설되었던 교양을 기준으로 들겠다, 라고 했죠. 당연한 내 권리잖아요. 그런데 껌 씹기를 멈춘 여직원이 황당하다는 표정을 지으며 그렇게는 안 된다는 거예요. 교양은 전공과 다르기 때문에, 학교가 정책적으로 바꾼 교양을 반드시 들어야만 졸업이 가능하다는 거예요.

내가 그래도 사회물을 먹은 년이거든요. 지난 2년 동안 모신 고위 법조인만 해도 관광버스 한 대 정원쯤은 돼요. 무조건 '긴 밤'인데, 어벤저스도 슈퍼히어로도 아닌 남녀가 그 짓만 했겠어요. 그분들로부터 이런저런 삶의 지혜나 생활 법률 등도 꽤 많이 주워들었지요. 나는 이를 떠올려서 "학칙은 학생들을 위해서 만든 규정이에요. 그렇기 때문에 학칙을 해석·적용하실 때는 학교가 아니라, 학생 우선 입장에서, 학생에게 유리한 해석을 하셔야 하는 거예요"라고 했죠.

이 말을 들은 여직원이 즉시 껌을 뱉고 학무처장실로 달려갔어요. 그러고는 잠시 후에 돌아와서 아래위를 꼬나보며, "사귀자 학우님. 입학 당시에 있었던 교양과목은 남아 있는 게 거의 없대요. 그래서 그건 들으실 수가 없고요, 대신 처장님께서 학과장님과 의논해서 따로 알려주시겠대요."
라고, 눈을 치뜬 채 말했어요.

재고가 없어서 고객님이 주문하셨던 상품은 드릴 수 없고, 대신 그에 준하는 대체 상품을 찾아주겠다는 말로 들렸어요. 일단 알겠다고 한 나는 내 이름이 왜 사귀자(史貴子)냐고 물었어요.

"아, 죄송하네요. 사비아 학우님."

망할 년이 사비아(史飛娥)로 바뀐 이름을 놔두고 고의로 개명 전 이름을 부른 것이었어요.

알고 보니 내가 휴학한 2년 동안 해마다 한두 차례씩 교육 목표나 교과 과정이 바뀌었다는 거예요. 이거 웃기지 않아요. 만약 1년에 한두 차례씩 진열 및 취급 상품을 바꾸고 리모델링을 하는 매장이 있다면, 언제 장사를 해서 돈을 벌겠어요.

아무리 그게 그거라고는 해도 매년 한두 번씩 교육 목표와 방식을 리모델링하고, 교과목을 리셋하는데, 이걸 누가 따라가려 하겠어요. 전산시스템도 따라잡지를 못해서 매번 다운되거나 오류를 일으킨다니까요.

교양과목 수강 신청을 할 때는 창을 오픈하기 10분 전부터 온 신경을 곤두세우고 컴퓨터 모니터 앞에 대기하고 있어야 해요. 심정이 스타트라인에서 숨을 멈추고 출발 신호만 기다리는 단거리 육상선수나 마찬가지였어요. 단거리 경주에서는 스타트가 늦어도 뛰면서 따라잡는 경우라도 있잖아요. 하지만 수강신청은 스타트가 경기의 전부예요. '스타트=성적'이죠.

내가 신청한 '볼룸댄스 1—입문'이 다섯 개 분반으로 나뉘어 있었어요. 수강을 했던 선배님들 말이, 과목은 같은데 교수—폐과된 무용과에 속해 있던 정년트랙 교수 한 분을 빼고 나머지는 외래 강사들이래요—가 각각 다르고, 배우는 내용이 다르고, 학점 기준이 다르고, 학점 평균이 다르다는 거예요. 선배님들로부터 물려받은 '족보'에 따라 이 중 가장 널널하게 가르치고, 학점이 후한—상대평가이기 때문에 누구나 다 높은 점수를 얻을 수는 없어요. 하지만 정해진 비율 안에서 최대치의 점수를 주는 교수가 있다면 당연히 그를 선택해야 하지 않겠어요—특정 교수를 선택해야만 하는 것이지요.

안달복달하며 나를 쫓아다니는 이대팔—별명이에요—이라는 개똑똑이 오빠가 있는데, 그 오빠 말이, 군부독재자 박통이 만든 '국민교육헌장'에 보면 '타고난 저마다의 소질을 개발하고'라는, 교육에 관한 언급이 있대요. 그런데 오늘날 교육은 교육부가 일괄·독점하여 관리·통제를 하면서 그때보다도 퇴보를 했다는 거예요. 박통은 개인의 소질이 저마다 다르고, 그렇기 때문에 개인에 따른 맞춤형 교육의 중요성은 알았던 것 같은데, 지금은 초·중·고·대학에 다니는 학생 전체를 교육부가 한 코에 꿰어 통째로 다루고 있다는 거예요.

독재자 박통은 나라를 '유신(維新)'하느라 어쩔 수 없어서 그랬다고 칠수 있지만, 지금의 교육부는 자신들의 존재 가치를 찾고자 제우스의 번개같은, 포세이돈의 삼지창 같은, 제석천의 금강저 같은 절대 권력으로 학생들을 때려잡는다는 거예요. 그러면서 이대팔은 자신이 제도권 중에서도 주류 복판에 속하는 사람이기는 하지만, 제도가 비주류를 어여삐 여기지 않아 큰일이라고 했어요. 나는 뭔 소리를 하는 건지 모르겠지만, 자신은 걱정하지 않아도 되는 주류이기 때문에, 오지랖 넓게 사람도 아닌 제도까지 걱정을 해주는구나, 했어요.

이대팔 말에 일리는 있는 것 같았어요. 교육이 정책과 제도로 하는 것이라면, 하바드대나 옥스퍼드대 것을 가져다가 쓰면 될 텐데, 그게 아니잖아요.

세계에는 그 두 대학만 있는 것도 아니고, 또 우리나라에도 SKY 대학만 있는 건 아니잖아요. 재학생 토익 평균점수가 268을 찍는 중석대도 있잖아요. 어떻게 한 방향 정책과 제도로 SKY 대학과 중석대 학생을 같이 가르칠 수 있겠어요.

교육부의 일방적 갑질과 횡포에 대학들이 죄 가만히 있었던 것만은 아니었대요. 서울의 한 유명 사립대학이 '우린 싫어. 우리 길을 갈 테야. 까짓 지원금 못 받아도 좋아'라고 투정을 부린 거죠. 그랬더니 교육부가 '알았어. 그럼, 그렇게 해'라고 했대요. 그래서 돈만 안 받으면 되는구나, 까짓 돈이야 해마다 등록금 인상률이 15퍼센트를 상회하면서 주구장창 올랐을 때, 적립해 둔 게 차고 넘치니까 얼마든지 버틸 수 있지 뭐, 한 것이지요. 하지만 이 생각이 지극히 짧았다는 것을 1년도 안 돼 뼈저리게 느끼고는 두 손 두 발 다 들었대요. 교육부가 돈만 쥐고 있는 것이 아니라, 각종 통제권을 쥐고 있다는 사실을 간과한 겁니다.

대학이 무엇을 하려면 교육부의 허락을 받아야 하는데, 자신들을 개무시해서 공개적으로 망신을 주려고 덤벼든 대학을 왜 존중해 주겠어요.

기타 등등 대학들은 등록금이 8년째 동결된 상태인지라 정부 지원금 없이는 버티기가 힘들어졌기 때문에 교육부의 심기를 건드리는 일은 꿈도 꿀 수 없게 됐다는 거죠.

외교·통상학과는 무늬만 하이브리드 학과였어요. 학과명만 보고, 졸업하면 외교통상부에 근무하는 줄 알고 선택한 학생들도 꽤 있대요.

내가 입학하기 전에 우리 대학에 철학과를 개명한 영상철학과가 있었는데, 이듬해 신입생 선발에 대박이 났대요. 영화에 꿈을 가진 학생들이 대거 몰려든 것이지요. 그런데 기존 철학과 교수들이 주(主)인지라, '삐끼'로 쓴 영상 쪽은 관리만 한 거예요. 이유는 뻔했어요. 사양 학문인 철학이 인기 종목인 영상[영화]과 비교가 되겠어요. 영상에 정년트랙교수를 들이면 자기들 신세가 어떻게 되겠어요. 기존 철학 교수들이 바보가 아닐 터인데 자멸할 짓을 왜 하겠어요.

학교가 몰랐냐고요? 알지만, 학교가 특정학과를 이래라 저래라 할 수 있는 합법적 권한이 없어요. 그래서 학과 교수들은 권한만 있고, 책임은 없는 거예요. 양두구육 하던 영상철학과는 5년을 버틴 뒤, 폐과 수순을 밟았어요. 떴다방을 생각하시면 돼요. 나는 외교·통상학과도 걱정이 많이 돼요.

하지만 나는 학과의 모양새와 무늬를 떠나서 학점만 관리할 뿐이고, 스튜어디스 취업을 위한 공부는 따로 하기 때문에 상관도 관심도 없어요. 리버럴아츠교육인 육예교육을 한다고 난리들인데, 그 육예교육도 제 취업에 미치는 영향은 0.1퍼센트 정도랄까, 거의 없죠.

3

나는 수영이 실기 과목이라 저녁마다 군립(郡立) 수영장을 다니며 자유영, 평영, 접영을 연습했어요. 수영복을 입은 모습에 강사 놈이 껄떡댔는데—마치 내가 저 보여주려고 수영복을 입은 양 착각하는 것 같았어요—그걸 대처하는 게 수영 연습보다 어려웠어요.

가르치면서 불필요한 터치가 많았지만, 터치 정도는 봐주기로 했어요. 25미터를 35초 이내에 주파하는 자유형, 평형, 접영을 해결했고, 아시아나에서 요구하는 325미터 자유영도 4분 20초 내에 완영하니 문제될 게 없었어요. 자전거 타기가 있었는데, 초등학교 2학년 때부터 집에서 한 시간 거리인 보은 읍내까지 자전거로 쏘다닌 년인지라 따로 연습이 필요치 않았어요.

육예교육에서 인성 과목까지 맡았다는 우리 음근한 교수님께서 바짝 몸이 달으셨어요. 제가 본의 아니게 달궈드리기만 했나 봐요. 물론 그사이에 토익 점수는 274점이 올라 630점이 되었어요. 음 교수가 껄떡거리실 때 그 유혹에 굴하지 않고 공부에 매진한 덕이지요. 내가 이런 년이에요. 황진이를 이긴 서화담 같은 년…… 호호호.

어떻게 해서 이런 경지에 이르렀냐고요. 궁금하시지요.

고1이 되고 얼마 지나지 않아 큰아버지로부터 휴대전화가 왔어요. 학교 근처를 지나다가 고입 축하차 '만찬'을 사주시겠다는 거예요. 만찬—만찬 (晩餐)을 만찬(萬餐)으로 알고 있었기에—이라는 말에 혹해서 하교하자마자 약속장소로 달려갔죠.

"먹고 싶은 거 다 시켜라."

큰아버지가 보은 읍내 유명 맛집인 '태화장' 메뉴판을 건네며 호기롭게 말씀하셨어요. 촌구석—사는 집은 버스로 30분 떨어진 염통산 밑에 있는 자그마한 리(里)였어요—에서 대추 농사를 돕던 년이라 아는 게 없어서 큰아버지가 알아서 시켜달라고 했어요.

팔보채가 나오자, 큰아버지가 연태고량주를 시켰어요. 서빙 하는 아줌마가 병 사이즈를 묻자, 큰 거로 달라고 하셨어요. 만찬 요리로 짜장면과 짬뽕 중 짜장면을 택했을 때, 큰아버지는 얼굴이 시뻘겋게 달아오른 상태였고, 나도 억지로 두 잔을 받아 마신 탓에 양 볼이 발그레해졌답니다.

빤한 가족 안부를 따지듯이, 검증하듯이 꼬치꼬치 캐물으며 만찬 시간을 질질 끌던 큰아버지가 계산을 치르고 밖으로 나왔을 때, 핏덩어리 같은 해가 불콰한 노을 속에서 거명산 뒤쪽으로 홀딱 넘어간 뒤였어요.

순간, 나는 큰아버지가 술 깨려고 시간을 끈 것이 아니라, 해가 지기를 기다린 것이 아닐까, 하는 섬뜩하고 불길한 생각이 들었어요. 몸이 방어 모드로 바뀔 수밖에 없었어요.

"타라. 집까지 태워다주고 갈게."

"버스 타고 갈게요."

"내가 태워다주겠다고 하지 않나?"

짜증스러운 말투였어요.

"음주운전이시잖아요?"

본능적으로 타면 안 된다는 생각이 들었어요.

"술 다 깼다. 어서 타!"

큰아버지가 화가 난 듯 소리쳤어요. 행인들이 오가는 길가에 서서 큰아버지와 실랑이를 할 수도 없었고, 보은읍에서 집까지는 한적한 지방도로인지라 음주단속은 없겠다 싶었고, 만에 하나 무슨 일이 생긴다 할지라도 그때 상황에 따라 대처가 가능하다 싶었어요. 뒷좌석에 가방을 싣고 냉큼 조수석에 탔어요.

읍내를 빠져나간 큰아버지의 오피러스가 10분쯤 달렸을까 싶었는데, 갑자기 방향을 꺾는 거예요.

"술이 취하는구나. 안 되겠다. 잠시 쉬어가자."

차를 세운 곳이 '너랑나랑모텔' 앞이었어요. 내 어찌 이 모텔 상호를 잊겠어요. 이미 교회 오빠가 안 좋은 추억을 만들어준 모텔이었어요.

큰아버지가 술 깨서 나올 때까지 차에서 기다리겠다며 버티는 나를 억지로 끌고 '너랑나랑모텔'로 들어가셨어요. 물론 그때 나는 차 안에 있겠다고 버텼죠. 하지만 큰아버지는, "이런 발랑 까진 년을 보게. 내가 널 잡아 먹냐, 이년아?"라고 먹따는 소릴 질러대며 목덜미를 잡아끌었어요.

모텔 입구에서 실랑이가 벌어진 거죠. 나는 큰아버지와 '너랑나랑' 사이가 아니었기에 미치도록 당황스러웠어요. 하지만 불과 몇 달 전에 다녀간 나를 모텔 주인이 알아보면 어쩌나 싶어서 더 이상 실랑이를 할 수가 없었어요.

결국 잠시 격한 저항을 하다가 말았답니다. 물론 무슨 일이야 있겠어, 라는 생각과 무슨 일이 생기면 소리를 지르고 뛰쳐나오면 되는 거야, 라는 생각도 있었어요. 그러면서 도망칠 기회를 엿봤어요. 다행히 객실로 들어온 큰아버지는 문을 걸어 잠근 뒤 화장실로 달려갔어요. 잠시 후 터진 하수관에서 오물 쏟아지는 소리가 들렸어요.

나는 앞뒤 가릴 것 없이 벗은 신을 꿰면서 문을 따고 도망쳤어요. 모텔을 빠져나와 논두렁길을 타고 산을 향해 내달렸어요. 내가 육상선수라고 하지만 길을 따라 달릴 수는 없었어요. 큰아버지 오피러스보다 빨리 달릴 수는 없지 않겠어요.

어둠 속에서 논두렁길을 내달리다가 모내기를 마친 논바닥으로 네댓 차례 고꾸라지고 곤두박질쳤을 때, 멀쩡했던 밤하늘에서 갑자기 천둥 번개가 치고 밧줄 같은 빗줄기가 쏟아졌어요. 나는 국지성 호우 속에서 빗물과 눈물을 삼켜가며 미친 듯이 달리고 또 달렸어요. 그렇게 도망쳐 친구 집에서 밤을 꼬박 새우고, 이튿날 친구가 등교할 때 옷이 엉망인 나는 집으로 갔어요. 비가 계속됐는데, 마을 안팎이 온통 물 천지였어요.

그날 폭우로 마을이 생긴 이후 최초로 물에 잠겼다고 했어요. 도랑가의 집 세 채가 물에 뜨고, 마을 공터에는 똥물이 둥둥 떠다녔지요.

가방이 집에 있는 것으로 보아 큰아버지가 다녀간 것 같았어요. 아버지 말에 의하면, 학교 근처에서 나를 만난 큰아버지가 잠시 다른 볼일을 보고 오니, 차에 가방만 남겨두고 내가 없어져서 찾아다니다가 집까지 오게 됐다고 했다는 것이에요. 가방을 열어보니, 5만 원권 지폐 두 장이 들어 있었어요.

망종(亡種)인 큰아버지는 일본 홋카이도의 오타루(小樽)상과대학에서 유학했고—하도 개망나니 짓을 해서 할아버지가 내보낸 거래요—돌아오자마자 결혼을 시켜 서울로 보냈는데, 하릴없이 음주가무와 도박으로 빈둥

거리셨대요. 보다 못한 할아버지가 계속 이러면 더 이상 돈을 대줄 수 없다고 하자, 사법고시를 두 차례 치렀다는 거예요. 어려서는 신동이라 불렸을 만큼 머리가 엄청 좋았다고 들었어요.

할아버지가 큰아버지 때문에 애면글면하시다가 알코올성 치매에 걸리자, 물려받기로 한 유산—시골유생이셨던 할아버지는 2남 1녀를 두셨는데, 고모는 어려서 병으로 돌아가셨답니다—을 앞당겨서 탕진한 상태였는데, 아버지 몫 중 7할도 큰아버지가 탕진해서 생계를 감당해 줄 대추밭 5천 평만 남은 상태였어요. 할머니 말씀에 의하면, 1893년 3월 동학군이 보은 장내리에서 취회(聚會)할 때 100섬(石)의 양곡을 내놓으셨다고 하니 꽤 살았던 집안이었지요.

공부가 싫었다는, 중졸인 아버지는 일본 유학에 사시까지 치렀다는 큰아버지에게 꼼짝을 못했어요. 키 크고 건장한 엄마와 달리 왜소하고 마른 아버지는 완력으로도 큰아버지에게 잽이 안 됐어요. 아버지는 큰아버지를 의지하고 존경했어요. 기에 눌린 아버지는 큰아버지의 말을 하늘처럼 받들었어요. 아버지에게 큰아버지는 공자님이자, 어벤저스에 나오는 타노스였어요.

나는 파렴치한 큰아버지의 생떼와 구역질 나는 모멸감을 겪고 나자, 비로소 엄마가 그놈에게 당했다는 일을 한 치의 의구심 없이 믿을 수 있게 되었어요. 어른들 말로 만시지탄이라 하던가요. 엄마는 자신의 통한(痛恨)에 대해 아무것도 모르면서 불쌍하다는 이유로 아버지 편만 들었던 내게 얼마나 서운했을까요. 죄송해요, 엄마.

이게 끝이 아니었답니다. 엄마에게 이혼당한 후에 술을 주식으로 살던 아버지는 내가 고3이 되었을 때 급기야 알코올성 치매에 걸린 거예요. 아무튼 유전자도 나쁜 유전자는 나쁜 놈보다 좋은 놈을 좋아하나 봐요.

이런 상황에서도 큰아버지는 다섯 차례나 학교로 찾아와 나를 꼬드기려 온갖 유인 기술을 펼쳤어요. 휴학까지 고민할 정도였으나, 내 인생을 큰아버지 때문에 망칠 수가 없어 꿋꿋이 드라마 속 '김삼순'처럼 내 길을 가기로 했어요.

"삼식이한테 갈까?"

삼식(參識)이는 아버지 함자예요. 내가 거부하면 아버지한테 가서 네 딸년이 꼬리를 쳐서 자신이 창피해서 못 살겠다, 이렇게 말을 하겠다는 거예요. 그러라고 하지 그랬냐고요? 순진한 우리 아버지가, 큰형 말이라면 복음(福音)으로 아는 우리 아버지가 이 말을 어떻게 감당할 수 있겠어요. 오죽하면 엄마가 이혼을 했겠어요. 이런 말은 개새끼인 큰아버지쯤 돼야 감당할 수 있는 말이 아니겠어요. 그 타노스, 아니 개새끼가 저한테 또 뭐라 한 줄 아세요.

"귀자야. 이런 시골 촌구석의 고졸 출신이 어디 가서 뭘 하겠냐? 이 큰아버지가 이래봬도 도의원(道議員)이다. 서울에서 번듯한 일자리를 알아봐 주마."

"대학 갈 거예요."

"아버지도 저 모양인데, 대학은 무슨……."

뻔뻔함의 끝판왕이었어요. 아무튼 그렇게 꼬드겨서 취직을 시켜주겠다고 나를 서울로 불러올린 큰아버지가 뭔 짓을 했는지 아세요. 제게 호텔방 호수를 알려주면서 가서 사장님 면접을 보고 오라는 거예요. 자기는 로비에서 기다리고 있을 테니…….

아, 이 등신 같은 촌년이 그 말을 곧이곧대로 믿고 호텔방으로 찾아간 거 아니었겠어요. 면접관이라는 사장님이 벌거벗은 채 침대 위에서 나를 눈웃음과 손짓으로 맞이했어요.

나는 생(生)이 저주라는 것과 이생이 지옥이라는 것을 알았어요. 호텔에서 도망쳐 염통산 아래 집으로 돌아온 나는, 돌아오는 고속버스 안에서 결심한 대로 두 동생을 데리고 인근 대도시인 평주직할시로 나왔어요.

대도시에서 고액 알바 자리를 구하는 것은 어렵지 않았어요. 제가 찾는 알바는 잡코리아나 알바몬이나 알바천국 같은 데 있는 게 아닌 특수 전문직인지라 면대면 상담 등 소정의 전통 방식을 거쳐야 했어요.

상품성이 좋은데 찾는 손님이 없겠어요. 오죽하면 업계 닉네임이 '오미자(五味子)'겠어요. 나는 밤마다 귀하고 비싸게 팔렸어요.

두 동생을 평주에서 공부시키고, 이듬해 내가 중석대학교에 입학을 하게 된 것도, 음근한 교수 말마따나 타고난 강점으로 세상의 약한 고리를 공격한 때문이 아니겠어요.

아버지는 어떻게 사시냐고요? 아, 내 아버지. 아버지는 염통산 자락에서 여전히 알코올과 벗하며 살고 계세요. 할머니와 마을 어른들로부터 듣기로, 가끔 산 너머 호수로 가서 밤낚시질을 하실 때도 있대요. 할머니 말로는 달을 낚는 거래요.

4

음근한 교수님은 학과가 위기에 몰려 위장용 개명까지 했는데도 무사태평이셨어요. 학과에 정년트랙 교수가 다섯이었는데, 자기는 학과 구조 조정을 논의할 당시, 통상(通商)을 주장한 바 없기 때문에, 주장한 네 명의 교수들이 알아서 해결할 문제라는 거예요.

어떻게 아냐고요? 교수님들이 수업시간에 다 떠벌여요. 서로서로 칭찬 품앗이는 안 해도 디스 배틀은 한답니다. 망해가는 학과의 특징이자 징조래요.

이런 쌈박질 속에서 우리 음 교수님께서는 1학기 기말시험이 끝나자마자 드디어 승부수를 띄우셨어요. 더는 참기가 힘드셨나 봐요.

게다가 내가 방학이 시작되면 청춘의 마지막 승부수, 즉 '아마겟돈'을 위해 서울 학원가로 가 짱 박힐 거라며 떠들고 다녔거든요. 나는 '아프니까 청춘이다'라는 따위의 입에 발린 개소리에 위무당하고 마는 헛된 삶을 살고 싶지 않았어요. 나의 임박한 서울행을 아신 음 교수님이 발 빠르게 움직이셨어요.

"비아야. 나, 지금 부산이야. 그런데 이걸 어쩌지?"

처음에는 왜 부산까지 가서 전화질일까 싶었어요.

"세미나 자료집을 연구실에 놓고 왔어."

서울 외교부 출장을 갔다가 거기서 곧바로 부산으로 갔다는 거예요. 서울 가기 전에 세미나 자료집을 챙겨 택배로 보낸다는 것을 깜박 잊어버렸다면서 징징거렸어요. 자료집을 즉시 택배로 부쳐드리겠다고 했어요. 그러면 늦는다는 거예요. 지금 당장 자료집을 가지고 부산으로 직접 내려와 달라고 통사정을 하는 거예요. 순간, 드디어 올 것이 왔구나, 싶었어요. 하지만 나도 튕겨야 했어요. 세상사라는 게 자연스럽고 상식적이어야 뒤탈이 없잖아요.

"제가 저녁에 중요한 약속이 있어서 그러는데, 교수님 컴퓨터에서 파일을 찾아 전송해드리면 안 될까요, 교수님?"

안 된대요. 연구실에 두고 온 자료집은 겉표지까지 칼라로 레이저 출력을 해서 무선제본을 한 거래요. 한·중·일에서 상당한 고위급 인사들이 참석하는 세미나이기 때문에 국격(國格)에 맞는 세미나 자료집이어야 한다는 거예요. 그러니까 자료집 배달이 애국 행위라는 얘기였어요. 하다하다 별짓을 다한다 싶었어요. 2016년이 병신년이라 그런가 싶었어요.

학과 조교에게 연락해서 연구실 열쇠를 받아 자료집을 챙겼어요. 120쪽 안팎쯤 된다는 얄팍한 세미나집이 들기 좋게 묶인 채—손잡이까지

정성스레 만든 걸 보니 택배로 부치려고 했다는 말은 거짓일 가능성이 농후했어요—음 교수와 내가 평소 마주 앉아 영어 교습을 했던 테이블 위에 음전한 고양이인 양 놓여 있었어요. 나는 2017 중동 문제 어젠다가 담긴 자료집 묶음을 들고 부산역에 도착해서는 곧장 택시에 올라 광안리 바닷가 호텔로 향했어요.

프런트 데스크에서 카드키를 찾아—방 번호를 말하자 곧바로 키를 내줬어요—객실에 들어가 자료집을 막 내려놓았을 때, 휴대전화가 울렸어요.

"고마워. 수고스럽게 여기까지 내려왔는데, 저녁은 먹고 가야겠지?"

바다 쪽 객실은 거실이 딸린 스위트룸이었어요. 프런트에 놓고 가라고 해도 될 일을 왜 굳이 방까지 가져다 달라고 했는지 감이 잡혔어요. 음 교수가 컨시어지에게 부탁을 해뒀겠지요. 누가 오면 키를 내주고, 그 즉시 연락을 달라고. 그는 디테일을 자랑하는 교수거든요.

1일 차 세미나가 한 시간 뒤면 끝나는데, 외교부 장관이 주최하는 공식 만찬에 불참하고 갈 터이니, '광안해변공원' 뒤편에 있는 '달궁횟집'에서 보자고 했어요. 오늘밤에는 내가 자기에게 외교부 장관보다 윗급이라는 걸 알려주고 싶었나 봐요.

내가 자료집도 없이 세미나를 어떻게 치르셨냐고 묻자, 자기 발표는 내일 오전 10시에 시작된대요. 터지려는 웃음을 참았어요. 나는 남은 시간을 이용해 널찍한 스위트룸에서 제자리높이뛰기, 윗몸일으키기, 눈감고 외발서기, 앉아서 윗몸 앞으로 굽히기를 번갈아가며 했어요. 옷이 땀으로 흠뻑 젖어 들러붙었어요. 알몸으로 하지 않은 걸 뒤늦게 후회했지만, 어찌겠어요.

어른 수컷들은 암컷을 꼬드기는 수순 또는 코스가 다들 비슷한가 봐요. 찍고, 간 보다가, 먹이고, 먹는다. 나를 상석에 앉힌 음 교수님도 그런 것 같았어요. 나는 조신한 양 내숭을 떨며 알아서 회를 집어먹고, 술을 따라

주는 대로 넙죽넙죽 받아마셨어요. 음 교수님이 빨개지고 내가 볼그족족
해졌을 때, 내가 입을 열었어요.

"채용설명회에서 사모님을 만난 적 있어요. 구, 애, 정 교수님! 맞죠?"

빨강 페라가모 숄더백에서 꺼낸 무소음 카운터 악력기를 힘껏 움켜쥐
면서 말했어요. 악력도 테스트를 한다니 어쩌겠어요. 틈틈이 해야지요. 불
편한 시선으로 나를 꼬나보던 음 교수가 등을 지고는 조명을 밝힌 광안대
교를 바라봤어요.

나는 작년 하반기에 S여대 삼성컨벤션 센터에서 열린 신입사원 채용
설명회에 갔다가 질의응답이 끝나고 허둥지둥 복도를 뛰어가시는 구애정
교수님과 마주쳤어요. 아니, 앞을 막아선 거죠. 교수님에게 단도직입적으
로 물어볼 게 있었거든요.

"저는 지잡대인 중석대학교 학생인데, 중석대 출신도 스튜어디스가 될
수 있나요? 뽑아주나요?"

쪽 팔려서 질의응답 시간에 물어보지 못한 거죠.

"어우, 바란스 좋은데요."

내게 길이 막힌 교수님은 똥마려운 강아지처럼 발을 동동 구르면서도
성심껏 말하는 것 같았어요. 바쁘거나 귀찮으면, 얼마든지 무시하거나 밀
쳐내고 가실 수도 있었을 텐데, 그러지 않는 걸 보니 교양과 인품이 있으
신 분 같았어요.

나는 밸런스 좋다는 그 말뜻을 알아듣지 못해 어리바리한 표정으로 교
수님을 바라봤어요. 그때까지도 가슴팍에 이름표를 달고 있던 구애정 교
수님이 미소 띤 표정으로 내게 말했어요.

"중석대학이 왜 지잡대야? 우리 신랑도 거기 정치외교학과에 있어요."

"아, 예……."

나는 그 신랑 이름은 묻지 않았어요. 대신 구애정 교수님께 다가가 아

직껏 달고 계신 이름표를 떼어 드리고는 넙죽 절을 올리며 덧붙였어요.

"고맙습니다, 교수님. 면접 때 봬요."

구 교수님은 여기 설명회가 늦게 끝나 다음 설명회에 지각을 하게 생겼다면서 명함을 주고는 종종걸음으로 사라지셨어요.

구애정 교수님은 그냥 잘 나가시는 항공운항과 중견교수님이라거나, 단지 유명하시기만 한 강사 분이 아니었어요. 메이저나 마이너 항공사 구분 없이 객실 승무원을 선발할 때 선임 면접관으로 모시는, 일종의 승무원 선발에 있어 업계 최고의 조력자이자 '결정권자'이셨어요. 그러니까 제대로 된 항공사에서 제대로 된 면접관을 구성한 것이라면, 면접장에서 이분을 만날 확률은 90퍼센트 이상이었던 거죠.

텔레비전 뉴스에 VIP 석에서 세미나 참관 중인 음 교수가 잠깐 비쳤어요. 그러나 음 교수는 흑단목이 일렁이는 듯한 먹빛 바다만 노려보고 있었어요.

한참을 그러고 있던 음 교수가 고개를 돌려 나를 바라봤어요. 왜, 굳이 지금, 이런 자리에서 회 맛과 술맛 떨어지는 헛소리를 지껄여대느냐는 힐난의 표정이었어요. 그런 표정을 본 내가 되레 민망하고 당황스러웠어요.

나는 여기까지만 하기로 했어요. 남은 회와 술도 마셔야 하고, 또 음 교수님이 계획하신 스케줄도 소화해드려야 하잖아요.

5

내가 여름방학 내내 강남 고시원 쪽방에 둥지를 틀고 밤낮 없는 하드 트레이닝을 하고 학교로 돌아왔을 때, 이상한 스캔들이 터졌어요.

중문과 부교수가 중등 교사인 초등학교 동창과 바람이 나서 지난 방중에 중국 여행을 몰래 다녀왔는데, 여자의 남편이 탐정처럼 뒤를 캐서 둘의 출입국 기록 확인서와 인천공항 출·입국장에 찍힌 CCTV 캡처 사진을 확보해 우리 금상필 총장님 손에 쥐여주고 갔다는 거예요.

공부만 하며 곱게 자랐다는 그 부교수는 자신들의 사랑은 순일무잡하다면서 이런 사랑이 뭇사람들의 입에 올라 매도당하는 것은 참을 수 없다면서 사직원을 내고는 잠적해버렸대요. 사직원 내고 잠적하면 더 더럽혀진다는 것을 모르셨나 봐요. 국비장학생으로 베이징대학에서 박사까지 받아왔다는 인재가 초삐리 때 삘을 못 잊어 이렇게 됐다니, 국가적 손실이겠구나, 싶었어요.

내 생각에는 그 여자가 좋아한 남자는 아마도 중석대 교수인 남자이지, 무직자는 아닐 거예요. 간혹 남자들 중에는 백의종군을 아무나 하는 것으로 알고 있는 순진하고 철딱서니 없는 분들이 있는 거 같아요. 나는 그런 남자 만나서 새가 되는 일이 없어야 할 텐데…….

아무튼 '하늘을 나는 년(飛娥)'이 되고자 모든 준비를 마친 나에게는 오직 대천명(待天命)만이 남아 있었어요. 그런데 체력 관련 테스트는 합격점의 200퍼센트 이상을 달성했으나, 토익은 목표 점수인 850점에 한참 못 미치는 795점이었어요. 그러나 SNS를 통해 생면부지인 스튜어디스 선배 언니들과 주고받은 결과에 따르면, 크게 걱정할 필요가 없을 것 같기도 했어요. 내 어피어런스(외모)를 체크한 언니들이 거기서 넘치는 점수가 많을 것 같다면서 면접관과 항공사가 고객 취향을 무시하지 않는다면 그걸 절대 놓칠 리가 없을 거라고 했어요. 항공사가 채홍사 일을 하는 건 아닐 터인데…….

아무튼 795점이 낙(落)을 결정할 만한 점수는 아니래요. 즉, 따로 회화도 있으니, 해볼 만한 점수라는 거죠. 하지만 나는 회화가 젬병인 년이었어요. 그때부터 새로운 걱정거리가 엄습했어요. 남아 있는 진인사(盡人事)

가 있었던 거죠.

그런데 이건 또 무슨 조화였을까요. 온 나라가 느닷없이 남녀 간의 성 문제로 들썩이기 시작했는데, 전례 없이 조직적이고 집단적이고 폭발적이어서 무슨 퍼레이드인 양 이어지기 시작했어요. 매스 미디어, 소셜 미디어 가릴 것 없이 세상만사 기승전결이 성의 관점에서 이루어졌는데, 한마디로 '미투(#MeToo)'라고 했어요.

이 열풍—광풍인가요—이 얼마나 대단하고 치명적이었는지, 부산 광안리에서 '오미(五味)'의 맛을 본 뒤, 여러 차례 지분거리다가 삐졌는지 언제부터인가 연락이 없던 음근한 교수님이 갑자기 전화를 걸어온 거예요. 자정이 넘은 시간이었어요.

음 교수님은 안부를 핑계로 쓸데없는 말을 한참 버벅거리다가 마침내 "신○아가 천하의 변○균이를 콘돔 몇 개로 죽였잖아. 어떻게 생각해?"라고 물었어요. 그러니까 질문이라기보다 자기가 변○균 못지않은 국가적 인재인데, 신○아 잽—이분은 당시 교수였지만, 나는 학생이잖아요—도 안 되는 네가 그런 날 죽여서야 되겠느냐는 일깨움 내지는 경고성 메시지를 전달하며 다른 한편으로 읍소를 하고 싶었나 봐요. 참 순일무잡한 분이셨어요.

나는 취해서 자는 막내 익자(翊子)의 코 고는 소리 때문에 통화 볼륨을 조금 높였어요. 낮에 교무팀 근장에게 음 교수에 대한 특이 동향을 슬쩍 물어봤는데, 학과 조교를 시켜 연구년을 문의했다는 거예요. 여차하면 도망치겠다는 거 아니겠어요. 타조가 위험에 닥치면 피한답시고 제 머리만 모래 속에 묻는다잖아요. 교수들이 이래요. 개구리 모양 우물 속에 들어앉아 권한만 행세하고 의무와 책임이 뭔지 모르고 사시니 사회성 지수가 낮을 수밖에요.

음 교수님은 2년 전에 야당 몫으로 받은 차관급 기관장에 차출이 되어

2년 동안 휴직을 하신 분이에요. 내가 휴학할 때 휴직을 한 거죠. 그런데 연구년을 나가겠다고요.

나는 교권에 대항할 마땅한 무기가 없는 학생인지라 휴대전화를 귀에 바짝 붙인 채 묵비권을 행사했어요. 내가 뭐라고 하겠어요. 음 교수의 진인사와 관계된 일인데……

"어, 어떻게 새, 생각…… 하냐고, 너는?"

음 교수가 울먹였어요. 목소리에서 극도의 긴장감과 불안이 느껴졌어요. 난감했어요. 배울 만큼 배우셔서, 알 만큼 아시는 분이 왜 학생에게 묻느냐고요. 미투는 대지진으로 동일본을 덮친 쓰나미보다 강력했어요. 외통수여서 일단 휩쓸리면 살아나올 길이 없었어요. 승승장구하시며 전도유망하신 폴리페서 음근한 교수님께는 절체절명의 문제였던 거예요.

"사모님이 미인이시고 인품까지 훌륭하시고…… 제가 뭘 떠든다고 해서 미투가……."

나는 나도 알아들을 수 없는 말을 대충 얼버무리다가 전화를 끊었어요. 편의점 알바를 마친 연자(然子)가 들어오는 기적 때문이었어요. 전화를 끊었는데, 음 교수는 계속해서 전화를 걸어댔어요. 내게 야식을 건네준 연자는 씻지도 않고 자리에 눕자마자 잠이 들었어요. 나는 휴대전화 전원을 끄고, 처음이자 마지막이 될 스튜어디스 공채 면접시험 준비를 점검했어요. 시험이 닷새 뒤였어요.

책상머리맡에 붙여놓은 샤갈의 그림 〈도시 위에서〉—여자와 남자가 한 덩어리로 슈퍼맨처럼 마을 위 하늘을 날아가는 그림이에요. 원본과 같은 139×197센티미터의 복제품인데, 비아(飛娥)의 이름과 꿈을 담은 심볼화와 같은 거예요—밑에서 면접에 대비해 작성한 시나리오를 달달 외우고 있을 때, 누군가가 밖에서 창문을 두드리는 소리가 들렸어요. 수컷들은 왜 다들 오밤중에 난리들인지 모르겠어요.

"나 출국해."

이대팔이었어요. 내일 새벽 비행기로 출국하기 때문에 오밤중에 올 수밖에 없었대요. 공항 가는 버스를 타러 가다가 자기도 모르게 발걸음이 이리로 왔대요. 유치하기는…….

유신참마(庚信斬馬). 고단해서 조는 김유신을 천관녀에게 데려다줬다가 참(斬) 당한 말에 얽힌 고사예요. 시험 준비를 하다가 배운 거죠.

방공복 차림의 위층 아저씨가 공동 현관 비번을 누르다 말고 고개를 돌려 순식간에 내 몸을 위아래로 스캔했어요. 고만고만한 학생들이 모여 사는 원룸촌이었는데 바바리 맨들 때문에 경계의 대상이었어요.

"얼굴만 잠깐 보려고 왔어. 애가 안 보고 가면 후회할 거라고 해서……."

장신의 임의걸이 손으로 자신의 가슴팍을 두드리며 말했어요. 그는 찹쌀떡을 건네주며, "섬, 잘 봐" 하고는 쿨하게 돌아섰어요.

"이대팔 씨."

그를 불러 세웠어요. 그냥 보내면 후회할 것 같았어요. 나는 귀때기를 잡고 볼에 뽀뽀를 해주면서 말했어요.

"파견지가 결정되면 톡으로 꼭 알려줘요. 내가 그쪽을 지나갈 때 고공 낙하할 테니 기다려요."

알겠다고 했어요. 일단 'PPD(파견 전 준비 프로그램)'에 참여하기 위해 스위스로 가는데, '웰컴 데이스(Welcome Days)'라는 준비 과정과 기술 연수를 마치고 파견지가 정해지면 알려주겠대요. 봉사도 질과 급이 높으면 절차가 복잡한가 봐요.

이대팔은 그가 말한 '2:8'에서 따온 별명으로, 내가 붙여준 거죠.

"우리 부모 세대가 노력해서 잘될 수 있는 확률이 8이었다면 우리 세대가 노력해서 우리 부모 세대만큼 잘될 확률은 2야. 이게 우리 부모 세대들이 만든 세상이야."

　나와 술을 마시거나 자는 놈은 이미 8 이상을 가진 놈이에요. 그런데 서른도 안 되서 발랑 까져 돈을 물 쓰듯 하는 이놈이 8을 가졌을 리는 없으니, 부모가 8이겠지요. 부모가 가진 8과 자기의 2를 합쳐 완전수 10이 될 놈이 입만 열면 신자유주의가 어떻고, 부의 분배가 어떻고 씨부렁대면서 세상의 불합리와 부조리를 씹어댔어요.

　VIP 고객님으로 연을 맺은 이대팔이 술자리가 아닌, 침대 위에서 들려준 말이었어요. 이게 어디 발렌타인 30년산 양주를 우리네 생수 사 마시듯이 처먹는 놈이 지껄일 말인가요. 이런 저급한 주사를 가진 이대팔이 언제부턴가 떠들어대기를, 지금은 비록 음주가무를 즐기지만, 머지않아 재난과 가난, 전쟁의 땅에서 고통 받는 이들과 함께하는 삶을 살겠다는 거예요. 나는 이 오빠가 안주를 아름다운 말로 바꿨구나, 정도로 생각하고 귓등으로 흘렸어요.

　그런데 신자유주의 성토 때와 달리 주사가 구체적이었어요. '국경없는 의사회' 활동을 하겠다는 거예요. 아, 이 썩을 놈이 심지어 의대생이었던 거예요.

　여기까지는 뭐 문제될 것이 없었어요. 고작 예닐곱 번 와서 술 마시고 대여섯 차례 잠자리를 같이 했을 뿐인데, 이놈이 글쎄 날보고 대뜸 사랑한다는 거예요. 자기가 중석대 의대 대학원생이래요. 레지던트로 판석동 중석대 부속병원에서 근무 중인데, 안천 중석대 캠퍼스로 강의를 하러 왔다가 나를 보고 깜짝 놀랐다는 거예요. 내가 '하늘을 나는 년'이 되기 위한 '큰 그림'에 따라 2년간의 화류계 생활을 접고, 복학 문제를 알아보느라 학교에 갔을 때 본 거였어요.

　"그쪽이 김유신, 내가 천관녀? 말은 어딨나?"

　화류계 은퇴를 앞둔 내가 입을 벌려 헤벌쭉 웃으면서 말했어요. 나는 천관녀만도 못한 말이 되겠지요.

"예?"

놈이 당황스러웠나 봐요.

"김유신이 아니면, 뭔데? 몸 파는 영 점 영영영영영일(0.000001)에 해당하는 년을, 곧 십(10)이 될 대장군님께서 구해주시겠다?"

나는 이대팔 면상에 마시던 술을 끼얹고 일어났어요. 이런 식으로 헛바람을 불어넣으며 나를 모욕한 놈이 어디 한두 놈이었겠어요.

이대팔이 얼굴에 뿌려진 발베니 21년산을 손바닥으로 닦아내며 국경 없는 의사회 의사가 되어서 자기 말이 모두—신자유주의 비판과 애정 고백을 포함한 모든 주사들—진심이었음을 입증하겠다고 했어요. 그러니까 지금 이대팔이 그 입증을 위한 첫걸음을 내딛는 거예요. 그걸 알리고 싶어 온 것이지요. 레지던트를 마친 그는, 군인 병과로 치면 공병이라 할 수 있는 정형외과 전문의였어요.

이 나라 저 나라에서 동가숙서가식하다가 제 맘에 드는 년을 만나면 그만이겠지만, 그래도 장차 '10'을 가질 놈인데, 나도 한 발은 걸쳐두는 게 좋지 않겠어요. 하늘을 자유롭게 훨훨 나는 년이 되어서 오미(五味)가 거기만 있는 것이 아니라 머릿속과 가슴속에도 있다는 것을 보여준다면, 혹시라도 짝이 될 인연이라면 훗날 도움이 되지 않겠어요. 계층상승 말이에요.

임의걸을 보내고, 다시 책상에 앉아 손때로 꼬질꼬질해진 시나리오를 들여다보니 스튜어디스 시험이 더 절박하게 다가왔어요. 아, 이게 내 삶의 마지막 티켓이 될 수도 있겠구나, 싶었어요. 결코 '8'이 될 수 없는 내가 '8'이 되고, 또 '10'이 될 수도 있는……

나는 쌍으로 코를 골며 자는 두 동생을 한참 동안 내려다보다가 휴대전화 전원을 켜고 사진 파일을 뒤적거렸어요. 음 교수와 함께 찍은, 아니 음 교수와 나의 하룻밤 행적을 찍은 기록사진을 한 장 한 장 들여다봤어요.

나는 책상 위에 펼쳐 둔 시험 관련 써머리는 보지 않고, 밤새 이런저런 생각과 유혹 속을 헤맸어요. 그러고는 동이 틀 무렵 큰아버지도, 음근한 교수님, 임의걸 씨도 더 이상 내 삶에 끼어들면 안 된다는 생각이 들었어요.

이제는 그들이 나를 풀어줄 수밖에 없을 터인데, 그들로부터 온전히 풀려날 수 있게 됐는데, 내가 그들을 다시 내 삶에 끌어들일 이유가 뭐겠어요. 난, 내가 갈 수 있는 내 길을 내 힘으로 가기로 했답니다.

연분홍 꽃 팬티 위에 정액이 담긴 콘돔이 음전하게 올려진, 그 옆에 알몸의 음 교수가 깊은 단잠에 빠져 있는 민망한 사진을 한참 동안 들여다보다가 지웠어요. 그러고는 그날 밤에 찍은, 결코 기념사진이 될 수 없는 기록사진을 모두 찾아서 지웠어요. 이제 더 이상 난잡하고 무도한 세상사에 꺼들리는 일이 없겠죠. 그랬으면 좋겠어요.

잃어버린 정의를 찾아서

고귀한 인간은 자기 자신을 신뢰하여 마음을 열고 살아가는 반면에
원한을 품은 인간은 솔직하지도 순진하지도 않으며,
자기 자신에 대해 정직하지도 진솔하지도 않다.
그의 영혼은 곁눈질을 한다. 그의 정신은 은신처, 샛길, 뒷문을 사랑한다.
그는 숨겨진 모든 것을 자신의 세계, 자신의 안전, 자신을 생기 나게 하는 것으로 여긴다.
— 니체, 『도덕의 계보학』(홍성광 역) 중에서

1

피고 측 증인으로 법정에 서야 마땅한 교수들이 원고라는 말을 듣고 이런 소(訴)도 다 있나 싶어서 천정철은 황당무계함을 넘어 자괴감마저 들었다. 그는 장 테이블에 놓인 53명의 원고 교수 명단을 훑어보며 10년이나 지난 일을, 하필 이 시점에서 문제 삼는 것이 많이 배웠다는 자들만의 셈법이고 처세인가 싶었다.

원고 명단을 쭉 살펴본 정철은 소송의 배경과 목적을 미루어 짐작할 수 있었다.

"10년 동안 사실혼 관계 속에서 잘 살아오던 여자가 어느 날 갑자기 강제로 붙들려 살아온 것이라면서 소를 제기한 것과 다를 바가 없네요. 그렇잖아요?"

정철이 소송실무지원 TFT '선배 위원'들을 둘러보며 비유로 말했다.

"그렇지. 상대의 암묵적 동의가 있어서 동거를 한 것인데, 이제 와서 법적 혼인관계가 아니라면서 소송을 제기한 거야."

"암묵적 동의는 아니죠. 사실상 동의지."

TFT 좌장 격인 안수성 전 사무처장의 말에 오동춘 총장 비서실장이 이의를 달았다.

"사실상이라니, 사실이지요."

금상구 이사장이 정철의 비유나 안 처장의 표현이나 오 실장의 반박 모두 적절치 못하다고 지적했다. 순간 회의장 분위기가 썰렁해졌다.

정철로서는 나름의 소견을 담은 비유였는데, 비유로 미루어 짐작한 소견이 미적지근하다고 생각한 것 같았다.

정철은 작년에 50명이 넘는 원로·중견교수들이 학교, 아니 법인 금기태 전 이사장을 상대로 임금 관련 민사소송을 제기했다는 말만 얼핏 들었을 뿐 자세한 배경과 경위, 진행 사항 등에 대해서는 아는 바가 없었는데, 오늘 처음으로 불려나온—법인 업무총괄팀장 방을구로부터 연락을 받았다—회의에서 위원들의 여러 발언을 듣고 알게 된 전후 사정을 바탕으로 간략한 소회를 밝힌 것인데 탈이 난 것이다. 물론, 회의를 하면서 그 누구도 지난 1년 동안의 소송 경과를 기승전결에 따라 브리핑하듯 들려준 것은 아니었다. 그러나 정철은 중석대 1회 졸업생이자 입사 29년 차 직원으로서 직접 듣고 보지 않아도 웬만한 것은 돌아가는 형편이나 느낌만으로 감을 잡을 수 있었다. 말하자면 무림 고수들이 느끼는 살기 같은 것이 있었고, 또한 핵심 경영진과 구성원 동향을 관심 밖에 둘 수 없는 직무를 맡고 있는지라 정철의 감은 빗나가는 경우가 드물었다.

교수와 직원 대다수는 이번 송사가 지난 3년 동안의 임금 차액에 관한 것인지라 원고 교수들이 승소하면 자신들에게도 떡고물이 떨어질 것이고, 설령 그들이 패소한다 해도 학교와 법인 측에 교직원(敎職員)도 자꾸 밟히면 꿈틀한다는 본때를 보인 것이 될 수 있어, 송사를 꽃놀이패로 즐기는 분위기였다.

"그러니까 원고 모집을 주동한 교수가 하병구, 우구업, 소만성이라는 거죠?"

정철은 소송 관련 지원 실무를 주관하고 있는 강갑열 기획팀장을 바라보며 확인 차원에서 물었다.

"그걸 어떻게 아셨어요?"

강 팀장이 되물었다.

"하, 우, 소. 감이지요."

정철이 농처럼 받았다.

"주둔수, 기병중도 주모자라고 봐야 합니다. 그리고 주모자보다도 더 극성맞은 배후가 있기 때문에 굳이 정범과 종범을 구분하는 것은 별다른 의미가 없어요."

표현이 과한 강 팀장의 말에 좌중이 고개를 끄덕여 동감했다. 소송으로 시달려 얼굴이 핼쑥해진 강 팀장은 시종 냉소를 짓고 있었다. 1년 가까이 소송 업무를 진행하면서 방대한 양의 입증 자료들을 찾거나 만들어 변호사들 뒷바라지하느라 몸무게가 5킬로그램이나 빠져 바지를 다시 사 입었다고 했다.

정철은 자신을 뺀 일곱 위원들이 소송 관련 정보들을 꽤 많이 알고 있으며, 이심전심이 되어 의견과 판단을 공유하고 있는 그들이 역전의 용사들로 보였다. 이들이 한자리에 모여 이마를 맞대고 지난 1년 동안 수십 차례의 회의를 했을 터이니 당연하다 싶었다.

"배후가 누군데요?"

늦깎이 위원인 정철로서는 묻지 않을 수 없었다. 물론 짐작 가는 자들은 있었다.

"이치돈, 어창길, 가중섭, 백지성 그리고 또⋯⋯."

강갑열 기획팀장이 손가락을 꼽아가며 구구단 외듯 배후 명단을 줄줄 읊었다. 피고 측 증인이 되어야 마땅한데 원고가 됐다는 이치돈을 비롯해 모두 열두 명이나 됐다. 이치돈은 기획처장으로서 풀방구리에 쥐 드나들 듯 판석동 법인 사무처를 들락거리며 성과연봉제의 사전 여론 수렴—입안—의결—시행 과정을 주관한 책임 진행자였다. 정철은 이 자가 원고가 된 이유를 도무지 이해할 수 없었다. 그래서 꼭 따로 만나 물어보고 싶을 만큼 궁금했는데, 나중에 알고 보니 고교 후배 교수들이 찾아와 부탁을 하는 바람에 들어주지 않을 수 없었다고 했다. 들어줄 수 있는 부탁과 그럴 수 없는 부탁마저 구분 못하는 지식인이었다.

"제 생각에는…… 이번 소송이 임금 문제 때문에 생긴 게 아닌 것 같습니다."

정철이 나름대로 판단한 생각을 조심스레 꺼냈다.

"원고들의 청구취지에 임금 문제가 적시되어 있는데, 그게 아니라면 뭐란 말이오?"

소장에 피고로 명시된 금상구 이사장이 따지듯이 물었다. 내가 피고 당사자인데, 뭣 때문에 재판을 받고 있는지도 모른다고 생각하는 것이냐, 라는 물음 같았다.

"임금은 명분일 뿐이고, 다른 게 있지 않을까요."

소송 관련 회의로는 금 이사장과의 첫 대면인지라 정철은 조심스러웠다. 그래도 그는 알 텐데 왜 시치미를 떼느냐는 표정으로 말했다. 괜스레 헛바퀴를 돌려가면서 심기를 살피고 비위 맞추는 말만 늘어놓고 싶지는 않았다. 핵심을 떠나 변죽만 울릴 필요가 뭐란 말인가.

금상구는 작은아버지인 금기태 이사장이 급히 물러난 뒤, 후임 이사장이 되었다. 물론 바지이사장이었다. 그러나 피고는 바지피고가 아니었다.

"그게 뭐란 말이오?"

정철은 이사장의 태연스러운 질문이 당황스러웠다. 정말 몰라서 묻는 것인가 싶었다.

"그게 뭔지는 저도 모르겠습니다만, 사적인 원혐들이 있는 것 같습니다. 그렇지 않고서야 10년 전 일로 이렇게 황당한 소를……."

뒷말을 얼버무리며 좌중을 둘러봤으나, 아무도 정철과 눈을 맞추려 하지 않았다. 정철의 돌직구 같은 발언—진실을 들여다본다는 것은 누구나 꺼려지는 법이다—을 불편해하는 것 같았다.

좀 더 정확히 표현하자면, 원혐의 대상은 학교가 아니라 특정인 즉, 금기태 설립자이자 현 명예이사장이라고 해야 할 것이다. 그러나 그분은 이런 상황, 더욱이 이런 자리에서 함부로 입에 올릴 수 없었다. 그분의 함자를 꺼내 입에 올린다면, 상응하는 뒷감당을 해야 했다. 조직생활에서는 알고 있는 것과 그걸 말로 하는 것은 다른 문제였다.

"누가, 누구에게 무슨 원혐이 있다는 거요?"

이사장이 노기를 띠었다. 정철이 말하고자 하는 것이 무엇인지 모를 리 있겠는가.

"하병구 교수는 생계형 교수가 아닙니다. 교수 월급으로 롯데백화점 브이아이피가 될 수는 없지요. 임금으로 소송을 주동할 사람이 아니라는 겁니다."

"대체 하 교수가 무슨 원혐이 있다는 거요?"

이사장이 따지듯 물었다. 그러고는 상체를 뒤로 젖힌 채 실눈을 뜨고 정철을 바라봤다. 그 구체적 원혐이 무엇인지 정철이 어찌 알 수 있단 말인가. 정철은 불쾌했으나 내색하지 않으려 안간힘을 썼다. 이사장과 정철의 거리는 겨우 세 걸음이었다. 표정관리가 필요한 거리였다.

목제 장 테이블을 디근자로 이어 붙인 10평 남짓한 회의실에 중앙 상석의 금 이사장을 중심으로 각각 네 명의 위원이 서로 마주보고 앉았다. 정철의 자리는 이사장의 오른편 첫 번째였다. 먼저 온 일곱 위원들이 이사장의 시선이 가장 많이 머무는—그는 늘 상체를 왼쪽으로 기울여 앉았는데 치질 때문에 생긴 버릇이라고 했다. 그래서 시선이 오른쪽을 향했다 — 그 자리만 비워둔 채 나머지를 모두 선점한 때문이었다.

"주동자들은 물론이요, 주요 배후로 지목된 자들이 그동안 설립자이신 학구 선생으로부터 입은 은혜가 적지 않은 사람들이잖아요? 은혜를 입은 사람이 은혜를 베푼 하, 학구…… 아니, 학교를 고소한다는 것은 원혐이 있거나 뭔가 큰 오해가 있기 때문이 아닐까요. 그, 그렇지 않고는……."

이사장의 질문에 답을 안 하고 버틸 수는 없었다. 정철은 급기야 학구 선생을 입에 올렸다. 그는 '학구 선생'과 '학교'를 가려 쓰느라 긴장했다. 사실상 학교가 피소 기관이 아니기 때문에 '학교법인 중일학원'으로 표현하는 것이 옳았다. 그러나 이사장이 학교법인을 피고라 칭하는 것을 부적절하다고 보는지라 위원 모두가 학교라고 표현했다. 그래서 정철은 단어 선택에 신경을 쓰며 말을 이었다.

"……시, 십 년이나 지난 일입니다. 당시는 물론이요, 그동안에도 아무런 말이 없다가 지금 와서 갑자기 하, 학교를 상대로 한 소송까지 걸어 문제 삼을 일은 아니지 않겠습니까?"

좌중의 곱지 않은 시선이 정철에게 꽂혔다. 듣는 사람의 입장에 따라서는 10년 전 또는 그 이후에 학구 선생이 하병구에게 소송의 원인을 제공 내지는 유발했을 것이라는 말로 해석되어질 수 있는 발언이 아닌가.

정철은 자신을 쏘아 보는 좌중의 곱지 않은 눈빛과 불편한 표정 속에서 '대체 누가, 왜 저 분위기 파악 못 하는 뻐딱한 놈을 이 자리에 부른 거야'라는 의구심과 불만을 읽었다. 정철 또한 그들과는 보고 생각하는 입장이 다른지라 불편하고 불만스러웠다.

"53명이나 학교에 대해 원혐이나 오해를 가졌다는 얘긴데, 듣기가 좀 거북합니다. 침소봉대, 아니 뭔가 잘못 짚은 거 아닙니까?"

원고 교수가 모두 53명이었다. 윗분들 심기 경호에 귀재라 불리는 오동춘 비서실장이 물었다. 그는 정철의 말을 왜곡·과장하여 침소봉대라고 몰아붙였다. 이사장의 심기를 고려한 설레발 같았다.

정철은 옆자리에 앉은 오 실장의 묵은 술 냄새가 역겨웠다.

"물론 주동자 몇몇을 뺀……."

"거 참! 주모자! 주모자 몇몇을."

오 실장이 성질을 부리며 정철의 말을 잘라 정정했다.

"주모자 몇몇을 뺀 대다수는 더 받아낼 수 있다는 돈 때문에 소송에 참여했을 겁니다. 그러나 소송단을 모집한 주동…… 아니 교수들은 돈 때문이라기보다 돈을 미끼로 삼았을 것입니다."

오 실장이 정철을 째렸다. 째려보는 오 실장을 향해 눈을 부라린 정철은 잠시 숨을 고른 뒤, 그 이유를 설명했다. 적어도 소송의 직접적인 동기와 배경은 제대로 파악하고 있어야 향후 적절한 대처가 가능하지 않겠는가.

주동자인 하병구와 우구업은 현 금상구 이사장의 고교 후배이자 금기태 명예이사장의 '딸랑이'들이었다. 소송이 있기 1년 전, 우구업은 술자리에서 인사불성 상태가 되어 주사를 부렸는데, 학구 선생—당시에는 이사장이었다—이 취하셨으면 그만 귀가하시는 게 어떻겠느냐고 권유하자, 그가 갑자기 무릎을 꿇고 "금상구가 제 친구이니 학구 선생님은 의당 아버님이 되실 터인데, 저를 뭣 때문에 그렇게 미워하시느냐"고 울부짖다가, 상 위의 나무젓가락을 집어 들어 목에 대고는 차라리 죽으라고 하시면 이 자리에서 당장 죽어 버릴 수 있다면서, "아버님께서 내 참사랑을 알아주지 않아 야속하다"며 야료를 부린 적도 있었다. 야료가 영업방해 수준이다 보니 참다못한 술집 여주인이 경찰을 부르겠다고 하자, 겨우 진정이되었다.

"아유, 교수라는 사람들이 노는 게 꼭 동네 건달만도 못하네……."

흥분해 날뛰는 맹견처럼 짖어디'는 우구업을 겨우 진정시킨 여주인이 혀를 차며 한 말이었다. 이 자리에 정철이 있었다.

이 소동으로 '주객전도' 여주인은 단골을 잃었고—학구 선생이 뒤늦게 교수를 동네 건달에 빗댄 흠담을 전해 듣고 비위가 상한 때문이었다— 이후 학구 선생이 참석하는 2차 이상의 술자리에서는 선생을 '전무님'으로 호칭키로 했다. 교수들은 그보다 직위가 낮은 '부장'으로 불렸다.

하병구, 우구업의 부친과 학구 선생은 안천 지역사회의 토호이자 막역지우였다. 둘 다 '우리가 남이가'를 뛰어넘는 부친들끼리의 두터운 친분 덕으로 중석대에 입사한 교수들이라고 봐도 무방했다. 하병구는 6년 전에 이사장 전권으로 전과(轉科)—토목을 전공했는데, 입사 시 토목에는 TO가 없어 컴퓨터공학과로 임용되었었다—까지 시켜줬다. 개교 이래 유일한 교수 전과 특전이었다.

그러니까 정철이 보기에 둘은 이미 똥 묻은 강아지였고, 10년 전 일을 들춰내서 잘잘못을 다퉈가며 임금 몇 푼 더 받자며 죽기 살기로 덤벼들 정도의 연(緣)도 아니었다. 게다가 자기들 돈만 받겠다는 것이 아니라, 50명이 넘는 교수들이 떼거리로 덤벼들 만큼 과거 행실들이 떳떳한 자들도 아니었다.

주동 5인방 중 하나인 소만성은 의과대 1기 졸업생으로서 금상구 이사장의 대학원 석·박사과정 애제자였다. 이사장은 만성의 청을 받아들여 부속병원 교수로 채용하고 중매까지 섰다. 주례는 학구 선생이 섰는데, 당시 감격한 그는 결혼식장 피로연에서 여러 모로 백골난망하다며 장차 이 은혜를 분골쇄신으로 갚겠노라고 중석대 만세 삼창을 목 터지게 외쳤었다.

연구하고 가르치는 본직보다 보직을 더 사랑한 주둔수는 학무처장을 하면서 자신의 멍청한 실수를 덮고자 산하 팀장 세 명에게 책임을 덮어씌워 해임토록 무도한 짓을 저지른 교수이다. 당시 이사장이었던 학구 선생은 별도의 사실 확인 과정을 거치지 않고 그의 일방적인 진술만 듣고 팀장 셋의 보직을 해임했다.

학구 선생의 성격—절대 특정인 한 사람의 보고, 하나의 사례나 심증이나 물증으로 결론을 짓거나 판단하지 않는다—으로 미루어볼 때 사실관계를 확인하지 않았다고는 볼 수 없었다. 확인은 했으나, 그 결과와 무관하게 주 처장의 편을 들어줬다고 봐야 했다. 학구 선생은 교수와 직원 간 문제가 발생하면, 교수의 입장에서 판단하고 대처했다.

이렇게 학교가 자신을 감싸줬음에도 불구하고 주둔수는 정년퇴직 예정자인 동문 선배 교수의 명예교수 임명 문제를 두고 학구 선생과 이상한 신경전을 벌이다가 보직을 사퇴했다. 학구 선생은 교수는 왜 누구나 20년 이상 근속하고 정년퇴직을 하면 자동적으로 명예교수가 되어야 하는 것인지, 이런 규정을 누가 왜 만든 것인지, 이제라도 바꿀 수는 없는지, 바꿀 수 없다면 그 이유—근거가 아니다—가 무엇인지 알고 싶다고 했는데, 당시 학무처장이었던 주둔수는 이 질문을 받아들이기 싫다며 질문 자체에 강한 불쾌감과 거부감을 보였다는 것이다. 질문이 될 수 없는 것을 질문했다는 것이 이유라고 했다. 그러면서 그는 기존 규정이 근거이고, 지금까지 규정과 관행에 따라 해왔던 일을 새삼 문제 삼아 자신에게 묻는 것은 자신—여기서 자신은 교수를 의미한다—을 깔본 처사로서 그 의도가 불순하고 음험하다고 석 달 동안이나 떠들고 다니며 뭉그적거리다가, 이렇다 할 반론도 답도 대안도 제시하지 않은 채 보직을 사직하겠다고 밝힌 것이다. 학구 선생은 총장에게 그의 의사에 따라 사직서를 수리하라고 했다. 그렇게해서 면직발령이 나자마자 우구업과 붙어 다니며 자신은 교수 권익을 사수하려고 학구 선생과 맞서 싸우다가 일방적으로 잘린 것이라면서 십자가에 달린 예수 코스프레를 하고 다녔다. 코미디 같은 일이었다.

아마도 자칫하다가는 자신의 보직 말기에 동문 선배를 명예교수에서 탈락시킨 의리 없고 불경스러운 학무처장이 될 수도 있다는 우려—이렇게 되면 학내 명문 S대 출신 교수들로부터 후배가 돼서 선배 하나 제대로 지키지 못한 찌질이라는 손가락질을 받아야 된다—에서 이미 잦은 실수가 쌓여 밉보인 때문에 관계가 틀어진 학구 선생에게 선빵을 날린 게 아닌가 싶었는데, 소송에 참여하게 된 동기를 밝히는 자리에서 이것이 사실임을 스스로 밝혔다. 이로써 보직 지향자 주둔수는 학구 선생의 딸랑이 푸들에서 교권 수호를 부르짖는 투사로 변신을 하게 되었다. 그가 원해서 그렇게 됐다기보다 어쩌다 보니 그렇게 된 것이었다.

어쨌든 교수는 본직과 보직이라는 두 개의 '목'을 가지고 있어서 박달나무 같은 보직의 목이 날아가도 에이치 빔 같은 본직의 목으로 버틸 수 있었다. 게다가 학구 선생은 교수들에게 있어서만큼은 천하의 호인이었다.

기병중은 교수 가운데서도 '아빠 찬스'를 옴빡 쓴 전형적이 금수저로 꼽힌다. 고위 공직자 출신으로 평주의 재력가이자 유지인 아버지가 1980년 중석대 개교를 전후해서 문교부에 막강한 영향력을 발휘해준 공—돌이켜 보면 큰아들 기병중을 위한 밑밥 작업으로 의심되기도 한다—으로 전임(專任)교수가 됐는데, 석사학위 소지자였다. 당시에는 대다수 전임교수들이 고교 교사나 대기업 임원 출신의 석사였다.

그는 입사하고도 26년이 넘도록 여전히 석사를 고수했다. 자신의 학문과 경륜이 이미 박사의 경지를 넘어섰고, 또 자신을 지도할 만한 학문과 경륜과 인격을 갖춘 교수가 없기에 박사학위를 포기할 수밖에 없었노라고 황당한 주장을 했다. 그러면서 언제라도 지도교수를 찾게 되면 즉각, 기꺼이 박사과정에 입학할 자세가 되어 있다면서 버텼다. 중석대에는 석사학위로 석학(碩學) 행세를 하는 교수가 기병중말고도 더 있었다.

그러나 학교는 이런 교수들의 학위 문제와 관련해 어떠한 불이익도 주지 않았다. 거듭 부언하지만, 중석대는 이처럼 교수들에게 한없이 너그러워 배려와 이해심이 차고 넘치는 대학이었다.

학구 선생은 평생 돈만 좇느라 제대로 배우지 못한 탓인지, 교수의 자존심과 교권을 성역처럼 알고 건드리면 저주나 재앙이라도 받는 양 생각했다.

소송 주동자 5인방의 품새가 이러했다. 나머지 48명은 이들 5인방이 던져준 미끼—1인당 1억씩 더 받아줄 수 있다—에 꿰어 사실관계도 확인하지 않고 부화뇌동하는 똘마니들이니 굳이 일일이 살펴볼 필요는 없을 듯싶다. 그 48명 중 한 명은 아닐 수도 있는데, 그에 대해서는 곧 알게 될 것이다.

하지만 특정인 다섯 명, 즉 5인방만 거론한 것이 편파적·선별적·악의적인 사례 제시로써 '보편화의 오류'에 해당하는 몰상식하고 몰염치한 짓거리라고 지적할 사람들도 있을 것 같아—얼마든지 그럴 수 있지 않겠는가— 덧붙이자면, 전공과 무관하게 편법 임용된 교수들도 있고, 5년 치 임금을 '발전기금'으로 현금 출연하고 온 교수도 있고, 제자 및 동료 교수와 추잡한 성 스캔들을 일으킨 교수도 있고, 갑질과 금전 사고와 폭행 사고를 일으킨 교수도 있고, 제자 연구실적을 상습적으로 강탈한 교수도 있고, 정·관계 외도에 중독된 교수까지 각양각색의 품새를 갖춘, 달건이만도 못한 교수들이 있다는 사실이다. 실명을 밝혀가며 이런 사실들을 일일이 까발린다면, 중석대 망신을 넘어서 교육에 대한 사회적 불신이 커질 것이고, 호환 마마 이상가는 음란·엽기·폭력적 문제를 다루지 않을 수 없게 된다. 지금 여기서 굳이 까발리지 않아도 장차 정의로운 세상이 오면 다 밝혀지지 않겠는가. 그런 세상이 안 와도 어쩔 수 없고…….

물론 소송 참여 교수가 모두 이렇다는 것은 아니다. 정말 그 1억씩 받을 수도 있다는 돈이 탐나서, 또는 곱게 자라면서 공부만 해 온 터라 순진무구하고 천진난만해서, 또는 단순히 귀가 얇아서 얼결에 참여한 교수도 있었다.

아무튼 이들 중 그 누구도 민·형사상의 책임은 물론이요 '교원 품위 유지' 위반으로 그에 상응하는 징계—구두 경고나 주의 정도는 줄 수 있는 사안들이 아닌가—를 받은 바 없다. 아이러니하게도 뒷날, 2심 재판부의 '준엄한' 판결문에 '교수가 품위 유지를 위반하면 징계가 가능하다'고 적시되어 있었다. 교수가 '특수 근로자'에 해당한다는 사실을 판시하기 위해 인용한 법리였다. 법원 안에서만 에헴 하며 살아 대학 사회를 알 리 없는, 세상물정 모르는 재판부가 부적절한 인용을 한 것이다.

이 정도로 학구 선생과 학교에 신세를 지고 누를 끼쳤다면, 진리를 탐구하고 학생들을 가르치는 교수로서 설혹 학교로부터 빼앗긴 권한과 손실이 있다고 할지라도 학령인구 감소와 반값 등록금 정책 그리고 설상가상으로 정부재정지원제한대상대학에까지 선정되어 학교가 절체절명의 위기에 몰린 이 힘든 시기에 소송을 제기해 학교와 싸우자고 덤벼들 상황도 처지도 아닌 것 같았다.

또 말이 나온 김에 하자면, 자기가 사랑 좀 받고 보직 좀 해보겠다는 욕심에 동료 교수들의 권리와 권익을 자발적으로 거두어서 학구 선생에게 야금야금 상납해 온 교수들도 버젓이 원고 명단에 끼어 있다는 사실이 남우세스럽기도 하다. 참으로 뻔뻔스럽고 가증스러운 인간들이 아닌가. 때문에 정철은 일부 원고들의 자격 문제 등을 고려할 때, 이런 소송은 성립 요건에 하자가 있을뿐더러 도덕적으로도 하자가 있다고 주장했다.

"1차로 낼 3년 치만 해도 교수 1인당 최소 1억씩은 받을 수 있다고 동료 교수들을 꼬드겼답니다. 1억이 어디 작은 돈인가요. 저는 이 황당한 1억 원은 아무런 산술적 근거 없이 감정적 근거만으로 만들어낸 허깨비라고 봅니다. 소송 주동자들이 허깨비를 만들었다는 것은 성과연봉제 문제를 볼모로 다른 걸 노리고 있다는 겁니다."

정철은 그렇게 믿었다. 1억 원이 소송 주동자들의 계산 결과인지 소송을 부추긴 변호사의 계산 결과인지는 알 수 없으나, 이 계산이 맞는다면 학교는 성과연봉제를 악용해서 3년에 1억 원씩의 임금을 떼어 먹었다는 말이 된다. 교수 1인당 평균 연봉이 6천5백만 원 상당이니 솔깃할 만한 차액이었다. 또 2014, 15, 16년을 가리켜 1차라는 표현을 쓴 것을 볼 때, 때가 되면 2차 소송도 할 모양이었다. 아니면 1차의 결과가 1억으로 나오지 않았을 때, 소송을 2차로 끌고 간다는 뜻일 수도 있었다.

천정철의 말이 계속되는 동안 뜨악한 표정을 지은 좌중이 소 잡아먹은 귀신들인 양 조용했다. 이사장은 질문 없이 듣기만 했고, 오 실장은 '주동자', '주모자'라는 용어 사용 문제로 더 이상 시비하지 않았다.

"저는 왠지, 뭔지는 모르겠으나, 학교에 대해 감정을 가진 자들이 사적 앙갚음을 하려고 벼르던 차에 성과연봉제 문제를 건수로 잡은 것 같다는 생각이 듭니다. 건수를 잡고 보니 타이밍도 적절한 것 같고, 구성원 여론도 받쳐줄 것 같고……. 하지만 아무리 그렇다고 해도 다섯 명이 소송을 걸기에는 모양새도 안 날뿐더러 명분도 분명치 않을 것 같아 여러모로 부담이 됐을 것입니다. 그래서 소송단 모집을 위해 3년 치 1억이라는 추정액이 필요했을 것입니다."

정철이 말을 맺었다.

"타이밍은 뭐고, 구성원 여론은 또 뭐요?"

이사장이 물었다.

"재정지원제한대학을 두 차례나 받았고, 그 때문에 이사장님께서 총장직을 내려놓으시고 법인으로 가신 게 아닙니까. 저, 절…… 절대 권력이셨던 학구 선생께서도 리더십에 상처를 입고 이사장직에서 물러나신 것인데, 주동자들로서는 '약한 고리'를 찾아낸 것이지요."

중석대가 또다시 재정지원제한대학이 되자 금상구 총장은 이사장으로, 금기태 이사장은 명예이사장으로 물러났다. 책임을 지고 물러난 것이라고 했는데, 누가 봐도 물러난 것으로 보이지 않았다.

정철은 '절대 권력'이라는 단어를 쓸까말까 잠시 망설이다가 사실이기에 썼다. 중석대는 학구 금기태 선생의 1인 권력에 의해 움직이는 '왕조사학'이었다. 좌중은 여전히 불안하고 불편한 기색을 보였다.

"그게 왜 학구 어르신의 잘못이라는 겁니까?"

오동춘 비서실장이 생뚱맞은 질문을 하며 끼어들었다.

"계속하시오."

이사장이 굳은 표정으로 팔을 내두르며 오 실장을 제지했다.

"학구 선생의 결단과 지도에 따른 결과가 부실대학으로 나타났으니, 구성원이 학교 편에 설 리 없고, 사실 여부를 떠나 임금 수준이 타 대학에 비해 낮다고들 생각하고 있으니, 여론이 소송 교수들 편으로 기울 수밖에 없지 않겠습니까?"

총장이 있지만, 대학 경영에 대한 모든 의사결정은 이사장인 학구 선생이 했다. 때문에 구성원은 부실대학에 대한 책임을 금기태 이사장에게 물어야 한다고 했다. 금상구 총장에게도 바지총장으로서의 책임이 있다고 했다.

"낮지 않습니다. 평균치는 돼요."

예산과 임금을 다루는 기획팀장이었다. 그러나 기획팀장의 이 주장은 사실관계와 무관하게 대다수 교수와 직원들이 믿지도 믿으려고도 하지 않았다. 그래서 5인방이 단시일에 50여 명 가까운 소송단 모집이 가능했던 것이다.

정철은 열성 주동자를 다섯 명으로 추정했으나, 위원들의 발언 내용을 모아서 뭉뚱그려보니, 하병구가 당시 책임 진행자였던 이치돈을 꼬드겨 성과연봉제 도입 당시의 시행 관련 정보와 자료를 입수하고, 이를 근거로 대정부 의료 혁신 투쟁 경력이 있는 똘똘하고 기획력 있는 소만성을 만나 큰 그림과 밑그림을 그린 것 같았다. 그러니까 최초 주동자는 하병구가 틀림없었다. 거기에 얼치기 모사꾼인 백지성까지 달라붙었다.

정철이 궁금한 것은 그들 셋—하병구·이치돈·소만성—과 학구 선생 사이에 대체 무슨 일이 있었는가, 라는 것인데 당사자인 학구 선생이 말해주지 않는 한 감히 물어볼 수 없는 문제였다. 하지만 이치돈이 원고라는 것은 도무지 이해가 되지 않았다.

신학박사학위 소지자가 컴퓨터공학과 교수로 임용됐고—1990년대 초·중반에는 교육부가 공과대 위주로 증과증원을 내주었는데, 대다수 대학들은 기계공학과 등 초기 비용이 많이 들어가는 학과보다 주로 컴퓨터 관련 학과를 대거 신설했기 때문에 교수 자리도 그만큼 많았다—본인의 강한 희망과 의지에 따라 본부 주요 보직도 9년 동안 여섯 차례나 했으며, 무엇보다 기획처장을 하면서 성과연봉제 실행에 남다른 관심과 열의를 가지고 집행—도입 단계에서는 이렇다 할 역할을 한 바 없기 때문에 더욱 열심히 했다—했던 자가, 그것도 정년을 한 학기 남겨두고 후배 교수들의 간곡한 부탁을 받고 소송에 참여하여 원고가 됐다는 것이다. 이해가 되지 않는 이유였다.

이치돈은 자타가 공인하는 학구 선생의 맹종자였다. 그 충성스러웠던 맹종자가 갑자기 투견이 되어 덤버드는 이유도 자못 궁금했다. 아마도 학구 선생이 권세를 잃었다고 생각하기 때문인 것 같았다.

"음모론으로 몰아가는 거 아니오?"

이사장이 아랫입술을 깨물며 불편한 심기를 다시 드러냈다. 바지이사장이라 그런지 생각의 깊이와 폭이 길거나 넓지 않았다. 정철의 말 가운데 어떤 부분이 음모론인지에 대한 언급은 없었다. 기분이 상해서 그냥 해본 말 같았다.

"우리가 짚어봐야 할 점은 원고들이 왜 지금 시점에 소송을 걸었느냐는 겁니다."

정철은 내친김에 좀 더 나아갔다.

"그 얘긴 좀 전에 했잖소."

"우리의 약한 고리가 저들에게도 약한 고리가 될 수 있습니다. 넘어진 자를 일으켜 세워주는 것이 인지상정인데, 그러지 않고 짓밟는 놈이 있다면 패륜아가 아니겠습니까?"

"그래서 소송 교수들을 부도덕한 자들로 만들자는 거요?"

정철의 말에 솔깃한 이사장이 단도직입적으로 물었다.

"예, 그렇습니다요 이사장님. 윤리도덕을 기준으로 삼아 맞서야 합니다."

"어떻게……?"

정철의 답이 길어졌다.

개교 38년째인 중석대는 내우외환을 맞고 있었다. 2011년 재정지원제한대학에 선정된 것에 이어 2015년에도 재정지원제한대학 선정 대상에 올랐다. 기한을 정하여 추가로 제시한 요구—돈으로만 해결할 수 있는 것들이었다—를 이행하지 못할 경우에는 또다시 2011년의 오욕과 시련을 치러야 했다.

언론은 재정지원제한대학을 세상이 알아듣기 쉽게 '부실대학'이라고 칭했다. 때문에 중석대 구성원은 깊은 허탈감과 상실감 속에서 4년 만에 찾아온 두 번째 위기를 벗어나기 위해 지난 1년 동안 안간힘을 쏟았다. 겨우 벗어나기는 했으나 그 후유증이 컸다. 안천 읍내 푸줏간 주인이나 음식 배달원들까지도 선입견을 가지고 중석대를 대했다. 부동산 중개인들은 읍내 부동산 가격이 떨어졌다고 미워했다. 평주에 있는 부속병원까지 덩달아 위상이 실추됐다.

교육부는 자신들의 무분별한 대학 설립인가와 증과증원 남발 그리고 출산율 절벽에 따라 발생하고 있는 대학 정원의 미충원 문제에 대한 모든 책임을 대학으로 떠넘겼다. 자기들이 깔아준 판에서 놀았던 것인데, 그 판을 너무 많이 깔아 문제가 터지자, 그동안 판을 깔아주고 삥을 뜯어온 놈들은 빠지고, 깔린 판에서 논 놈들에게 모든 책임을 지우는 것과 다를 바 없는 짓거리였다.

어찌됐건 간에 중석대에서 문제가 생겼으니 중석대에 있는 누군가가 책임을 져야 했다. 문제를 만든 놈이 책임을 지는 것이 아니라, 문제를 해결하지 못한 놈이 책임을 져야 하는 법이 아니든가. 연임 2년째를 맞은 금상구 총장이 사퇴했다. 하지만 다수의 교직원은 책임질 사람은 양(羊)인 금상구 총장이 아니라, 지난 36년 동안 법인에 웅크리고 앉아 조카들을 돌려가며 바지총장으로 내세워 막후 권력을 맘껏 휘둘러온 '학구(學狗)'라고 했다.

일부 경박하고 불온한 교수들이 총학생회를 들쑤시며, '양두구육(羊頭狗肉), 이제 그만!'이라고 쓴 현수막까지 총학과 '구교(求校)'를 결심한 정의로운 교수단(구결정교)'이라는 급조된 단체 공동명의로 내걸었다. 학구 선생은 이 현수막이 내걸렸다는 보고를 받은 당일에 이사장직을 전격 사퇴했다.

법인이 학교에 떠도는 강성 분위기에 재빠르게 대처한 것이다. 조직이 위기에 빠졌다면, 일단 그 위기를 벗어나기 위한 노력이 우선되어져야 할 터인데, 대다수 교수들은 뒷구멍에서 잘잘못만 따져대며 특정인을 비방할 뿐, 아무런 노력을 하지 않았다. 잘잘못을 따지는 것은 조직을 살리고자 하는 짓이 되어야 할 터인데, 잘잘못을 따지다가 조직이 더 빨리 망하는 것이 아닌지 우려스러웠다.

결국 그들은 금상구 총장과 금기태 이사장에게 책임을 묻는 것—연대 내지는 공동 책임을 져야 할 다수의 보직자들이 자신들은 최종 의사결정권자가 아니었다는 이유로 빠져나가고, 양 금의 동반 퇴진에 동조했다—으로 그치지 않고, 10년 전 과거로 돌아가 호봉제에서 성과연봉제로 전환

시 과반동의라는 합법적인 절차를 밟지 않은 것이 위법이라면서 소송을 제기한 것이다. 다 같이 책임을 져야 할 위기를 특정인들에게 미루고 방관만 하던 자들이 자신들의 10년 전 '권익'을 되찾겠다며 제소한 것이다.

발언을 마친 정철이 기획팀장으로부터 받은 53명의 소송 참여자 명단을 다시 한번 들여다봤다. 어림짐작만으로도 평균 25년 이상 근속한 교수들이 대다수였다.

정철의 발언 내내 금상구 이사장은 팔꿈치를 테이블 위에 괸 채 양손 바닥으로 얼굴을 감싸 쥐고 있었고, TFT 위원들은 하나같이 적개심에 가득 찬 표정으로 상방 15도 전방을 노려보고 있었다.

"그래서 공수달 신임 총장님을 비롯한 주요 보직자들도 학교가 어려운 시기에 교수들이 왜 저러는지 모르겠다며 분개하고 있습니다."

오동춘 비서실장이었다. 뜬금없고 들으나마나 한 말이었으나, 어색하고 굳은 분위기는 풀렸다. 말이 갖는 헛된 힘이었으나 오 실장은 이런 힘을 공석에서 적절히 써먹을 줄 아는 재주가 있었다.

학교의 공수달 총장과 주요 본부 보직자들도 법인과 같은 입장이라는 말이었는데, 정철이 알고 느끼는 바에 따르면 사실과 전혀 다른 거짓말이었다. 정철은 이런 거짓 보고를 당당하게 하는—립 서비스 또는 심기 경호 차원이라고 할지라도—오 실장이 놀라웠고, 이를 곧이곧대로 받아들이고 믿는 이사장 또한 놀라웠다.

정철이 보고 듣고 느껴서 아는 한 총장과 주요 보직자들뿐만 아니라, 구성원 대다수가 소송 교수들과 같은 생각, 같은 입장이었다. 단지 말과 행동으로 표현하지 않을 뿐이었다. 모르긴 몰라도 이 자리에 앉아 있는 TFT 위원 중에도 그들과 같은 생각을 가지고 있는 자가 없다고 단정할 수 없었다.

정철은 이런 심기 경호 및 아부성 허위 보고가 문제 해결에 장애가 되고 있다는 생각이 들어 답답했다. 오 실장이 자신이 감당할 수 없는 사실은 왜곡·축소하여 보고하거나 아예 보고하지 않는다는 것은 알 만한 사람들은 다 아는 사실이었다. 그러나 학구 선생과 이사장은 사실을 사실대로 모두 보고하지 않는 이런 점 때문에 비서실장을 좋아하며 아끼는 것이 아닐까 싶었다.

"총장님도 그렇게 생각하신다는 말이죠?"

얼굴을 감싸 쥐고 있던 양손바닥으로 마른세수를 한 이사장이 다행스럽다는 표정으로 물었다. 이사장 역시 직전 총장으로서 6년 동안이나 오실장의 보좌를 받았음에도 그를 제대로 알지 못하는 것 같았다. 아니 듣고 싶어 하는 말을 제때에 들려주는 오 실장에게 감사하는 것 같았다.

전직 유명 지상파 방송인 출신인 공수달 총장은 임기 2년 차였다. 지역 언론들이 중석대에 적대적인 태도를 취하자, 전직 유명 원로 언론인을 '소방수'로 긴급 영입했다. 공 총장은 금상구와 불알친구이자 초·중·고·대 동기동창이었다. 금상구가 명문 S대에서 의사고시를 패스할 즈음, 공수달도 S대 출신으로 행정고시를 패스했다.

학구 금기태 선생이 교수 다음으로 무서워하며 존경하는 신분이 언론인이었다. 특이한 점은 교수건 언론인이건 진보보다 보수적인 자를 더 두렵고 무서워했다는 것인데, 아마도 밉보였다가 호되게 당한 경험 때문인 것 같았다.

지역 방송사 중견 언론인—40대 초반인 그가 당시 어떻게 중견 언론인 행세를 할 수 있었는지는 의문이다—의 처제가 중석대 시간강사였는데, 전임교수 채용 청탁을 거절했다가 신상 털기를 당한 적이 있었다. 그때 상식이건 교양이건 도리이건 이치이건 따지지도 가리지도 않고, 병뚜껑, 보푸라기만도 못한 의혹일지라도 일단 잡았다 싶으면, 꼬집고 물어뜯고 걷어차고 짓밟기를 거듭했는데, 그의 처제를 채용하고 나서야 마녀사

냥이 끝났다. 영화 〈대부〉에 나오는 돈 비토 꼴레오네의 공갈 협박은 비교 대상이 못됐다.

장구한 세월 동안 부동산과 대부업을 해 온 학구 선생은 공갈빵처럼 살 수밖에 없었던지라 약점투성이였다. 물론 채용 뒤에는 당사자인 금기태 자신도 모르는 미담을 엮어 '학구 금기태, 평주에 교육을 상속하다'라는 제하의 다큐 영상으로 보답했다. 이 다큐 영상으로 학구 선생은 새로운 이미지를 얻게 되었다.

언론이 가짜 뉴스를 지어내면, 이 가짜 뉴스대로 되기를 희망하는 무리들이 벌떼처럼 나타나고, 또 이들에 의해 가짜 뉴스가 사실이 되기도 했다. 금 이사장은 이런 일에 종사했던 공수달 총장이 소송 교수들에 대해 분개하고 있다는 것은 매우 고무적인 일이라고 생각했다.

"예. 소송에 참여하지 않은 대다수 교수님들도 같은 생각들이십니다."

비서실장이 공갈빵을 한껏 부풀렸다. 그의 말에 이의를 제기하는 위원은 없었고, 되레 방을구 총괄팀장과 선우경삼 혁신개발팀장이 고개를 끄덕여 그 말을 보증해 주었다.

오 실장은 이사장과 공 총장이 막역한 친구 사이라는 것을 고려했는지, 공 총장이 소송 교수들의 그릇된 행태에 분노해 식욕이 떨어졌고 밤잠도 설친다고 덧붙였다. 정철은 비서실장이 총장과 내외간이라도 되느냐고 묻고 싶었다.

오 실장의 공갈빵이 얼어붙어 있던 회의 분위기에 온기가 되었다. 금 이사장이 끽연자들을 위한 10분간 휴회를 선언했다. 그러나 휴회는 한 시간 가까이 계속됐다.

방 총괄팀장이 예정에 없던 교수 면담 때문에 늦어지고 있다고 했다. 일본 자매대학에서 교환교수를 마치고 귀국한 오모세 교수가 학구 선생과 독대 중인데, 독대가 마뜩지 않은 선생이 이사장에게 잠깐 들어와서 배석을 해달라고 했다는 것이다.

오 교수의 독대 요청은 습관적인 고질병인데, 절대 권력자인 학구 선생과의 독대가 끝나면 자신의 바람을 선생으로부터 허락받은 양 떠들고 다니면서 크고 작은 문제들을 일으켰다. 견대성 기획정책실장의 고자질로 이를 알게 된 학구 선생이 그와의 독대를 피하고자 회의 중임에도 이사장을 부른 것이다.

이 때문에 회의는 1시간 10분 만에 속개됐다. 강갑열 기획팀장의 주도로 피고 측 변호사가 작성한 준비서면 초안을 검토했다. 금상구 이사장은 강갑열 기획팀장을 '강변'이라고 불렀다. 강 변호사의 줄임말이었다. 지난 1년간 소송 관련 업무를 지원하면서 변호사와 맞먹는 수준의 변론 자료 지원 실력과 성실성을 보여줬기에 붙여준 애칭이자 별명이라고 했다.

강변은 민사사건 전문변호사와 수학자와 미시경제학자를 합쳐놓은 융복합형 전문가로서의 실력을 보여줬다고 했다. 피고 측은 물론이요 원고 측 변호사가 작성한 준비서면까지 흠결과 미흡한 부분을 이 잡듯이 찾아내 수정·보완하고 반론 요지까지 제시했다는 것이다.

문장 표현력이 달리는 것 말고는 흠 잡을 데 없는 실력을 보였는데, 디테일(detail)과 성실성(diligence)과 의무감(duty)이 빼어나다고 해서 금 이사장이 '3D'라는 별칭도 붙여줬다고 했다. 강 팀장이 다른 TFT 위원들과 다른 점은, 일할 때 말로만 하지 않고 실행으로 결과물을 만들어낸다는 점이라고 했다.

준비서면 검토는 강변의 능력과 수고로 마무리되었으나, 회의에 참석한 위원들도 각자의 몫에 해당하는 의견을 내야 했다. 명예이사장의 지침이었다.

강변이 놓친 부분이 있다면서 오 실장이 장황한 지적을 했으나, 대수롭지 않은 것으로 의견이 모아져 무시됐다. 대다수 위원들이 준비서면은 강변만큼 철저히 검토하지 않고, 이사장 앞에서 자신을 내보이고자 말만 반드르르하게 지껄이느라 게거품을 물었다. 공갈빵처럼 속이 빈말들이었다.

"그동안 우리가 많은 회의를 했는데, 지금까지의 소송 진행 과정을 일목요연하게 정리해야 할 필요가 있을 것 같소. 학구 선생께 중간보고를 드리기 전에 우리가 놓친 것은 없는지, 처음부터 다시 한번 들여다봅시다. 각자의 방식대로 자유롭게 정리해서 다음 주 회의 때 봅시다."

이사장은 숙제를 내고, 손가락을 꼽아가며 차기 회의에서 점검하고 논할 과제를 하나하나 제시했다. 방을구 업무총괄팀장이 받아 적었다.

그는 처음 경험하는 질환을 대하는 의사인 양 위원들에게 소송 건에 대한 새롭고 다양한 시각과 입장에서의 접근 필요성을 강조했다. 정철의 발언이 끼친 영향 같았다. 또 변론 프레임에 있어서의 불만과 허점 등을 지적하며 방 팀장에게 이에 대한 변호인단의 의견을 듣고 차기 회의 전까지 보고해 달라고 했다. 소송이 프레임 싸움이라는 정철의 주장을 받아들인 것 같았다.

"안 처장님과 함께 만나보겠습니다."

방 팀장이 안수성 전 처장을 바라보며 말했다. 변호인단 의견을 들을 때 함께 가겠다는 뜻이었다.

"아니, 방 팀장 혼자 가도 되잖아?"

안 전 처장이 일그러진 표정으로 물었다.

"같이 가세요."

이사장이 끼어들었다. 그러고는 덧붙였다.

"천정철 국장을 우리 회의에 참석시킨 것은 뭔가 새로운 시각과 새로운 입장에서의 의견이 필요하다는 판단에서입니다. 지난 1년 가까이 이 폐쇄된 회의실 안에서 평풍하듯이 우리끼리만 비슷한 생각들을 주고받아 왔는데, 그러면서 놓친 것은 없는지 점검을 해보자는 뜻도 있소. 그러니……."

좌중이 뜨악한 표정을 지었다. 기존 위원들과의 껄끄러운 관계를 알고 있는지라 정철을 위원으로 참여시킨 이유를 굳이 설명해 주는 것 같았다.

"천 국장은 앞으로도 오늘처럼 우리와 다른 생각을 말해주시오."

정철은 이사장의 말이 진담인지, 주의를 주는 말인지 알지 못해 답을 할 수 없었다. 만약 진담이라면 기존 위원들은 계속 줄을 탈 것이니 당신은 작두를 타라는 뜻으로 들렸다. 정철이 잠시 침묵하는 동안 몇몇 위원이 떨떠름하고 못마땅한 표정을 드러낸 채 고장 난 인형처럼 고개를 끄덕였다.

이사장 2년 차에 접어들면서 금상구 이사장이 학구 선생으로부터 어느 정도의 권력—팀장급 인사 정도는 독단할 만한—을 이양받았다고 판단한 위원들은 전과 다르게 금 이사장을 두려워하는 것 같았다.

학구 선생은 소송 관련 회의가 진행될 때는 별도의 스케줄을 잡지 않고 법인 상임이사실—동생인 금명태가 상임이사였으나, 그 방을 학구 선생이 독차지했다—에 있으면서 꼼짝하지 않는다고 했다.

이사장이 회의 전에 논의 사안들과 방향을 구두 보고하고, 회의가 끝나면 논의 결과를 구두 보고 후에 다시 서면으로 작성하여 보고하는데, 이때 학구 선생이 강평과 함께 자신의 생각을 전한다고 했다. 그러니까 소송에 관한 회의를 이사장이 진행하지만, 회의에서 나온 의견이나 의사결정에 대한 최종 판단은 학구 선생이 한다고 봐야 했다.

"천 국장. 당신은 학구 선생이 참석시키라 하신 거요. 앞으로도 고정 멤버로 계속 참석해야 합니다."

화장실을 나오던 이사장이 화장실로 들어가는 정철에게 말했다. 소변기 주변에서 바지춤을 움켜쥔 채 순서를 기다리던 위원들이 이사장과 정철을 힐끔힐끔 바라봤다.

2

한 주가 지나고 천정철이 참석한 두 번째 회의가 열렸다. 진행을 맡은 방을구 팀장이 회의 순서를 밝히자 금상구 이사장이 좌장인 안수성 전 처장부터 시계 방향으로 지난주에 낸 과제를 보고하라고 했다.

정철은 안 전 처장의 발표가 식상하게 들렸다. 지난주에 논의된 사항들을 자신의 관점으로 발췌·요약한 수준이었다. 팩트보다 주요한 팩트를 추려내는 관점이 중요하다는 주장 같았는데 선뜻 공감이 되지 않았다. 듣는 위원들의 반응도 시큰둥했다.

정철은 데드포인트를 통과하는 마라토너처럼 회의가 힘겨웠다. 지난 회의와 대동소이해서 특별히 그럴 만한 이유를 찾을 수 없었으나—물론 위원들의 배타적인 시선으로 인한 위화감은 있었다—정체모를 적대자들에게 둘러싸인 양 긴장을 한 천정철은 뒷목이 당기고 어깨가 결리고 눈이 침침하고 식은땀까지 흘렀다. 마치 가위 눌린 것 같은 느낌이었는데, 공황장애 후유증 같았다. 이 후유증은 외상 후 스트레스 장애가 됐는지 시도 때도 없이 부지불식중에 찾아와 정철을 괴롭혔다.

꼭 해야 할 말만 가려 했는데도, 또다시 설화(舌禍)를 당하지나 않을까 싶어 두려웠다. 설상구 입학홍보팀장의 조언에 의하면, 꼭 해야 할 말만 하기 때문에 설화를 당하는 것이니, 하지 말아야 할 말도 해야 한다고 했다. 늘 설화의 중심에 있는 그가 한 조언인지라 새겨들을 수는 없었다.

모두가 피고 측의 편에 서 있는, 즉 피고 대학과 학구 선생을 대변한다는 점에서 아군들끼리 모인 자리라고 할 수 있었지만, 정철에게는 원고 측 적들이 우글대는 소굴에 들어앉아 있는 것이나 다를 바가 없었다. 오히려 모두가 교수인 원고 측 적들은 신분이 다른지라 정철과 엮이거나 상충할 만한 이해관계가 없어 구속될 것이 없었다.

그러나 모두 피고 대리인이라 할 수 있는 아군들 가운데는 정철을 모해해 표적조사를 받도록 몰아간 오동춘과 그에 동조한 선우경삼 혁신개발팀장이 끼어 있었다. 5년 전 정철에게 공황장애를 제공한 주범들이었다. 정철로서는 이들과 한 공간에서 마주 보고 있다는 사실만으로도 숨이 차고 가슴이 벌렁거렸다. 이걸 견디며 원고 측 교수들을 공동의 적으로 삼아 이들과 같은 편에 서서 말과 시선을 섞어야 하는 것이 힘겨웠다.

금상구 이사장도 TFT 위원들을 편케 생각하는 것 같지 않았다. 작은아버지의 꼬봉들과 일을 하려니 오죽하겠는가. 학구 선생은 조카인 금 이사장의 말이나 의견보다 꼬봉들의 의견과 주장을 더 믿고 따랐다. 그에게 금 이사장은 단지 조카에 불과하지만, TFT 위원인 하수인들은 20년 이상 함께해 온 호위무사이자 수족들이 아닌가. 어쩌다 금 이사장의 말과 의견을 따라야 할 때도 학구 선생은 이들을 따로 불러 의견을 물었다.

소송 대응을 위해 학구 선생의 지시로 구성한 TFT는 혁신개발, 기획, 재무, 학무팀장에, 전 사무처장과 비서실장 그리고 법인 업무총괄팀장이 위원이었다. 전 사무처장이 현 사무처장이었던 작년까지 위원 겸 간사로 TFT에서 이사장을 보좌하며 업무를 총괄했으나, 전 사무처장이 된 올해부터 이 일을 업무총괄팀장에게 인계했다고 했다.

지난번 회의 때 업무총괄팀장이 전 사무처장과 함께 변호사를 만나겠다고 한 것은 변호사가 업무총괄팀장을 만나면 무성의한 태도를 보이기 때문에 변호사와 고교 동문인 전 사무처장과 함께 가겠다고 한 것이었다. 총괄팀장은 변호사의 태도에 전 사무처장의 야료가 개입됐다고 보는 것 같았다.

아무튼 이들 7인은 학구 선생의 신임과 총애를 받는 측근 직원들이었다. 그들끼리—총괄팀장과 전 사무처장과의 관계를 빼고—는 직장동료라기보다 서로가 친구 또는 호형호제하는 끈적끈적한 관계였다. 물론 사과처럼 속과 겉이 다른 라이벌 관계도 있었다.

소송 주동자인 교수 5인방의 주장에 의하면 업무 능력보다 잔머리와 처세술이 빼어난 충견들이었다. 이에 대해 7인방은 그들을 시정잡배만도 못한 교수들이라고 했다.

교수 5인방이 충견이라고 칭한 직원 7인방은 이번 회의에서도 학교 구성원 대다수의 생각이 소송에 임하는 법인의 생각과 서로 똑같다고 이구동성으로 전하며 이사장을 세뇌시켰다. 사실과 다른 감언이었다.

학구 선생을 비롯해 법인 구성원이 황당함과 적개심 속에서 전의를 다지며 소송 자체를 위중하게 받아들이는데 비해 학교 구성원은 침묵 속에서 방관했다. 물론 겉으로는 그랬지만 끼리끼리 모이면 소송 교수들을 두둔하는 분위기였다. 이런저런 사연으로 학교에 불만을 가진 일부 구성원은 대놓고 원고 교수들을 옹호하거나 응원했다.

쟁송은 어차피 법이 해결해 줄 터인데 안타까워하고 신경을 쓴다 해서 달라질 것이 없다면서 일단 1심 판결 결과를 기다려보는 수밖에 없다고 하나 마나 한 말을 떠들며 다니는 팀장들도 더러 있었다. 마치 강 건너 불구경인 양 말하는 듯싶었으나, 실은 원고 교수들의 승소를 확신하고 떠드는 말이었다.

그런데 이렇게 떠도는 말들이 허튼 말들이 아니었다. 단서가 있는 말들로써 위원들의 입에서 흘러나온 정보에 근거하는 것 같았다. 정보가 권력인지라 자신의 위상과 힘을 구성원에게 과시하려는—또는 어떤 정보든 얻고자 들러붙어 간살을 떠는 자들의 꾐에 빠져—몇몇 위원들이 TFT 회의 내용을 앞 다퉈 흘리는 것 같았다. TFT의 속내를 드러내는 짓이었다.

그들은 자신들이 아무짝에도 쓸모없는 하찮은 찌꺼기쯤으로 생각해 슬쩍슬쩍 흘린 정보였으나, 이를 듣고 모든 사고력과 상상력을 동원하여 추측하고, 해석하고, 가공하는 구성원의 '집단 지성'이 있다는 것을 모르고 하는 짓이었다.

어쨌든 소송에 대한 구성원의 여론은 오 실장의 말처럼 결코 법인과 동병상련이 아니었다. 학구 선생 앞에서 오랜 세월 양손을 맞비벼가며 변함없는 간살을 떨어댔던 대다수의 교수와 직원 들까지도 그동안 중석대의 임금이 적었던 것은 명명백백한 사실이 아니냐는 속내를 드러내며 원고 교수들에게 심정적 지지를 보냈다.

금상구 이사장이 안 전 처장에 이어 오동춘 비서실장의 보고를 듣다 말고 휴대전화를 받고는 자리에서 벌떡 일어섰다. 그러고는 좌장인 안 전 처장을 향해 말했다.

"잠깐만 나갔다 오겠소."

병원에서 또 응급 상황이 발생한 것 같았다. 실력 있는 중견 외과전문의가 귀해 금 이사장은 회의 중이라 할지라도 중하고 위급한 환자가 오면 달려 나가야 했다. 소송이 끝날 때까지 만이라도 병원 일에서는 손을 떼라고 금기태 명예이사장이 말했으나, 당장 자신을 대체할 만한 의사가 없어 그럴 수가 없었다. 게다가 그렇게 했을 경우 사촌동생인 금상설 병원장의 원망과 닦달을 어찌 감당한단 말인가.

이사장이 나가자마자 흡연파이자 서로 아삼륙인 오 실장과 방을구 법인 총괄팀장이 각각 담배를 빼물고 회의실을 나갔다. 제멋대로 회의실을 벗어나는 두 팀장의 뒷모습을 뚱한 표정으로 바라보던 안 전 처장이 마지못해 휴회를 선언했다.

이사장이 나갈 때 잠시 일어났다가 다시 앉은 정철은 중구난방으로 떠도는 생각을 정리했다. 무엇보다 임금이 적은 것과 성과연봉제 관련 소송은 성격이 서로 다른 문제인데, 이를 왜 한 덩어리로 보려고 하는 것인지 이해되지 않았다. 물론 임금이 적다고 판단하는 기준들이 제가끔이었고, 그 제가끔인 기준조차도 제대로 알지 못하고 떠들어대는 것이어서, 그 기준이 뭐냐고 물으면 답을 못하거나 엉뚱한 답을 하는 구성원이 열에 아홉이었다. 임금이 적다고 답을 한 열에 아홉은 교수협의회가 자체 설문을 통해 발표한 조사 결과를 근거로 내세웠는데, 문항이 이랬다.

귀하는 현재 받고 있는 임금에 만족하십니까?
①매우 만족 ②만족 ③보통 ④불만족 ⑤매우 불만족

당신은 현재 행복하십니까 내지는 행복을 원하십니까, 라는 질문만큼이나 황당하고 뜬금없는 문항이었다. 판단을 하려면 비교 기준이 있어야 할 터인데, 제시된 기준이 없었다. 이런 문항은 유치원생도 작성하지 않을 것 같았다.

정규직 교수 286명 중 262명—비정규직 교수는 146명이었으나, 교협 가입 자격이 없었다. 신라시대 골품제도나 인도의 신분계급처럼 정규직과 비정규직 교수는 대학에서 서로 섞일 수 없었다—이 설문에 응했는데, ④와 ⑤에 각각 204명, 58명으로 정규직 교수의 91.6퍼센트가 불만이라고 답을 했다는 것이다.

이에 대해 금 이사장이 임금이야 다다익선일 터인데, 어떻게 객관적이고 합리적인 기준 제시 하나 없이 각자의 감정적이며 심증적인 입장만을 묻는 설문 항목을 만들었는지 놀라울 따름이라고 했다.

그다음 문항은 점입가경이었다. 타 대학에 비해 우리 대학 임금 수준은 많다고 생각하십니까, 적다고 생각하십니까, 였다. 사실이 아닌 생각을 물어서 여론몰이를 하자는 수작 같았다. 소송에 관해 제대로 된 관심을 갖고 사실관계를 파악하고 있는 구성원은, 소송 당사자들을 제외한다면 극소수라 할 수 있었다.

정철이 두 번째 회의에서 느낀 것은 소송 실무를 지원한다는 TFT 위원들조차 제대로 알고 있는 것 같지가 않았다. 만약 제대로 알고 있다면 변죽만 울리고 있는 셈이었다. 모든 사건은 인과론과 상황과 맥락 속에서 살펴보고 판단하는 것이 기본일 터인데, 제소한 그 자체만 뚝 떼어서 판단을 하는 것 같았다. 그렇지 않고서야 제소한 사실만 가지고 주구장창 성토를 하고 있을 이유가 없었다.

학내에 떠도는 말들을 종합해보면 모두가 원고 교수들이 주장하는 내용들—소송 불가피성과 정당성—뿐이었다. 인근 T대학이 똑같은—유사한도 아니고 똑같다고 했으나 사실이 아니었다—경우로 소송을 했고, 천오두가 변호한 원고 교수들이 1심에서 퍼펙트하게 승소했다고 했다. 이천오두가 중석대 원고들이 선임한 변호인이었다. 정확하게 표현하자면 천오두가 주동자 하병구를 꼬드겨 원고 교수들을 모집한 것이다.

천오두가 하병구에게 말하길, 중석대가 타 대학에 비해 임금이 적은 것은 명백한 사실이며, T대학의 승소 결과에 준해 1인당 받아낼 수 있는 3년 치 금액을 어림 따져봤을 때 평균 1억 정도—그러나 소장에는 6천 5백만 원으로 기재했다가 재판이 개시되자 청구취지변경을 통해 5460만 원으로 낮췄다—가 나오기 때문에 해볼 만한 싸움이라고 했다는 것이다. 하병구가 천오두 변호사의 말을 깃발 삼아 소송 교수들을 모집할 때 1억에 대한 산출근거나 비교 항목 또는 기준 등에 대해서는 따로 설명해 준 바 없다고 했다.

이렇게 1인당 1억의 깃발을 들고 학교 측에 선전포고를 한 원고 교수들은 소 개시 이후에도 줄곧 1억의 갈망 속에서 애매모호하고 두루뭉수리한 일방적 주장만 할 뿐 주장에 대한 합당한 근거는 제시하지 못했다.

소송은 안갯속에서 장님 코끼리 더듬듯이 진행됐다. 심리 과정에서 쌍방은 서로 추측과 희망에 근거한 주장으로 경쟁했다.

TFT 위원들이 회의 때마다 금상구 이사장 앞에서 원고 교수들 주장의 황당무계함과 부당함을 성토하며 게거품을 물었으나 학내 구성원 가운데 그 누구도 이런 사실을 아는 사람이 없었다. 그러니까 위원들의 게거품은 이사장과 학구 선생만을 위한 립 서비스였다.

법인 회의실에서 앞다퉈 분노했던 위원들이 학교로 돌아와서는 서로 약속이라도 한 듯이 침묵했다. 학교 분위기가 법인과는 크게 동떨어져 있다는 것을 잘 아는지라 15인승 파란색 스타렉스를 타고 평주 판석동에서 안천으로 돌아오는 30여 분 동안 각자 알아서 평정심을 찾는 듯싶었다.

원고 교수들도 가관이었다. 연봉제가 도입될 당시는 물론이요 그동안에 반대의사를 표명하지 못했던 이유가 신분상 위협과 불이익이 우려된 때문이었다고 주장했다. 원고 측 준비서면에 적시한 내용이었다.

우리 사회에서 그 누구보다 신분과 지위, 사상과 행위의 자유를 깍듯이 보장받고 있는 철밥통 교수가, 아니 학구 선생이 신처럼 떠받들어 모셔온 교수들이 그런 뻔뻔하고 얼토당토않은 주장을 한다는 것은 개가 웃을 일이었다.

소송 선동자 하병구가 사석에서 비분강개하며 소송 사유를 밝혔는데, 교수들이 금기태에게 빼앗긴 자존감과 중석대의 잃어버린 정의를 되찾기 위해서라고 했다는 것이다. 이 사유가 준비서면에 그대로 적시됐다.

학구 선생 앞에서 서로 경쟁하듯이 꼬리를 흔들어대며 자존감과 정의를 자발적으로 갖다 바친 당사자가 이제 와서 그것들이 빼앗기고 잃어버린 것이라고 주장하며 되찾겠다고 하니 가증스럽고 안쓰러운 노릇이었다. 사익과 공의조차 구분하지 않는 하병구의 뻔뻔함이 하늘을 찔렀다.

정철은 2007년, 학교가 성과연봉제 도입을 추진하겠다고 하자 대다수 교수들은 침묵하고, 일부 교수들—5인방이 포함된다—이 홍위병인 양 앞장서서 당위성과 필요성을 떠들고 다닐 때, 반대 입장을 표명했다. 물론 장터에서 독립만세를 부르듯 연봉제를 반대한다고 외치고 다닌 것은 아니었다. 그러나 학교 측 관계자가 공식석상에서 입안 중인 연봉제에 대해 어물쩍 설명하겠다는 것을 막았다.

이 세상 어느 고용주가 피고용인의 권익과 복지 향상만을 위해 임금제도를 개선해 준단 말인가. 노동과 이윤과 임금이 서로 맞물려 상관하는 게 자본주의 사회의 작동원리인데, 노동과 이윤을 슬그머니 눙치면서 임금만 논한다는 자체만으로도 찜찜하지 않은가. 해가 바뀌면 그때마다 일정액의 임금이 자동적으로 오르는 호봉제를 성과연봉제로 바꾸겠다는 것인데, 이는 해마다 자동으로 임금을 올리지 않고, 성과를 기준으로 따져서 임금을 주겠다는 것이었다.

대학 미디어를 담당하고 있는 정철이 일반 행정직원들과 경쟁해서 성과를 낼 수 있는 일은 극히 미미할 수밖에 없었다. 그러니 찬성할 이유가 뭐란 말인가. 이런 이유로 당시 기획팀 계장이었던 선우경삼─노조 기획부장이면서 기획팀 임금제도 개선을 기획한 실무담당자였다─의 기습적인 연봉제 안(案) 설명을 제지한 것이었다. 당시 다수의 노조원들이 설명을 제지하는 정철을 의아하고 탐탁지 않은 시선으로 바라봤다. 듣고 싶었고 또 꼭 들어야 할 설명을 훼방한다고 생각했는지 도끼눈으로 째려보는 노조원도 있었고, 그중 누군가는 이 행동을 '업무방해' 해교행위로 규정하여 학구 선생에게 찔러 박았다.

노조 총회에서 안건에도 없었던 성과연봉제 안을 기습적으로 설명하겠다는 것이었는데 일단 안에 대한 설명을 들으면, 듣고도 별다른 이의 제기가 없으면 학교는 설명의 의무를 이행한 것이 되고 노조가 임금제도 변경 자체에 묵시적 동의를 했다는 것으로 악용당할 수 있었다. 그래서 이런저런 이유─전 직장에서 비슷한 경우로 낭패를 겪은 바 있었다─로 이를 저지한 것인데, 이를 모르는 직원노조원들은 설명회를 막은 정철을 황당한 훼방꾼으로 취급했다.

이런 일을 겪은 정철인지라 분명히 기억하기를, 당시에 연봉제 도입을 반대한다거나 유감이라거나, 혹은 유보하자거나 하는 등등의 의사를 공개적으로 표명한 교수와 직원은 단 한 명도 없었다. 물론 개인 연구실이나 화장실 또는 대밭 같은데 숨어서 임금님 귀는 당나귀 귀라고 외쳤듯이 반대의사를 토로한 교직원이 더러 있었을는지 모르겠다.

당시 5인방을 중심으로 한 절대 다수의 구성원은 연봉제 도입의 당위성과 필요성에 동조하며 학구 선생의 비위를 맞추기에 급급했다. 뿐만 아니라 학무회의와 이사회 의결을 거쳐 시행하기 전까지는 일부 교수들끼리 충성 경쟁을 하듯이 지지와 기대를 담은 글을 써서 앞다퉈 교협 회보에 게재했고, 시행 뒤에는 '만족한다'는 자체 설문조사 결과를 바탕으로 학구 선생의 선견지명을 찬양하고 향후 장밋빛 기대 효과까지 전망하는 글을 써서 교협 회보에 올렸다.

물론 이 글을 게재한 교수들은 당시 금기태 이사장으로부터 큰 칭찬과 이쁨을 받았다. 그러니까 성과연봉제 도입을 전후해서 이런 짓을 5년 동안이나 해 온 것이다. 소송의 동기와 정당성을 제공해줬다는 T대학의 성과연봉제는 중석대와 경우가 달랐다. 어느 날 T대학 총장이 아무런 의결 근거 없이 직권으로 연봉제 도입을 선언했고, 구두선언 6일 만에 전격적으로 실행했다는 것이다.

연봉제 전환 업무를 총괄 진행한 이치돈 기획처장을 비롯하여 글재주가 없어 미처 연봉제 도입에 동조 의사를 글로 표명 못한 딸랑이 교수들은 이에 뒤질세라 금기태 이사장 앞에서 온갖 감언이설을 동원해 알랑방귀를 뀌었다. 연봉제가 시대의 대세이자 미래의 희망인데, 역시 예지력이 빼어나신 리더이신지라 미래 위기에 대응하시는 선택과 결단이 선진적이시라면서 술자리를 빌려 침이 마르도록 치켜세웠다.

학구 선생의 특인을 받아 6년 동안이나 정치판에서 외도를 하다가 학교로 돌아온 폴리페서 어창길은 성과연봉제 시행이 예측 가능한 위기에 대한 '선제적 공격'과 같은 시의적절한 조처이자 선진 경영의 표본이 될 정책이라면서 정계용 아부를 지껄여대기도 했었다.

2006년부터 본격 논의되기 시작한 성과연봉제는 2007년 제도를 갖춰 2008년부터 전격 시행됐다. 햇수로 시행 10년째가 된 지금은 2011년부터 시작된 반값 등록금 정책과 입학정원 감소 등으로 대학의 재정 형편이 옹색해졌다. 등록금은 7년째 반강제적 동결이었고, 해마다 반값 등록금을 시행해야 한다며 교육부가 대학을 을러대고 겁박했다.

또 등록금은 꽁꽁 묶어둔 교육부가 교육의 국내외적 경쟁력 강화와 질적 발전을 위해 적극적인 인풋이 필요하다면서 대학의 교육비 환원율을 따졌고, 다른 한쪽으로는 대학의 투명성과 건전성 확보를 명분으로 각종 평가와 감사를 강화했다. 그러면서 사학의 학사 운영과 예산집행 과정을 손금 들여다보듯이 지켜보면서 간섭하고 통제했다.

어느 사학이건, 어떤 문제가 됐건 간에 일단 걸려들었다 하면 모든 사학이 유사한 문제가 있는 비위 사학들인 양 보편화하여 언론에 까발리고 찍어 눌렀다. 그래서 사학은 태생적·근원적·상시적인 비위의 온상 내지는 유발 집단인 양 몰아갔다. 이런 전방위적인 압박 속에서 각종 평가와 지원을 통해 대학을 서열화하였고, 이 과정 속에서 지방대학은 '지잡대'로 전락됐다. 또 획일화된 대입제도로 대학의 특성화와 경쟁력 강화를 원천 봉쇄하는 이율배반적인 정책을 펼쳤다.

김영삼 정권에서 자기들끼리 얼렁뚱땅 대학설립준칙주의라는 것을 만들어 무분별·무차별적으로 대학 설립을 인가해 주고, 노무현 정권에서는 이 모라는 장관이 교육에 경제 논리를 도입해 학생을 '인적 자원'으로 물화(物化)·상품화시키더니, 근자에 들어와서는 학제간·다학제간 융·복합 교육이라는 이름으로 전공의 한계를 극복해야 한다며 정치와 경제 논리로 학문의 프레임을 뒤흔들어 대고 있었다. 그러다 보니 설익은 지식과 떠도는 정보가 융·복합이라는 탈을 쓰고 대학을 농단하는 빌미를 제공해 주었고 지금은 교육부가 초학제를 외치며 4차 산업을 선도할 AI 교육을 위해 새판을 짜라고 독촉하는 중이었다.

대학교육이 이렇게 알량한 권위주의와 획일주의로 잡도리질을 당하는 동안에도 교수들은 정치·자본·문화 권력의 정점에서 정계와 관계와 재계를 막론하고 어디든 지천으로 널려 있는 잿밥과 떡고물을 주워 먹느라, 잘못된 교육 정책이 엇나가고 있는 사회문제 등에는 일(1)도 관심이 없었다. 그래서 진리가 신념의 적이 되었고, 따져서 가려내야 할 시시비비는 그들이 곡학아세로 씹어서 껌처럼 한 덩어리로 만들고 말았으며, 거짓을 허언으로 도금하여 사실로 둔갑시키는 세상이 되었다. 그러니까 2010년 이전의 대학과 이후의 대학은 여러 가지 면에서 온탕과 냉탕, 아니 황금기와 쇠퇴기로 바뀌었다고 할 수 있었다.

재벌기업들이 어려움에 처했을 때, 정부가 나서서 보증까지 서주고 국민 세금인 공적자금도 거저 줘서 빚도 대신 갚아주고 경영권도 방어─IMF 구제금융 때 실제로 이랬다─해주었으나, 대학이 어려움에 처하자─심지어 정부가 알고도 자초한 일이 아니던가─혁신, 평가, 재정지원 중단, 감사 등의 동원 가능한, 허울 좋은 모든 수단으로 통제·압박·겁박·처벌하기에 급급했다.

기업은 이윤이 생겼다고 해서 그 이윤을 국민과 나눈 바 없으나, 대학은 교육을 통해 국민 개개인의 성장과 고급 인력 제공으로 기업 돈벌이와 발전에 기여토록 했는데도 대학이 위기에 처하자 어찌된 일인지 재벌기업들에는 응급조치에 양약과 영양제까지 준 정부가 대학에는 격리와 독약을 처방해 주었다.

등록금은 8년 넘게 동결 중이었는데 물가상승률 적용조차 금했으니,

자유시장주의 원칙까지 무시하며 대학을 조겼다. 그런데도 10년 전 성과연봉제 도입으로 발생한 임금은 소급해서 받아내야겠다고 나대는 교수들이 이런 문제에는 정작 끽소리 못하고 모르쇠로 침묵했다. 자기들이 더 받아내겠다는 돈도 결국 등록금에서 나오는 것이라는 사실을 알면서도 모르는 척하는 것 같았다.

더욱이 이제는 대다수 국립대조차 2011년부터 성과연봉제를 도입하여 시행했고, 향후 급속한 학령인구 감소와 이에 따른 정원 미달 사태로 대학의 재정 형편이 지금보다 나아질 확률은 전무한지라 지난 임금의 소급 보전은 물론이요, 임금 상승을 주장하기에도 늦은 감이 있었다.

이러한 이유로 당시 성과연봉제 도입을 반대했던 정철은 입장이 바뀔 수밖에 없었다. 무엇보다 10년 전 당시의 상황과 필요 속에서 정책적으로 결정한 성과연봉제를 지금의 상황과 잣대를 적용하여 시비를 가리겠다는 게 정당해 보이지 않았다. 정책은 불확실한 미래를 내다보고 이에 대응코자 예비한 것인데, 이제 그 미래가 현재가 되어 발생한 상황[결과]을 기준 삼아서 당시 정책의 시시비비를 가리겠다는 것은 정당하다고 볼 수 없었다. 당시의 대학 형편과 정책 결정의 상황과 맥락을 전혀 알지 못하는 것은 물론이요 지난 10년 동안 대학이 쇠퇴한 형편을 도외시한 채 원고들이 부분적으로 재구(再構)한 주장과 증거를 바탕으로 법적 판단을 하겠다는 것이 적절해 보이지 않았다.

원고 교수 53명은 현재 모두 정교수로서 대학의 호우지절(好雨之節), 그러니까 황금기 동안 분봉왕(分封王) 노릇을 하면서 지낸, 신의 축복을 받은 자들이었다. 교수의 3대 역할은 연구·교육·봉사이다. 지금은 엄격한 평가 잣대를 만들어 이를 학기 단위로 시시콜콜 들여다보고 평가를 하지만, 그들이 보낸 황금기에는 알아서 해주면 감사했고, 알면서 안 해도 그러려니 할 뿐 아무런 문제가 되지 않았다. 그 당시는 교수되기가 지금보다 쉬웠고, 교수질하기는 누워서 떡먹기였다.

또 그 호우지절에는 기병중처럼 아버지 찬스로 석사학위만으로도 얼마든지 전임교수가 될 수 있었고, 강사 또는 교수 임용 초기에 여기저기에서 대충 베껴 짜깁기한 강의 노트만으로도 10년 이상을 너끈히 버틸 수 있었다. 밥그릇은 물론이요, 신분과 지위가 학내외적으로 확고히 보장되는지라, 어디에 가서건 누구 앞에서건 암기해 둔 댓 마디만 더듬더듬 지껄여도 짭짤한 가욋돈에 감사하다는 인사까지 분에 넘치도록 받을 수 있었다. 물론 모든 교수가 그랬다는 것은 아니다.

학문적 입증이라는 것이 꼭 현실 또는 실재와 동일 또는 등가가 아닌지라, '아니면 말고'는 물론이요 '그럴 수도 있지'가 유도리 있게 인정이 되는 영역이기에, 전혀 이해를 못한 상태에서 단순 암기만 했다고 하더라도, 그래서 언설이 어설프고 황당무계했다고 하더라도 그걸 가지고 진위를 가리자며 죽기 살기로 덤벼들거나 따지고 드는 사람들도 없었다. 그래서 때로는 아무 준비 없이 무념무상의 상태에서 자신도 잘 모르는 말을 되는대로 지껄여대도 전혀 문제가 되지 않았다.

그러나 지금은 세상이 각박하고 살벌해져서 저작권, 지적재산권을 근거로 도용이니 표절이니 혼성 모방이니 등등을 놓고 사생결단을 일삼고 있지만, 그들의 호우지절에는 그런 문제 따위가 소인배 같고 남우세스러운 문제인지라 시비의 대상이 될 수 없었다. 양아치판이 된 정치권에서 인사청문회를 한답시고 그 당시에 쓴 삭은 논문을 찾아내 뒤늦게 문제 삼는 것을 보고 있노라면 안타까운 마음을 금할 길이 없다는 중견 및 원로 교수들이 많았다. 왜 그때 지은 논문을, 지금의 기준으로 시시비비를 가리려 하는지 안쓰럽고 안타까울 뿐이라는 것이다. 그러면서 신성한 학술적 논문을 양아치만도 못한 정상배들이 정치 쟁점화하여 부관참시하는 짓은 저급하고 용렬한 짓이라고 했다. 정철은 이런 놈들이 10년이나 묵어 유물이 된 성과연봉제를 들고 나와 지금의 기준으로 시비하는 것을 보면서 내 로남불이 따로 없다는 생각이 들었다.

아무튼 대학의 황금시대에는 정규직 교수들이 손수 논문을 써주면 학교는 감지덕지할 뿐, 치사하고 조잔하게 내용상 흠결을 따지거나 대필 여부 따위를 가지고 트집을 잡지 않았다. 이런 관행 탓인지는 모르겠지만 지금도 특정인의 지적 결과물을 떠도는 공기이자 흐르는 물인 양 생각하는 대인배 교수들이 더러 있다고 한다.

보편화된 학력과 학벌 인플레이션으로 몸살을 앓고 있는 지금은 하버드대 박사학위를 가져와 디밀어도—그럴 일이 드물기는 하겠지만—중석대에서조차 정년트랙 교수가 된다는 보장이 없었다. 이제는 원고 53명과 똑같이, 아니 그 이상의 학벌과 연구·교육·봉사 분야의 호화찬란한 스펙을 갖추었다고 할지라도 대학에서 정년트랙 전임교수가 되는 것은 하늘의 별따기가 되었다.

대학의 재정 형편이 빠듯해지기 시작한 2007년쯤부터 연봉 3천만 원 안팎을 받으며 정규직과 같거나 그에 준하는 일을 해야 하는 비정년트랙 교수—당시에는 1년 또는 2년 단위로 재계약을 했고, 지금처럼 해고가 어렵지 않았다—라는 신생 신분과 괴이한 임용제도가 생겨났다. 교육부가 이빨을 통제하니 대학이 잇몸을 강화한 것이다.

지금은 연봉제로 들어오는 정년트랙 전임교수의 임금 수준도 예전 53명이 입사했던 2008년 이전과 비교하면, 70퍼센트 안팎에 불과하다. 물론 이렇게 된 것이 변화된 교육 환경과 신자유주의를 등에 업은 정치·경제적 상황이라고도 할 수 있겠으나, 직접적인 원인은 이러한 변화들을 빌미로 기득권자인 선배 교수들이 금기태 이사장에게 충동질하듯 건의하고 동조 내지는 방관하여 만들어낸 결과라고 할 수 있다.

그런데 놀랍고 아이로니컬하게도 이런 선배 교수들 가운데 여러 명이 원고 교수에 포함되어 있다는 사실이었다. 이렇듯 '열악한 임금 시스템' —원고 교수들 주장이다—을 만드는데 참여·동조·방관해 주고 온갖 이쁨을 독차지했던 자들이 지금에 와서 입장과 생각을 바꿔 더 받아내야 할 임금이 있다면서 학교법인을 상대로 소송을 건 것이다.

정철은 지난주 회의에서 이런 사실을 밝혀야 한다고 주장했다. 따라서 TFT가 해야 할 일은 법리 프레임을 짜는 것—이건 수임료를 두둑이 받을 변호사들이 할 일이 아닌가—이 아니라 도덕 프레임을 짜는 것이라고 강조했다. 오 실장과 방 팀장이 그러면 불필요한 분란을 조장하게 된다는 이유로 반대했다.

사학은 한정된 등록금을 쪼개 운영하는 조직인데, 동료나 후배 교수들은 생각하지 않고 중견·원로교수라는 자들이 과거에 덜 받은 임금이 있으니 그걸 내놓으라고 생떼를 부린다면, 그 몫의 재원을 어디에서 가져올 수 있단 말인가. 결국 등록금이 아니겠는가.

그런데 원고 교수들이 당당히 말하길, "우리가 이런 가시밭길을 걷는 것은 모든 교직원의 처우개선을 위해 십자가를 진 것이며, 또 우리가 더 받아내면 여러분도 더 받을 수 있기에 이러는 것"이라고 했다는 것이다. 민사소송을 하는 놈들이 마치 형사소송을 하는 양 호도했는데, 놀라운 것은 원고들이 지칭한 '여러분' 대다수가 그 말을 곧이곧대로 받아들인 것 같았다. 승소하면 등록금을 더 받아낼 방법이라도 생긴단 말인가.

그러나 정철이 분노한 또 다른 이유가 있었다. 오늘날과 같은 상황을 공모·공조한 소송 주동자들이 '모든 책임이 주범인 금기태 전 이사장과 종범인 금상필—재임 시 성과연봉제에 대한 불씨를 제공했다—금상구 전 총장에게 있다'면서 자신들은 선한 희생자 코스프레를 하고 있다는 것이었다. 교언영색과 지록위마로 학교 운영을 왜곡시켜 그 대가로 주요 보직을 독식하며 이쁨을 독차지해 왔던 놈들이 천인공노할 배신 행위를 저지르는 것과 다를 바 없었다. 이런 놈들이 소송을 걸게 된 이유로 '빼앗긴 자긍심과 잃어버린 정의를 되찾고자'라고 했다니 기가 찰 노릇이었다. 이게 많이 배운 놈들의 셈법인가 싶었다.

"뭘 그렇게 골똘히 생각하오, 천 팀장?"

귀에 익은 목소리에 깜짝 놀란 정철이 메모하던 펜을 든 채 벌떡 일어섰다. 금상구 이사장이 나간 뒤 머릿속을 어지럽히고 있는 생각들을 추슬러 메모하고 있었는데, 학구 선생이 나타난 것이다.

"아, 안녕하세요, 이사장님."

정철이 반듯한 자세로 서서 깍듯이 인사를 올렸다. 끼리끼리 잡담을 나누고 있던 위원들도 벌떡 일어나 엉거주춤한 자세로 배꼽인사를 올렸다. 다들 앉으라고 손짓한 학구 선생이 잠깐 들렀다고 했다. 부쩍 나빠진 건강 때문인지 수간호사 출신 비서가 한 발 간격을 두고 붙어 다녔다.

자우어 지팡이에 의지한 선생은 디귿자로 배치한 장 테이블을 돌며 불편한 걸음걸이로 위원들과 일일이 악수를 나눴다. 정철과 악수를 나눌 때, "잘 부탁하네, 중국장. 자네가 악마의 변호사가 되어주게. 그리고 자네…… 아닐세"라며 자신이 지어준 별명—중국장(仲國將)은 나라를 지키는 장수처럼 중석대를 지키는 장수라는 뜻이라고 했다—을 부른 학구 선생이 무슨 말인가를 덧붙이려다 말고 돌아섰다.

격려 악수를 마친 선생은 "여기 계신 위원분들은 지난 37년 동안 이 사람이 허튼짓거리 안 하고 중일학원을 양심적으로 경영해 왔다는 걸 다들 잘 알고 계실 겁니다. 중석대의 미래를 위해서, 참된 정의를 되찾기 위해서, 이 사람이 악덕 고용주가 아니었다는 것을, 아니라는 것을, 여러분이 꼭 밝혀주시리라고 믿소"라고 TFT에 대한 짧은 소회와 당부의 말을 남겼다.

금강역사를 닮은, 야무진 체격의 수행비서가 선생을 부축해 천천히 회의실을 나갔다. 문밖에서 잠시 걸음을 멈춘 학구 선생이 뒤를 돌아보며 자신은 변호사들보다 TFT 위원들을 더 믿고 기대한다고 덧붙였다. 정철은 이 말을 법리보다 도덕 프레임을 중요하게 생각한다는 뜻으로 들었다. 그러면서 안 전 처장에게 이사장은 언제쯤 오겠다고 했느냐며 짜증스레 물었다. 안 전 처장이 난색으로 답을 갈음했다.

정철은 선생의 초조함과 조바심이 안쓰러웠다. 아내 사별 후에 자신을 돌봐주었던 홍예란 여사마저 사별하고 줄소송이 겹치자 건강이 더욱 나빠진 것 같았다. 학구 선생이 나간 뒤, 이사장 없이 회의가 시작됐다. 수술 스케줄이 여의치 않아 좀 더 늦는다면서 이사장이 안 전 처장에게 회의 진행을 맡겼다고 했다.

회의 속개에 앞서 방 총괄팀장이 향후 재판 진행 스케줄을 체크해 일러줬다. 그동안 원고와 피고 간에 반박과 재반박이 다섯 차례 오갔는데, 원고 교수 측이 엉뚱하고 새로운 주장을 들고 나와 쟁점화시키려 하고 있다고 했다. 문제의 주장들이 무엇인지는 나눠준 페이퍼를 참고하라고 했다.

엉뚱한 주장이라는 것은 회계연도 개시일 문제였다. 대학뿐만 아니라 우리나라 초·중·고교는 3월 초가 신학기 개강인지라 학교의 회계연도는 3월에 시작해 익년 2월 말에 끝난다. 그래서 학교는 관공서나 일반 기업과 달리 학년도라는 표현을 썼다. 그런데 원고 측이 이것은 잘못된 것이니, 1월로 바꿔야 옳다고 주장했다는 것이다.

A4 용지에 요약해 나눠준 원고 측 문제의 주장은 여덟 가지였다.

— 피고가 통상임금이 아닌 것을 통상임금에 산입하여 임금총액을 부풀렸음
— 필요 이상으로 크고 화려한 건물을 과다하게 건축했으며, 기숙형 대학 건물 신축 당시에는 교수들도 인근 주민들과 함께 반대 투쟁을 함

— 불필요한 부대시설 및 조형물 설치로 예산을 낭비

— 법인과 병원에 교비를 사용

— 연봉제 의견 수렴 및 입안 당시 외부 컨설팅 업체를 금기태 이사장이 일방적으로 선정

— 2008년 연봉제 시행 이후 임금은 단돈 한 푼도 올려주지 않았음

— 교수의 보수지급 항목 및 지급액을 이사장 자의에 따라 금상구 총장 이전 총장들이 일방적으로 정함

— 2011년, 2015년 재정지원제한대학(부실대학)이 된 것은 등록금 환원율, 즉 교수 임금이 낮았기 때문임

상단 4개 항이 신규 주장, 하단 4개 항이 기존 주장들이라고 했다. 기존 주장들을 다시 적은 이유는 반론과 우리 측 증거 자료를 좀 더 보완할 필요가 있기 때문이라고 했다.

억지를 부리자는 것인지 생떼를 쓰겠다는 것인지 8개 항 모두 주장과 의혹만 제기했을 뿐, 제대로 된 입증 근거나 자료가 없다며 총괄팀장이 투덜댔다. 그는 투덜대고 구시렁거리는 것이 소임인 양 회의 때마다 투덜대고 구시렁거렸다.

일단 원고 측은 가두시위에 나선 과격 시위대가 손에 잡히는 대로 때려 부수고 집어던지는 것처럼 기분상이나 심증적으로 의심이 가는 것들은 모두 헤집어내어 불법, 위법, 탈법이라고 주장하며 외쳐댔다. 이러한 주장이 오롯이 담긴 원고 측 준비서면 전문을 읽어본 정철은 쓴웃음이 나왔다. 교수라는 자들의 논리와 주장이 양아치 생트집에 가까웠다.

소송취지 및 목적과는 무관한 인신공격성 주장에다가 자의적·악의적·편향적이라고 할 수밖에 없는 주장과 사실무근의 허위주장들까지……. 이런 허접쓰레기들이 어떻게 법정 변론으로 쓰일 수 있는지 의아했다. 게

다가 자해와 음해성 거짓에 불과한 억지 주장들을 읽으면서 원고들의 소송 목적이 임금차액에 대한 보전에 있는 것이 아니라, 학구 선생을 힐뜯어 학교의 위상과 이미지를 실추시키고 분규대학으로 만들어 보자는 것이 아닌가 하는 의구심이 들었다.

법정 다툼에서는 뭐든 주장할 수 있다. 하지만 제기한 주장을 입증할 만한 물적·정황적 증거가 따라 붙어야 정상이다. 그래야 그 주장의 옳고 그름을 법리에 맞춰서 판단할 것이 아닌가.

피고 대학 측은 원고 교수 측에 대한 반박과 자기주장을 할 때 증거가 될 만한 자료들을 갖춰 제시했으나, 원고 교수 측은 주장만 할 뿐 그에 상응하는 증거 자료들을 제대로 제시하지 못했다. 다만 유사 자료 내지는 엉뚱한 자료를 제시하고는 방증이라고 했다. 그런데 놀라운 것은 원고 교수들의 이런 짓이 법정에서 통하고 있다는 사실이었다.

원고 교수들이 주장하는 '과다 건축' 여부에 대한 판별은 교육부 기준의 교사확보율—결과적으로 재판부는 이를 기준으로 인정하지 않았다—이 이를 근거로 판단할 수 있으나, '호화 건축'이라는 억지는 자의적·주관적·심정적 주장인지라 판단이 불가한 문제—결과적으로 재판부는 이를 인정했다—였다. 따라서 학술 세미나장에서라면 몰라도 법정에서 다툴 사안이 아니었다. 그래도 원고 교수들은 천오두 변호사를 통해 생떼를 쓰듯 판사들의 귓구멍에 못이 박일 정도로 주구장창 주장했다.

그들은 생떼를 정리해서 탄원서로 제출했다. 또 '구결정교' 명의로 탄원서 내용을 개조식으로 요약 정리해서 캠퍼스 구석구석에 대자보를 붙였다.

중석대 교수들의 임금은 전국 최하위권이며, 연봉제 시행 당시 과반동의절차를 분명히 무시했다. 임금이 적은 것은 재원이 없어서가 아니라, 과도하고 호화롭고 무분별한 캠퍼스 건물 및 병원 증축 공사 때문이었다.

교육부 감사에서 16가지에 달하는 중대 지적을 받았는데, 다 이런 문제들로 받은 지적이라고 볼 수 있다, 그러니 유야무야 덮고 넘어간 교육부의 지적 사항들도 재판부가 다시 철저하게 들여다봐 주어야만 한다는 것이 탄원서와 대자보 요지였다.

학교회계와 병원회계조차 구분하지 못하는—못하는 것이라기보다 하려고 하지 않았을 것이다—원고 측이 부속병원을 짓는데 학교 돈을 불법적으로 끌어다 쓴 양 호도했다. 병원을 캠퍼스라고 부르는 이유는 그곳에서 의대생들의 실험실습 교육이 이루어지기 때문이고, 이에 해당하는 시설은 그에 준하는 학교회계의 투입 및 지원이 정당하고 합법적이었으나, 천 변호사와 원고 교수들은 막무가내였다. 아무튼 법정에서 절차에 따라 심리 중인 사안에 대하여 군이 원고 교수 53명이 셀프 탄원서를 냈다는 것은 교수라는 신분과 지위로 판사들을 압박하려는 야비한 술책 또는 시위로밖에 볼 수 없었다.

재판은 현명하며 정의롭고 공평무사한 판사들이 법리와 정황과 물적·심적 증거에 의거해서 공명정대하게 이루어지는 것이라고 철석같이 믿고 있는 TFT 위원들인지라 이런 황당무계한 셀프 탄원서 따위는 판사들이 거들떠보지 않고 똥 묻은 휴지인 양 취급할 것이 분명하다며, 그러니 신경 쓸 것 없다고 뒷담화를 깠다. 엘리트와 사회 기득권층에 대한 신뢰가 철석같은 위원들이었다. 아니면 그렇게 믿고 싶었는지도 모른다.

그동안 법집행이 공정하지 않아 생긴 뉴스들을 레거시 언론을 통해 숱하게 접했을 터인데, 학구 선생의 장자방인 양 행세하는 위원들이 법은 공정하게 집행된다고 맹신하는 이유가 무엇인지 알 수 없었다. 그러나 위원 모두가 그렇게 보는 것은 아니었다.

오동춘 비서실장은 견해가 달랐다. 이념 편향적 가치관을 가진 그는, 지금은 좌파 정권 집권기라 우리에게 불리한 판결이 날 것이라고 주장하며 낙관적 사고에 빠져 있는 다수의 위원들을 나무랐다. 재판부가 정권의 입맛에 맞추고 있다는 것이 주장의 근거였다.

이 주장이 타당성을 얻으려면 소송 교수들이 진보적 주장 또는 활동을 하는 좌파여야 하고, 담당 판사의 성향 또한 권력 지향적이어야 할 터인데, 그 어느 것도 근거를 대지 못했다. 설령 그의 주장이 근거를 떠나 맞는다고 해도 일방적 주장보다 합리적 논리와 실증을 우선하는 것이 전통적으로 우파보다 좌파들의 속성에 가까울 터인데, 왜 좌파 정권인 것이 무조건 피고 측에 불리하다는 것인지 납득이 가지 않았다. 어쨌든 법리가 아닌 이념을 판결의 기준으로 삼아 준비할 수는 없지 않겠는가.

원고 측 천오두 변호사가 청구취지변경을 통해 청구액 1억을 5460만 원으로 낮췄다는 것은 주동자들이 소송단을 모집하기 위해 당초부터 보전액을 부풀렸다는 의심을 방증해 주는 사례라 할 수 있었다.

방 팀장이 제시한 페이퍼를 들여다보며 위원들 간에 열띤 논쟁을 벌이며 한 시간 가까이 반론 근거를 찾아 헤매고 있을 때, 금상구 이사장이 일회용 수술 모자를 쓴 채 헐레벌떡 달려 들어왔다.

서둘러 착석한 이사장이 생수를 따라 벌컥벌컥 마시고는 안 전 처장에게 진행 상황을 보고 받았다. 안 전 처장의 보고가 끝나자, 소송 실무 지원 주관자—피고가 금상구 이사장이기 때문에 법인 업무총괄팀장인 방을구가 주관자이어야 하는데, 어찌된 일인지 강갑열 기획팀장이 그 역할을 대신했다. 학교법인 중일학원이 아닌 중석대학교가 피고가 되는 것이 옳다는 학구 선생의 주장 때문이라고 할지라도 입으로만 일을 하는 방 팀장의 한계 때문에 임금제도나 체계에 대해 가장 정확하게 많이 알고 있으며 또 문서 작업까지 가능한 강 팀장이 주관자가 된 것이 아닐까 싶었다—인 강갑열 기획팀장이 보고를 시작했다. 다른 위원들의 보고에 비해 강 팀장의 보고는 반드시 금 이사장이 들어야 하는 내용이기에 발표 순서를 미루어

두고 있었다.

그는 원고와 피고가 그동안 각자 주장해 온 쟁점별 사안을 종합 정리한 뒤, 각각의 주장에 대한 근거와 입증 자료 들을 일일이 찾아 오류와 문제점 들을 검증해 작성한 12쪽짜리 보고서를 읽어나갔다. 원고들의 주장에 대한 분명하고 치밀한 반박을 위해 13년 전(2004년) 자료까지 찾아내 제시하는 강변을 보면서 소송이 시작된 지난해부터 사무실에 야전침대를 들여놓고 일주일 내내 철야를 한다는 소문이 거짓이 아님을 알 수 있었다.

원고 교수 측은 뭘 믿고 그러는지 매번 새로운 주장을 찾아서 아무 근거 없이 내지르기만 했는데, 강변은 마치 모래밭에서 날바늘을 찾아내듯이 반박 근거를 찾아 제시했다. 원고 측의 준비서면을 보면, 이게 사법고시를 패스했다는 변호사와 학자라는 교수들의 수준인가 싶을 정도로 아전인수·견강부회·침소봉대가 도를 넘었다. 허위사실과 상식 밖의 주장들을 정말 이렇게 내질러도 되나 싶을 정도였다. 학구 선생에 대한 비방을 기조로 원망과 원한 심지어 저주까지 버무려진 논리는 황당무계할뿐더러, 엽기적이었다. 재판부는 이런 논리와 주장 들에 입증 자료나 의문을 제기하지 않았다. 정철은 이게 대한민국 사법부의 수준이구나, 싶었다.

원인과 결과를 뒤바꿔놓거나, 바람[기대]을 원인이라 하거나, 원인 파악을 생뚱맞게 하거나, 용어의 개념을 제멋대로 설정하고, 자의적 정의(定義)를 바탕으로 재판부에 야지를 놓거나 뜬금없이 타 대학 사례를 중석대 사례인 양 둔갑시켜 비분강개하기도 했다. 재판이 오류와 억지투성이었다.

강변이 정리해서 발표하는 내용들은 항목과 사안 별로 위원들 각자의 의견을 개진하는 방식으로 진행되었는데, 오동춘 실장은 오늘도 틈틈이 끼어들어 원고 교수들의 행태를 개탄하며 울분과 분노를 토해냈다. 학교에서는 묵언 수행하는 스님인 양 조신하게 있다가 판석동 법인 회의실에만 오면 방언 터진 목사인 양 원고 교수들과 변호사를 싸잡아 잡도리했다.

그는 또 자신이 작성한 '원고들의 10가지 해괴한 거짓말'이라는 제하의 페이퍼에 대해 끝까지 발표할 수 있도록 해달라고 이사장을 보챘다. 앞서 발표를 하다가 이사장이 자리를 뜨는 바람에 중동무이가 됐는데 어찌된 일인지 계속하라는 말이 없었던 것이다. 오 실장은 이 때문인지 강변의 발표 중간 중간에 훼방을 놓듯 끼어들었다.

회의 진행에 방해가 된다고 판단한 이사장이 급기야 오 실장의 문건이 강변의 문건보다 덜 중요해서가 아니라 시간에 쫓겨 그러는 것이니 오늘 일랑은 양해를 해달라고 했다. 오 실장은 그래도 극구 몇 마디 하게 해달라고 졸랐다.

"안 하면 제가 속병이 날 것 같습니다요."

오 실장이 주먹으로 제 가슴을 치며 사정했다.

"그럼, 짧게 하세요."

이미 시뻘겋게 예열이 된 오 실장이 열변을 토했다. 그는 원고가 재판 과정 중에 청구취지변경을 한 문제로 게거품을 물었다. 청구취지가 소를 건 이유인데, 그걸로 시시비비를 가리자고 재판을 건 놈들이 청구취지, 즉 재판 건 이유를 홀랑 바꾼 것은 다분히 불순하고 또 의도적이라 볼 수밖에 없다고 주장했다. 1억이라면 몰라도 겨우 5460만 원을 받자고 학교를 상대로 소송을 걸 모자란 교수 놈들은 없을 것이라고 주장했다. 따라서 소송 참여 교수들이 바뀐 청구취지, 즉 5460만 원을 받자는 것이었다면 애당초 소송에 참여하지 않았을 가능성이 크다며 게거품을 물었다.

청구취지변경으로 1인당 1억이 5460만 원으로 바뀌었으니, 틀린 주장이라거나 억지 주장이라고 보기는 어려웠다. 다만 이런 주장을 왜 학교에서는 안 하는지가 의아할 뿐이었다.

"이런 짓은 보통 양아치, 아니 야바위꾼이나 하는 거 아닙니까?"

비서실장이 좌중을 향해 눈을 부릅뜨며 물었다. 벌겋게 충혈된 그의 눈알이 튀어나올 것만 같았다. 강변이 이러는 비서실장에게 긴 싸움을 해야 하니 건강을 생각해서 참으라고 달랬다. 안 전 처장도 공수달 신임 총장님을 모시느라 스트레스가 심한 것 같다고 거들었고, 이사장도 고개를 주억거리며 "고생이 많군요"라고 동조했다.

이 틈에 강변이 하다만 발표를 잽싸게 이어갔다. 강변의 문건에 대한 발표와 검토가 모두 끝나자마자 오 실장은 기다렸다는 듯이 원고 교수들의 해괴한 주장은 10가지뿐이 아니라면서 이런 무식하고 억지스러운 점들을 주장하기 때문에 학교 구성원들이 소송 참여 교수들을 교수로 보지 않는다고 했다. 사실과 다른 말이었으나 그는 개의치 않고 이사장이 들으면 솔깃해 할 말들을 사실인 양 떠벌였다.

오 실장의 분노에 편승한 추정우 재무팀장이 천오두 원고 측 변호사는 보전액 산출 기준과 방식도 제멋대로이고, 변론 태도도 뻔뻔하고 무데뽀에 공격적인데, 우리 측 변호사는 새색시 모양 너무 점잖고 수세적인 것이 문제라면서 우리도 더 늦기 전에 변론 전략을 바꿔서 공격적으로 나가야 하는 게 아니냐고 했다. 따로 문건을 작성하지 않은 추 팀장은 이 말로 자신의 발표를 갈음했다.

회의 중에 '딴짓'——아마도 응급수술인 것 같았다——을 하다 와 시간에 쫓기게 만든 이사장은 따로 뭐라고 하지 않았다. 회의가 두 시간 반을 넘고 있었다.

나머지 위원들은 자신들이 준비한 내용이 강변의 발표와 대동소이하다며 소이한 몇 가지만 후주(後註)처럼 덧붙였다. 순간, 고개를 외로 꼰 강변이 뭐라고 구시렁거리면서 표정을 잠깐 일그러뜨렸는데, 이사장과 눈이 마주치는 바람에 어쩔 줄 몰라 했다. 다들 입으로만 한몫하려는 것에 대한 불만 같았다.

안수성 전 사무처장이 좌장답게 위원들의 말을 종합하여 분석하고 강평한 뒤에 강변에게 보완해야 할 사항들을 지시했다. 안 전 처장도 말로 일을 하는 사람이었다. 그 역시 자신이 할 수 있거나, 해야 할 일임에도 꼭 남에게 시켰다. 하나님과 동기동창인 양 '말씀'이 전부인 그는 과장 시절부터 손가락 하나 까닥 안 하고, 언제나 부하직원들의 손가락으로 자신이 해야 할 일들을 처리했다. 조직에서 말로써 일을 할 수 있는 사람은 오직 오너 한 사람뿐인데, 중석대에는 아름다운 말로만 일을 하려는 사람들 천지였다.

"강 팀장. 지하 문서고를 뒤져보면 여기 이 자료 말고 전 자료가 있을 거야."

강변이 작성해 발표한 증빙 페이퍼를 흔들어 보이며 말했다. '여기 이 자료'라는 것이 13년 전 자료인데 더 이전에, 더 상세하게 작성된 15년 전 자료가 문서고 어딘가에 있으니 찾으라는 말이었다.

케케묵은 먼지가 굳은살처럼 박인 문서철들을 뒤져보라는 지시였다. 60평 규모의 지하 제3 문서고에는 문서보존 기간이 지났으나 학구 선생의 영구보존 지시 서류들과 부서마다 혹시나 싶어 버리지 못한, 또는 귀찮아서 방치한 20년 이전의 행정 서류들이 계통 없이 분류 없이 혼재되어 고물상의 폐지 뭉치처럼 처박혀 있었다.

"그게 그건 데요, 뭐."

강변이 고개를 처박은 채 개겼다.

"물론 내용은 같지만, 증거능력으로 볼 때 13년 것보다는 15년 전 것이 낫지 않겠어?"

안 전 처장이 유치원 담임선생 말투로 물었다. 틀린 말은 아닌지라, 착하고 경우 바르고 성실한 강변이 그러겠다고 했다.

소송의 전말을 소상히 꿰고 있는 안 전 처장의 강평과 지시가 계속 이어졌다.

"그리고 거기 추 팀장. 원고들의 산출 기준과 방식이 무조건 틀렸다고만 하면 안 돼. 왜 틀렸다는 것인지, 뭐가 어디가 틀렸는지 재무팀장인 자기가 찾아서 입증해 줘야지. 맞는, 아니 우리가 주장할 수 있는 산출 기준과 방식도 제시해 줘야 하고⋯⋯. 자꾸 말로만 두루뭉수리하게 틀렸다고 하니까, 강변 혼자서 입증을 해야 하잖아. 강변이 힘들어하니까 백업을 해 주라고. 귀찮고 힘들다고 말로만 하지 말고, 서로서로 조금씩 도와가면서 하자고."

청산유수로 말을 마친 처장이 맞은편에 앉은 재무팀장을 뚫어지게 쏘아봤다. 대답을 안 하는 그에게 알아들었느냐고 묻는 것 같았다.

"⋯⋯예."

못 들은 척하던 재무팀장이 마지못해 답했다.

"에 또, 그리고 비서실장. 원고 측 천 변호사, 개가 하도 말이 안 되는 주장을 하니까, 무시하는 것이지. 우리 측 변호사가 무능하거나 소극적이어서 맞대응을 안 하는 건 아니에요."

이번에는 비서실장을 나무랐다.

"천오두는 재판장에게 따지면서 대들기도 하잖아요. 그런데 우리 변호사는 재판장이 엉뚱한 소리를 해도 소 잡아먹은 귀신처럼 가만히 있고⋯⋯."

비서실장이 처장의 말을 고분고분 받아들일 리 없었다. 명색이 십상시 좌장이자 학구 선생의 아바타가 아니던가.

"그래서 천오두는 지난번 재판에서 재판장에게 강력한 경고를 받았잖소. 천오두 개가 아무리 나대봤자 어차피 법리와 증거에 의해 판결이 나는 것이기 때문에 우리 측 변호사가 굳이 일희일비하며 대응하지 않는 거요. 재판장이 천오두 꼬나보는 걸 못 봤소? 싸가지 없는 놈으로 보잖아요. 그래서 경고까지 준 거고⋯⋯."

안 전 처장이 학교 측 주임변호사인 서방언의 변론 전략과 스타일을 변호하고 나섰다. 한국 최고 반열 로펌인 '피&원' 소속 변호사를 무명의 천방지축 천오두 따위와 함부로 비교하는 것은 강호의 절대고수를 하루살이에 빗대는 것과 다를 바 없는 모독이라고 했다.

"천오두는 재판장에게 따지고 깐죽거려 미움은 사지만, 분위기를 주도하려는 패기와 기세가 느껴지잖아요. 모든 게임은 분위기, 기세 아닙니까? 히딩크가 이기려면 먼저 게임을 지배하라고……."

오 실장은 자기와 스타일이 비슷한 원고 측 변호사 천오두가 마음에 드는 것 같았다.

"잠깐! 그건 천오두의 막가파식 변론 전략이고, 우리 측 서방언 변호사의 변론 전략은……."

처장이 오 실장의 말을 막았다. '피&원'을 선임하자고 주장한 사람이 그였기에 그로서는 오 실장이 흠잡는 '서변'의 변호 스타일을 변호할 필요가 있었다.

"그만 하시고, 천 팀장 발표는 왜 안 듣는 거요."

시계를 들여다본 이사장이 안 전 처장의 말을 막고 물었다.

"아, 예?"

당황한 안 전 처장이 천 팀장을 바라봤다. 뒤늦게 정철의 발표를 듣지 않았다는 사실을 안 것이다.

"오늘 예정된 수술 스케줄이 있소. 천 팀장 발표를 듣고, 변호사가 준비서면을 검토하고 마칩시다."

다시 시계를 쳐다본 이사장이 회의 진행을 서둘렀다. 외상 외과의인 그는 실권 없는 이사장의 직무보다 의사로서의 진료를 우선적이고 중요하게 생각하는 것 같았다. 학구 선생은 이를 못마땅해하는 눈치였으나, 같은 의사이자 의료원장인 금상설은 당연하게 생각한다고 했다.

정철은 서술형으로 작성해 온 내용을 들여다보며 중요한 부분만을 찾아 읽었다.

"개조식으로 써온 게 아니라면 전문을 다 읽으세요."

시간이 없다고 서두르던 이사장이 전문을 다 듣겠다고 했다. 정철은 소송 진행 과정 전체를 서사구조에 맞춰 시간별·사안별로 요약 기술한 12쪽짜리 페이퍼를 처음부터 다시 읽어나갔다. 지난번 회의 때 정철이 말로 한 것들을 글로 정리한 것이었다. 재판부 제출용이 아닐 터이므로 법리적 시각보다 도덕적 시각—오 실장 시각과 대동소이했다—을 취했다. 그러면서 중석대 성과연봉제 관련 소송을 처음 듣는 갑남을녀 누구라도 전말과 쟁점을 파악할 수 있도록 전체적·체계적·핵심적으로 기술했다. 물론 학교 측 입장에서 핵심 쟁점들을 파악하고 이해할 수 있도록 했다.

전문을 듣고 난 이사장은 자신이 원한 답이라고 했다. 그러면서 정철이 요약·정리한 내용을 학교 구성원에게 알릴 필요가 있다고 했다.

그동안 대교협의 대학 평가를 앞두고 있다는 이유—자칫 원고 교수들을 자극해 말썽이 나면 분규대학으로 찍혀 평가에 불이익을 받을 수 있다는—로 피고 측의 입장을 학교 구성원에게 주장하는 것을 극구 꺼려하며 말렸던 것으로 알려진 몇몇 위원들—특히 오 비서실장과 방 총괄팀장과 선우 혁신개발팀장이었는데, 이중 평가 업무를 담당하고 있는 선우경삼 팀장은 강력히 반대해 왔다고 했다—이 불편한 표정을 지었다. 하지만 이제는 대학 평가가 끝나고 결과 발표만 남았기 때문에 더 이상 반대를 할 이유가 없었다.

정철이 보기에 몇몇 위원들이 반대했던 진짜 이유는, 학교 구성원의 소송 관련 입장은 위원들의 입에 발린 말과 달리 애당초부터 법인 측과 사뭇 달랐고, 그래서 법인 측 입장이 구성원에게 가감 없이 전달되었을 때, 심한 반발과 저항을 받게 될 것이 뻔한 때문이었다. 법인과 학교가 대립각을 세우게 되면, 그동안 자신들이 해 온 거짓말이 드러나는 것은 물론이요 또 자신들이 법인과 학교의 서로 다른 입장 사이에 끼어 곤란한 지경에 빠질 수 있기 때문이었다. 참모 구실을 못하는 하수인들인지라 해결할 수 없는 자신들 능력 밖의 문제들은 어떻게 해서든지 덮으려고 안간힘을 썼다.

십상시의 거짓 보고와 아부로 판단력이 흐려진 학구 선생과 달리, 아직은 감과 촉이 살아 있는 이사장이 지난 회의 때 정철의 발언을 듣고 무언가를 눈치챈 것 같았다.

정철은 자신의 역할이 이것이었나 싶었다. TFT를 꾸려서 운영한 지 1년이 지났는데 느닷없이 자신을 불러 앉힌 이유가 이것인가…… 그렇다면 정철은 악마의 변호사 역이 아니라 메기 역이라고 봐야 했다. 자기 자신마저 믿지 않는다는 학구 선생이 드디어 십상시를 의심하기 시작한 것인가……그렇지는 않을 것이다.

TFT가 이제부터 해야 할 일은 지난 1년 동안 회의를 통해 밝혀낸 소송 관련 사실과 정의를 잘 정리하고 다듬어서 학교로 보내 구성원에게 전파하는 일이라고 이사장이 말했다. 이사장의 생각이 학구 선생과 같을 리 없었다.

정철은 이사장의 말을 받아 앞으로 TFT는 기존에 해 온 변론 지원 업무와 송사 관련 진위 전파라는 임무를 투 트랙으로 수행하는 것이 효과적일 것이라고 덧붙였다. 좌중이 떨떠름한 표정으로 침묵했으나, 이사장이 고개를 주억거리며 정철의 말에 동의를 표했다.

안수성 전 처장의 눈짓에 따라 강갑열 기획팀장이 최종 준비서면 초안 검토를 진행했다. 서방언 변호사가 보내온 준비서면 초안에는 오문과 오탈자가 드문드문 섞여 있었다. 서변이 매번 논리와 문장의 완성도가 떨어지는 준비서면 초안을 보내온다며 강변이 투덜댔다. TFT를 믿고 의지하기 때문인지, 지나친 피드백에 대한 반발 때문인지는 알 수 없으나 성의 없는 초안을 보내온다고 했다. 강변이 서변을 타박하자, 안 전 처장의 표정이 굳어졌다.

어느 업계나 조직이건 다 그렇듯이, 법조계에도 그들끼리 통하는 작동 원리나 관행과 룰이 있었다. 그러나 이를 깡그리 무시한 TFT는 준비서면을 검토할 때, 우리의 입장과 관점 그리고 상식과 증거에 기반하여 어긋난 부분이 있다면 무엇이 됐건 이 잡듯이 잡아내 수정·보완했다. 보충서면이나 반박서면을 피드백할 때도 마찬가지였다.

물론 최종 취사선택은 변호인단이 알아서 할 일이었기 때문에 그 결과에 따르겠다고 했다. 그러나 법률용어, 개념어, 법조계의 관행어 등을 따로 따지지 않고 불명확하고 미흡하다 싶으면 TFT 뜻대로 표기를 바꿨다. 그러고는 바꾼 근거를 부기했다.

'피&원' 측이 자신들의 전문성과 권위가 의심 또는 무시당하는 것으로 받아들였는지 처음에는 TFT의 수정·보완 피드백은 물론이요, 조언과 의견 등도 제쳤다고 했다. TFT는 그러거나 말거나 틀린 것은 틀린 것이고 바로 잡아야 하기에 별다른 내색 없이 주구장창 같은 짓을 계속했다. 그러자 언제부터인지—아마도 수용 여부를 떠나 반복되는 피드백에 스트레스를 받았을 것이다—'피&원' 측이 피드백에 관심을 기울이기 시작했다고 했다. 사건에 대해 자신들보다 잘 알고 있는 당사자들이자 물주의 피드백을 끝까지 외면하거나 무시할 수 없다는 판단 때문이었을 것이다.

그래서 '피&원' 측은 마지못해 신경을 쓰고 들여다보게 된 것인데, 뜻밖에도 자기들이 몰랐거나, 간과해서 놓쳤던 주요 주장이나 쟁점을 보충·첨가하게 되었다. 뿐만 아니라 매번 자기들이 요청한 것 이상으로 차고도 넘치게 보내오는 입증 자료에 대해 성가시고 짜증스러워 했었는데, 그 자료들도 자세히 들여다보다가 새로운 쟁점과 반박 근거를 찾아내기도 했다면서 TFT에 감사의 뜻을 전했다. 그러나 그동안의 재판 과정 속에서 상황과 맥락에 따라 판단 가능한 사실들은 사족과 혹에 해당하는 것이니 생략한 사실들을 자꾸 찾아서 덧붙이지 말아달라고 했다.

학구 선생은 이 모든 서포트를 TFT가 합심 노력한 결과로 알고 있었으나, 사실은 강갑열 팀장이 간이침대에서 쪽잠을 자며 소속 팀원들과 함께 한 일이었다. 강 팀장의 타고난 열정과 깐깐한 성격 그리고 편집증적인 성실성과 책임감이 서변의 전문성과 권위의 빈틈을 힘껏 서포트한 것이다.

초등학교 동창인 '피&원' 고문 변호사로부터 뒤늦게 변론 지원에 대한 감사의 뜻을 전해 받은 학구 선생은 TFT가 중석대를 지켜주는 보루라며 자랑을 했다.

준비서면 검토가 끝나자, 이사장이 각자 한마디씩 마무리 발언을 하라고 했다. TFT 회의에서 돌림노래처럼 하는 마무리 발언은 위원 모두가 해야 하는 의무 사항이라고 했다.

"이 소송은 학교 측에 사적인 원험을 품은 몇몇 교수가 복수를 하기 위해 개인당 1억이라는 망상으로 순진한 동료 교수들을 꼬드겨 벌인 사기극입니다. 1억이 5460만 원으로 쪼그라들었는데, 이게 판결 결과도 아니고 1억의 망상을 주장한 변호사와 주모자들의 청구취지변경으로 쪼그라든 것이니까, 지금쯤 사기를 당했다고 분개하거나 소송 참여를 후회하는 교수들도 있을 것입니다. 이들이 이 사기극에서 빠져나올 수 있는 명분을 제공해 주고, 퇴로도 열어줘야 합니다. 그렇게 하면 소송 교수들의 전열이 흐트러지고, 주모자들은 고립되어 음흉한 본심과 불온한 저의가 만천하에 선명하게 드러나게 될 것입니다. 선한 교수들은 살려내야 합니다."

문신삼 학무팀장의 발언이었다. 교수들의 인사 업무를 담당하는 팀장으로서 소송의 배경과 동기를 정확히 알고 하는 발언이었다. 이렇게 잘 알고 있으면서 왜 1년이나 침묵하다가 지금에 와서야 이런 발언을 하는 것인지 안타까웠다. 하지만 아름다운 말뿐일 수도 있었다.

"49퍼센트 잘못한 사람과 51퍼센트 잘못한 사람이 법정에서 맞붙으면, 법은 49퍼센트 잘못한 사람의 손을 들어줍니다. 이게 재판이지요. 이 말은 49퍼센트를 잘했어도 51퍼센트를 잘한 사람에게 진다는 뜻인데, 이렇게 되면 승패를 가른 2퍼센트 때문에 49퍼센트 잘한 것은 묻혀버리거나 잘못한 것이 되어버리는 겁니다. 이게 재판입니다. 학교가 원고 교수들이 만든 소송 프레임에 일방적으로 끌려가고 있는데, 결국 적법한 과반동의 절차를 밟지 않았다는 문제 하나 때문에 학교가 유리할 게 없습니다. 법은 그 하나만을 문제 삼을 것입니다. 이제라도 소송 교수들의 거짓 주장을 낱낱이 밝혀내서 도덕 프레임을 구축하고 구성원의 여론을 관리해 나갈 필요가 있습니다."

정철이 다시 한번 투 트랙 대응을 강조했다.

"진리를 탐구하고 가르친다는 교수가 법리에 근거한 산술적이고 기계적인 가치판단에 따라 승패를 가리는 법조인 앞에 조아리고 앉아서 심판을 구한다는 것은 부끄럽고 참담한 일이지요."

문신삼 학무팀장이 법학과 출신답게 소송 교수들을 타박했다. 방언이 터진 게 아니라면, 그사이 소송 교수들과 무슨 문제가 생겨 감정 싸움이라도 있었던 게 아닐까 싶었다.

"과반동의절차를 밟지 않았으니, 취업규칙 위반에 해당되기 때문에 학교가 승소할 가능성은 낮습니다."

재무팀장이 법률용어로 조심스레 말했다. 학구 선생이 들었다면 패배를 자초한다며 노발대발할 발언이었다.

"저도 그렇게 생각합니다. 우리가 재판에만 매달리면 안 됩니다. 법과 도덕, 투 트랙이 필요합니다."

안 전 처장도 생각을 바꿨는지, 아니면 이사장의 생각을 읽었는지 정철을 거들며 분위기를 띄웠다. 그러고는 한 술 더 떠, "구성원 대다수가 이번 소송에 대한 실체적 진실을 모른다는 것도 문제입니다. 이사장님 말씀처럼 이제부터는 적극적으로 알려야 할 때가 된 것 같습니다"라고 했다.

"지금도 늦었지만, 더 늦기 전에 그렇게 해야 합니다."

정철이 이사장 편에 붙은 안 전 처장을 거들었다.

"글쎄요. 교육부 평가 절차만 끝났지, 결과가 나온 것도 아닌데, 좀 성급한 거 아닙니까?"

오동춘 비서실장이 이의를 제기하고 나섰다. 아름다운 말재주는 있으나, 행동으로 줄 타는 재주는 없는 것 같았다. 그 때문인지 언행일치는 이상일뿐 현실이 될 수 없다는 소신을 가지고 있었다.

정철은 오 실장이 꺼리는 것이 무엇인지 잘 알고 있었다. 그에게는 소송의 승패보다 법인과 학교 양측의 원만한 '관계' 유지 및 이를 위한 관리가 중요한 때문이었다. 그것이 양측 메신저역을 하는 오 실장의 소임이기도 했다.

"그렇군요. 그 문제는 좀 더 생각해봅시다."

이사장이 오 실장의 의견을 받아들여 한발 물러섰다. 그러고는 각자 1심 판결이 어떻게 나올 것으로 예상하는지를 물었다.

원고 교수 측 논거가 빈약하고 입증 자료들도 허접한 데다가 변호사도 경박하기 때문에 우리 측이 결코 불리하지 않다, 교수의 위상과 영향력을 무시하는 것은 아니지만 우리 측의 과반동의절차 미이행보다 원고 측의 신의칙 위반이 더 크게 작용할 것이다, 학교가 사회통념상 합리성을 벗어나지 않았기 때문에 승소 가능성이 있다고 봐야 한다, 라는 범위 안에서 위원들이 표현만 바꿔 답했다. 말잔치 같았다.

법이 공정하고 정의롭다고 생각하는 것은 순진하고 헛된 바람이며, 법리에 지배받는 판사보다 그 법리를 지배하는 교수가 한끝 위이고, 또 재판은 법리보다 판사 마음에 달려 있으며, 지역사회 여론 또한 중석대에 유리하지 않기 때문에 재판 결과를 희망적으로 볼 근거가 없다고 답하는 위원은 한 명도 없었다. 다들 이사장과 학구 선생이 원하는, 듣고 싶어 하는 말들만 했다. 정철은 자신의 예측을 말하고 싶지 않았다.

시계를 들여다본 이사장이 회의 자료들을 챙겨 일어설 때, 카톡 문자가 들어왔다.

— 왜 거기 가서 그러고 있는 거야?

정철은 대꾸를 달지 않고 급히 지웠다.

원고 교수들은 셀프 탄원서만으로는 찜찜했는지, 전국사학교수연대 명의의 탄원서를 추가로 제출했다. 남의 대학 일이라 그랬는지, 아니면 동업자 의식으로 그랬는지 비리사학들이 일반적·통상적으로 가지고 있는 문제를 'Ctrl C', 'Ctrl V'로 중석대에 적용시킨, 사실관계나 근거보다 원고 교수들의 억지와 증오에 기반한 내용으로 작성된 '기원서(祈願書)'였다. 천오두는 전국사학교수연대 소속 변호사였다.

원고 교수들이 퍼뜨린 악성 유언비어를 근거로 작성한 개그 쪽대본 같은 탄원서였는데, 그렇다고 해서 웃어넘길 수만은 없는 내용들이었다. 그러니까 요인즉슨 전국 사립대학교 교수들이 동병상련으로 중석대 원고 교수들 소송 사건을 지켜보고 있으니, 이 점을 염두해서 재판을 하라는 압력 내지는 겁박으로 볼 수 있었다. 일반적·통상적 수준의 비리사학이나 대다수 대학들이 '재단/교수'라면, 중석대는 개교 이래 지금까지 '재단≤교수'인 대학인데, 이를 알 리 없는—아니 탄원서 내용을 보건대, 알았다고 하더라도 별무소용이었을 것이다—전국사학교수연대—보다 정확히 말하자면 천오두를 중심으로 한 특정인 몇몇이—가 뻘짓을 한 것이다.

아무리 편향적 재판이라고 해도 천정철은 최소한 판정패 정도를 예상했다. 그러나 결과는 TKO 패였다. KO 패 당하지 않은 것을 위안으로 삼아야 할 지경이었다.

교수도 근로기준법에 따른 '특수 근로자'다. 특수 근로자도, 특수할 뿐 특정 사업장에서 고용주가 제공한 물화를 사용하며 고용주의 지시를 따르는 근로자이기 때문에 취업규칙 변경 시 반드시 과반동의절차가 필요하다. 또 성과연봉제로 변경한 임금 구조는 사회통념상 합리성에 맞는다고 보기 어렵고, 근로자에게 불리하지 않다고 볼 수 없다.

그러하니 대학은 연봉제 전환으로 발생한 3년 치 임금차액 26억 7400만 원을 원고들 개별 몫에 따라 나눠 지급하라는 것이 1심 판결 결과였다. 원고가 청구한 금액보다 2억 6264만 원이 줄어든 것을 불행 중 다행으로 알아야 할 판결이었다.

재판을 법리와 증거가 아닌 주장과 느낌 그리고 재판부의 마음에 따라서도 할 수 있다는 것을 뒤늦게 알게 된 법인 측과 위원들은 맨붕에 빠졌다. 원고 교수 측의 주장이 95퍼센트 이상 받아들여졌다. 그러니까 49:51로 진 것이 아니라, 5:95 정도로 진 것이다.

3

1심 판결에 따라 성과연봉제 전환은 절차상 결함으로 위법하다는 결론이 났다. 피고 학교는 판결이 매우 부당해서, 원고 교수들은 금액이 매우 적어서 각각 항소했다.

판결문을 받은 소송실무지원팀 위원들은 신물이 나도록 1심 재판부의 몰상식과 원고들의 비양심을 성토한 뒤, 성과연봉제 전환이 정당하고 적법했기에 하자가 없다는 기존 주장은 버리고, 1심 판결 결과를 전제로 한

—즉, 인정하는—변론 전략을 다시 세우자고 했다. 따라서 2심에서는 호봉제를 적용하여 2014년부터 임금을 소급 산정할 경우에 제기될 산정 기준연도의 설정 문제, 원고 측의 상여금 가운데 정액연구비 500퍼센트 추가 요구 문제, 판결에 따른 수정 임금 산출 방식 문제 등을 중점적·집중적으로 다퉈 보전액을 최소한도로 줄이는데 노력해야 한다고 했다. 비분강개한 오동춘 실장이 명명백백한 사실을 무시한 판결은 따를 수 없다고 했으나, 다수 의견이 그럴 수밖에 없다는 쪽으로 기울었다. 정철은 잘못된 다수 의견이 안타까웠다.

침묵하던 천정철이 소수의견을 제시했다. 과거의 상황과 여건하에서 도입·시행한 임금 정책을, 원고 교수들이 사실상 동의한 정황이 분명한 임금제도를, 절차상 하자가 있다는 기계적 입장에 근거해서 10년이나 지난 현재의 기준으로 판단하고 부인한다는 것은 옳지 않다고 했던 1심에서의 우리 주장을 절대 포기하면 안 된다고 했다. 그 주장을 버리면 전체를 포기하는 것이었다.

그러나 위원들은 재판부 판결을 부정할 수 없다며 정철의 발언에 동의하지 않았다. 좌장인 안 전 처장이 1심에서 패한 '명분 다툼'에 매달리지 말고, 2심에서는 실리를 찾아야 한다고 했다. 정철이 주장한 변론 전략에 대해 위원들은 "네가 변호사나 판사보다 법을 잘 알고, 똑똑하다는 거야"라는 식으로 핀잔을 줬다. 결국 2심은 원고들에게 지급해 줘야 할 보전 차액의 많고 적음을 가지고 다투는 재판이 됐다.

합리적·객관적·상식적 사고의 중요성을 늘 입에 달고 사는 공수달 총장도 소송과 관련해서 한마디 했다. 1심 판결 결과를 보니 더 이상의 소송은 무의미·불필요하고 원고와 피고 쌍방 간 협의를 통한 원만한 합의가 유일한 해결책이라고 주장했다. 훈수꾼 같은 이 말을 전해 들은 학구 선생이 이사장을 불러 노발대발했다.

공 총장은 소송을 말썽꾸러기 의붓자식인 양 불편해했다. 교수와 학교가 서로 소송 중인 것을 알았다면 총장직을 수락하지 않았을 것—수락은 학구 선생이 했고, 그가 부임한 것은 소송이 시작된 이후이다—이라고 했다는데, 모르고 왔다는 것은 앞뒤 정황상 믿기 힘든 말이었다. 설령 친구인 금상구 이사장이 말을 해주지 않았다고 할지라도, 안천읍과 평주시에 뜨르르하게 퍼진 소문을 평주고교 출신인 그가 몰랐다는 것도 믿을 수 없었고, 또 총장으로 있는 이상은 이 소송 사건을 주체적·능동적으로 대처해 할 책임이 있었다.

정철은 TFT의 2심 변론 전략에 불만이 컸다. 소 제기의 원인과 배경, 원고 교수들과 학교와의 원혐 관계, 그 관계 속에서 파악해야 할 진위 구별이 원칙적으로 배제된 가운데 1심 판결 결과로 만들어진 5:95의 '기울어진 운동장'에서 어떻게 공정한 2심 재판을 기대할 수 있겠는가.

아무튼 법은 공평무사하며 공명정대하고 피&원 소속 서방언 변호사는 바보가 아니라고 주장했던, 그래서 승소 가능성이 크다고 주장했던 안수성 전 사무처장은 난감해했고, 원고 측 주장과 논거가 허접하고 우리 측 주장과 논거가 월등히 충실하다는 이유로 결과를 낙관했던 강갑열 기획팀장은 판정 결과에 크게 실망하여 전의를 상실한 양 코가 빠져 있었다. 그가 퇴근마저 반납하고 불철주야 사무실에서 숙식을 한 결과가 절망적으로 나온 때문이었다.

오동춘 비서실장은 정권이 좌파고, 판사들이 정권에 아부하느라 이런 결과가 나왔다면서 또다시 색깔론을 근거로 분개했고, 나머지 위원들은 늘 그랬듯이 인상만 잔뜩 찌푸려 표정관리를 하느라 애썼다.

— 원수를 사랑하라? 악에게 지지 말고 선으로 악을 이기라?

카톡 문자를 들여다본 정철은 착잡했다. 그녀가 로마서 13장 21절로 비아냥댔다. "아무에게도 악으로 악을 갚지 말고 모든 사람 앞에서 선한 일을 도모하라"는 로마서 13장 17절과 함께 정철이 원고가 된 그녀에게 해준 말이었다.

그녀에게는 정철의 TFT 가담이 원수를 사랑하는 일로, 악들 속에서 악과 싸우는 일로 비쳐질 수 있겠구나, 싶었다.

― 복수 효과는 반감되겠네 ㅠㅠ 우리가 적이 되진 않겠지?

자신의 행위에 대한 변명인지, 정철에 대한 조롱인지, 그것도 아니라면 결별 후 베푸는 긍휼인지 종잡을 수 없는 문자였다. 그는 그녀에게 복수하고 싶어서 원고가 되었다는 것은 이유도 변명도 될 수 없다고 했었다. 공동체의 명운을 불로로 어찌 사사로운 복수를 한단 말인가.

"아버지에게 하실 복수를 이사장님께 하시면 안 되죠."

정철은 소송 가담을 말렸다. 학구 선생이 이사장이었다.

"넌 비겁한 새끼야. 네 것까지 내가 다 갚아줄게. 됐지?"

그녀가 수화기 저편에서 혀 꼬인 목소리로 내질렀었다.

정철은 휴대전화 전원을 껐다. 답글을 보내야 하나 하고 망설이며 휴대전화를 잠시 만지작거렸으나, 회의 시간이기도 했고, 다시 꺼둘리고 싶지 않았다.

"우리가 2심을 가야 할 이유를 말해보시오?"

휴대전화를 만지막거리고 있는 정철을 바라보던 금상구 이사장이 물었다. 갑작스런 질문이었는데, 이사장은 상대의 진의를 알고자 할 때 부지불식간에 묻거나 이런 식으로 허를 찔렀다. 이미 학구 선생으로부터 2심 항소 지시를 받고 묻는 질문이었다. 그러니까 의사결정과는 무관한 질문이었다.

위원들 중에서 가장 먼저 2심을 주장했던 정철은 잠시 머뭇거렸다. 질문의 진의를 모르기 때문이었다. 자칫 엉뚱한 답을 했다가는 향후 판세 변화의 유·불리에 따라 2심을 주장한 소송만능주의자 내지는 강경파의 우두머리로 지목되어 위원들과 학교 구성원의 입질에 오를 수 있을 터였다.

"이사장님께서는 1심 결과에 승복, 아니 납득되시나요?"

정철은 반문으로 답을 했다. 실눈을 뜬 이사장이 이놈 보게, 하는 표정으로 정철을 노려봤다.

"사실관계와 증거는 들여다보지 않고 원고 측 주장만 듣고 법리가 아닌 재판부 마음을 근거로 한 편향적 판결입니다. 이걸 받아들이게 되면 임금 보전액 지급만으로 끝나는 것이 아니라, 지난 10년은 물론이요 개교 이래 지금까지 중석대가 교수 임금을 착취하며 부도덕한 경영을 해왔다는 원고들의 주장을 받아들이는 꼴이 될 겁니다."

정철은 어쩔 수 없이 사족을 붙였다.

"왜 그렇게 생각하시오?"

이사장이 하나 마나 한 질문을 되풀이했다.

"1심에서 사실을 인정받지 못해 도덕적 명분을 다 잃었잖습니까?"

이사장이 침묵했다. 이사장이 자신을 불편해하고 있다는 것을 감지했다. 그는 비둘기파였다.

"교수들은 재판으로 돈을 뜯어낸 다음에 경영에 개입하려는 속셈을 가지고 있습니다요, 이사장님. 그러니까 법적인 책임뿐만 아니라, 도덕적인 책임까지 우리에게 씌우려 할 겁니다. 때문에 2심에 가서 우리가 1심에서 잃어버린 명분, 아니 명예를 되찾아 복원시켜야 합니다."

안 전 처장은 다섯 명의 주동자들이 임금 소송으로 사적 앙갚음을 하고, 소송 동참자들과 금전적 이득을 공유한 뒤에 승소 프레임으로 여세를 몰아 학구 선생과 금상구 이사장이 부도덕하고 무능하고 무책임한 경영을 한 양 한껏 부각시킨 다음, 이를 구실로 주모자들이 구상하는 '교수 참여형 경영 모델'을 만들어 실행하려는 것이라고 했다.

정철은 안 처장의 예측에 적극 동조했다. 이사장은 더 이상 묻지 않았다.

1심 완승으로 기세등등해진 원고 측 변호사 천오두는 2심 시작 전에 '소송 자격'을 갖춘 교수들을 대상으로 추가 참여자를 모집한다는 이메일을 뿌렸다. 개인정보인 이메일 주소는 5인방이 제공해 준 것 같았다.

천오두는 호기와 허세로 가득한 이메일을 통해 1심의 승소를 보고도 소송에 참여할 의사가 없느냐면서 2심 또한 반드시 완승할 소송이니 용기와 자신감 그리고 동료애를 가지고 권리 회복과 잃어버린 정의를 찾는 차원에서 소송에 참여하라며 호객행위를 했다.

학구 선생이 펄쩍 뛰었다. 상갓집에서 잔치를 여는 것 같은 야비하고 부도덕한 영업행위라면서 변호사법 위반 여부를 검토해 보라고 했다. 아무튼 중석대가 천오두의 황금어장이 되었다.

원고 교수들에게는 아무 말도 못하고 쥐 죽은 듯이 있던 공수달 총장과 본부 주요 보직자 몇몇이 마지못해 천오두를 지탄하고 나섰다. 파렴치한 상행위라며 맹비난을 하고, 변호사윤리강령위반으로 대한변호사협회에 진정했다. 또 천오두가 전국사학교수연대 소속 변호사이면서 전국사학교수연대 명의로 작성하여 법정에 제출한 원고 측 탄원서는 무효라고 주장했다. 그러나 정작 문제 삼아야 할 탄원서의 내용은 거론하지 않았다.

항소를 반대하는 공수달 총장은 자신에게 주어진 결정 권한이 없어 할 수 있는 게 전혀 없지만, 원고 측 대표—주동자 다섯 명이 무작위로 돌아가며 대표를 했다—의 주장이 상식을 넘어선 것이라며 사적인 유감을 표명할 뿐이었다. 그러면서 학구 선생이 가이드라인—또는 패(牌)—을 내려주면 언제라도 원고 교수들을 만나서 대화와 협상에 나설 준비가 되어 있다고 했다.

학구 선생은 공 총장이 말하는 대화와 협상이라는 말을 이해하지 못했다. 때문에 원고 교수들의 부당한 행위를 이해·설득시키는 것이 아니라, 대체 그들과 어떤 대화와 협상을 하겠다는 것이냐고, 금상구 이사장을 불러서 물었다는 것이다. 다들 새판을 짤 생각은 안 하고, 학구 선생이 판을 짜서 깔아준다면 놀아보겠다는 식이었다. 그래서 학구 선생만 바라봤다.

5:95로 패한 상황에서, 적군도 아군인 양 행세하는 피아 식별조차 불가한 상황에서, 십상시마저도 이중 플레이—마음 따로 언행 따로—를 하는 상황에서 누굴 믿고 뭘 믿고 어떤 판을 깔 수 있단 말인가. 게다가 정철의 발언 진위를 가리느라 뒷조사를 해본 결과, 대다수 학교 구성원들의 소송을 보는 시각과 입장이 원고 교수들과 대동소이하다는 것을 알아버렸지 않았는가.

학구 선생 측근 가신들로 구성된 TFT는 1년이 넘는 세월 동안 법인 회의실에만 틀어박혀 자기들끼리 아름다운 말 배틀로 서로 아첨 경쟁만 되새김질했을 뿐, 어떤 행동도 한 바가 없었다.

소송 배경과 동기는 물론이요 사실관계를 모르는 구성원은 꽃놀이패—원고가 이기면 떡고물이 있을 수 있고, 설령 원고들이 진다 해도 임금이 줄어드는 것이 아닌지라 해될 것이 없었다—나 다름없는 소송을 원고 교수들과 다르게 생각할 필요도, 또 알아서 득 될 것이 하나 없는 것을 굳이 알려고 할 필요도 없었다. 대다수의 구성원은 1심 결과를 속으로 반기면서 후속 조치를 기대하며 한껏 들떠 있는 분위기였다.

이 임금소송은 재판 결과에 따라 원고 53명에게만 임금 보전액을 나눠준다고 해서 끝날 수 있는 문제가 아니었다. 원고들에게만 임금 보전액을 주고 끝낸다면, 관망만 해 온 미소송 교수들도 그 돈을 받고자 소송을 걸 수 있었다. 아니 소송을 걸라고 부추기는 꼴이 될 수 있었다. 때문에 이를 막으려면 일단 미참여 정규직 교수 233명에게도 보전액에 상응하는, 보전액만큼은 아니어도 그 금액을 갈음할 만한, 즉 제소 충동을 무마시킬 만한 조처가 있어야 했다. 그러나 무엇보다 더 큰 문제는 성과연봉제가 무효가 되기 때문에 호봉제로 되돌아가야 한다는 선동이 시작됐다는 것이었다.

그뿐이 아니었다. 2008년 이전 호봉제 때 입사한 정규직 교수들만 '배려'해 주고, 이후 연봉제로 입사한 정규직들은 배제한단 말인가. 사기 문제는 물론이요, 차별이 되어 새로운 화근을 만들 수도 있었다. 또 있다. 146명에 이르는 비정규직 교수는 어쩔 것인가. 직원도 문제가 될 수 있었다. 직원은 매년 노조를 통해 임금 관련 단체교섭을 했으니, 이번 교수들의 소송 결과와는 무관하다고 할 수 있겠는가. 직원노조가 임단협을 할 때, 법정 교섭단체가 없는 교수들도 이 임단협에 섞여 임금 협의를 해왔으니, 1980년 개교 이래 2007년까지 28년 동안 직원과 교수는 같은 틀 안에서 학교 측과 임금 협상을 해 온 것이나 다름없었다.

교협은 매년 임금 협상 때마다 거르지 않고 자신들의 입장을 직원노조 측에 전달해 노조가 이를 반영해서 학교와 조정토록 해왔다. 또 교협 회장이 기획처장을 만나 노조 측 안의 수용을 권고하면서 직원노조의 협상력에 힘을 실어주기도 했다. 때문에 직원은 무조건 빠지라고 할 수 있는 문제가 아니었다. 직원들이 이번 소송을 꽃놀이패로 받아들이며 떡고물을 바라는 이유였다.

그러나 원고 측은 이번 소송 과정에서 이런 '위탁 협상'을 했다는 것이 불리한 사실이라는 판단에 따라 교협 측이 그런 협상을 직원노조에 위탁한 사실이 없고, 설령 있었다고 하더라도 법적 근거나 효력이 없는 행위였기 때문에 무효하다고 주장했다. 손바닥으로 하늘을 가리는 짓이었으나, 막 나가기로 한 마당이기에 못할 짓이 없었다.

금기태 명예이사장은 2심 재판에 들어가기 전에 1심에서 완패한 '피&원'을 교체—재판의 연속성 때문에 고문역은 맡아 달라고 했다—하고, TFT 회의를 직접 주재했다.

'피&원'은 1심 진행 과정에서 TFT의 의견과 이사장의 요구에 대해 자존심이 상한 때문인지, 아니면 불필요한 간섭으로 생각한 때문인지, 말로만 다 받아주는 척했을 뿐, 정작 준비서면에는 1할도 반영하지 않았다.

재판에 대해 뭣도 모르면서 앞서가지 말고, 수임료 깎으려고 자꾸 덤벼들지나 말고, '시다바리'나 잘해 달라는 것이었는데, 학구 선생과 TFT가 그 도를 넘었다고 판단한 것 같았다. 1심 판결 뒤에 강갑열 기획팀장은 피&원 측에 농락당한 기분이라고 했다.

학구 선생은 1심 패소의 원인으로 조카인 금상구 이사장의 엘리트에 대한 맹신과 수동적 태도를 꼽는 것 같았다. 그는 똑똑하면 도덕성도 높다고 생각하는 조카 금상구의 순진한 가치관을 이해할 수 없다고 타박했다. 그러고는 패소 원인을 금 이사장에게서 찾으려고 했다. 평생 살가죽만 가르고 자르고 꿰매 붙이는 손기술만 익힌 얼뜨기가 세상 속을 어찌 들여다볼 수 있겠는가. 상설이 놈처럼 머릿속에 독선적 사고만 들어차 있어 충고를 무시하고 되레 세상이 합리와 논리에 따라 움직인다며 가르치려 드는 숙맥이 아니던가. 정념(情念)·감정·정리(情理)—서로 뭐가 다른지 모르겠다—가 반 문명이자 몰교양이라며 자신에게 따지고 든 상설이 놈과 하나도 다를 게 없는 놈이었다.

학구 선생은 제 발등을 제가 찍은 기분이었다. 그는 그렇게 잘 알고 있는 금상구를 억지로 데려다가 총장과 이사장 자리에 앉힌 장본인이 아닌가. 그동안 상설과 상구 두 놈이 말하길, 법은 공정하고, 법조인들은 마땅히 정당한 사고와 행위만을 한다면서, 우리가 승소할 수밖에 없다고 호언장담했다. 당시에는 나름대로 일리 있는 말로 받아들였으나, 이제 와서 생각해보니 사채와 부동산업을 하는 자신을 비하한 말이 아닌가 싶었다. 덜 배워 무식하고 돈 놓고 돈 먹는 놈은 많이 배워 박식하고 정직한 놈들의 세계를 알 수 없다는 조롱이 아니었나 싶어 울화가 치밀었다.

생각이 서로 다를 때마다 두 놈에게 사람은 감정의 동물이지, 이성의 동물이 아니라고 그렇게 일러줬건만, 결국 제놈들만 잘난 양 짝짜꿍이 되어 자신을 무시하다가 재판을 망쳐버린 것이다.

금기태 명예이사장은 금상구 이사장 옆자리에 앉았다. 이사장이 자신의 자리를 양보했으나, 의장이 바뀐 것이 아니라면서 받아들이지 않았다.

"중국장."

학구 선생이 천정철을 불렀다.

'중국장(仲國將)'은 본래는 정철에게 '데블스 에드버킷'(악마의 변호인)이라는 별명을 붙여주려 했으나 원조—설상구 입학홍보팀장—가 있어 이를 Ⅰ과 Ⅱ로 구분 짓기 싫다면서 선생이 뜻을 만들어 붙여준 애칭이었다. 나라를 지키는 으뜸 장수라는 뜻인데, 정철이 중석대를 지키는 으뜸 교직원이 되라는 뜻에서 지었다고 했다. 정철이 과분하다며 사양했으나, 학구 선생이 당신의 염원이니 받으라고 했다.

"미디어센터로 복귀하니 좋으신가?"

정철이 고개를 들어 선생을 바라봤다. 정철은 의문의 징벌적 인사이동을 당한 지 5년 만에 본직이라 할 수 있는 미디어센터국장으로 복귀했다. 국장으로 불리지만, 인사 규정에 정해져 있는 공식 직위가 아닌 신문 편집 및 방송 편성을 '합법적'으로 지도·감독·통제하기 위해 붙인 상임편집국장의 약칭이었고, 팀장급이었다. 거칠게 표현하면 학생기자들의 편집과 편성을 학교 측 입장에서 '간섭'하기 위해 만든 직위였다.

"예, 좋습니다. 그동안 변견으로 지내느라 답답했는데, 목줄을 풀어주셔서 감사합니다."

안 전 처장이 정철을 흘겨보며 눈살을 찌푸렸다. 학구 선생에게 말을 함부로 한다고 생각한 것 같았다. 사실이 그랬다. 대민 행정팀의 팀장은 09:00부터 17:30분까지 점심시간을 빼고는 거의 붙박이로 자리를 지켜야 했다. 그동안 시간 중심이 아닌 일 중심으로 직장생활을 해 온 정철로서는 목줄을 차고 개집에 갇혀 사는 기분이었다.

"목줄을 채워 놓으면 길이 좀 들까 했는데, 내 생각이 부족했던 것 같으이."

학구 선생이 넉살좋게 받아넘겼다. 달마시안 개처럼 얼굴 가득 검버섯이 핀 학구 선생이 팔걸이에 기댄 몸을 바로 세우며 정철을 보고 멋쩍게 웃었다. 그러고는 목줄이 풀리면 돌아서서 물 줄 알았는데 그러지 않아 고맙다고 했다. 정철은 착잡한 뜻이 담긴 말이라는 것을 알기에 마음이 심란했다.

"죄송합니다."

정철이 벌떡 일어나 고개를 숙였다.

"자유롭게 사는 중국장을 이 늙은이가 시샘한 걸로 생각하시게. 나도 자유롭게 살고 싶거든. 허허."

학구 선생이 정철과 금 이사장을 번갈아 바라보며 웃었다. 자신이 자유인으로 살지 못하는 것이 변변치 못한 금 이사장 탓이라는 의미 같았다. 학구 선생의 심술궂은 헛웃음에 금 이사장이 고개를 돌려 헛기침으로 불편한 심기를 표했다.

"회의 시작하셔야지요?"

이사장이 볼멘소리로 말했다. 강갑열 팀장이 1심 쟁점들과 판결 내용을 항목 별로 일목요연하게 정리한 패소 분석 보고서를 발표했다. TFT 위원들이 자신들의 죄상을 듣는 양 고개를 숙이고 있었다. 오 실장이 로펌을 바꾸었으니 2심에서는 변론 프레임과 전략을 공세적으로 바꿔서 천오두와 제대로 맞장을 떠야 한다며 악을 썼다.

안 전 처장은 1심에서 완패한 묵시적 동의, 신의칙 원칙 관련 주장은 2심에서 아예 거론을 하지 말고, 기준연도와 표준 임금 산정 방식 문제에만 집중해야 실리를 얻을 수 있을 것이라고 했다. 결국 성과연봉제 도입이 과반동의절차를 무시한 불이익 변경이라는 것을 인용한 1심 판결 결과를 승복하고, 그 선에서 임금 보전액을 최대한 줄이는 다툼을 하자는 얘기였다.

눈을 감고 듣고 있던 학구 선생의 표정이 일그러졌다.

정철은 10년 전의 당시 상황과 필요에 따라 실제적 동의하에 결정하고 시행한 임금제도를, 10년이 지난 현재의 상황과 기준으로 판단하여 판결을 내리는 것 자체가 잘못됐다는 점을 다시 따져야 한다는 종전의 주장을 거듭했다. 미래를 내다보고 한 정책에 대하여 그 결과를 놓고, 정치적·행정적·도덕적 책임을 물을 수는 있겠으나, 법적 책임을 묻는다는 것은 가당치 않다고 했다.

"새로 선임한 변호인단의 의견을 먼저 들어보는 것이 좋지 않을까요?"

짜증스러운 표정으로 정철의 말을 자른 방을구 팀장이 좌중을 향해 물었다. 그러면서 정철을 흘겨봤는데, 시건방 떨지 말라고 을러메는 표정이었다.

"그럽시다."

오 실장이 방 팀장의 제의를 거들었다. 학구 선생이 감았던 눈을 뜨고 잠시 좌중을 훑어본 뒤 눈을 감았다. 패소 분석을 뺀 나머지 회의는 여느 때와 다름없이 중언부언 진행되다가 종료됐다. 학구 선생이 주재했다고 해서 달라진 것은 없었다.

"프레임을 새로 잘 짜야 돼."

학구 선생이 자리에서 일어서며 말했다. 쟁송 경험이 많은 그가 재판은 프레임 싸움인데, 1심에서는 그걸 잘못 짜서 진 것이라며 2심에서 승소할 새로운 프레임을 위원들 각자가 연구해 보라고 했다. 변호사가 해야 할 연구를 위원들에게 요구했다.

금 이사장이 학구 선생을 부축하며 자우어 지팡이를 건넸다.

4

"언론 보도를 보니 대학이 예전 같지 않아서 형편이 점점 어려워지고 있다던데…… 사실인가요?"

개별 호명으로 원고들 출석 체크를 마친 2심 재판장이 원·피고들을 향해 물었다. 정철은 부적절해 보이는 저런 발언을 재판장이 왜 하나 싶었다.

"예!"

원고 교수들이 황당한 표정으로 머뭇거리는 사이에 학교법인을 대신해 참석한 피고 측 참관인들이 잽싸게 답했다. 순간, 원고 교수들이 동요했다. 재판장 질문이 피고 편을 드는 편파적 발언이라 생각한 것 같았다.

"서로 원만한 선에서 합의점을 찾으셔야겠습니다."

재판장이 덧붙인 이 말에 원고 교수들이 불만스러운 표정으로 서로를 바라보며 술렁거렸다. 질서유지 요원이 위압적인 목소리로 조용히 하라고 소리쳤다.

"학교가 잘 나가야, 아니 잘 돼야 교수님들도 좋은 거 아닌가요……."

원고 교수들의 격해지는 반응에 당황한 재판장이 변명을 하듯 내지른 말인데, 되레 기름을 부은 꼴이 되었다.

화가 난 여교수가 야유를 보냈고, 몇몇 원고 교수들이 동참했다. 단발머리의 질서유지 요원이 여교수를 손가락질하며 퇴정시킬 수 있다고 경고했고, 재판장은 굳은 표정으로 입을 다문 채 관망하듯이 소란 떠는 원고석을 물끄러미 내려다봤다. 그러나 원고 교수들이 2심 재판장의 이 개정 직후 발언들을 정식으로 문제 삼았다.

두 번째 열린 2심 공판에서 5인방 대표 하병구는 흥분해 더듬거리는 말투로 재판장의 지난번 발언이 학교 측을 두둔하고 우리 원고 교수들을 폄훼하려는 의도가 담긴 편향적이고 불공정한 발언이었다며 정식으로 이의를 제기했다고 했다. 이 이의를 버벅거리며 뒤죽박죽 말로만 제기한 것이 아니라, 진정서 형식의 글로도 제출했다. 대놓고 표현하지는 못했으나, 공식적으로 사과를 하고 발언을 취소해 달라는 뜻이었다.

예기치 못한 항의 내지는 있을 수 없는 항의로 생각했는지 재판장이 황당하다는 듯 어쩔 줄 몰라 했다. 그러나 원고 교수들은 눈을 부라린 채 재판장을 올려다봤다. 원고가 교수들이어서 그런지, 항의를 받는 재판장의 표정에서 얼핏 낭패감과 터무니없는 비굴함이 엿보였다. 어쩌면 처음 당하는 일일 수 있었다. 어떤 원고—혹은 피고—가 감히 재판정에서 재판장을 그런 식으로 몰아붙일 수 있단 말인가.

하병구가 난감한 표정으로 머뭇대는 재판장을 몰아붙였다.

"하, 학교가 어려운 시기에 소송을 건 저희들이 자, 잘못됐다는, 그, 그런 취지루다가 분명히 말씀하신 거 아닙니까?"

여느 법정에서라면, 양쪽에 각각 배석 판사를 거느리고 있는 즉심 판사에게 원고들이 떼거리로 덤벼들어 야단치는 경우를 어찌 상상이나 할 수 있겠는가. 그러나 교수 53명—재판정이 좁아 못 들어오고 복도에 진을 친 채 어슬렁대던 교수들도 가세했다—의 기세가 판사 세 명을 제압했다. 젊은 남녀 배석 판사들은 민망해 어쩔 줄 몰라 했다.

"제가 그, 그렇게 말했다구요? 아니, 제가 그런 뜻으로 말했다고 생각하세요?"

손으로 이마를 짚은 재판장이 버벅대며 수세적 자세로 물었다. 어처구니가 없고 나름대로 억울하다는 반응이었으나, 정철은 그런 재판장의 우유부단한 태도가 어처구니없고 황당했다.

"예!"

재판장의 물음에 남자 교수들은 입을 꾹 다문 채 눈치만 살폈으나, 여교수 세 명이 단호하게 답했다. 찌르는 듯 앙칼진 목소리였다.

"거기, 지금 뭣들 하시는 겁니까?"

질서유지 요원이 봉으로 여교수들 쪽을 가리키며 소리쳤다.

"거기? 거기라뇨?"

"우리가 왜 그쪽 거기야?"

"재판장님께 항의하고 있잖아요? 뭐하고 있는지 몰라서 물어욧?"

여교수들이 요원을 통제했다.

"정말요? 제가 그렇게……?"

질서유지 요원을 눈짓으로 제지한 재판장이 원고들을 향해 재우쳐 물었다.

"예!"

이번에는 재판장의 말까지 자른 여교수들이 구호를 외치듯 답했다.

"자, 제가 다시 한번 더 물어볼게요? 진짜 제가 그런 뜻으로 말을 했다고……."

망신을 당해 얼굴이 벌게진 재판장이 삼세번 놀이를 하듯이 다시 물었다. 왠지 모르게 재판장은 재판부의 권위보다 자신의 자존심을 지키려고 안간힘을 쓰는 것 같았다.

"예! 그러셨어욧!"

당신이 백 번을 물어도, 우리가 일백 번을 고쳐 죽어도 답은 같다는 듯 울부짖듯 소리쳤다.

"재판장이 금별아도 원고라고는 걸 모르나 봐."

흥분한 여교수가 하병구의 옆구리를 찌르며 말했다. 그걸 재판장에게 일러주라는 부추김 같았다.

"그렇다면 유감이네요. 저는 그런 뜻으로 한 말이 아니었는데…… 왜 그렇게들 들으셨을까…… 아무튼 그렇게 들으셨다면 미안합니다."

고개를 갸우뚱거린 재판장이 난감한 표정으로 사과했다. 무턱대고 사과를 하는 재판장의 행위가 어처구니없고 무책임해 보여서 이해할 수 없었다. 원고가 떼거리로 재판장의 의사 발언을 일방적으로 해석해서 재판의 공정성에 대해 시비를 건 것인데, 녹음파일을 틀어 워딩을 확인하면 발언의 진의를 당장 밝힐 수 있는 일이었다. 재판장 하는 일이 그런 일이 아닌가. 사실관계를 확인하는⋯⋯. 그런데 확인은커녕 원고 교수들의 그릇된 해석을 인정하듯이 사과를 하다니⋯⋯. 정철은 재판장의 대처가 이해되지 않았고, 왠지 2심 재판도 개그처럼 진행될 것 같다는 예감이 들었다. '개그 콘서트' 녹화장에 온 기분이었다.

피고 측, 즉 우리 쪽 변호사의 대응도 이해가 안 되기는 마찬가지였다. 원고들이 초장부터 재판장의 기를 꺾는, 재판에 영향을 끼칠 만한 생트집을 잡은 것인데, 왜 강 건너 불구경 하듯이 바라보고만 있는지 모를 일이었다. 이게 동종업계 종사자들끼리의 짬짜미 대응 방식인가 싶었다. 아무리 그렇다 할지라도 공정한 재판을 방해할 만한 기세싸움이 틀림없어 보였기에 정철은 답답하고 화가 치밀었다.

원고들이 재판장의 발언을 정말 그렇게 들었다면, 재판장을 야단치며 닦달할 것이 아니라—그런다고 해서 생각이 바뀌는 것은 아니지 않은가—절차를 밟아 재판부 기피 신청을 내면 될 일이었다.

정철은 재판장이 자신의 소소한 발언을 놓고 법정에서 가타부타 다투는 것이 부담스러웠을 것이고, 또한 재판부 기피 신청이 인사고과에 미칠 영향이 두려워 두루뭉술한 사과로 퉁치고 넘긴 게 아닌가 싶었다.

이런 모습을 지켜본 피고 대학 측 참관인들은 심리가 끝난 뒤, 이 문제를 가지고 뒷담화를 했다. 요약하면, 재판장이 우리 편을 들어주려고 하다가 어쩔 수 없이 원고 편으로 돌아선 것 같다, 그래도 싸가지 없이 대든 여교수들 때문에 우리 편이 될 수도 있다는 견강부회와 대찬 답변으로 재판장과 맞서고, 하병구의 귀에 대고 금별아를 들먹인 성애옥 교수의 사생활

—후배 교수와의 성 스캔들로 물의를 일으켰으나 금상구 이사장이 총장 시절 이를 무마시켜줬다. 그러나 그녀는 성폭력을 당했다고 강변하며 사건 해결 결과가 부당했다며 앙심을 품었다—에 대한 뒷담화였다.

그날 재판장은 하병구에게 시간을 줄 터이니 이왕 일어난 김에 하고 싶은 말이 있으면 다 하라고 했다. 원고 교수들의 격앙된 감정을 배설시키려고 선심을 쓰는 것 같았다.

"제가…… 참, 할 말은 많습니다만, 우리도 대학의 앞날을 걱정해서 잃어버린 정의를 찾자고 이러는 것이지, 우리가 뭐 그깟 돈 몇 푼 받아내자고 이러는 것이 아닌데…… 아니라는 걸 재판장님께서 똑바로 알아주셨으면 하고요…… 그리고 또……."

버벅거리던 말을 멈춘 하병구가 잠시 훌쩍거리다가 피고 대리인들—대다수가 소송실무지원팀 위원들이었다—이 앉아 있는 쪽을 힐끔 바라봤다. 그러고는 "아, 됐습니다"하며 입을 닫았다.

"아니 왜, 계속하시지 않고…… 발언 시간을 드리겠다는데……."

재판장이 울먹이는 하병구를 다독였다. 일반적으로 판사들이 시간에 쫓겨 꼭 들어야 할 변호사의 발언도 제지한다고 하는데, 이 재판장은 그렇지가 않은 것 같았다.

"제가 지금 여기서 무슨 말이건 하면, 법인 쪽 사람들이 금기태 실제 피고에게 달려가서 고대로 이, 일러바칩니다요. 그래서 제가 여, 여기서는 더 이상 말을 안 하겠습니다, 아니 못합니다요. 괜찮죠?"

자리에 주저앉았다가 용기를 얻어 다시 일어선 하병구가 말했다. 정철은 마치 저급 개그의 한 대목을 보는 것 같았다.

자신이 과거 학구 선생을 찾아가 무고한 교직원들을 숱하게 고자질했던 것과 같이 TFT 위원들도 그렇게 할 것이라고 믿는 것 같았다. 개 눈에 똥만 보인다더니, 그 짝이었다.

"아, 예. 그럼, 그러세요."

시간에 쫓기는 재판정에서 귀한 시간을 내줬는데도 변변한 말 한마디 못하고 징징대기만 한 원고 대표를 재판장이 이해할 수 없다는 듯 바라보다가 답했다. 동료 원고 교수들도 답답해하는 것 같았다.

법정에서의 모든 진술은 녹음이 된다. 소송 당사자 누구든 원하면 절차를 밟아 녹취록 열람이 가능하다. 그런데 누가, 뭘, 왜, 고자질을 한단 말인가. 금 명예이사장이 해당 발언에 대한 보고를 받고 관심을 갖거나 의문을 가진다면 방 팀장을 통해 녹취 또는 녹취록 사본을 받아오라 해서 확인하면 되지, 왜 고자질을 듣고 그걸 믿겠는가.

아무튼 2심 재판은 원고 교수 측과 재판부 간에 마치 묘한 사랑싸움 같은 신경전을 벌이면서 어리바리하게 시작됐다. 재판부가 바뀌고 피고 측 변호사도 바뀌었다고는 하나 2심도 결국 TFT의 기대와는 달리 헐렁하고 엉성하게 진행됐다. 기세 싸움인지, 법리 다툼인지 종잡기 힘든 양상으로 재판이 흘러갔다. 1심 판결 결과가 프레임이 되었다. 결국 이를 부정하고 방어하느라 학구 선생이 말한 새로운 프레임이나 정철이 주장한 변론 전략 따위는 끼어들 틈이 없었다.

두 번째 공판 말미에 재판장이 또 이런 말을 던졌다.

"기준연도를 정할 법적 근거가 없어요. 재판장 마음대로 할 수도 없고……."

그는 난감한 표정으로 단하를 내려보다가 덧붙이기를, "그래도 결국 판결은 해야 하니까, 재판장 마음대로 할 수밖에는 없어요"라고 했다. 재판장은 하나 마나 한 말에 이어 엿장수 가위질 같은 말을 했다.

과반동의절차를 거치지 않은 성과연봉제가 위법하다고 나온 1심 판결에 따라 피고 대학 측이 원고들에게 호봉제를 기준으로 한 임금 보전을 해줘야 하는데, 그러려면 호봉제로 임금을 산정할 기준연도를 정해야만

한다고 했다. 그 기준연도를 정할 수 있는 법적 근거가 없으니 난감하다
는 말이었다. 법에도 없고, 재판장 마음대로 하기도 뭣한데, 너희 당사자
들의 생각은 뭐니, 라고 떠보는 듯한 말이었다.

재판장의 말뜻을 알지 못하는 원고와 피고 들은 침묵했다. 양측 변호사
들은 알아들은 것 같았다.

정철은 2심 재판을 1심 결과 연장선에서 하는 재판부가 이해되지 않
았다. 1심 결과를 인정할 수 없다고 해서 2심을 하는 것인데, 2심을 1심
의 결과 위에서 한다면 무슨 소용이란 말인가. 잠시 눈치를 살피며 뜸을
들이던 재판장이 쌍방 간 협의할 생각이 없는지 물었다. 그러면서 협의가
유일한 방법이라고 했다.

"원고, 어때요?"

재판장이 물었다.

"그, 글쎄요."

하병구가 원고 교수들을 둘러보며 버벅거렸다. 재판부가 다 알아서 해
줄 것이라 믿었는데, 너희들끼리—원·피고 들이— 협의할 생각이 없냐는
질문에 당황한 것 같았다. 판결 전에 조정과정을 거치겠다는 것이었다.

"의논해보세요."

재판장이 위압적으로 말했다.

"에, 예."

주눅이 든 하병구가 뜨뜻미지근한 답을 하고 참석한 원고 교수들과 설
왕설래할 때, 고개를 돌린 천오두 변호사가 고개를 주억거리며 눈짓을 보
냈다.

"뭐…… 조, 좋습니다."

눈짓을 받은 하병구가 엄마의 코치를 받은 마마보이인 양 잽싸게 답했
다. 조정에 대한 우선 선택권이 1심 결과에 따라 원고 측에 있는 것 같았

다. 싫으면 거부해도 되는 것이었지만, 통상적으로 재판부의 권고를 받아들이는 것이 재판받는 자의 도리요 예의요 관행인 것 같았다. 칼자루 쥔 재판부 말을 듣는 것이 판결에 유리하다는 '합리적' 판단이 작용했을 것이다.

그래도 1심 재판 과정이나 결과를 볼 때 뭔가 불리하게 흘러간다고 판단을 했는지 하병구가 긴장된 표정을 지었다. 조정으로 또 재판기일을 질질 끌 것이라 생각하니 짜증도 났을 것이다. 하지만 어쩌겠는가. 판사 앞에서는 변호사가 을(乙)인데, 을인 변호사가 그렇게 하자고 했다.

"피고 측은?"

"저희도 좋습니다."

피고 측 주(主) 변호사가 원고 측이 우왕좌왕하는 사이에 부(副) 변호사와 피고 측 대리인의 뜻—방 팀장이 복도로 나가 학구 선생과 통화를 하고 온 것 같았다—을 물어 취합한 답을 했다.

이렇게 해서 시작된 첫 조정 회합은 진행을 담당한 앳된 판사를 가운데 둔 채, 감정싸움과 칼자루 다툼으로 일관하다가 서로 간의 적개심과 이견만 공고히 다지고 끝났다. 조정을 하자며 서로가 제시한 금액이 쌍방 간에 열 배 이상의 차이가 났다. 재판장의 조정 권고에 따르는 척만 했을 뿐, 쌍방이 애당초부터 조정 의사가 없었던 것이다.

원고 교원들은 1심 판결 결과가 조정의 공리(公理)요 기준점이 되어야한다고 생각하는 것 같았다. 그러나 피고 대학 측 입장에서는 2심은 1심에 불복해 이루어지는 것이므로 1심의 연장이 아닌 원점에서의 새 출발이어야 했다.

피고 측이 원고의 주장을 받아들일 경우, 원고와 피고가 95:5라는 스코어에서 연장전을 치르는 것이나 다름없었다. 원고 측은 당연하다는 듯이 95에 해당하는 기득권을 주장했다. 95:5라는 스코어를 바탕으로 한 조정이라는 것은 애초부터 성립될 수가 없었다.

재판부도 멍청이들이 아닌지라 이를 알고 있는 것 같았다. 그래서 재판부는 보전 총액을 자신들 나름의 기준에 따라 얼추 두루뭉수리하게 정해놓고, 이를 기준점으로 한 기준연도 획정 등 쟁점 문제들을 적당히 두드려 맞추려는 것 같았다. 재판부가 양쪽 주장을 눕혀놓고 재단할 프로크루스테스 침대를 만들어놓은 것이다.

어차피 법적 기준—재판장이 기준을 정할 근거가 없다고 했다—이 없기 때문에 재판부의 재량에 따른 판결은 불가피해 보였다. 또 양측 모두가 만족할 만한 합리성과 공정성을 찾아 제시할 수 있는 사안이 아니었다. 재판부는 원·피고 간에 원만한 합의를 바란다기보다 양측에서 서로의 주장을 놓고 티격태격하다가 각각 두서너 가지의 선택지를 만들어 제시해 주기를 바랐던 것 같았다. 아니 그렇게 될 수밖에 없다는 것을 알고 있었으리라. 그중 서로의 간격이 가장 적은 안을 놓고 다시 균형점을 찾아보라고 '흥정'을 붙여본 뒤에 최종적 수단으로 프로크루스테스 침대에 올려 재단을 하려는 것 같았다.

그러나 서로 간에 패인 감정의 골이 어마무시하다 보니 상대에 대한 손톱만큼의 양보나 배려가 있을 수 없는지라, 양측 모두 논리칙이나 경험칙은 물론이요 '상식칙' 적용조차 언감생심이었다.

원고 측 주동자들은 소송 기간 내내 온갖 비방과 중상모략으로 학교의 이미지를 실추시켰고, 각종 유언비어를 날조하여 금기태 명예이사장의 명예에 똥칠을 해대는 장외 투쟁도 '가열차게' 병행해왔다.

학구 선생은 분개했다. 그러나 악덕 비위 대학의 소유주들이 이미 일반적·보편적으로 저지른 악행들인지라, 원고 교수들에 의해 비위 대학 소유주로 낙인이 찍힌 그가 아무리 사실무근이라고 부정을 하고 반발을 해도 원고 교수들이 날조한 것들 모두가 사실로 치부되어 회자될 수밖에 없었다. 지성의 상아탑 세계에서 있을 수 없는 '보편화의 오류'라고 주장해봐야 아무 소용이 없었다. 상아탑 할애비도 소문을 통제할 수는 없었다.

일부 원고 교원들은 심지어 강의시간을 이용해 학생들을 상대로 자신들 소송의 정당성과 필요성 등을 계획적·단계적으로 주입시켰다고 했다. 그러면서 금기태 명예이사장의 부도덕성을 한껏 부풀린다고 했다. 누워서 침 뱉기였으나, 명예이사장을 공격하는 것이라면 자신들 밥상 위라고 할지라도 기꺼이 똥을 싸지를 자들인지라 거침이 없었다.

1차 조정을 마친 뒤에 공수달 총장과 원고 측 소송 교원 대표들 간의 만남이 있었다. 공 총장은 자신이 소송과 관련해서는 아는 것도, 아무런 권한도 없어 빠지겠다고 했으나, 그게 자칫 임명직 총장의 직무유기로 시빗거리가 될 수도 있고, 무엇보다 말이 안 된다는 것을 잘 알고 있는지라 계속 손을 놓고 있을 수만은 없다고 판단한 것 같았다.

소송 교원 대표가 아닌 대표들이라고 하는 것은 이들이 자신들의 신분 안정과 혹여 발생 가능한 불이익을 피하기 위해 특정인 한 명을 대표로 뽑지 않고, 다섯 명을 공동대표로 내세웠기 때문이다. 1인 대표만이 필요할 때에는 사안에 따라 이 다섯 명이 모여 제비뽑기를 하거나, 아니면 순번에 따른다고 했다. 그러니 학교 측은 특정 상대와 집중적·지속적인 대화를 하려고 해도 매번 대화 상대가 바뀌고, 또 바뀔 때마다 중구난방인지 어려움을 겪을 수밖에 없었다. 이 대표는 이 말을 하고, 저 대표는 저 말을 했는데, 그것이 협상 콘셉트라고 했다. 학교 측은 고정 상대로 특정 1인을 요구했으나, '무기대등'의 원칙에 따라 원고들은 서로 대등하고 공평한 조건이니 트집 잡지 말라고 했다. 이 말은, 어차피 학교도 실제 피고인 금상구나 법률상 피고인 금기태가 아닌 대리인들이 돌아가며 나오지 않느냐는 뜻이었다.

"잘났거나 못났거나 여러분의 학교인데, 문제가 있으면 중석 가족들끼리 안에서 해결을 하시려고 노력들을 하셔야지, 교육부에다 대고 자꾸 고발 민원을 넣고 감사 청구를 해대시면 어떡하자는 겁니까."

공 총장이 하소연하듯 말했다.

소송 문제와 맞물려 학교가 교육부로부터 받고 있는 경고와 압력 때문에 마련한 만찬자리였다. 소송 교수들은 법원과 교육부를 투 트랙으로 뛰며 학교와 싸웠다. 익명의 몇몇 교수들이 교육부에 대고 중석대가 비리와 비위가 많은 대학이니 하루속히 정밀 감사를 해서 교육 정의 구현을 해야만 한다며 지속적인 민원을 제기하고 있다는 것이다. 이 사실을 학교에 구두 통보한 담당 과장은, 교육부로서도 어쩔 수 없는 것이 청와대, 총리실, 법무부 기타 등등에서도 중석대의 관리·감독이 소홀한 게 아니냐는, 뒤로 봐주는 게 아니냐는 지적질과 간섭이 끊이지 않기 때문이라면서 투덜댔다. 원고 교수들이 선언한 아마겟돈—5인방은 학교와 사생결단을 할 각오가 되어 있다고 했다—을 위해 동원 가능한 모든 화력을 집중하는 것 같았다.

담당 과장은 교육부와 감사원이 합동으로 정기 감사를 한 지 2년도 되지 않았는데, 생떼 쓰듯이 감사 청원을 강요하는 중석대 교수들을 이해할 수 없다고 했다. 학교도 같은 처지라고 하자, 그런 허튼소리 하지 말고 집안 단속을 똑바로 하라고 닦달했다. 닦달만 해서 미안했는지, 과장은 통화 말미에 건축비 유용 관련 고발이 접수됐으니, 이를 대비해야 할 것이라고 일러줬다는 것이다. 이미 소장에도 제기한 문제였다. 혐의를 주장만 할 뿐 변변한 정황증거 하나 제시하지 못하자 교육부를 쑤셔대는 것 같았다.

과장은 교수들이 이렇게 교육부를 들쑤셔대면 분규대학으로 지정해버릴 수밖에 없다며 엄포를 놓았다.

원고 교수들의 전방위적 공세에 공 총장이 어떻게 계속 모르쇠로 버틸수 있겠는가. 그러나 바지총장이 나섰다고 해서 달라질 것도 없었다.

"저는 중석대가 하루속히 망했으면 좋겠습니다."

공 총장의 하소연과 당부에 대한 소만성의 답이었다.

"예? 무, 무슨 말을 그렇게…… 여, 여러분의 밥줄이 매달린 직장인데, 마, 망하면 되겠습니까?"

당황해서 얼굴이 벌게진 총장이 더듬더듬하며 말했다. 그러고는 뒷목을 주물럭거렸다.

공 총장은 자신이 이사장과 명예이사장의 대리인 자격이 아닌, 객관적 내지는 중립적 입장의 제3자적 자격으로 참석했다는 것을 나타내고자, '여러분의 밥줄이 매달린 직장'이라는 제3자 화법—부임 이후 줄곧 이런 화법을 구사했는데 정철은 조직의 장으로서 무책임한 유체이탈화법이라고 규정했다—을 구사했다. 자신은 4년으로 정해진 한시적 임기를 마치면 중석대를 떠날 사람이지만, 너희들은 각각 25년 넘게 근속한 자들이고 또 앞으로도 계속 있어야 할 평생직장이 아니냐, 그러니까 망했으면 좋겠다고 지껄여대며 싸움질을 할 게 아니라 상생할 방도를 찾아야 하는 거 아니냐, 그래야 서로 살아남을 수 있는 게 아니냐, 라는 뜻이 담긴 제3자적 화법 같았다.

"나는 나가서 월급쟁이를 해도 되고, 뭐 안 되면 의원 하나 차리면 됩니다."

자신은 '생계형 교원'이 아니기 때문에 학교가 망해도 먹고 사는데, 아쉬울 게 없다는 대꾸였다. 학자이자 교육자적 마인드는 아예 없는 것 같았다.

"요즘 동네 의원들도 잘 안 돼서 문들을 닫고 그런다던데…… 어쨌든 우리 소 교수님은 중석대 의대 1기이신 데다가, 동문 1호 교수이신 데다가, 본부 처장까지 지내신 분이니, 끝까지 남아서 유서 깊은 학교를 지키셔야지 동네 의원이라니요……."

소 교수의 막말에 충격을 받은 공 총장이 잽을 날리듯 비아냥거렸다. 그도 나름 언론인 출신인지라 말발이 달리지는 않았다.

"나에 대해 많이 아시네요. 그런 사람을 어떻게 취급했는지도 아세요?"

소만성이 중석대가 그동안 학교에 헌신해 온 자신을 어떻게 취급했는지 알 리가 없는 당신은 빠지라는 듯 내질렀다.

공 총장은 소만성이 머리가 좋아 의대 교수가 됐을 뿐, 위아래도 가릴 줄 모르는 놈이라더니 정말 그런 것 같다는 생각이 들었다. '저'라는 표현을 몰라서 '나'라는 표현만 자꾸 쓰는 걸 보면 예의와 어휘력도 부족한 것 같았다.

"중석대가 최근 들어 각종 평가에서도 좋은 성적을 받고 있지 않소. 부실대학이었다면 한 해에 어떻게 51억에 달하는 사업을 수주할 수 있겠소, 소 교수. 지금이 어떤 세상인데, 어떤 정부 유관기관이 부실대학에 사업을 발주하겠느냐 말이오. 여러 교수님이 자꾸 부실하다고 주장을 하시고, 부정과 비리가 있다면서 자해, 아니 자기비하를 자꾸 하시면 정말 부실대학이 될 수 있다는 걸 모르시오? 지금은 너나 내나 모두가 어려운 시기 아니오. 서로 조금씩 이해하고 양보해서 힘을 모아봅시다. 학교가 잘되면 저보다 여러분이 더 잘되는 것이 아니겠소, 소 교수?"

소만성이 말한, 그와 학교와의 과거 관계 따위를 알 필요가 없는 공 총장이 자신의 가슴에 손바닥을 얹고 '저'를 강조한 뒤, 소 교수를 바라보며 말을 맺었다.

"우리가 부실대학을 만들려고 한다고요?"

하병구 교수가 씹어 삼켜야 할 육회무침을 퉁겨내며 물었다. 분위기가 험해 다들 수저를 놓고 있는데, 식탐 강한 그는 상 위의 육회무침을 집어 먹고 있었다.

"하 교수. 나도 귀가 있소. 여러분의 자해행위와 고자질에 학교가 대응하는 순간, 중석대는 분규대학이 되는 거고, 그게 곧 부실대학이요."

타이르듯이 말한 공 총장이 주머니를 뒤적여 메모지를 꺼내들었다. 그러고는 메모지를 펼쳐 들여다보며 자신이 부임한 뒤 지난 2년 동안 새롭게 받은 평가 성적들과 그에 따른 수주금액 105억 원에 대한 내역을 자랑하듯이 읊었다.

대학 자유역량심화 지원사업(AFE⁺)

지역산업맞춤형 인재양성사업: 2회 연속선정

대학 특화사업(SK—1): 2회 연속선정

컨설팅대학원(R&D센터) 3차 연도 상반기 정부지원사업: 3회 연속선정

사회맞춤형 산학협력 선진화대학(LINL⁺) 육성사업: 2회 연속선정

커리어명사초빙 활용지원사업(연구장려)

대학 신성장혁신화 후원사업 시범운영지원

정부초청 외국인장학생유치 보조사업: 2회 연속선정

한·아세안 공조프로젝트 지원사업

"이게 어떻게 부실대학이 받을 수 있는 성적이겠소. 금상구 전임 총장님께서 만들어놓은 인프라가 없었다면, 2년 동안의 노력으로 거둘 수 있는 평가 성적이 아니요."

공 총장이 금상구 전임 총장과 금기태 전임 이사장을 두둔하는 말을 슬쩍 덧붙였다.

"솔직히 말해서 그건 학교가 잘해서라기보다 공 총장님 로비력으로 된 게 아닙니까?"

소송 배후 조종자로 알려진 백지성 교수—원고 교수들은 책사라고 불렀다—가 반 뼘 길이의 턱수염을 매만지며 말했다. 그는 반백의 턱수염을

염소처럼 기르고 다녔다.

"아, 아니…… 무슨 그런 큰일 날 소리를……."

공 총장은 깜짝 놀라 들었던 숟가락을 내려놓으며 손사래를 쳤다. 그사이 육회무침 접시를 깨끗이 비운 하병구는 굴비를 발라 먹고 있었다.

공 총장은 마주 보고 앉아 있는 세 교수들의 하나같이 강퍅하고 음험한 말에 놀라움을 금치 못했다. 학구 선생이 양의 탈을 쓴 하이에나들에게 꺼들리며 평생을 사셨구나, 라고 생각하니 새삼 울컥했다.

— 백 교수의 말뜻은 공 총장이 정계와 교육계의 거물들과 맺어온 친분을 이용해 중석대가 각종 평가에서 좋은 성적을 받도록 압력 내지는 짬짜미를 행사한 뒷거래 결과가 지난 2년 동안의 성적이 아니겠느냐는 것이었다. 설령 그렇다 할지라도, 입을 다물거나 아니라고 해야 할 교수들이 자해성 유언비어를 조작·유포하고 있다니……. 할 말도, 식욕도 잃은 공 총장은 먹은 것 없는 입을 냅킨으로 닦았다.

"총장님이 아니라고 하셔도, 총장님 뒷배가 짱짱하다는 건 우리 모두 다 알고 있는 사실입니다요."

하병구 교수가 능글맞은 웃음을 지으며 말했다. 마치 당신은 짱짱한 뒷배 때문에 총장이 된 게 아니냐는 비아냥 같았다. 공 총장은 육회무침 양념이 붙은 그의 턱주가리를 갈겨주고 싶었다. 자신이 금상구 이사장의 절친일 뿐, 인척도 실세 총장도 아니라는 이유로 업신여기며 함부로 대하는 불한당들과 더 이상 마주하고 싶지 않았다.

그들은 시종 핫바지나 다름없는 당신을 만나준 것만으로도 고마워해야 한다는 식으로 공 총장을 대했다. 인내심이 바닥난 그는 자리를 박차고 싶었으나, 체통이 있기에 참을 수밖에 없었다. 공수달 총장은 자신을 모욕한 하병구, 소만성, 백지성이라는 셋의 이름을 평생 잊지 않겠다고 다짐했다.

원고 측은 전국사학교수연대 명의의 재판부 탄원서에 이어 또 다른 탄원서를 제출했다. 원고 전체 명의로 된 두 번째 셀프 탄원서였다. 민사소송의 경우, 대부분 사실관계와 사정을 잘 알고 있는 지인들이나 직간접적으로 사건과 이해관계가 있는 관계자들이 억울함이나 선처 등을 호소하기 위해 작성·제출한다는 탄원서를 재판 당사자들인 원고 교수들이 자신들의 일방적 주장과 요구를 직접 작성하여 제출한 것이다.

원고가 세간의 장삼이사(張三李四)가 아닌 상아탑의 교수들이기에 이들의 탄원서가 재판부에 아무런 영향도 끼치지 못할 것이라고 보기는 어려웠다. 즉 재판 당사자인 원고 교수들의 떼거리 탄원은 판사들에게 부담을 주고 판결의 가이드라인으로 작용할 소지가 있었다. 항소심 재판부라고 해서 원심 재판부와 다르다─원심의 판결 결과 위에서 진행되고 있었다─고 할 수 없었다. 그 나물에 그 밥이듯이, 그 재판에 그 판사들과 다름없을 것이라는 가능성을 배제할 수 없었다.

원고 교수들의 적극적인 재판부 파상공세에 자극을 받았는지, 아니면 TFT도 무언가를 해야 한다고 생각한 때문인지 갑자기 TFT도 탄원서 또는 진정서를 제출해 맞대응할 필요가 있다는 의견이 나왔다. TFT 위원들은 아부성 발언을 할 때와 달리 행동을 할 때는 네댓 발이 늦고 그나마도 굼떴는데, 정철은 이런 위원들의 행태를 고의적 게으름으로 봤다. 탄원서는 말이 아닌 글이었기에 정철의 몫이었다.

위원들 중 일부는 학구 선생 앞에서 탄원서의 기조와 내용들을 놓고 아름다운 말로써 충성 경쟁을 하느라 맹렬한 기세를 올렸다. 계통 없이 중구난방이라 초안을 잡을 수 없었다. 원고 교수들에 대한 비난과 성토만 허방을 찔러댔다.

정철은 이들의 난분분한 저주를 글로 잡을 수 없었다. 그들의 분노와 저주가 주술 같아서 굳이 글로 적어 재판부에 보내지 않아도 원고들에게 재앙을 안겨다 줄 것만 같았다.

위원들은 이사장과 명예이사장이 동석한 판석동 법인 회의실 안에서라면 언제든지 원고 교수들에게 비분강개하고 분기탱천할 준비가 되어 있었다. 그러나 안천 학교로 돌아가면 꿀 먹은 벙어리가 되거나, 원고 교수들의 심정을 이해할 수도 있다며 딴소리를 했다. 또 구성원이 "중석대 임금이 적은 건 사실이잖아?"라고 하면, 침묵 또는 "그건 그렇지"라고 동조했다.

그러니까 임금이 적은 건 사실이고, 과반동의를 받지 않은 것 또한 위법한 사실—1심 판결을 근거로 해서—이라고 떠들고 다니는 원고 교수들과 대다수 구성원 앞에서 위원들은 이렇다 할 변명이나 반론 한마디조차 제기하려고 하지 않았다. 묵시적 동조와 다름없는 태도를 보였다. TFT 위원들은 오직 이사장과 특히 명예이사장 앞에서만 원고 교수들을 들입다 성토하며 광분할 뿐이었다. 정철은 놀랍고 기이했다.

이사장과 학구 선생은 이런 사실을 아는지 모르는지 아무 말이 없었다. 십상시 겸 위원들이 친 '인의 장막' 때문인지, 아니면 듣고 싶은 말만 듣기 때문인지 알 수 없었다. 십상시는 이사장과 학구 선생이 들어야 될 말을 '인의 장막'으로 차단하고, 이사장과 학구 선생은 그 '인의 장막'으로 듣고 싶지 않은 말의 접근을 차단하는 것일 수도 있었다.

"내가 이사장으로 있을 때, 학교에서 잘 시행되고 있던 계획이나 정책들이 왜 갑자기 연기되고 폐기되거나 유야무야되고 있는 거요? 내가 뭘 잘못했었나?"

학구 선생이 이사장직에서 물러난 뒤, 정철에게 한 질문이었다. 정말 몰라서 묻는 것인지, 알면서 묻는 것인지 질문의 뜻을 알 수 없었다. 그러나 질문의 진의 파악과 답은 별개의 문제였다. 사실대로 답했다.

"이사장님께서 주도하신 계획, 정책, 지시가 옳아서, 또는 그렇게 할 수밖에 없다고 판단해서 동의하고 실행했다기보다는 이사장님의 계획, 정책, 지시이기 때문에 한 것이 아니겠습니까?"

"그게 무슨 뜻인가?"

"이사장님이 아닌 다른 사람이 그런 계획, 정책, 지시를 했다면 무조건 동의하고 실행하지는 않았을 것이라는 뜻입니다."

"글쎄, 그게 무슨 뜻이냐고?"

학구 선생이 다그쳤다. 정철은 더 이상 말을 해 자충수를 두고 싶지 않았으나, 듣고 싶은 말을 포기할 그가 아니었다.

"계획, 정책, 지시의 옳고 그름보다는 이사장님의 생각이나 지시라는 사실을 더 중요하게 생각했을 것입니다. 절대 권력자이시니까요."

"그게 무슨 말인가? 절대 권력자? 처음 듣는 말일세. 난 절대 권력자가 뭔지도 모르고, 중국장 말대로 내가 만약 절대 권력자라면 자네가 지금 내 앞에서 이럴 수 있겠는가?"

학구 선생이 딴청을 부리며 말장난을 했다.

"이사장님으로 계실 때, 이사장님이 하시고자 하는 일에 이의나 반대의 뜻을 달아 제지하거나 방해한 교직원이 있었습니까?"

그런 교직원은 없었을 것이니 정철의 질문에 답을 할 수 없었다. 어쩌면 질문 내용이 황당하고 괘씸해 답을 하지 않은 것일 수도 있었다. 뒤늦게 질문의 진의를 짐작한 학구 선생이 "끄응⋯⋯"하며 몹시 불편한 표정을 지었다.

학구 선생 주변에 그를 따르고 좇는 자들은 언제나 차고 넘쳤다. 정확히 말하면 그를 따른다기보다 그의 권력을 따르는 것이었다. 그러나 학구 선생은 그게 그거라고 생각하는 것 같았다. '금기태=중일학원=중석대'라고 생각하기 때문에 생긴 부작용이었다. 아첨꾼과 하수인 들은 이런 맹점을 파고들었다. 학구 선생에게 하는 아첨을 중석대에 대한 충성인 양 위장하고 가장했다. 아첨과 충성은 가려내기 힘든 유사품이었다.

그래서 그의 주변에는 줄 타는 재주가 뛰어난 하수인들—이중에 더러 모사꾼도 있었다—만 넘쳐날 뿐, 칼날 위에 선 참모가 없었다. 하수인들은 금기태 이사장 시절, 그의 명을 출납하고, 심기 경호를 하고, 안티 세력들에 대한 동향을 보고했고, 이 모두를 애교 행위로 인정받아 자신들의 이득을 챙겼다. 소송을 제기한 교수 5인방이 대표적인 하수인들이었다.

학구 선생은 이사장 시절, 판석동 법인에 앉아서 십상시와 하수인 들의 대면 구두보고를 통해 안천의 학교 상황을 파악했다. 본 대로, 들은 대로, 겪은 대로 전한다는 말처럼, 허황되고 거짓된 말이 어디 또 있겠는가. 자기 입장과 시각으로, 자기 수준으로, 자기 식으로, 보고, 듣고, 겪은 것을 친소, 정실 관계 등 이해관계를 고려해서 자기의 감정과 언어 능력만큼 표현하여 전달하는 게 아니던가. 십상시와 하수인 들은 언행 자체만 녹화하여 재현할 수 있는 CCTV가 아니었다. 또 자기들이 감당할 수 없는 문제라고 판단되면 보고하지 않았다.

이렇듯 선별적이고 편파적이며 자의적일 수밖에 없는 부정확하고 부실한 보고에다가 보고자의 사심까지 곁들여질 터인데 이런 보고를 듣고 어찌 바른 상황 판단이 가능하겠는가. 물론 의심이 많은 학구 선생인지라 나름대로 크로스 체크를 하겠지만, 그 역시도 믿는 놈, 사랑하는 놈으로서 자신의 마음에 드는 놈을 통해 이루어질 터인데, 다를 게 뭐겠는가. 자신이 상대를 잘 안다는 것은 상대도 자신을 잘 안다는 것이다. 학구 선생을 잘 아는 놈이 학구 선생이 싫어할 만한 말을 하겠는가.

정철은 사랑과 신뢰를 받으면서도 얍삽하기만 하고 무능한 측근들 때문에 소 제기 요건과 자격조차 의심스러운 쟁송에 질질 끌려다니며 망신과 헛고생으로 진을 빼고 있다는 생각을 하지 않을 수 없었다.

곧은 낚시질하듯 2심을 진행하면서도 계속해서 헛바퀴만 돌리고 있는, 소모적인 TFT 회의에 지친 정철은 진정서 초안을 작성하고 나서 방을구 총괄팀장에게 전화를 했다. 무엇보다 이렇게 말잔치와 저주만 쏟아내며 뭉그적거리다가 대응할 적기를 놓쳐버리면 낭패가 아닌가.

"불편한 말을 좀 할까 하는데……."

"하세요."

얄미운 말투였다. 아니꼽다는 뜻이었다.

"학교 구성원 대다수가 원고 교수들과 같은 생각들을 하고 있다는 건 아시지요?"

TFT 위원들과 가까운 직원들도 그렇게 생각들을 하고 있었다. 7인방들끼리 알뜰살뜰 보듬어 밀어주고 끌어주며 주요 자리에 팀장으로 앉힌 직원들이었다. 그들은 출근해서 컴퓨터를 켜고 이메일만 확인하고 나서는 퇴근할 때까지 틈만 나면 본부 행정동인 '에밀센터' 곳곳에 끼리끼리 모여서 뒷담화와 쑥덕공론을 주고받는 사이들인데, 소송에 관한 문제들만 주고받을 리가 없었다. 정철은 이걸 어떻게 이해해야 하느냐고 물었다.

"……그, 글쎄……. 그, 그런 건…… 내가 모르지요."

질문의 진의를 파악하느라 뜸을 들이던 방 팀장이 자신은 안천이 아닌 판석동에 있기 때문에 알 수 없다고 답했다.

"위원들이 회의 때마다 허위보고를 하고 있다는 것인데, 방 팀장님이 그걸 모른단 말이오?"

"허위보고라니요? 누가 허위보고를 한단 말입니까?"

방 팀장이 손바닥으로 하늘을 가렸다.

"본부 보직자들도 원고 교수들과 같은 생각들인 것 같던데……."

본부 보직자들도 원고 교수들을 지탄한다고 했으나, 사실과 달랐다. 되레 소송 교수들의 입장을 이해하고 동조하는 쪽에 가까웠다.

"그, 그건, 안 그, 그런 걸로 알고 있는데……."

방 팀장의 대꾸가 노련했다. 시(是)와 비(非)에 양다리를 걸쳐야 살아남을 수 있는 자리에 있다는 것을 알고 있는 것 같았다.

"권력자와 지근거리에 붙어 있는 사람이 측근 아니오. 그래서 측근이 아닌 사람들은 권력자와의 거리 때문에 측근들에게 들러붙어 알랑방귀를 뀌는 것이오. 그런데 측근들이 권력자에게 줄을 대줘 승진과 영전을 하도록 뒤를 봐준 사람들에게도 소송에 대한 사실관계에 대해서는 함구를 했다는 것인데, 이해가 됩니까?"

"지나치게 정치적으로 판단하시는 거 아닙니까? 여긴 학굡니다."

"아, 그렇군요, 학교. 그런데 행정적으로 안 하고 정치적으로들 하시니까, 정치적으로 판단할 수밖에 없는 거요. 측근이 주군의 권력에 기대 세를 만들었으면, 주군이 어려울 때 주군을 위해서 그 세를 써먹는 게 도리일 터인데, 되레 그 세가 주군을 돕기는커녕 곤경에 빠뜨리고 있는데도 구경만 하고들 있지 않소."

"아니 대체 누가 측근이라고 자꾸 측근, 측근 하는 겁니까?"

"몰라서 묻는 거요?"

"예. 몰라요! 책임질 수 없는 발언을 함부로 하시네."

기분 상한 말투였다.

"방 팀장님처럼 학구 선생 가까이에 있는 사람이 측근이오. 측근이면서 측근인 줄 모르는 사람들이 측근이니, 말만 아름다워지고 문제는 점점 꼬여가는 것이오."

정철도 씹어뱉듯이 받았다.

'씨발, 뭐라는 거야'라고 중얼대는 욕설이 수화기를 타고 들려왔다. 정철은 못 들은 척 뭉갰다.

"10년 전 상황에서, 당시의 당위성과 필요성에 따라 실제적인 동의하에 시행한 연봉제요. 또 아무 문제없이 10년을 실행했소. 그런데 10년 전에 이루어졌던 일을, 10년이 지나 상황과 환경이 당시와 달라진 시점에서, 현재 나타난 결과를 가지고 그 10년 전의 결정이 옳았는지 틀렸는지를 따지자는 거요. 그것도 법으로 말이오. 이게 말이 되는 거요?"

"……그, 그건 우리 모두가 이미 잘못됐다고 동의한 거 아니오?"

"그걸 구성원과 공유해야 한다는 말이오. 우리끼리 모인 자리에서 말로만 우리끼리 동의하지 말고……."

'씨발, 왜 자꾸 이러는 거야'라는 욕설이 또렷하게 들려왔다. 욕설이 컸다고 생각했는지, "그게 어떻게 우리끼리만 동의하고 말 문젭니까?"라고 반문했다.

"교협 회장과 직원노조 지부장이 당시 과반동의절차를 안 밟아도 된다고 했다는데, 다들 알고 있으면서 왜 그 사실을 함구하고 있는 겁니까?"

당시 그들이 과반동의절차를 안 밟아도 된다고 구두 동의를 했다는 사실은 중요했다. 원고 교수들의 파렴치한 행위를 드러낼 수 있는, 즉 불리하게 진행되고 있는 법적 싸움에 맞서 유리한 도덕적 싸움을 전개할 수 있는, 학교가 수세에서 공세로 전환할 수 있는 결정적인 반전 카드가 있었는데도 누구 하나 이런 사실을 말하지 않은 것이다. 그러니까 원고 교수들 편으로 기울어져 있는 학내 분위기와 여론을 바꿀 수 있는 카드가 있었음에도 쓰지 않고 있었던 것이다.

정철은 탄원서 초를 잡는 과정에서 성과연봉제 도입 직전 단계의 상황과 맥락을 조사하다가 임오구 교수로부터 뒤늦게 이 사실을 듣게 되었다.

당시 기획처장으로 성과연봉제 도입 관련 업무를 총괄했던 임오구 교수가 자신의 법조계 친구들로부터 중석대 성과연봉제는 플러스섬 방식으로 전환되는 것이기 때문에 취업규칙 불이익 변경에 해당되지 않으니 과반동의절차를 밟지 않아도 무방할 것 같다는 법률자문을 받았고, 이 자문

결과를 교협 회장과 노조 지부장에게 각각 전하고, 그들에게도 자문을 받아보라고 했다는 것이다. 그 결과, 그들도 임 교수와 같은 답을 받았다고 했다.

그런데 이 중차대한 과정과 절차가 공식 행정 문서가 아닌 전화 통화로 이루어졌다. 근거를 남기지 않았다는 말이다. 당시 실무 담당자로서 교협 회장의 전화를 받았다는 선우경삼도 침묵했다.

아무리 물적 근거가 없다 한들 당시 주고받은 말들이 사실이라면, 그 과정과 절차를 수행했던 임오구 교수가 마땅히 당사자들을 불러 이를 밝히고 따져서 진위를 밝혀야만 하지 않겠는가. 그런데 어찌된 일인지 그마저도 침묵했다. 학구 선생의 최측근—한때 스스로 그렇게 말하고 다녔다—이었다는 임 교수도 동료 교수들이 소를 제기하자, 침묵과 방관을 택한 것 같았다. 그는 재판이 시작되자 강의도 빠지고 잠수를 탔다.

정철은 방 총괄팀장에게 사실마저 은폐하는 이런 침묵의 카르텔에 대해 묻는 것이었다. 학구 선생과 이사장 앞에서는 이구동성으로 동의를 했으나, 돌아서서 하는 언행은 이와 다르다는 것이 문제였다. 왜 그럴까? 정철은 그것이 궁금했다.

재판에는 정답이 없다. 여러 개의 답이 있을 뿐이다. 때문에 우리가 승소할 수 있는 답을 얻기 위해서는 어떤 프레임으로 재판을 선점하고 '지배'하느냐에 달려 있다고 봐야 했다. 결국 재판은 쌍방이 제기한 사실과 가치를 모두 따져서 가릴 수 없기에 프레임 싸움이 아니던가. 이게 학구 선생의 생각이었고 정철도 같은 생각이었다.

그래서 그가 TFT 위원으로 들어와 처음부터 주장한 것이, 10년 전 정책을 10년 후 시각으로 심리하고 판결하는 것이 법 정신에 부합하는가, 라는 프레임이었다. 이게 부합한다면 현재의 기준으로 과거의 과오를 소급하여 심판할 수 있다는 말인데, 그렇다면 법이 역사를 심판할 수 있다는 말이 아닌가.

그러나 이 말에 누구 하나 콧방귀도 뀌지 않았다. 어찌된 노릇인지 프레임을 부르짖던 학구 선생도 정철이 구체적인 말을 하면 듣는 둥 마는 둥 별무반응이었다.

되레 1심 승소로 기세가 오른 원고 교수들이 중석대학교 월급이 전국 200여 사립대학 가운데 꼴찌 수준이라며 방방곡곡 떠들고 다녔는데, 이것이 두루 통했다.

정철이 방을구 총괄팀장에게 전화를 건 이유는 피고 대학 측이 제출할 교수 탄원서에 많은 교수들이 참여토록 하려면 이제라도 사실관계를 제대로 알려야 하니 그 방법을 찾아보자는 얘기를 하려던 것이었다. 그런데 정철은 금기태 명예이사장에게 강경 대응을 부추기는 강성 매파로서 재판 결과를 부정하고 협상 반대를 주동하는 선동자 내지는 모략가로 몰리게 되었다.

정철은 성과연봉제 소송에 대해 근본적인 해결이 아니라, 소송 상황이 악화되지 않도록 관리하는 것이었다는 사실을 2심 재판이 끝나고 상고심이 시작된 뒤에야 알게 되었다. 원고 교수들과 싸워야 할 TFT 위원들—특히 방을구 업무총괄팀장, 오동춘 비서실장, 선우경삼 혁신개발팀장—이 왜 자신과 싸운 것인지 그 이유를 찾던 과정에서 알게 된 사실이었다. 그러니까 정철은 TFT 내부 관리와 원고 교수들을 위협하기 위한 '위장용 메기'에 불과했던 것이다.

학교 측 입장을 밝힌 교수 탄원서에 서명한 교수는 비정년트랙 교수 한 명을 포함한 16명—이중 금씨 일가친족 교수가 9명이었다—에 그쳤다. 정철의 예상대로였다. 원고 교수를 제외한 중석대 정년트랙 전임교수 수는 233여 명이었다. 그러니까 6.89퍼센트가 서명에 참여한 것이다.

담당 판사가 마지막 조정 회의에서 재판에 출석한 원고 교수 전원을 줄은 회의실로 불러들였다. 복도에서 웅성대며 서성거리던 열댓 명의 교수가 주뼛거리며 회의실로 들어왔다. 교수들이 교무실로 불려온 초등학생인 양 앳된 판사 앞에 엉거주춤한 자세로 섰다.

"본래 교수님들이 다들 조정 회의에 참석하셔서 의견들을 내셔야 하는 건데, 법원 회의실 공간이 협소하다 보니 몇 분만 대표로 모시고 조정을 할 수밖에 없었습니다. 오늘이 마지막 조정 회의라 참석하실 분이 있으시다면 기회를 드려야 할 것 같아서……."

2:8 가르마를 한 우윳빛 피부의 판사가 말끝을 얼버무리며 눈치를 살폈다. 같은 공간—판사를 포함하여 아홉 명이 앉을 수 있는 자리가 있었고, 원고 교수 열댓 명이 어깨를 맞댄 채 촘촘히 서 있는 곳이 여유 공간의 전부였다—인데, 그동안에는 들어올 자리가 없었고, 지금은 자리가 생겼다는 말인가. 아니면 원고 교수들이 원한다면, 없다던 더 큰 회의실을 만들어서 옮기기라도 하겠다는 것인가.

피고 측 대리인으로 조정에 참석한 정철이 하나 마나 한 말을 하고 있는 판사를 물끄러미 바라봤다. 그 바람에 판사와 정철의 눈이 마주쳤다. 판사가 정철을 보며 멋쩍게 웃었다.

"해 온 대로 마무리하시지요. 저희들은 우리 대표들을 믿고 위임한 것이니까 괜찮습니다."

열댓 명 틈에 끼어 있는 백지성 교수가 염소수염을 만지며 선심 쓰듯이 말했다.

"다들 동의하시나요?"

판사가 나머지의 뜻을 물었다.

"예. 알아서 하슈."

"그러세요."

"좋습니다."

"괜찮아유."

출입구 주변에 서서 비비적거리던 교수들이 자유롭게 답했다. 조정 진행 판사의 이 갑작스럽고 뜬금없는 회의 진행 방식과 태도가 의아스럽고 불안했다. 물론 원고 교수들은 모두가 소송 당사자이기 때문에, 피고 측의 대리 참석자들보다 판사가 관심을 더 가질 수는 있었다. 그러나 이미 원고 교수들이 자기들의 대표를 뽑아 조정에 참석시킨 것인데, 군이 뒤늦게 와서 원고 전원 참석이 원칙인데 공간이 좁아서 그렇게 하지 못해 미안하다는 둥 해가며 사과까지 할 필요는 뭔가 싶었다.

조정이 끝난 뒤에 TFT 위원들은 또 이를 두고 원고 교수들에게 유리한 판결을 암시하는 것일 수도 있다는 둥, 원고들에게 불리한 판결을 내리려니까 미안해서 그러는 것이라는 둥 설왕설래하며 옥신각신했다. 규정에 따른 확인일 수도 있고, 재판부가 과정과 절차상의 문제로 트집을 잡히지 않기 위해 확실히 해두는 것일 수도 있다는 안 전 처장의 의견도 있었다. 아무튼 TFT 위원들은 말로 할 수 있는 것이라면 뭐든지 철저히 따졌다.

조정은 예상대로, 또 양측의 전략대로 실패했고, 10월 10일 결심이 진행됐다.

"기준연도를 1년 전으로 잡게 되면 보전금 총액이 6천만 원도 안 나오는데, 그래도 괜찮겠습니까?"

재판장이 원고들을 향해 물었다. 괜찮다고 하면 그렇게 판결하고, 싫다고 하면 다르게 판결을 하겠다는 것인가. 의도를 알 수 없는 질문이었다. 참 싱겁고 경박한 재판장이었다. 재판 초장에 멍청한 객담으로 책잡혀서 망신을 당하고도 정신을 못 차린 것 같았다.

1년 전이면, 2013년이었다. 원고들이 2014, 15, 16년 임금에 대한 소를 제기한 것인데, 보전금액 산정기준을 직전연도로 삼겠다는 뜻이었다. 이것은 피고 측이 바라던 기준연도였다. 원고 측은 당해연도를 주장했다.

"우리가 고작 그깟 돈 몇 푼 받으려고 이 고생을 해가며 여기까지 왔겠습니까?"

발끈한 하병구가 격앙된 목소리로 항의했다.

'그깟 돈 몇 푼'이란, 재판장이 말한 6천만 원으로써 피고 측이 2013년을 기준연도로 해서 최종 제시한 조건과 금액 그리고 거기에 플러스알파가 보태진 금액을 뜻했다.

"돈 때문에 소송을 한 게 아니라고 하시지 않았나요?"

기분이 상한 재판장도 발끈했다. 정철은 재판장의 이 대거리가 지난번 봉변에 대한 보복인가 싶어 어리둥절했다.

2심 재판 개시일에 하병구는 성전(聖戰)에 출정하는 장수인 양 그깟 돈 몇 푼 때문에 쟁송을 하는 것이 아니라, 그동안 금기태 명예이사장으로부터 짓밟힌 자존심과 명예 그리고 잃어버린 정의를 찾고자 이러는 것이라면서 재판장을 노려보며 외쳤었다. 그날, 그 외침을 들은 정철은 불현듯 하병구와의 오래된 기억이 떠올랐다.

과거 11년 동안 정철이 금기태 이사장으로부터 별건 지시—정철은 학교법인 중일학원이 아닌 중석대학교 직원이었다—를 받아 종합 홍보지를 제작했다. 그런데 그 일을 하면서 정철이 매달 월급의 두 배에 달하는 뒷돈을 챙기고 있다고 이사장을 찾아가 무함을 한 놈이 하병구였다. 둘은 당시에 서로 알지도 못하는 사이였고 아무런 이해관계도 없었다. 그런 놈이 그때도 아무런 증거 없이 무함을 한 것인데, 동료 교수가 하는 얘기를 들었고, 그게 증거라고 했다. 그 동료 교수가 오모세였다.

금 이사장은 같은 잘못이라도 교수가 하면 문제 삼지 않으나, 직원이 하면 대가를 치러야 했다. 그게 뜬소문이어도 직원인 경우에는 그 뜬소문에 대한 책임을 물었다.

금 이사장이 '중석 2000 MILLENNIUM BEYOND' 비전 수립 작업과

관련해서 한때 정철을 가까이 두고 부릴 때, 권력과 보직에 갈급했던 몇 몇 교수들이 이사장과의 관계를 트기 위해 그에게 갈 수 있는 줄을 놔달라며 정철에게 매달렸다. 난감한 정철이 자신의 위치와 처지를 밝혔다. 자신은 평범한 7급 행정직원이고, 이사장과는 주종관계일 뿐이다, 그 이상도 이하도 아니다, 당신네들이 자꾸 이러면, 이러는 게 알려질 수도 있는데, 그렇게 되면 이사장으로부터 오해를 받아 내가 곤욕을 치를 수 있다, 라며 제발 곤란하게 하지 말아달라고 되레 사정했다.

그럼에도 불구하고 몇몇 교수들은 찰거머리처럼 빨판을 박고 정철을 집요하게 닦달했다. 그러다가 이사장과 맺어줄 수 있는 줄을 주렁주렁 달고 다니는 십상시의 도움을 받았는지, 빨판을 떼고 멀어졌다. 결국 십상시가 내준 줄로 금기태 이사장의 측근이 되어 보직자와 메신저가 된 그들은 그 지위와 권한을 이용하여 정철에게 다양한 보복을 했다. 그리고 그들은 지금도 여전히 학구 선생 곁에서 지록위마하고 교언영색하며 자신들의 위상을 공고히 하며 영향력을 행세했다.

그런데 결심이 진행된 이날, 즉 10월 10일에 오모세가 하병구의 적이 되어 피고 측 증인으로 법정에 출두했다. 정철이 월급의 두 배를 편취하고 있다는 정보를 하병구에게 제공했던, 그의 절친 오모세가 원고 측 주장을 정면으로 반박하는 증언을 했다. 교황 무류성(無謬性)에 필적할 만한 권력과 독단을 행사하는 교수들이 힘을 좇는 이합집산이 이러했다.

오모세의 증언으로 울그락불그락하던 하병구는 재판이 끝나고 밖으로 나오자마자, "금기태, 이 씨발······"하며 욕지거리를 씨불였다. 정철은 '놈' 자조차도 붙일 용기와 배짱조차 없는 그가 가증스러울 따름이었다.

천정철은 중석대 동문 출신 직원들을 상대로 탄원서 작성 및 서명을 추진키로 했다. 16명의 교수가 서명해 제출한 탄원서는 참가자 수가 적어 재판부가 거들떠보지도 않을 것 같았다. 때문에 2심 판결 전에 비록 동문 출신 직원들 만이라도 다수가 서명한 탄원서를 제출할 필요가 있었다.

그러나 호응이 없었다. 어떻게 알았는지 동문 직원들이 정철을 슬슬 피해 다녔다. TFT 위원 중에도 두 명의 동문 직원이 있었으나, 그들도 미온적이었다. 그들, 즉 오동춘과 문신삼은 세(勢)를 거느린 동문 직원이었다. 학구 선생의 신임과 총애를 받는 측근임을 알고 들러붙어 다니며 아양을 떠는 동문이 각각 수십 명씩 달했고, 그 둘이 경쟁하듯 챙겨서 승진을 시켜주고 팀장을 달아준 동문 직원만도 예닐곱 명이 넘었다. 그러나 두 위원은 탄원서에 대한 말이 나온 이후, 면벽수행을 하듯이 각자의 사무실에서 두문부출하며 동문 직원들을 일체 만나지 않으려 한다고 했다.

비동문 TFT 위원들도 떨떠름한 반응이었다. 동문 직원들 일은 동문 직원들끼리 알아서 하라는 입장 같았다. 결국 동문 직원 탄원서 제출은 무산됐다. 동문인 소만성 의과대 교수가 한 '학교 폭망, 개인 개업' 발언을 계기로 소송과 관련해서는 불개입 분위기가 암묵적으로 조성된 것인지, 동문 직원 누구도 좀처럼 움직이려 하지 않았다.

직원 동문회는 소만성의 학교 혐오·저주 발언에도 벙어리인 양 침묵했다. 소 교수가 학교를 혐오·저주한 것이 아니라, 학구 선생을 사적으로 혐오·저주한 것이기 때문에, 직원 동문회가 사적 문제에 왈가왈부할 필요가 없다고 했다. 또 교수가 한 발언을 직원이 문제 삼는 것은 적절치 않다고도 했다.

5

결심이 끝나고 한 달 남짓이 지나 2심 결과가 나왔다. 2심 판결은 1심에 비해 선방했다고 볼 수 있었다. 1심이 5:95로 졌다면, 2심은 40:60이라고 볼 수 있기 때문이다.

그러나 성과연봉제 전환이 취업규칙을 위반한 것이라는 1심 판결이 그 대로 인용됐기 때문에 진 것은 진 것이었다. 재판은 49:51로 나온다 할지라도 51쪽이 선이 되어 전부를 갖는 것이고, 49쪽은 악이 되어 전부를 잃는 것이다. 그런데 판결문이 문제였다. 판결 주문(主文)의 전제가 되는 근거가 원고 교수들의 거짓 진술과 허위사실에 기초하고 있었다. 최선을 다해 다툰 기준연도가 2013년이 아닌 2014년으로 잡힌 것은 문제도 아니었다. 전혀 예상치도 못한 데서 당한 것이다.

어쨌든 재판장의 초기 발언과 조정 협상 직후의 발언 등을 고려할 때, 그가 처음부터 꿍꿍이속이 있어 페인트모션으로 피고 측의 변론을 기망한 것이 아닌가 의심스러웠다.

판결 주문을 뒷받침하는 근거 가운데 핵심적인 세 가지가 사실과 달랐다. 그러니까 원고 교수들의 거짓 주장과 일방적인 증언을 확인조차 하지 않고 판결 근거로 인용한 것이다.

첫째, 중석대는 본부 주요 보직을 임명할 때, 금기태 이사장이 일방적으로 지명을 하는데, 지명된 교수는 거부할 수 없는 인사 구조이다.

원고 교수 중에 성과연봉제 도입·시행 과정에 주무 처장으로 참여한 주둔수 교수가 재판부에 제기하고 주장했던 말이었다. 자신과 원고들의 상식적·도덕적 결함을 감추고 정당성을 확보하고자 금기태 이사장을 독재 군주인 양 몰아간 것이다. 또 이렇게 주장을 하고, 이 주장이 인정받아야 자신은 물론이요 중석대 교수들이 원하지 않았던 성과연봉제의 입안 —심의의결—시행 과정을 어쩔 수 없이 지켜볼 수밖에 없었다는 것을 재판부에 어필할 수 있기 때문이었다. 온갖 간살을 떨어가며 성과연봉제 도입을 찬양, 찬동했던 놈이 이제 와서 정반대의 주장을 하고 있는 것이다.

불이익을 받지 않으려고 강제와 강요에 굴복할 수밖에 없었다고 재판장에게 징징거리면서…….

거짓이었다. 국공립이건 사립이건 어느 대학을 막론하고 본부 주요 보직의 경우, 아주 특이하고 별난 교수—오직 연구와 교육만 하겠다며—를 제외하고는 시켜만 주면 기꺼이 하겠다는 교수들이 대다수라고 봐야 했다. 정철은 보직 욕에 눈 먼 교수들에 의해 이해할 수 없는 앙갚음까지 당한 바 있기에 누구보다 잘 알고 있는 사실이었다. 보직 한번 해보고자 이사장 주변을 똥파리처럼 빙빙 돌며 구애를 했던 놈이, 맡겨만 주신다면 분골쇄신하겠다고 아양을 떨었던 놈이 이제 와서 시켰기 때문에 어쩔 수 없이, 불이익을 받지 않기 위해 보직을 맡을 수밖에 없었다고 씨불인 것이다. 이런 표리부동하고 배은망덕한 놈이 학생을 가르치는 교육자라는 사실이 놀라울 뿐이었다.

둘째, 중석대 교협회장인 문엽 교수가 분명히 반대 의사를 밝혔음에도 성과연봉제를 시행했다고 주장했다. 반대는커녕 당시 자신이 법률 자문을 받은 결과, 성과연봉제 전환이 불이익 변경이 아닌 플러스섬 방식으로 전환하는 것인 만큼, 취업규칙을 위반한 것이 아니라면서 과반동의절차를 밟지 않아도 아무 문제가 없다고 한 놈이었다. 그러면서 문제 삼을 생각이 없으니 자신의 호봉 승급 문제나 잘 봐달라고 기획처장에게 청탁까지 했던 놈이 아니던가. 물론 이런 중차대한 문제를 공문이 아닌 구두로 한 당시의 임오구 기획처장의 과오를 무시할 수는 없었다.

셋째는 교협 측이 합리적이고 공정한 성과연봉제도를 마련하기 위해 외부 전문기관의 컨설팅을 받자고 해서 받은 것인데, 학교가 과반동의를 받지 않기 위해 컨설팅을 받은 것이라고 판결문에 적시되어 있었다. 투명성과 공정성을 위한 교수들의 요구 사항이라면서 외부 기관 컨설팅의 필요성을 제안한 놈이 문엽이었다. 그런데 바로 그놈이 법정에서 말하기를,

"과반동의를 받지 않으려는 꼼수를 쓰고자 학교가 외부 전문기관 컨설팅을 받은 것으로 의심된다"고 진술한 것이다. 문엽은 그의 요구에 따라 학교 측이 알아보고 제시한 외부 전문기관 세 곳 중 한 곳을 선택한 장본인이었다.

이 세 가지가 모두 사실이라면 재판부의 판결을 받아들일 수도 있을 것이다. 하지만 모두 날조였다. 그동안 소송에 대해서는 학구 선생과 같은 입장과 생각을 가지고 있다고 했던, 공수달 총장을 비롯한 본부 주요 보직자들이 약속이나 한 듯이 2심 판결 결과에 침묵하거나 받아들일 수밖에 없지 않겠느냐고 했다.

2심 판결이 나온 이튿날, 공수달 총장이 천정철을 호출했다.

"자꾸 소송으로 가는 것은 원고들 감정만 상하게 해서 분란만 커집니다. 해결만 더 어렵게 할 뿐이지 학교에 득이 될 게 없어요."

정철은 총장이 자신을 불러 왜 이런 말을 하는지 알 수 없었다. 판결에 승복하라는 말 같기도 했고, 자신은 대법원 상고를 반대한다는 의사를 전달하려는 것 같기도 했으나, 뭐가 됐든 정철에게 할 말은 아니었다. 법인이 상고 의사를 공식적으로 밝힌 바도 없었다.

정철은 자신이 상고를 주장했다는 것을 공 총장이 알고 있는 것이 아닐까 싶었다. 아니면 넘겨짚고 하는 말일 수도 있었다. 어쨌든 총장의 말은 적절해 보이지 않았다. 감정은 원고 교수들에게만 있고, 피고인 금기태 명예이사장과 금상구 이사장에게는 없단 말인가. 감정이 상한 것으로 치면 원고들로부터 치욕적 인신공격을 당한 명예이사장과 이사장 쪽이 아닐까 싶었다.

대체 TFT 위원 가운데 누가 보안 유지 약속을 어기고 공 총장에게 법인의 상고 의지를 날름 전했단 말인가. 아무튼 TFT는 물이 줄줄 새는 바가지였다.

"법인이 상고하기로 한 걸 공 총장님이 어떻게 아십니까?"

호출을 받은 정철이 총장실로 들어가기 전에 오동춘 비서실장에게 물었다. 그는 못마땅한 표정으로 이기죽거리며 자신이 총장이 아니어서 아는지 모르는지 모르겠으니 궁금하면 직접 들어가서 물어보라고 했다. 그러면서 자신은 말하지 않았다고 했다.

물어볼 것도 없이 공 총장은 법인의 상고 의사를 알고 있었고, 아침 댓바람에 그 사실을 비서실장을 통해 보고 받았노라고 했다. 총장이 일개 팀장에게 거짓말을 할 리 있겠는가.

상식적이고 정상적인 조직이라면 상고 여부는 이사회 또는 이사들과의 논의 내지는 상의를 통해 최종 결정되어야 마땅할 것이다. 그런데 학구 선생이 마음만 먹었을 뿐—물론 이사들이 이 마음을 뒤집지는 못한다—인데, 공식적인 절차—아무리 형식적 절차라 할지라도—를 거치기도 전에 공 총장에게 날름 일러바친 것이다.

원고와 피고 쌍방 중에 누가 먼저 상고를 하느냐는 나름대로 중요한 문제였다. 명분 다툼과도 관련이 있는 문제로써 총장의 말처럼 어느 쪽이 자꾸 쟁송을 벌여 대학들이 어려움을 겪고 있는 이 시기에 학교를 힘들게 만드는지를 판단하는 근거가 될 수 있기 때문이었다.

불행인지 다행인지는 모르겠으나 2심 판결 이튿날, 원고 측이 득달같이 상고 제기를 했다고 했다. 정철이 공 총장을 만나고 있을 때 상고를 한 것 같았다.

원고 교수들 입장에서는 패소가 아니라 해도, 1심의 95:5가 60:40으로 바뀐 것을 받아들일 수 없었을 것이다. 보전액이 1심의 1인 평균 5460만 원에서 2842만 원으로 반 토막이 난 것도 상고 이유였다.

"원고 측 감정만 자꾸 부추겨서 어쩌겠다는 거요?"

총장이 앞서 한 말을 반복했다. 자신이 답을 하거나 대꾸할 수 있는 질문이 아닌지라 머리를 조아린 정철이 묵묵부답으로 앉아만 있자, 총장이 짜증을 내며 재차 다그치듯이 말했다.

총장은 정철을 대책 없이 무책임한 매파로 보는 것 같았다. 그렇지 않고는 뜬금없이 정철을 불러서 취조하듯이 닦달을 할 이유가 없었다. TFT 위원 가운데 누군가가 정철을 소송과 싸움을 주도하는 강경 매파로 보고한 것 같았다.

"저는 감정이 아니라 사실이 중요하다고 봅니다, 총장님."

정철이 마지못해 대꾸했다.

"그 사실을 재판부가 두 번씩이나 밝혀주지 않았소."

1, 2심 재판 결과를 말하는 것 같았다. 재판부 편에 선 총장의 질문에 대꾸를 할 수 없었다. 그렇다고 해서 더 이상 침묵하고 있을 수도 없는 상황이었다.

"총장님 생각은 뭔가요?"

"협상을 해야지요, 협상을!"

총장은 눈을 부라리며 그걸 몰라서 묻는 것이냐고 질책하듯이 소리쳤다. 사실이 법으로 밝혀졌으니, 학교가 할 수 있는 것이 있다면 협상밖에 뭐가 더 있겠느냐고 덧붙였다.

여비서가 가져온 차를 서둘러 내려놓고는 종종걸음으로 사라졌다. 정철이 티슈를 뽑아 다탁에 흘린 인삼차를 닦았다. 그러고는 공 총장을 바라보며 물었다.

"원고 교수들과는 더 이상 상대도 하기 싫으시다면서요?"

정철은 독대인 만큼 의례적이고 형식적인 표현으로 말을 돌리고 싶지 않았다. 학구 선생에게 그랬듯이 직설 화법으로 분명한 것만 말할 작정이었다.

"누가? 내가?"

당황한 총장이 발끈했다.

"총장님뿐만 아니라 다들 그렇다는 것으로 알고 있습니다."

"다들?"

"예. 본부 보직자들 모두요."

"원고 교수들이 만나주지를 않는데, 어떡하라는 거요?"

총장의 대꾸가 궁색했다. 목마른 사람이 샘을 파는 것이 이치 아니던가. 원고 교수들이 바보가 아닌 다음에야 자신의 역할보다 권위를 앞세우는 총장을 왜 만나려 하겠는가. 게다가 결정권이 없다는 이유로 과정에 참여하는 것이 무의미하다며 뒤로 빠져 있으려는 총장을 원고 교수들이 만난다 한들 얻을 것이 없었다. 그들 입장에서는 금기태 못지않게 자아와 아집이 강해 자신의 시각과 판단만 고집하려 드는 총장과 부딪힐 이유가 없었다.

바로 이런 점 때문에 학구 선생은 고용 총장이 중립을 내세워 선출직 총장인 양 행세하려 든다면서 몹시 못마땅해했다.

"그래도 만나자고 하셔야지요?"

"그럼 가이드라인을 줘."

총장이 정철을 학구 선생의 메신저로 생각하는 것 같았다. 지난 2년 동안 법인 측에 수차례 요구한 가이드라인을 또다시 들고 나왔다. 가이드라인을 달라는 것은 원고 교수들과의 법인의 협상 기본 지침과 협상 제시액을 말해달라는 뜻이었다.

정철은 공 총장의 말이 자신도 메신저 내지는 심부름꾼 역할만 하겠다는 것으로 들렸다. 문제를 풀어줄 테니 공식을 달라는 말이었는데, 그 공식을 알고 있다면 왜 주지 않고 이러고 있겠는가. 정철이야말로 공식을 만들어 제시해야 할 사람이 공식을 달라고 떼만 쓰는 이유를 알 수 없었다.

"누가 적이고 누가 아군인지도 모르는 판에, 또 적마다 제가끔이어서 어떤 생각을 가지고 있는지도 알 수 없는 판에 누가, 어떤 가이드라인을 만들어서 줄 수가 있겠습니까? 가이드라인을 만든다고 해도 그 가이드라인 자체가 또 다른 시빗거리가 될 것이 뻔한데, 총장님이 법인에 계신 명예이사장님이시라면 가이드라인을 만드실 수 있겠습니까?"

"금상구 이사장이 만들면 돼지. 피고가 금상구 아니오?"

억지를 부렸다.

"그분의 역할도 아니고, 그렇게 할 수도 없다는 걸 잘 아시잖아요?"

"그럼, 어쩌자는 거요?"

"가이드라인은 학교에서 찾을 수 있는 게 아닙니까? 법인에서 만든 사건이 아니잖아요. 그러니까 학교에 계신 총장님께서 원고 교수들을 만나 가이드라인을 만드셔서 명예이사장님과 상의를 하시는 것이……."

"이보시오, 천 팀장! 난 머슴이야. 실권이 없다고…… 그러니까 가이드라인은 주인이 할 일이지, 머슴이 할 수 있는 일이 아니오!"

정철은 공 총장의 말에 부아가 치밀었다. 머슴이라니…… 공 총장도 자신에게 실권이 없다는 이유로 원고 교수들과 같이 학구 선생과 싸우고 있는 것이 아닌가. 중석대에는 줏대 있는 놈이 한 놈도 없단 말인가. 정철은 '말씀 잘하셨네요. 그게 머슴이 하는 일입니다'라고 내지르고 싶었다.

"그렇다면 중석대는 앞으로 재판부가 운영하는 건가요?"

"뭐요?"

공 총장이 눈을 부라렸다.

"학교의 장이신 총장님께서 머슴이라고 하시니까……."

정철은 물러서지 않았다. 정철을 노려보던 총장이 식은 인삼차를 원샷으로 들이켰다. 그러고는 황당무계하다는 표정으로 정철을 꼬나보던 총장이 다시 감정을 문제 삼았다.

"이대로 계속 법으로만 가면, 원고 측 감정만 자극해서 상하게 할 뿐이오."

"상고는 원고들이 먼저 할 것입니다, 총장님. 그럴 경우, 학교가 상고를 안 하면 원고 교수들이 상고한 안건과 주장만 가지고 다퉈야 하기 때문에 학교도 상고를 할 수밖에 없는 것입니다. 그리고 총장님…… 감정은 원고 측만 있는 게 아니고, 피고에게도 있는 거 아닙니까? 명예이사장님 심정도 헤아려 보셔야지요. 교수들을 하늘처럼 떠받들어 오신 분이 아닙니까. 2심 판결문을 읽어보셨다면 아시겠지만 그분 입장에서는 배신당한 것이 아니겠습니까?"

판결문을 읽어보고도 원고 교수들의 감정을 들먹일 수 있냐는 뜻에서 던진 질문이었다.

"봤소. 그래서 내가 하는 말이오. 거기에도 사실이 적시되어 있잖소. 보직을 원해서 한 것이 아니고, 연봉제도 원해서 한 것이 아니다……."

"그걸 믿습니까, 확인해보셨나요?"

정철은 어처구니가 없었다. 성과연봉제 관련 소송에 대해서는 전혀 아는 게 없는 사람 같았다. 그동안 비서실장은 뭘 했단 말인가. TFT 위원들의 거짓말이 다시금 입증되는 순간이었다.

공 총장이 정보로부터 철저히 고립되어 있다―아니면 왜곡 조작된 정보에 노출되어 있거나―는 것을 알 수 있었다. 대외교류협력 부총장인 구수하 교수와 사무처장인 금교필이 학구 선생의 최측근이었다. 지난 30여 년 동안 꾸준하게 들려온 소문이 맞는다면, 이들은 학구 선생에게 분골쇄신키로 맹세한, 십상시 중의 성골 십상시였다. 그러니까 온갖 사실과 정보를 가지고 있는 이 둘이 학교와 학구 선생을 위해서 공수달 총장을 제대로 보필했어야 하는데, 그렇게 하지 않는 것 같았다. 둘 가운데 한 사람만이라도 공 총장을 정상적으로 보좌했다면, 그의 입에서 사실과 다른 헛소리가 나올 수 없었다.

추측컨대 구수하 부총장은 자신의 차기 총장 도전을 위해, 금교필 사무처장은 자신이 팽을 당했다—법무·감사실장으로 있을 때, 여교수의 돈을 끌어다가 주식 투자를 해서 날렸는데 이 돈을 갚지 않고 뭉그적거리다가 여교수의 뒤늦은 탄원으로 이를 알게 된 학구 선생이 대노하여 한직으로 좌천성 인사를 한 적이 있었다. 그래도 친족인지라 이후 용서하고 사무처장직에 앉히기는 했으나, 신의를 버리고 금전 사고까지 일으킨 놈은 믿을 수 없다 하여 직위만 주고 그에 해당하는 실권을 주지 않았다. 교필은 이를 모욕, 배신, 팽으로 받아들여 이를 갈고 있었다—는 사적 감정 때문에 공 총장을 제대로 보좌하지 않고 방치해 둔 것 같았다.

그의 말마따나 실권도 없고, 정보조차 없는 공 총장은 고립무원의 섬이 되어 일반사병이 의무복무를 하듯이 총장직을 수행하는 것 같았다. 정철은 공 총장의 이런 안타까운 처지와 안이하고 태만한 근무 태도를 학구 선생에게 꼬지르고 싶었다. 이런 사실들을 모르고 있으니 문제가 자꾸 꼬여가면서 커지고 있는 것이다.

아무리 그 두 사람이 제대로 된 정보를 알려주지 않았다 할지라도 총장인 그가 알고자 한다면 그의 지위와 권한으로 얼마든지 알아낼 수 있는 정보가 아니던가. 정철은 답답했다.

"천 팀장. 법은 믿고 안 믿고의 문제가 아니오. 당신은 법의 판결을 무시하겠다는 거요, 뭐요? 국가의 사법체계를 불신하겠다는 거요?"

총장이 철딱서니 없는 아이를 타이르듯 말했다.

"사실관계를 확인해 보셨습니까?"

"나도 알아볼 거 다 알아보고, 들을 거 다 들어보고 하는 말이오. 천 팀장이 강성 매파라는 것도 알고 있소."

"예……?"

정철은 말문이 막혔다. 총장이 주의 또는 경고를 하려고 자신을 부른 것임을 알 수 있었다.

"학무회의 가실 시간입니다요, 총장님."

노크 없이 총장실 문을 열고 들어온 오 실장이 벽시계를 손가락질로 가리키고 나갔다. 9시 45분이었다. 기어가도 5분이면 한 층 위에 있는 회의실까지 갈 수 있을 터인데 무엇 때문에 15분 전에 불쑥 들어와서 회의 시간을 알려주고 나가는 것인지 알 수 없었다.

"레크리에이션 학과 교수도 아니고 여흥 서포터도 아닌 교수가 술자리에 블루투스를 지참하고 다닌다는 얘긴 들으셨습니까?"

정철은 공 총장이 자신을 불러 이러는 이유가 주의와 경고 때문이라고 할지라도 총장을 만난 김에 들려줘야 할 말과 하고 싶었던 말을 하고 싶었다. 그 말에 블루투스도 있었다.

"블루투스…… 그건 또 뭐요?"

대수롭지 않다는 듯이 물었다. 보직교수라면 몰라도 평교수가 뭣 때문에 명예이사장과의 술자리에 블루투스를 지참하고 가서 DJ 역을 한단 말인가.

"못 들으셨나요?"

"그게 뭔 대수요? 교수는 술자리에 블루투스를 가지고 다니면 안 된다는 법이라도 있소?"

총장이 법을 들먹이며 물었다. 정철은 그렇다면 그게 법에 있느냐고 묻고 싶었다.

"그게 아니라 그 교수가……."

정철은 그 DJ가 바로 보직은 학구 선생이 시키면 무조건할 수밖에 없다고 법정에서 진술한 문엽이라는 말을 삼켰다. 어디 문협뿐이던가.

"총장님은 이번 임금 소송이, 임금이 적다는 이유로 시작된 소송으로 알고 계시지요?"

"그게 아니면 뭐요? 임금을 올려주지 않아 적다는 사실은 알고 계시지요!"

총장이 정철의 말투를 흉내 냈다. 임금이 많고 적음을 말하려면 비교기준이 있어야 할 터인데, 대뜸 원고 교수들과 같은 식으로 말하는 것을 보니, 총장도 그들이 조성한 프레임과 분위기에 편승 내지는 동조하는 것 같았다.

"임금이 적다고 제기한 소가 아니라, 성과연봉제 도입 과정에서의 절차상 하자를 문제 삼아 제기한 소입니다."

"그게 그거 아닌가?"

"예?"

"바로 거기서 시작됐으니, 그게 그거 아니냔 말이오?"

'바로 거기서'가 어디란 말인가. 연봉제 도입 시의 절차적 결함과 임금이 적다는 주장이 어떻게 '그게 그거'인 문제란 말인가. 임금이 적다는 것은 소송 대상이 될 수 없다. 정철은 '그게 그거'가 아닌 서로가 다른 문제라고 해도 이 문제를 가지고 총장에게 따지고 들 수는 없었다. 총장이 정말 '그게 그거'라고 생각하지는 않을 것 같았다. 하지만 그렇다고 해도 그냥 넘어갈 수 없는 중요한 문제인지라 아예 거론을 안 할 수가 없었다.

"자신들 입으로 동의를 하고도 10년이나 지나 과반동의절차를 거치지 않았다면서 제기한 소입니다. 단지 임금이 적은 문제로는 제소가 성립될 수 없겠지요. 교수라는 사람들이 연봉제 동의 사실을 부인하고 호봉제로 되돌아가겠다고 하는 것은 무도한 짓이 아닌가요? 국립대학들도 이미 2011년부터 연봉제를 도입했고 2015년부터는 전면 시행하고 있잖습니까?"

"그래서요?"

총장이 만지작거리고 있던 악력기를 쥐었다 폈다 하며 시비조로 물었다.

"대학의 상황이 10년 전과 달리 어려워졌잖습니까."

"학교 직원이 법인 직원처럼 말씀하십니다."

악력기를 사이드 테이블 위에 던진 총장이 비아냥거렸다.

"원고 교수들이 소를 제기한 동기와 시기에 대해서는 알아보셨나요?"

"총장이 그런 것도 알아봐야 합니까?"

"들어보셨나요?"

정철이 질문을 바꿨다.

"못 들어봤소."

총장이 정철을 쏘아봤다.

"그럼 원고 교수들의 감정은 어떻게 아신 겁니까?"

"지금 나를 채근하는 거요?"

총장이 헛웃음을 지으며 물었다.

"총장님께서는 가이드라인을 요구하실 게 아니라, 먼저 2심 판결에 대한 학교 측 입장문을 내시고, 원고 교수들과 만나셔야 합니다. 만나셔서 대화를 통해……."

"대화? 학교가 망했으면 좋겠다는 놈들을 만나서 어떤 대화를 하라는 거요?"

협상을 주장했던 총장이 대화 불가론을 말했다.

"그러시면 명예이사장님을 만나셔서 뭘 어떻게 하실 것인지를 상의하셔야 합니다."

"내, 내가 왜 그 영감…… 아니, 명예이사장님을 왜 만납니까?"

정철은 발끈해서 펄쩍 뛰는 공 총장을 보며, 친구 금상구의 작은아버지인 명예이사장을 두려워하는 것 같다는 생각이 들었다. 이런 반응이면 명예이사장이 만나자고 해도 도망갈 것 같았다.

"그러시면 총장님 생각은 뭡니까?"

학구 선생이 공 총장을 만날 기회가 있으면 꼭 물어보라고 한 말이었다.

"아니 돈 있잖소? 병원 건물이 팔렸다면서요."

청주 소재 부속병원을 이전하여 확장·신축했는데, 매물로 내놓은 종전의 병원 건물과 부지가 6년이 넘도록 팔리지 않았다. 부동산 경기 침체로 매수자가 나타나지 않은 것이다. 그동안 몇 차례 입질이 있었으나, 조건을 가지고 밀당하다가 엎어지고는 했었는데, 2주 전에 학구 선생이 원하던 가격으로 매각이 성사됐다.

부속병원이 팔린 것은 보안 사항이었다. 언젠가는 밝혀지게 되겠지만 그때까지 만이라도 비밀로 하라고 명예이사장이 함구령을 내렸다. 돈에 부쩍 민감해진 구성원과 소송 상황도 염두에 둔 말 같았다. 그런데 이 또한 공 총장이 다 알고 있었다.

TFT 내부 기밀은 깨진 바가지였다. 위원 수만큼 구멍이 뚫리고 금이 가서 담는 것마다 줄줄 샜다. 하지만 원고 교수들의 동향에 대해서는 TFT가 전혀 아는 바 없었다. 원고 교수는 전신갑주를 두르고 싸웠으나, TFT는 알몸으로 싸우는 꼴이었다. 원고 교수들은 이것이 대세이자 민심이라고 떠벌였다.

"그 매각대금은 학교 돈이 아닙니다, 병원 몫의 회계지요."

"법인이 학교이고, 학교가 병원 아니오?"

협상과 대화를 다르게 보는 총장이 법인과 학교와 병원 회계는 삼위일체라고 주장했다.

"예, 그렇습니다. 하지만 회계는 각각 다릅니다."

2심 판결 후 기획처장이 학무회의에서 원고 교수들의 임금 보전액은 법인에서 부담해야지 교비로는 부담할 수 없다는 취지의 말을 했다.

정철은 임금이 학교회계에서 나가는 것이기 때문에 그렇게는 할 수 없는 것이라 했는데, 공 총장도 기획처장과 같은 생각을 가지고 있는 것 같았다. 기획처장의 말은 소송의 성격을 모르고 한 말이었다. 또 소송 전이라면 학구 선생의 눈치를 보느라 감히 입도 뻥긋하지 못할 말이었다. 이번 소송은 학교법인의 임금 횡령, 유용, 전용 등으로 형사 소송이 아니었다. 민사였다. 그렇기 때문에 소송비용을 뺀 보전액은 교비회계에서 지급되는 것이었다. 물론 학교법인이 생각하는 바와 자금 여유가 있어 자발적으로 그 돈을 내놓는다면 모르겠으나, 학교가 내놓으라고 요구할 수는 없었다. 교수 임금은 교비회계로 지급하는 것이지, 법인회계로 지급하는 것이 아니기 때문이다.

병원 건물 매각대금도 학교 지분 일부를 제외하고는 마땅히 병원 회계로 나가야 할 돈이었다.

상황을 인식하는 입장과 시각이 이렇게 다른 데도 불구하고 그동안 TFT 위원들은 공수달 총장을 비롯한 학교 본부 보직자들의 생각과 법인의 생각이 한결같다고 주구장창 거짓말을 해 온 것이다. 이렇게 손바닥으로 하늘을 가리고 있는 동안, 결국 여론만 악화—소송의 실체를 알지 못하니 구성원들은 학교의 입장을 생각해줄 수 없었다—되어 원고 교수들은 대세와 민심이 자기들 편이라고 기세등등했다. 정철이 총장과 빡세게 맞서봐야 수레바퀴 밑의 사마귀였다.

공 총장은 학무회의에 가느라 계단을 오르면서 뒤따르는 오 실장에게 정철이 아주 버르장머리 없고 재수 없는 놈 같다고 말했고, 오 실장은 고개를 끄덕였다.

허위사실을 근거로 한 2심 재판 결과에 구성원은 침묵했다. 전국사학교수연대의 중상모략으로 가득한 해교적 탄원서에 대해서도 침묵했다.

2008년 이전에 원고 교수들처럼 호봉제로 들어온 교수들의 침묵은 그럴 수 있다고 해도, 연봉제로 입사해서 처음부터 원고 교수들보다 적은 임금을 받고 있는 소장 교수들의 침묵은 이해가 되지 않았다.

연봉제로 입사한 후배 교수들의 입장에서 볼 때, 상대적으로 우월한 여건 속에서 높은 임금을 받아왔던 호봉제 선배 교수들의 자업자득이 성과연봉제 아니던가. 그런데 이를 가지고 자중지란을 일으키고 있는 것이다. 선배 교수들이 학교법인과의 짬짜미로 만들어놓은 연봉제하에 입사한 후배들이야말로 불이익을 받아온 당사자들이라고 할 수 있었다. 그런데 되레 그런 임금제도를 만든 선배 교수들이 성과연봉제가 도입된 이후, 호봉제가 아닌 성과연봉제라서 덜 받은 돈이 있다면서 그 돈을 내놓으라고 소송까지 하는 것은 도리가 아닌 것 같았다.

결국 이 돈은 없던 돈이 생겨서, 또는 어디서 그만큼 벌어와서 주는 돈이 아니라, 기존에 확보된 교비 내에서 지출될 수밖에 없는 돈이었다. 즉, 더할 것도 뺄 것도 없는 파이에서 지금까지 후배들에게 불이익을 줬던 선배 교수들이 자신들의 몫을 더 챙겨가겠다는 뜻이었다. 소송을 한 선배 교수들의 90퍼센트 이상은 향후 5년 이내에 정년퇴직을 할 사람들이었다. 그럼에도 불구하고 연봉제 입사 교수들도 침묵하며 관망만 하고 있었다. 벚꽃 피는 순서대로 대학들이 망해나갈 것이라고 난리를 부리는 쓰나미 상황에서 잃어버린 정의를 찾겠다는 명분으로 제 몫을 더 챙겨 나가겠다는 선배 교수들에게 후배 교수들은 싫은 내색조차 하지 않았다. 어디 이뿐인가. 절이 싫으면 중이 떠난다 했는데, 중석대에서는 절이 싫어진 그 중들이 떼거리로 절간을 때려 부수고 있었는데도 이를 말리거나 문제 삼는 중이 없었다. 학구 선생의 절대 권력이 약해지자 중석대가 무주공산이 되어가고 있었다.

명예이사장이 소집한 TFT에 불참한 정철은 이런 침묵과 방관이 장차 불러오게 될 위기를 밝히고 중석대의 생존과 보존을 위해 대학 구성원이 다 같이 해야 할 바를 적어 직원 입장문을 작성했다. 그는 이 입장문 초안을 들고 학구 선생의 친족이자 동문 출신인 금교필 사무처장을 찾아갔다.

한때 학구 선생의 넘치는 총애 속에 십상시의 좌장으로 있다가, 금전 사고와 '망발'—여교수의 돈을 빌려 주식으로 날린 뒤에 갚지 않은 문제와 학교가 두 번째로 정부재정지원제한대학 대상에 지목되어 비상 관계자 회의가 긴급히 열렸을 때, "내 이렇게 될 줄 알았습니다"라는 탄식을 쏟아냈는데, 이 말이 부적절하고 무책임한 망발로 받아들여져 학구 선생으로부터 알고 있었으면서도 대처 안 한 책임을 추궁당하게 되었다. 교필은 안쓰러움과 답답함으로 인한 통분을 주체하지 못해 순간적으로 한 실수였으나 제 발등을 찍고 만 것이다—로 고초를 겪기도 했으나, 남모르는 둘만의 신의 또는 미련이 남았었는지 선생이 모두의 예상을 뒤엎고 그를 사무처장에 보임했다. 때문에 정철은 그에게 남모르는 애교심과 충성심이 남아 있으리라 기대한 것이다.

입장문 초안을 잠시 훑어보던, 아니 훑어보는 시늉을 하던 금 처장이 말했다.

"난 못 합니다. 아니, 안 합니다."

교필이 손사래를 치며 서명할 수 없다고 말했다.

"왜?"

뜻밖의 거절인지라 사유를 묻지 않을 수 없었다.

"학교에도 그렇고, 명예이사장님에게도 그렇고, 난 할 만큼 다한 사람입니다."

정철은 금교필이 정색을 하며 뭘 할 만큼 다했다고 하는 것인지 알 수 없었다. 업무 능력보다 빼어난 처세술—주로 아부와 고자질—로 학구 선생으로부터 분에 넘치는 사랑을 받고 분에 넘치는 지위까지 오른 자가 그였다. 아부와 고자질을 업무 능력으로 믿고 살아온 자였다. 이런 자가 오랜 기간 분에 넘치는 총애만 받고 살았으니 탈이 나는 것은 당연지사 아니겠는가.

학교가 두 번째로 정부재정지원제한대학 대상으로 올랐을 때, 금교필 또한 마땅히 그 책임을 져야 할 당사자 가운데 하나였다. 그럼에도 불구하고 그런 사실을 방기한 채, 아니 이를 회피하고자, 당시 이사장이었던 학구 선생에게 모든 책임을 전가하려는 뜻으로 읽힐 수 있는 막말을 내뱉은 것이다.

"이사장님, 내 이렇게 될 줄 알았습니다."

물론 안타까움과 답답함과 울분과 자괴감 등등이 뒤섞여 순간적으로 튀어나온 탄식이었을 것이다. 그러나 그보다 더 큰 안타까움과 답답함과 울분과 자괴감으로 실의에 빠져 있던 금기태 이사장은 그렇게 받아들이지 않았다. 아니 받아들일 수 없었다. 그래서 대노했다.

"뭐욧? 금 실장, 당신은 다 알고 있었단 말이오? 이렇게 될 걸 알고 있었으면서 가만히 있었단 말이얏!"

"그, 그게…… 아니고, 제 말씀은……."

당황한 금 법무·감사실장이 대꾸를 못하고 버벅댔다.

"왜? 왜 알고 있었는데, 가만히 있었소?"

이사장이 치를 떨며 물었다. 틀린 말이 아니었다.

금교필은 정철에게 그 당시를 생각하면, 지금까지도 죽고 싶을 만큼 억울할 뿐이라고 토로했다.

어처구니없는 정철은 대꾸하지 않았다. 그가 정철에게 할 말도, 정철이 들어줄 말도 아니었다. 그러나 그는 이후 자신이 장애학우지원팀장으로 좌천된 것은 희생양이 된 것이며 팽을 당한 것이라고 덧붙였다.

정철은 금교필 수준이라면 충분히 그런 판단을 하고도 남을 수 있겠다고 생각했다. 십상시들은 자신의 업무 능력은 기르지 않고, 남의 뒤를 깨고 다니며 오직 삿된 처세술만으로 남을 헐뜯고 탓하는 일에만 앞장서 왔기 때문에 충분히 가능한 일이었다. 처세술을 업무력으로 본 학구 선생은 결과적으로 금전사고와 망발의 죄를 모두 사해주고 금교필을 영전시켜 사무처장 자리에 앉혔다. 그런데 누가 누구에게 할 만큼 했다는 것인지, 교필의 적반하장과 다름없는 말을 정철은 받아들일 수 없었다.

"내용에 동의할 수 없는 부분이 있다면, 고치겠소."

정철이 입장문 서명 동참을 다시 청했다.

"아니, 그런 건 없고…… 잘 썼네, 잘 썼어요. 내가 곧 명퇴를 하려고 해요. 몸도 아프고…… 내 몸이 내 몸이 아닌지라…… 내가 뭐 천 팀장이 하겠다는 일을 방해하거나 그러지는 않을 테니, 그건 걱정하지 마시오."

금 처장이 고개를 도리도리 저어가며 구시렁대듯 횡설수설했다. 그가 하는 말 가운데 제대로 알아들을 수 있는 말이 없었다. 그래서인지 정철은 심사가 자꾸 꼬였다.

"탄원서를 써서 재판부에 보내자는 것도 아니고, 직원 입장을 내부적으로 밝히자는 건데, 직원 대표인 사무처장이 빠지면 모양새도 그렇고…… 명예이사장님도 서운해 하실 텐데……."

"하, 아직도 이렇게 뭘 모르시는구만. 며칠 전에 백지성 교수가 날 찾아와서 세 가지를 선언하고 갑디다."

금교필이 까무잡잡한 얼굴에 특유의 의뭉스러운 표정으로 말했다. 그러나 뒤늦게 실언을 했다고 생각했는지 그 세 가지에 대해서는 입을 닫았다.

"선언? 그게 뭐요?"

정철이 물었다.

"별거 아니오."

"그 별거 아닌 세 가지가 뭐요?"

계속 캐물었다. 잠시 머뭇거리던 금 처장이 입을 여는 것이 낫다는 판단을 했는지, 학교 밖에서 소송 교수들을 만났는데—대화 채널 유지를 위해 사적으로 만나는 것이라고 했다—그들의 배후 조종자인 '백 모사(謀士)'

와 하병구로부터 들은 말이라고 하면서 그 세 가지를 밝혔다.

"첫째, 연봉제 관련 소송은 전쟁의 서막에 불과하다, 또 다른 소송전이 계속된다. 둘째, 학교법인 중일학원 재산을 매각하게 해서라도 받을 돈은 반드시 받아낸다. 셋째, 금기태를 재단에서 영구히 추방할 때까지 가열차게 투쟁한다. 이래 말합디다."

창밖으로 눈을 돌린 금 처장이 멀리 삼줄처럼 뻗어 있는 '성왕로(聖王路)'를 바라보며 말했다.

"지금 들은 내용을 추가해서 입장문을 고쳐야겠네."

정철이 충격을 감추며 대꾸했다.

"소송 교수들, 아니 하병구를 비롯한 5인방의 최종 목표가 금기태 명예 이사장님이 법인과 학교 경영에서 완전히 손을 떼도록 몰아내는 거라고 합디다. 내년에 교수노조가 정식 출범하면 분규대학으로 만들어서 관선 이사 파견을 이끌어내고, 경영권을 빼앗는다, 뭐 이게 최종 목표랍니다."

금 처장이 정철의 대꾸를 뭉개며 덧붙였다. 연쇄충격을 받은 느낌이었다. 근자에 교필을 만났을 때마다 "하, 아직도 이렇게 뭘 모르시는구만"이라고 말한 뜻을 비로소 알 것 같았다. 중석대는 벚꽃이 피기도 전에 망할 것 같았다. 조직은 외부 충격보다 내부 균열로 인해 무너지는 게 아니던가.

"학구 선생은 알고 계시오?"

"뭘요?"

교필이 딴전을 부렸다.

"그 말을 전달하셨냐고 묻는 거요?"

"내가 왜 그런 말을 전달합니까? 노발대발하시면서 나를 의심하거나, 그런 말을 듣고도 가만히 있었느냐며 난리를 치실 게 뻔한데……."

"의심과 난리가 무서워 안 전했단 말이오?"

"몰라서 이러시오? 난 말 한마디 때문에 개작살이 나서 허깨비가 된 사람이오. 천 국장에게 전했으니, 천 국장이 알아서 전하든 말든 하시오."

실언으로 볼 수도 있는 말이 망발로 둔갑해 학구 선생으로부터 받은 충격이 트라우마가 된 것 같았다.

"당신이 학구 선생으로부터 가장 많은 사랑을, 장장 36년 동안이나 받아온 사람이 아니오?"

정철이 말했다.

"내가? 그런 말 마셔. 나도 당할 만큼 당한 사람이오."

정색을 한 교필이 손사래를 치며 말했다. 그 순간, 정철은 벌떡 일어나 놈의 귀퉁배기를 날리고 싶었다. 6년 전, 오동춘 비서실장과 짜고 없는 의혹을 조작해서 자신을 표적조사—금기태 이사장의 지시로 10인의 조사위원이 꾸려져 3개월 동안 정철 1인을 조사했다—토록 한 놈이, 그래서 자신을 공황장애에 빠뜨렸던 놈이, 무고(無辜)가 밝혀진 뒤에도 한마디 유감 표명조차 없었던 놈이 자신 앞에서 어떻게 그런 망발을 할 수 있단 말인가. 정철은 분노로 관자놀이가 터질 것 같았다.

금교필의 이렇듯 배은망덕하고 표리부동한 두 마음을 학구 선생은 알고 있을까 싶었다.

"당할 만큼 당했다니, 그게 무슨 말이오? 학구 선생께서 사무처장까지 시켜주시지 않았소?"

"아, 이 자리? 이 자리가 대단해 보입니까? 잘 아실 텐데 왜 이러셔."

교필이 자신이 앉아 있는 자리를 손가락질로 가리키며 말했다.

"사무처장이면 직원 중에 최고 자리가 아니오?"

정철은 너에게 지나치게 과한 자리라는 말은 하지 못했다.

"마땅한 사람이 없으니까, 당분간 앉혀놓은 겁니다."

정철은 더 이상 할 말이 없었다. 다만 능력도 없고, 신의도 없고, 책임조차 지려 하지 않는 놈이 권력욕만 배 밖으로 나와 거짓과 아부로 36년 동안이나 학구 선생과 중석대를 농락했구나 싶어 가증스럽고 안타까울 뿐이었다.

높은 지위에 오르려면 그에 맞는 능력이 있어야 하지 않던가. 능력이 아닌 거짓과 아부— 사실을 왜곡·은폐하고, 학구 선생을 자신의 수준이라 칭했다—와 고자질과 이간질만으로 높은 지위에 오른 놈은 그 지위를 지키기 위해 아랫사람을 희생시키거나 윗사람에게 간 쓸개 빼놓고 교언영색과 지록위마 하는 짓을 하염없이 저지를 수밖에 없는 것이다. 친족이라는 기득권 속에서 이런 특혜 과정을 모범적으로 밟아온 놈이 금교필이었다. 그래서 2급을 달고 사무처장까지 올랐다. 그와 중석대 동문이자 1회 졸업생이자 입사 동기인 정철은 정년퇴직을 1년 앞두고 학구 선생의 특전으로 4급이 되었다.

교수인 부서장들과 마찰이 잦았던 정철은 입사 15년째가 되던 해부터 그보다 어린 교수들을 부서장으로 모시게 됐는데, 그때부터 부서장들로부터 인사평점으로 보복을 당했다. 매번 승진 대상자 5배수에도 들지 못해 심사 대상에도 오르지 못했다. 6, 5, 4급 승진 모두가 특전이었다.

"나는 내년 2월에 나갑니다. 8월이 정년이지만, 그때까지 있을 생각이 없습니다."

한 학기, 즉 6개월을 남겨두고 퇴직을 신청하겠다는 말이었다. 그렇게 되면 규정에 의해 정년 퇴직일로부터 1년 미만이 되는지라 명예퇴직이 아닌 의원면직이 될 수밖에 없고, 그러면 33년 사학연금 불입 기간은 만 땅이라 해도 6개월에 따른 실(失)—중도 퇴사에 따른 구성원의 의구심과 구설 등—이 있을 터인데, 그래도 굳이 의원면직을 하겠다는 것이었다. 그러나 정철은 그가 퇴사한 뒤에 그럴 수밖에 없었던 이유를 알게 되었다.

첫째, 그는 아무런 실권이 없는, 허울뿐인 사무처장—금교필이 사무처장 직위는 가지고 있으나, 재무에 대한 실권은 재무팀장이, 직원 인사에 대한 실권은 총무팀장에게 있었다—이었고, 또 주식투자로 일으켰던 금전사고 수습—여교수뿐만 아니라 여러 교직원과 사채업자들로부터 주식투자금을 빌린 것으로 알려졌다—이 더 이상 미룰 수 없는 막판까지 몰려 당장 목돈이 필요한 때문이었다.

결국 사무처장 연명이 빠진 직원 입장문을 공표할 수밖에 없었다. 165명의 정규직 직원 중 97명이 서명했다. 비정규 직원 5명도 취지에 공감한다면서 연명에 동참하기를 원했다.

더 이상 잃을 게 없는 금기태 명예이사장이 법이 만들어준 '기울어진 운동장'으로 나와 원고 교수들과 굴욕적인 대화나 협상을 할 이유가 없었다. 정철은 연봉제 소송을 대하는 또 다른 입장과 시각을 제시한 이 입장문이 학교 측이 대화와 협상의 장으로 나올 수 있는 명분이 되거나 새 판이 되기를 바랐다.

그래서 장문의 입장문은 2008년 이전에 호봉제로 입사했으나 소송에 미참여한 정년트랙 교수들과, 2008년 이후에 연봉제로 입사한 정년트랙 교수들과, 비정년트랙 교수들과, 직원들과, 조교들과, 학생들과 그리고 원고 교수들 간의 이해(利害)를 고려한 함수 관계 속에서 지방 사학의 위기 상황까지 산입하여 소송 문제를 풀어 갈 수밖에 없는 대학 측의 고뇌와 딜레마에 대하여 구구절절 썼다. 정철은 '학교를 사랑하는 직원 입장문'을 장지연의 '시일야방성대곡'의 문체를 패러디해서 썼는데, 학교를 망하게 하겠다는 교수 5인방을 나라를 팔아먹은 을사오적과 동일시했다는 것을 단박에 알 수 있도록 썼다.

소송을 통해서는 상대적 강자이자 수혜자였던 선배 교수들만 임금을 더 받게 될 터이니, 다 같이 공정하고 공평하게 임금에 대한 불만을 해결할 수 있는 방법을 찾아보자는 부분에는 밑줄을 그었다. 그러니까 기존 원고 교수들이 깔아놓은 사익(私益) 우선의 판 옆에 공익(共益)의 판을 깔아

놓아야만 대학이 살 수 있다는 부분도 볼드체로 강조했다.

직원 입장문이 나가고 일주일쯤 흐른 뒤에 직원노조 입장문이 나왔다. 뜻밖이었다. 당연히 원고 교수들의 반박 입장문이 나올 줄 알았는데, 엉뚱하게도 직원노조에서 반박 입장문이 나온 것이다.

직원노조는 '학교를 사랑하는 직원 입장문에 대한 직원노조 입장문'—반박문을 갈음하는 입장문이라고 했다—을 통해 직원 입장문을 반박하며, 직원노조는 소송 교수들의 입장과 2심 결과를 전폭적으로 지지한다고 했다. '학교를 사랑하는 직원'이나 직원노조의 직원이 교집합일 터인데, 결국 같은 직원이 서로 다른 입장문을 낸 것이다. 이는 얼핏 직원들 간에 불화가 있는 것으로 읽힐 수도 있는 문제였다. 직원노조의 반박 입장문에는 노조원 연명이 없었다. 그러나 직원노조의 공식 반박 입장문 형식을 띤지라 그것이 문제가 되지는 않았다. 노조 집행부가 소송 교수들의 사주를 받았는지는 몰라도, 어쨌든 소송 교수들뿐만 아니라 전체 구성원이 볼 때 웃지 않을 수 없는 일이었다. 미처 예상치 못한 '내부 총질'이었다.

오동춘 비서실장이 발끈했다. 이러니 교수들이 직원을 얕잡아보고 머슴 다루듯이 하는 것이라며 분개했다. 애써 쓴 입장문이 밑씻개만도 못하게 된 데 대해 흥분한 정철도 그 말에 동조했다. 사무처장 금교필은 아무런 말도 하지 않았다.

정철은 원고 교수들을 대신해서 총질을 해대는 직원노조 집행부가 이해되지 않았으나, 상대하지 않기로 했다. 노조가 '피/아(彼我)'와 '이/해(利害)' 프레임에 빠져 성급하게 행동하는 것이 안타까울 뿐이었다. 아무튼 직원노조와 전선을 만들어 불필요한 동족상잔을 치를 수는 없었다. 염생이 수염 백지성 교수가 바라는 바 아니던가.

직원노조—정확히 표현하자면 노조 집행부 일부 간부들이—가 반박한 골자는 '학교를 사랑하는 직원 입장문' 서명 과정에서 일부 강제성이 있었다는 것이었다. 십상시 소속 몇몇 팀장이 자신의 소속 팀원들에게 직접 서명지를 돌렸다는 것인데, 직원노조가 이를 명백한 강요 행위라고 주장했다. 서명 참여 현황이 드러날 것이기 때문에 아마도 학구 선생 측근 팀장으로서 부담을 가졌었던 것 같았다. 서명자 명단을 발표하지는 않을 것이라고는 했으나, 최종 결과가 학구 선생에게 보고되는 것은 자명한 일이었다.

어쨌든 직원노조 집행부가 최종 소송 결과를 바탕으로 원고 교수들과 연대를 할 것이라는 말이 돌았는데, 직원노조가 낸 반박 입장문을 보니 그 말대로 움직일 것 같았다. 학교에 대한 적개심이 소송 교수들과 같았다.

폐교대학 교직원 받지 못한 체불임금 800억 원…… 구성원 안정망 구축 시급

한국 연도별 출산율

'트리플 재정난' 사립대…… 강의까지 줄인다

이대로 가면 3년 뒤 사립대 38곳 폐교

"벚꽃 피는 순서대로 망한다" 수험생 절벽에 지방대 위기

반값 등록금 11년…… 대학 매물 쏟아진다

보수—진보 정원의 포퓰리즘 합작…… '성역'이 된 반값 등록금

TFT 회의 자료로 받은 신문 보도기사들이었다. 사학 경영자들 편이라 할 수 있는 보수 메이저 신문들인 만큼 침소봉대와 견강부회가 전혀 없다고 볼 수는 없겠으나, 모든 레거시 언론들이 이구동성으로 떠드는 사실이니 무시할 수만은 없었다. 무엇보다 인구절벽으로 인한 학령인구 감소와 정원 감축이 당면한 위기의 실체였다.

교육부가 그동안 대학 구조개혁 평가를 통해 그 결과에 따라 정원 감

축이라는 강제 페널티를 줘왔었는데, 어찌된 일인지 지난해부터는 그렇게 하지 않고 대학 자율에 맡기겠다는 새로운 정책을 발표했다. 얼핏 대학에 자율성을 준 것 같이 보이지만, 평가에서 낮은 점수를 받은 대학은 여전히 재정지원이 제한되는 등 각종 페널티가 적용된다고 했다. 게다가 기존 페널티의 강도는 높아졌고, 새로운 페널티의 종류가 많아졌다.

결국 교육부가 직접 나서서 해왔던 대학의 전체 정원 조정을 통한 안정화 정책을 스스로 포기하겠다는 뜻으로 받아들 수밖에 없었다. 다시 말해 무소불위의 그 큰 권한을 가진 교육부로서도 이미 절정을 넘어선 대학의 위기 상황을 해결할 수 없다는 판단이 섰기에 정원 조정 간섭을 스스로 포기한 것으로 봐야 했다. 장차 닥쳐올 문제에 대한 책임을 피하기 위해 미리 손을 뗀 것이다.

그러니까 교육부는 정책을 권력이자 통제 수단으로 삼아서 자신들에게 득이 되면 무조건 하고, 실이 된다 싶으면 잽싸게 손을 뗐다. 대학 입장에서 볼 때 교육부는 절대 갑이었기 때문에 뭐가 됐든 국으로 받아들일 수밖에 없었다.

6

"싸 바(잘 지냈어)? 왜 날 피하는 거야?"

10분 늦게 나타난 여자가 자리에 앉자마자 물었다. 걸어서 5분 거리가 집이니, 집에서 5분 늦게 나온 것 같았다. 무르팍이 너덜너덜하고 물이 다 빠진 청바지에 티셔츠 차림이라 그런지 50대 후반이 아닌 30대 중반으로 보였다.

젤리 롤 모턴의 재즈가 흘렀다. 한강이 발아래로 흐르는 라이브 재즈

바였다.

천정철은 대법관 출신 고문 변호사와의 상고심 관련 미팅이 15분 만에 끝나는 바람에 약속시간보다 30분이나 일찍 도착해 기다리고 있었다.

고문 변호사는 '현재에 나타난 결과를 가지고 10년 전의 정책을 심판할 수 없다'가 자신들의 핵심 변론 전략이라고 했다. 그러면서 1, 2심은 법리 이전에 법정신에서 벗어난 판결을 내린 것 같다며, 상고심을 기대해 볼 만하다고 했다. 마치 원하는 제품을 헐값에 사 주겠다고 설레발치는 거간꾼 같았다.

이런 설레발을 담당 변호사와 고문 변호사가 주거니 받거니 하며 10분가량 들려줬고, 금상구 이사장은 자신의 고교 동창인 로펌 대표와 옆방으로 자리를 옮겨 5분 남짓 별도의 대화를 나눴다. 아마도 수임료를 깎아보라는 학구 선생의 요구로 밀당을 한 것 같았다.

"뭐 해? 말도 하기 싫은 거야?"

여자가 정철의 면전에 대고 차 키 든 손을 파리채모양 내두르며 물었다. 정철은 똑같은 그림을 흑과 백으로 그려 달아 붙인 프랭크 스텔라의 '이성과 천박함의 결혼 Ⅱ'라는 모사화—이곳에 처음 왔을 때 교양이 차고 넘치는 여자가 알려줬다—를 멍 하니 바라보며 대꾸하지 않았다. 피할 이유도 없고, 피한 적도 없었기에 답이 필요 없는 질문이었다.

"내 톡을 왜 계속 씹었냐고 묻잖아?"

여자가 상스러운 말로 재우쳐 물었다. 학생을 다그치는 교수의 말투였다.

"뭘요?"

걸쭉한 코르타르 같은 강물을 내려다보며 정철이 딴전을 피웠다.

"장난해?"

여자가 차 키를 백에 넣으며 말했다.

"10시 5분 기찹니다."

정철이 휴대전화 액정화면을 켜 모바일 승차권을 보여주며 말했다. 지금이 6시 45분이니, 세 시간 남짓 남아 있었다. 술 한잔하며 이야기하기—여자가 만나자고 한 이유였다—에는 충분한 시간이었다.

"장난하는 거 맞네."

예약 승차권을 보여준 정철은 따로 대꾸할 말이 없었다.

시도 때도 없이 계속된 문자와 전화—어젯밤에는 집으로 한 전화를 아내가 받아 바꿔줬다—를 피하는 것도 쉽지가 않아 연락을 했고, 그래서 만나기까지 했으나, 분명한 용건이 없는 한 더 이상 따로 만날 사이가 아니라고 생각했다.

정철이 블랙 러시안을 주문하자, 여자가 정철의 주문을 취소하고 '그걸'로 가져오라고 했다. 여자는 안주도 '그걸'로 달라 했다.

주문을 받은 직원은 돌아서기 전에 정철을 향해 가벼운 눈인사를 건넸다. 마지막으로 온 게 지난해 겨울방학 때였는데, 정철을 기억하고 있는 것 같았다.

"이런 식으로 하시는 건 아니잖아요."

주문한 '그걸' 확인한 직원이 돌아섰을 때, 정철이 말했다.

"무슨 뜻이야? 내가 이런 식으로 자기를 만나는 건 아니라는 거야? 그래서 피해 다닌 거야?"

여자도 정철처럼 딴전을 피웠다.

"시작부터 잘못된 거였어요. 이러시면 안 된다는 거 잘 아시잖아요?"

"뭔가 오해가 있었던 것 같은데, 잘못된 거 없어. 지금도 내 마음은 변함이 없어. 이해하잖아?"

여자가 계속 딴전을 피웠다. 마일스 데이비스의 '러버 맨'이 흘렀다.

"이해해요."

정철은 노을을 덮은 밤하늘을 바라보고 말했다. 그렇지만 옳지 않다고 말할 생각이었다. 잔불을 깔아놓은 것 같은 도심 위로 검푸른 하늘이 보였는데, 아직은 검다기보다 짙푸른 색이었다.

'GORU 38 barrels 2016'이 나왔다. 달지 않고 바디감도 있으면서 드라이해 좋다며 여자가 권한 스페인산 와인이었다. 같은 이유로 정철도 뒤늦게 좋아하게 된 와인이었다.

"친친(건배)!"

여자는 잔을 들어 마주친 뒤 마시는 시늉만 했으나, 정철은 원샷으로 잔을 비웠다.

TFT에서 논의된 내용을 5인방이 알고 있다는 사실을 정철이 알았으나, 중구난방으로 떠들고 다니는 소속 위원들의 입방정을 진원지라고 생각하고 있었다. 그런데 어느 날, 정철이 TFT에서 말한 바 없는 소송 관련 전략을 원고 교수 5인방이 알고 있다는 사실을 알게 되었다.

독대로 학구 선생과만 나눈 바 있는 대(對) 구성원 여론 관리 플랜과 직원노조 반박 입장문에 대한 대응 전략이었다. 정철은 그녀와 소송 관련 진행 상황에 대해 이야기를 나누는 과정에서 보고 내용 가운데 일부를 말했다. 소송에서 빠져달라는 회유를 하다가 실수로 뱉게 된 것이다.

그러니까 보고 내용을 학구 선생이 발설할 이유가 없으니, 그녀가 흘린 것으로 볼 수밖에 없었다. 거짓말에 서툰 그녀가 이 사실을 시인했다.

"이 소송이 5인방의 거짓말과 사적 원혐으로부터 시작됐다는 건 확인하셨잖아요?"

여자가 와인을 쫄쫄쫄 따라줄 뿐 답을 하지 않았다. 문건과 녹음 기록이 없다 뿐이지, 성과연봉제는 당시 교협 회장과 직원노조 지부장이 각각 취업규칙 위반에 해당하는 불이익 변경이 아니기 때문에 과반동의절차 따위는 받지 않아도 된다고 분명한 동의 의사를 밝힌 바 있었다. 또 최초 소송 주동자인 하병구는 사적 원혐—같은 해에 근무 기간 1개월 부족으로 승진에서 탈락하고, 근무 평점과 소속 학과 교수들의 반대로 연구년과 자매대 파견 근무가 무산되자, 이를 학구 선생에게 탄원했는데, 둘 다 원칙대로 규정대로 하라고 했던 것이다—을 개인적으로 보복하느라 동료 교수들에게 연봉제 시행에 대한 절차상 문제로 소를 제기하면 1년 치 임금 보전금(補塡金)만 1인당 1억—2심 판결 결과 2842만 원이었다—이 넘는다고 꼬드긴 사실을 그녀가 어찌 모르겠는가.

"학구 선생은 교수님 아버지세요."

다시 원샷을 한 정철이 말했다. '아버지'라는 말에 정철을 노려보며 인상을 일그러뜨렸다. 그러고는 쏘아붙였다.

"이러면 안 된다는 게 그 얘기였어? 나는 또…… 호호호……."

손뼉을 치고 배를 잡은 그녀가 정신없이 웃어댔다. 주변 테이블 손님들이 그녀를 힐금거렸다. 빌리 홀리데이의 '글루미 선데이'가 끝나자 라이브 공연이 시작됐다. 드럼과 콘트라베이스와 피아노가 어우러져 '웬 아이 풀 인 러브'를 연주했다.

금별아 교수는 더 이상 와인을 따라주지 않았다. 웃음이 끝난 뒤에 여자의 표정과 태도가 싸늘하게 바뀌어 있었다. 안 그래도 1분 단위로 널뛰는 기분을 가진 여자였다.

"우리가 6년 됐나?"

"예?"

"우리가 만난 지 몇 년이 됐는지도 모른단 말이야? 갑자기 기분이 더러워지려고 하네."

"……."

"하기야 6년 전 일을 기억한다면 거기서 그러고 있을 수는 없겠지."

'거기서'는 TFT를 말하는 것이었다. 정철은 입을 다문 채 와인을 자작했다.

"나는 너를 이해할 수가 없어. 네가 왜 거기서 일을 하고 있어? 바보야? 아님 나를 잡으려고?"

금 교수가 정철을 여전히 '자기'와 '너'라고 불렀다.

"내가 모르는 꿍꿍이가 있는 거야? 말해봐."

정철이 대꾸 없이 원샷을 했다.

1년 6개월 전, 그녀는 정철이 TFT에 참여하자 교수들에게 당한 보복을 하기 위해 그러느냐고 물었다. 아니라고 하자, 그러면 신원 회복을 하기 위해 그러느냐고 물었다. 그것도 아니라고 하자, 자신이 원고가 되어서 그러는 것이냐 물었다. 정철은 원고들이 있기 때문이라고 답했다. 그러자 그녀는 어이가 없다는 표정으로 이상주의자냐고 물었다. 이상주의자라면 TFT 위원이 됐겠느냐고 하자, 본래 현실을 감당하려는 용기가 없는 너 같은 놈이 이상주의자인 척하는 것이라고 했다. 정철이 그녀의 말을 알아듣지 못하겠다고 하자, 그녀는 자신이야말로 정철의 행위를 산이 거기 있어 오른다는 산악인의 말만큼 이해할 수 없다고 했다.

"지금이라도 소송에서 빠지세요. 중석대가 아버지 사유물은 아니라고 하셨잖아요."

학교와 구성원의 미래를 위해서 하병구의 사적 복수극에서 빠져나와야 한다고 했다. 법정에서 원고 여교수가 하병구에게 금별아가 원고라는 사실을 재판장에게 알려주라고 충동질하던 일이 떠올랐다. 금별아 교수는 이번 소송에서 여타의 원고 교수들과 다른 의미와 상징성을 가지고 있기 때문에 대법원 판결 때까지 원고로 남아 있어서는 안 되고 그 전에 빠져나와야 했다. 이것이 학구 선생의 바람이었다.

"너나 거기서 나와, 이 등신아. 교수들이 널 뭐라하며 욕하는 줄 알아?"

"뭐라 욕을 하든 상관없어요. 그 말을 전하시려고 만나자고 하신 거예요?"

정철이 생수로 입을 헹구며 말했다. 와인은 그만 마셔야 했다. 약을 먹어야 했고, 취기가 올랐다. '이성과 천박함의 결혼 Ⅱ'의 흑백 그림이 서로 엉겨 붙고 있었다. 정철은 약을 꺼내 먹고 다시 입을 헹궜다.

"어머, 애 좀 봐. 나 그랑마망(할머니)이야. 딴 볼 일이 있어서 만나자고 한 거 같아?"

정철은 금 교수의 능청맞은 면박에 놀림을 당한 기분이었다.

"2007년 성과연봉제 도입 직전에 너 혼자 반대의사를 밝혔다는 걸 모르는 교수들이 없어. 그래서 너는 지금 금기태에게 붙어먹느라 자기부정을 하는 놈이라는 거야."

그녀가 말을 돌렸다.

"그런 말에는 관심 없습니다. 제가 학구 선생에게 붙어먹을 놈이었다면 교수님이 저를 이렇게 만나지도 않았겠죠."

정철이 대수롭지 않은 양 대꾸했다. 2007년 그 당시에 정철은 성과연봉제를 반대했었다. 어느 고용주가 피고용인을 이롭게 하려고 임금제도를 바꿔주겠는가. 또 학생기자들의 신문 방송 제작을 지도하는 정철은 상대적으로 성과급을 받아내기 힘든 외곽 부서인 미디어센터의 팀장이었다. 성과를 낼 만한 또는 성과로 인정받아 부가급을 받을 만한 업무가 없었다. 불이익이 뻔히 예측되는 임금제도에 찬성할 이유가 뭐란 말인가. 하지만 10년 전 얘기다. 지금은 그때의 생각과 판단을 고수할 상황이 아니었다.

"그 억지와 비방이 사실을 만들어내는 거 아냐? 그렇게 만들어진 사실로 농간을 부린 금교필 때문에 학구 선생에게 치욕을 당한 거고…… 아닌가?"

몇 해가 지났어도 아물지 않은 상처를 금 교수가 헤집었다.

"사실이 아닌 사실에는 관심 없다고요. 이런 말 아세요? 흰 것은 희다고 해서 흰 것이 아니라, 본래 희기 때문에 흰 것이다."

"야, 천정철! 우길 걸 우겨라. 그렇게 만들어진 사실 때문에 네가 중석대 개교 이래 세 차례나 표적 감사를 당한 거 아냐? 너 말고는 그렇게 당한 사람이 아무도 없어. 그러고도 배운 게 없어? 금기태가 어떤 인간인지 모르겠느냐구? 애는 학습효과가 안 통하는 앤가 봐……. 좀 전에 먹은 거 뭐야, 약 아냐?"

프로작 캡슐이었다. 정철은 금교필의 음해로 10인의 조사위원들로부터 3개월에 걸친 조사와 감사를 받을 때, 본부 건물인 에밀센터 15층 옥상에 수차례 올라갔다가 내려왔다.

그 당시 정철이 받은 조사와 감사도 1, 2심 재판과 다를 바 없었다. 표적 대상과 목표가 정해진 감사였기에 뭐든 찾아내서, 아니 조작해서라도 죄를 만들어내야만 했다. 끝내 죄를 찾아내지 못한 조사위였으나 금교필은 정철이 죄가 있다는 주장을 굽히지 않았다. 있는데 찾지 못했다는 것이 그의 주장이었다.

정철이 여러 물증을 통해 죄 없음을 입증했으나, 법무·감사실장 금교필은 받아주지 않았다. 물적 증거, 정황 증거, 방증까지 죄 찾아서 제시해도 조사위 간사인 교필의 억지 주장을 꺾지 못했다. 그가 원하는 것은 정철이 죄를 시인하는 자백이었다. 결국 조사위원 10명—직원 십상시 3명과 교수 위원 7명—의 위력으로 정철의 죄를 만들어냈다.

금기태 이사장은 금교필의 의혹 제기와 주장만으로 정철을 징계하고 한직으로 인사조처했다. 미디어센터국장을 면직시켜 예비군연대 평직원으로 좌천시킨 것이다. 임시 계약직원이 근무하던 자리였다.

정철은 거기서 아침 9시부터 저녁 5시 30분까지 무료함에 잡혀 5년을 지냈다. 미디어센터팀장과 달리 한자리에 붙박인 채 판에 박힌 업무를 하는 것은 위리안치(圍籬安置)와 다름없는 지옥살이였다.

학내 구성원 이메일로 인사발령이 공지된 날, 금별아 교수가 정철을 보자고 했다. 서로 인사를 나눴거나 교류가 있었던 사이가 아니었다. 연구실로 찾아간 정철에게 금 교수가 단도직입적으로 좌천된 사유를 물었다. 무언가를 알고 있는 눈치였다. 아마도 자신이 알고 있는 것을 확인하려는 질문 같았다.

정철은 답을 머뭇거렸다. 금 교수와 금기태 이사장과의 관계를 알고 있기에 선뜻 답을 할 수 없었다.

질문의 진의를 알 수 없는 정철이 찻잔을 매만지며 머뭇거리자, 자기도 다 알고 있지만 확인하고 싶어 묻는 것이니 말하라고 했다. 그 말이 하소연을 들어주겠다는 뜻으로 들렸다. 15층 옥상 난간까지 갔었던 정철은 끝내 북받쳐 오르는 설움을 가누지 못하고 울음을 쏟았다.

금 교수가 우는 정철을 달래듯 말했다. 금교필이 정철을 모함할 때, 이사장에게 "조사만하면 밝혀낼 자신이 있다"고 했다는 것이다. 법인으로 이사장을 만나러 갔다가 직접 들은 말이라고 했다. 그런데 조사 결과 무혐의로 밝혀지자 조사 건의에 대한 책임을 물어야 한다는 견대성 학교법인 기획조정실장에게 조사는 이사장의 뜻이었다고 했다는 것이다. 견대성 교수는 이사장의 최측근이었고, 그녀와 같은 프랑스 유학파로서 허물없이 지내는 사이라고 했다. 정철로서는 금교필이나 금기태 이사장이나 도긴개긴이었다.

정철은 표적조사에 대한 전말을 시시콜콜 고자질하듯 전했다. 전하는 중간 중간에 원통하고 참담한 감정을 추스르지 못해 오열을 터뜨렸다. 물주전자를 쏟은 양 연구실 바닥이 눈물로 흥건했다.

이야기를 모두 들은 금 교수가 소파에서 일어나 정철에게 다가왔다. 그러고는 마치 목자인 양 양팔을 벌리며 말했다.

"이리 와요."

정철은 금 교수의 품에 안겨 어깨를 들썩이며 꺼이꺼이 흐느꼈다. 실컷 울라고 했다. 눈물이 그녀의 어깨를 흠뻑 적셨다. 울음이 잦아들자, 정철을 감싸 안았던 금 교수가 제자리로 돌아가 앉았다. 정철은 가슴을 짓누르고 있던 응어리가 빠진 것 같았다. 식어버린 차로 마른 입술을 축인 금 교수가 물었다. 눈물로 젖은 실크 블라우스에 브레지어 끈이 도드라졌다.

"금 실장이 천 국장님에게 이러는 이유가 뭐예요?"

정철도 그 이유를 몰라 조사를 받는 내내 밤을 지새웠다. 수수께끼 같았다. 이유가 없을 리 없었으나 아무리 생각을 해봐도 그럴 만한 이유가 집히지 않았다. 그러다가 대면조사 과정에서 한 금교필의 말을 듣고 나서 불현듯 떠오른 생각이 있었다. 그것이 이유일 것 같았다. 그것 말고는 집힐 만한 것이 없었다.

"평소 천 팀장이 이사장님 앞에서 결과에 대해서는 반드시 책임지는 사람이 있어야 한다고 하지 않았소? 내가 지금 그 책임질 사람을 찾는 것이오."

그 책임질 사람을 찾기 위해 무고한 한 사람만 찍어 표적조사를 한단 말인가. 정철은 말 같지 않은 말을 반박하려다가 그 말 속에서 조사 이유를 찾은 것이다.

결과에 대한 책임 관련 발언은 2011년 처음으로 정부재정지원제한대학에 지정되었을 때, 정철이 금기태 이사장과의 독대에서 했었다. 교수들의 안이하고 소홀한 대처가 이유라고 주장하는 이사장이 그 책임을 교수들과 따져보겠다—'교수제일주의자'인 이사장인지라 아마도 빈말일 가능성이 컸다—고 노발대발하던 때, 정철은 대략 이런 내용으로 답을 했다.

구성원에게 책임을 묻기 이전에 정책 결정을 한 이사장님과 총장님을 비롯한 핵심 참모들—해당 학무위원이 해야 할 결정 사항도 핵심 참모들이 이사장과 결정했다. 또 이사장은 해당 학무위원이 아닌 핵심 참모들의 의견을 들었다─부터 반성하고 아무 책임이 없는지 따져봐야 한다. 이사장님의 학교에 대한 애정이 도를 넘었다. 그래서 마치 부모가 자식사랑에 빠져 제 자식 문제를 제대로 못 보듯이 이사장님도 지나친 학교사랑에 빠져 학교의 장단점을 제대로 보지 못한다. 절대 권력자로서 주인의식이 과해 누구도 뭐라 하지 못한다. 의사결정이 너무 늦다. 장고가 지나쳐 때를 놓치기 일쑤다. 그래서 싱싱한 과일을 시든 뒤에 먹게 되고 이미 떠난 기차를 세우려 안달복달하며 소용없는 뜀박질만 한다. 전문가 의견을 인정하려 하지 않는다. 대중지성을 믿는 것도 아닌데, 하나의 사안을 두고 지나치게 많은 측근들의 의견을 듣는다. 측근들은 이사장님의 뜻을 꿰고 있기에 그 뜻에 맞는 답을 할 수밖에 없다. 전문가가 의견을 내도 듣지 않으니 의견을 내려하지 않고 조언을 하려 하지도 않는다. 결국 어설픈 사람들의 감각과 아부에서 비롯된 의견을 채택하기 때문에 전문성도 효율성도 떨어진다. 하나의 일을 한 사람이 주관하도록 맡기지 않고 여러 사람을 붙여 맡기기 때문에 과정이 중구난방이 될 수밖에 없고 또 결과에 대한 책임도 물을 수가 없어 중동무이로 끝나거나 실패하는 일이 많다. 일을 맡겼으면 맡긴 사람을 신뢰해야 하고, 그 결과에 대해서는 반드시 신상필벌 해야 한다. 이번 일에 대해서도 반드시 응당한 책임을 물어야만 같은 위험이 닥치지 않는다.

이사장이 중석대 개교 이래 최대 위기라고 하면서 중국장이 어떤 말을 하건 들을 각오가 되어 있으니 뭐든 기탄없이 말해도 좋다고 해서 저 죽는 줄 모르고 한 답이었다.

"그 책임을 누구에게 물어야 한단 말이오?"

이사장의 질문에 정철은 두 사람을 지목했다. 그 두 사람 중 하나가 이사장의 뜻을 따르느라 교육부 정책을 무시해 온 금교필이었다. 이 대화가 새나간 것 같았다.

"그럴 수 있겠네요."

금 교수가 정철의 말에 수긍이 간다는 듯 고개를 끄덕였다. 그러고는 "보복당할 짓을 하셨네"라고 덧붙였다.

잠시 어색한 침묵이 흐르는 동안 금 교수가 식은 차를 버리고 새 차를 우려냈다.

"천 국장님은 생각보다 순진한 사람이네요. 금기태 씨가 그런 걸 몰라서 못하는 거라고 생각하셨나 봐?

"뒤에서 떠드는 말들을 이사장님만 모르고 계신 것 같기에 정리해서 말씀드린 것뿐인데요."

"호호호…… 뒤에서 떠들고 끝내야 할 얘기를 앞에서 하면 안 된다는 걸 모르시나 봐? 이제 보니 소문과 달리 바보네."

"……."

"정말 순진하시다. 그리고 금기태 씨 정도 되는 권력자들은 절대 자기 손으로 코 안 풀어요."

"……?"

"마음에 안 드는 사람 손봐줄 때, 험한 일할 때, 자기 손에 피 안 묻힌다고요. 나도 그렇게 당했어요."

금 교수가 국화차로 목을 축였다. 그러고는 말을 이었다.

"프랑스로 교환교수를 다녀와 보니 어머니가 보이지 않았어요. 집에도 병원에도 어머니가 없었어요. 딸에게 연락도 없이 도둑 장례, 아니 시신 유기를 한 것이죠. 묘가 어디냐고 묻자, 시립 납골당을 일러줬어요."

금씨 종산에 어머니 묘를 쓰지 않으려고 아버지와 자식들이 짜고 자신에게 부음을 하지 않은 것이라고 했다. 자매대학에서 현대문학을 강의할수 있는 교환교수를 요청했다면서 프랑스로 보낸 것인데, 사실은 병들어 죽어가는 어머니 홍예란을 금씨 가계에서 완전히 축출하려는 흉계였다고 했다. 당시 그녀는 어머니의 병환 때문에 해외로 나갈 때가 아니었다.

"네 언니와 오빠가 결정한 것이라 반대를 하지 못했다."

아버지 금기태가 이렇게 말했다는 것이다. 그녀는 언니와 오빠가 찬성을 해서, 아니면 허락을 받고 둘이 사귀었고, 또 그래서 사실혼 관계로 살아왔느냐고 아버지에게 따져 물었다.

재미 건축가이자 교수로 활동하고 있는 언니 금홍설은 금기태가 프랑스에서 혼외자식인 금별아를 낳았다는 소식을 들은 이후 부녀의 연을 끊었고, 중석대 의료원장인 오빠 금상설은 무엇이 됐건 아버지의 뜻을 거스를 위인이 못 되는지라 유야무야 지냈다. 그러니까 홍설이 앞장서 한 짓이 분명했다. 그녀는 아버지 금기태의 교활한 변명과 야비한 행태에 치를 떨었다.

학구 선생의 행위가 '시신 유기'라며 성토한 금 교수가 훌쩍였다. 정철은 식은 국화차를 홀짝거리며 창밖을 바라봤다. 마른 나뭇가지에 앉은 참새가 비트적거리다가 울었다.

"내가 도와줄게요."

정철은 고개를 저어 거절했다.

"금교필이 조사 결과를 사실대로 말했을 리가 없으니, 금기태가 사실을 모를 거예요. 그러니까 찾아가서 사실을 말해요."

"사실을 모르셔서 이러신다고 생각하지 않고, 사실을 아신다 해도 달라지는 건 없을 겁니다. 교수님도 그렇게 말씀하셨잖아요. 몰라서 이러는 게 아닐 거라고."

"사실을 모를 수도 있고, 사실을 알면 달라질 수도 있어요. 달라지는 게 없다고 해도 금기태가 사실은 알고 있어야 해요."

"저를 왜 이렇게까지……."

"도우려고 하냐고요? 얘기 듣다 보니 도와야겠다는 생각이 드네요.

바보니까 도와줘야겠다는 생각도 들고…… 뭐, 동병상련이라고 생각하세요."

그러고는 덧붙여 말하길, 중석대는 32년이나 된 조직이다, 그 32년 동안 금기태 이사장이 절대 권력자로서 십상시를 하수인인 양 부려왔다고 생각하겠지만, 그 하수인들이 당신의 눈과 귀를 가리고 총애를 이용해 사리사욕만을 채워왔다는 생각은 꿈에도 못할 것이라고 했다.

그러나 정철은 그렇게 생각하지 않았다. 서로가 서로의 숙주일 것이고, 그것이 조직의 속성이요 동력이요 생명력이 아니던가. 금교필이 꾸민 일이라고 해도 결국 금기태 이사장의 필요와 의지가 만든 사건이라고 봐야 했다. 5급 직원이 어찌 절대 권력자인 이사장의 필요와 의지에 대한 가치 평가를 할 수 있겠는가.

금 교수가 금기태를 찾아가서 사실을 말할 수 있도록 조처를 취해주겠다고 했다. 직접 가지 않겠다면 자신이 대신 가서 전해줄 수도 있다고 했다.

"언젠가는 밝혀지겠지요. 기다리겠습니다."

"왜지? 자존심 때문에? 설마 진실은 언젠가 밝혀진다는 뭐 그딴 믿음 때문에……."

"아뇨. 그렇게 하면 비굴해질 것 같아서요."

정철이 소파에서 일어나 세면대로 향하며 말했다. 눈물자국을 지워야 했다.

"무슨 뜻이야?"

"아무 뜻 없어요, 교수님. 아무튼 고맙습니다."

정철은 세수를 했다.

"무슨 뜻인지 알겠어. 내가 대신 말해주는 건 어때?"

생각보다 고집이 센 여자였다. 또 왜 그렇게 하겠다는 것인지 알 수 없었다. 정철은 좀 전까지만 해도 어머니의 시신 유기자라며 다시는 안 볼 원수인 양 비난과 저주를 퍼부은 금기태를 만나서 자신의 진실을 대신 말해주겠다는 금 교수가 이해되지 않았다.

"그러시면 교수님을 다시는 안 볼 겁니다."

정철은 손수건으로 얼굴의 물기를 닦으며 말했다. 나뭇가지에 앉아 울던 참새가 날아갔다.

금별아 교수와는 이렇게 해서 얽였다. 금기태의 내연녀로 살다가 죽어서 버림받은 어머니를 여의고 분가해서 혼자 살고 있다는 그녀가 정철을 가끔 서울로 불러올렸다.

금 교수는 어머니인 홍예란 여사가 시립 납골당에 안치된 이듬 해인 2018년 하병구가 주동하고 선동한 소송에 추가로 가담했다. 아버지에 대한 복수로 볼 수밖에 없었다.

5인방은 그녀의 소송 가담을 대의명분 강화에 써먹었다. 염생이 수염 백지성 교수가 이 사실에 거짓을 덧입혀 퍼뜨리자, 중석대 구성원과 안천 읍민들은 오죽하면 딸까지 아버지에게 등을 돌렸겠느냐며 금기태 명예이사장의 파렴치함을 손가락질해댔다.

천정철은 뒤늦게 소송실무지원 TFT 위원으로 참여한 뒤에도 금 교수와 만났다. 그런데 그녀와 만나 나눈 말들이 5인방 쪽으로 흘러든다는 의구심을 갖게 되었고, 거짓말을 못하는 그녀를 통해 사실을 확인하게 되었다. 동료 위원들에게 미안했다. 그 뒤로 정철이 거리를 둔 채 데면데면하게 대하자, 그녀가 연락을 끊었다. 정철은 만나달라고 할 이유가 없었다.

그런 그녀가 갑자기 6개월 만에 정철을 만나서는 송무 지원 TFT에서 나오라고 종용하고 있었다. 물론 나오겠다고 해서 나올 수 있는 상황도 아니었지만, 설령 나올 수 있다 해도 그럴 생각이 없었다.

"학구 선생께서 교수님 때문에 많이 힘들어하십니다."

"네가 아직도 금기태를 모르는구나?"

정철은 금 명예이사장에 대해 알고 싶지 않았다. 그가 TFT에 들어가 위원으로 일하는 것은 학교의 보전과 구성원의 안정 때문이지, 금 이사장의 권력과 명예 회복을 위해서가 아니었다. 물론 정철이 사적으로 바라는 바가 있어서도 아니었다. 다만 사학의 실소유주이기에 금기태의 위상과 권력이 통째로 무너져 내리는 것은 막아야 했다.

중석대가 곧 금기태였다. 금기태가 무너지면 중석대가 무너지지만, 중석대가 무너진다고 해서 금기태가 무너지지는 않았다. 이게 자본주의사회의 시장자유주의 법칙이자 대한민국의 사립학교법에 따른 것이라는 사실을 정철은 잘 알고 있었다. 이걸 금별아 교수에게 말할 이유가 없었다.

"교수님이 명예이사장님의 숨겨둔 딸이라는 사실과 그 딸이 아버지를 고소했다는 사실을 구성원과 지역사회가 다 알고 있다는 것 때문에 몹시 힘들어 하고 계십니다."

"사실이잖아?"

"사실이기는 하지만……."

정철은 대꾸할 말이 없었다.

"야, 나도 나지만, 너 때문에 소송에 참여한 거야. 너, 너도 기가 막히게 억울한 일을 다, 당한 거 아냐?"

흥분한 금 교수가 손가락으로 정철을 가리키며 말을 더듬었다.

"저는 교수님과 다른 경우잖아요. 교수님과 비할 바가 아니지요."

"얘, 얘 좀 봐, 뭐래?"

"제가 당한 일은 세월이 지나면 잊히겠지만, 교수님이 당하신 일은 세월이 지나도 잊힐 수 없겠지요."

"잘 아네."

"아무리 그래도 그건 교수님이 가족들과 해결하셔야 할 집안일이에요. 학교는 사학이라고 하지만, 1200여 교직원과 6만여 동문이 40여 년 동안다 같이 만든 공공물이에요."

"네가 이순신이야? 아무튼 티에프티에 있는 건 내가 싫다고. 그러니까 당장 나오라고!"

정철의 말을 뭉갠 금 교수가 생떼를 쓰듯 소리쳤다.

"저도 교수님이 원고인 게 싫어요."

정철은 5인방의 심부름을 온 것이냐고 물으려다 그만뒀다. 솔직한 답을 들을 수 있을 것 같지 않았고, 부부 싸움을 하는 것도 아닌데 쓸데없이 감정만 건드릴 뿐이라고 생각한 때문이었다.

법리를 다투게 될 상고심에서는 TFT 위원들이 해야 할 일이 없었다. 구성원에게 소송에 관한 사실관계, 즉 소송 교수들의 거짓 주장들과 해교행위를 낱낱이 밝혀야 한다는 주장도 받아들여지지 않아 정철은 더 이상할 일이 없었다. 학구 선생이 소송에 대한 대응보다 관리를 원하고 있었다는 사실을 2심 판결 후에 알게 되었다. 위원들 모두는 진즉에 알고 있던 것 같았다.

"서로 싫다니까 우리가 같이 나오는 건 어때요?"

정철은 마개를 닫아 한쪽으로 치웠던 와인 병을 집어 들었다.

스테이지 연주가 끝나고, 마일스 데이비스의 트럼펫 연주곡이 흘렀다.

"뭐?"

"교수님이 소송단에서 나오시면 저도 티에프티에서 나올게요."

와인을 자작한 정철이 금 교수를 바라보며 말했다.

"그게 네가 바라는 거야?"

"예."

금 교수의 소 취하는 아버지 금기태 명예이사장의 간곡한 바람이었다. 세상에 비밀은 없다는 것이 틀린 말이 아니었다. 구성원을 대상으로 작동하고 있다는 십상시의 정보망은 결코 허술하지 않았다.

학구 선생이 2심 소송이 시작되고 보름쯤 지났을 때, 견대성 기획조정실장을 통해 정철을 불렀다. 금 교수를 만난 지 나흘째 되는 날이었다. 독대였는데, 학구 선생이 부탁이 있다고 했다. 금 교수가 소송에서 빠질 수 있도록 설득해 달라고 했다. 둘 사이를 모른다면 할 수 없는 부탁이었다.

"그러고 싶어도 그럴 수가 없어."

"왜요?"

"나오고 싶어 하는 교수들도 있는 것 같은데, 명분이 없어서 못 나와. 하병구와 주모자들에게 이용당했다는 걸 뒤늦게 안 교수들도 더러 있는데, 못 나오고 있어. 명분이 없으면 들어가지도 나가지도 못하는 게 교수야. 나도 마찬가지야. 중석대에 있는 한, 고아가 될 수는 있어도, 왕따가 되기는 싫어. 무슨 뜻인지 잘 알잖아? 중석대에 아버지 편은 없어. 아마 십상시도 아버지 편은 아닐걸. 아버지가 가진 권력 편이겠지."

"명분을 드리면, 소송에서 빠질 교수들이 있단 말이죠?"

"그건 대답할 수 없는 질문이고, 나는 명분을 보고 나서 생각해 볼게."

금 교수가 모호하게 답했다. 소송에 가담한 교수들이 뒤늦게 주동한 교수들의 사적 복수극에 이용당한 걸 알았지만, 빠져 나오려고 해도 명분이 없어 못 나오고 있다는 말이었다. 결국 학구 선생을 만나 명분을 얻어오라는 것이었는데, 바꿔 말하면 소송을 걸 수밖에 없었던 자신들의 마음을 헤아려서 출구건 퇴로건 열어 달라는 뜻이었다.

2심 판결 이후, 전혀 예상하지 못했던 일은 아니었다. 그래서 정철은 뭣 모르고 주동자들의 꼬임에 넘어가 소송에 참여했거나, 뒤늦게 상황을 파악하고 빠져나오려는 교수들을 위해서 적당한 명분이든 새로운 명석이든 제공해 주고 퇴로를 열어줘야 한다고 주장했었다. 그러나 명예이사장이 불가 입장을 밝히자 이사장과 TFT 위원들 모두 하나같이 침묵했다.

"명분? 언제 우리가 소송하라고 강요라도 했단 말이오?", "퇴로는 무슨……? 나는 나가라고 말한 적이 없기 때문에 물러서라고 말할 이유가 없소. 내가 물러서라고 한다면, 나가라고 한 사람이 될 것 아니오. 그런데 무슨 퇴로요?", "그리고 중국장은 왜 나한테만 자꾸 뭘 해야 한다고 하는 거요? 이 일을 시작한 것은 내가 아니라, 원고 교수들이오.", "결자해지! 매듭은 묶은 자가 풀어야 하는 법이오.", "소송에 대한 책임을 전가하려는 수작이오. 중국장이 그런 수작질에 휘둘릴 거라고는 생각 못 했소."

원고 교수들이 대법원 상고를 결정하기 전에 명분과 퇴로를 만들어주자고 했다가 정철이 학구 선생으로부터 들은 답이었다.

"교수님은 나오실 수 있는 명분이 있으시잖아요?"

정철이 자작하며 말했다. 취기가 더해지며 피곤이 몰려왔다.

"내연녀의 딸이라는 명분? 그걸로 나 혼자만 빠져나오라고? 고아로는 살아도 왕따로는 못 산다고 했잖아."

금 교수가 건배했던 첫 잔을 비우고, 빈 잔을 내밀며 말했다. 잔을 채워주자 단숨에 비웠다. 그러고는 빈 잔을 또 내밀었다. 정철은 잠시 멈칫했다가 잔을 채웠다.

"궁금해서 물어보는 건데, 사실대로 답해줄래?"

"……?"

"성과연봉제를 도입하기 전에 임오구 기획처장이 과반동의절차와 관련해 법률자문을 받고, 교협 회장과 노조 지부장에게 연락해서 각각 과반동의절차에 대한 의견을 달라고 했대. 그때 교협 회장과 노조 지부장이 법률자문을 받고, 취업규칙에 반하는 불이익 변경이 아니기 때문에 과반동의절차는 밟지 않아도 된다면서 구두 동의를 했다는 거야. 이걸 자기가 알고 있는지, 궁금하네."

"알고 있어요."

"그래? 알고 있었어?"

놀랍다는 듯 금 교수가 눈을 동그랗게 떴다.

"예."

금 교수가 잔을 비우고, 직원을 불러 'GORU 38 barrels 2016'을 한 병 더 가져오라고 했다.

"책임을 져야 할 임오구 교수와 선우경삼 팀장은 가만히 있는데, 왜 자기가 나서서 독박 쓸 일을 하고 있는 거야?"

"누군가는 해야 할 일이잖아요."

"그 누군가가 자기는 아니지. 그동안 금기태에게 총애와 특혜를 받아온 십상시 중의 누군가가 해야 하는 일 아냐?"

"그런데 그 누군가가 안 하고 있잖아요."

"말장난하지 마, 이 등신아!"

금 교수가 갑갑하다는 듯 블라우스 목 밑 단추를 풀고는 소리쳤다. 정철이 눈물로 적셨던 예전의 그 실크 블라우스였다. 병마개를 따던 직원이 놀라 주춤했다.

"임오구가 문엽에게 각서를 써준 건 알고 있어?"

정철에게 새 와인을 따라준 금 교수가 물었다.

"무슨 각서요?"

처음 듣는 말이었다.

"승급 보장 각서."

"예?"

당시 교협 회장이었던 문엽 교수가 과반동의절차를 받지 않아도 성과 연봉제 시행이 가능하다는 답을 줄 때, 즉 교협 회장으로서 구두 승인을 해줄 때 자신의 호봉 승급을 반대급부로 요구했고, 임오구 기획처장이 이를 약속하는 각서를 써줬다는 것이다.

중석대의 호봉 승급은, 1월, 7월인 일반 공무원들과 달리 3월, 9월에 있었는데, 입사일이 2월 15일자인 문엽이 13일 부족으로 호봉 승급에서 불이익을 받아왔다고 주장했다는 것이다. 그래서 승급 보장 각서를 써줬고, 각서대로 3월 1일자 승급을 시켜줬다는 것이다.

"그렇다면 그때 호봉제 도입 동의 각서도 받았겠네요?"

"그렇겠지? 상식적으로 생각하면 받았겠지?"

"당연하지 않나요?"

"그렇지? 서로 주고받았겠지? 그런데 임오구는 그런 거 안 받았다는 거야."

"문엽 교수가 안 써줬대요?"

"그럼, 너 같으면 써줬다고 하겠어. 임오구가 함구하고 있는데."

"하병구가 이런 뒷거래를 알게 된 거야. 실수였는지는 모르겠으나 문엽이 하병구에게 자랑을 했겠지. 그래서 하병구가 임오구를 찾아가서 자기도 문엽과 같이 해달라고 한 거야. 두 사람이 같은 날 입사했거든."

그런데 무슨 이유인지 임오구가 하병구의 요구를 처리하지 못했다. 물론 임오구는 이렇게 된 책임을 금기태 이사장에게 돌렸다. 자기는 형평의 논리로 간곡히 말씀을 드렸는데, 금 이사장이 거절했다는 사실을 하병구에게 전한 것이다. 자신이 빠져나가려고 이사장을 끌어들인 것이다. 사실은 이사장의 거절이라기보다 규정에 따른 처리였다. 그러나 임오구는 하병구가 같은 규정이 문엽에게만 적용되지 않은 이유를 따져 물을 것이 겁나 이사장 뒤에 숨은 것이다. 그리고 임오구는 기획처장 임기를 마쳤다.

결국 이로 인해 하병구의 불만이 원험이 되었고, 이 원험이 성과연봉제 소송을 주모한 동기가 되었고, 소송에서 원고 측 변호사가 중석대의 회계 연도 시작일을 1월로 주장한 이유가 된 것이라고 했다.

정철은 뒤통수를 도끼로 얻어맞은 느낌이었다. 이게 사실이라면 정철은 그동안 바보짓을 하고 있었던 것이 아닌가.

"그래서 문엽 교수가 써준 각서가 있다는 겁니까?"

"내가 봤으니까, 있겠지."

"그 각서를 보시고도 소송에 가담하신 건가요?"

"얘가 날 뭘로 보고 이래? 나중에 봤어, 나중에……."

"나중, 언제요?"

"1심 재판이 진행 중일 때, 임오구가 내 연구실로 찾아와서 보여줬어."

"그 각서를 공개하지 않는 이유가 뭐래요?"

"얘 좀 봐. 임오구가 아무럼 너 같은 등신이겠어? 그걸 보여주는 순간, 원고 교수들과 적이 돼서 혼자 싸워야 하는데, 그런 허벌나게 힘든 짓을 왜 자초 하겠어?"

'허벌나게 힘든 짓'이라는 표현은 '학구 선생이 알아주지도 않을'이라는 표현과 함께 임오구가 자주 쓰는 말이었다.

"임오구를 누가 보호해 주겠냐고? 금기태가? 아니면 금기태 딸랑이들이?"

와인을 세 잔째 비운 그녀가 금기태 편은 천정철 하나뿐인 것 같다고 했다. 그게 아니라면 임오구가 문엽이 써준 각서를 가지고 있다는 사실을 알고 있는 딸랑이들이 왜 침묵을 하고 있겠느냐고 물었다. 그녀는 그래서 정철을 바보 등신이라고 한 것이라며 더 이상 떠들지 말고 술이나 마시라고 했다.

"네가 그런 놈들 틈바구니에 끼어 있다는 걸 알려주고 싶었거든. 그런데 네가 나를 안 만나 준 거야."

"……."

"왜 말이 없지? 알려주고 싶은 게 또 있는데……."

"또, 이, 있다구요?"

잔을 비운 정철이 꼬인 혀로 물었다.

"대법원 판결까지 나오면 네가 독박을 쓰게 될 거야. 티에프티에서 네가 한 발언을 소송 주동자들은 다 알고 있어. 소송 교수들은 네가 항소심과 상고심을 주동한 강성 매파라면서 벼르고 있어."

정철은 적반하장이라고 말하고 싶었으나 기운이 없었다.

"틀린 말이 아니잖아. 네가 부추기지 않았다면, 이 소송은 1심으로 끝났을 거야. 대법원까지 가지 않았겠지. 다들 그렇게 알고 있어."

누가 부추킨다고 해서 그럴 아버지가 아니라는 것을 잘 아는 금 교수가 어깃장을 놓았다.

"임오구 교수가 금 교수님께 각서를 보여준 이유는 뭐예요?"

정철이 물었다.

"금기태를 배신한 사람이 많다는 걸 알려주려는 것이 아니었을까? 금기태 귀에 들어가게 하려고 부러 해준 말일 수도 있고."

"왜요?"

"자신도 금기태를 배신했다는걸 알려주려고 그런 게 아닐까?"

정철은 불빛에 젖어 흐르는 거무죽죽한 한강만 내려다봤다. 저 강물이 바다에 닿을 때쯤, 누가 자신에게 어떤 싸움을 걸어오는지 궁금했다.

"네 주인에게 전해줘. 2차 소송에서 빠진다고……."

2차 소송이라 함은 원고 교수들이 현재 진행 중인 3년 치(2014, 15, 16년)에 이어 진행하겠다는 또 다른 3년 치(2017, 18, 19년)를 말하는 것이었다. 그러니까 현재 진행 중인 소송은 계속하겠다는 뜻이었다.

"너도 태스크포스팀에서 빠진다는 조건이야. 됐지?"

"……예."

정철은 학구 선생에게 꿩 대신 닭이라도 잡아드려야 했다.

답을 들은 금 교수가 손을 번쩍 들어 직원을 불렀다. 그러고는 핸드백에서 차 키를 빼주며 바다가 보이는 강릉까지 갈 대리운전을 불러달라고 했다.

직원이 못 알아들었다는 표정으로 쳐다보자, 고래 잡으러 가는 거라고 덧붙였다. 직원이 빙그레 웃었다.

"저, 저는 10시 5분 기차로……."

순간 당황한 정철이 꼬인 혀로 말했다.

"기차 떠났어, 이 등신아."

카운터로 가다 말고 고개를 돌린 금 교수가 정철을 쏘아보며 말했다.

10시였다. 정철은 역으로부터 30분 거리에 있었다.

교수 사회의 요지경과 난맥상

최재봉(한겨레신문 선임 기자)

영국의 비평가 겸 작가 데이비드 로지의 소설『교수들』은 교수 세계의 천
태만상을 꼬집은 작품이다. 이 소설에서 세계 각국의 영문학 전공 교수들
은 국제 학술회의를 계기로 모여 발표와 토론을 하고 친교를 맺는다. 그
러나 이렇게 말하는 것은 사태의 거죽만을 건드리는 셈이다. 어찌 보면
발표와 토론과 친교는 그저 핑계일 뿐 교수들의 진짜 목적은 따로 있으니
까. 그들이 국제 학술회의를 쫓아다니는 까닭은 진리 추구나 새로운 사실
의 발견과는 거리가 멀다. 교수들의 진짜 관심은 명예와 지위, 권력과 사
랑을 획득하는 것, 그것도 수단과 방법을 가리지 않고 그것들을 확보하는
데에 있다. 경쟁자의 책을 읽지도 않고 공격하고, 한번 쓴 논문을 재탕 삼
탕하거나 표절도 서슴지 않으며, 학술회의에 참가한 이성에게 치근대는
가 하면, 성적을 빌미로 제자와 성관계를 맺기도 한다.

　원제가 '작은 세계'(Small World)인 이 소설의 한국어판 제목을 '교수들'
로 삼은 것은 적절해 보인다. 이 소설은 비록 전 세계 영문학 교수들로 이
루어진 작은 세계를 다룬 작품이지만, 작가의 비판과 풍자가 겨냥하는 것
이 반드시 영문학 교수들만은 아닐 것이다.

　고광률의『대학』은 로지의 소설 무대와는 다른 또 하나의 작은 세계를
보여준다. 길고 짧은 중단편 열 편으로 이루어진 이 책은 중석대라는 지
방대학을 배경으로 삼았는데, 대학 사회를 이루는 여러 구성원이 나오는

가운데 교수들이 특히 사태의 중심에 놓인다. 그런 점에서는 이 소설의 제목으로도 '교수들'은 적절할 듯하다.

고광률이 지방대학 교수 사회에 주목한 것이 이번이 처음은 아니다. 그의 두 번째 장편 『시일야방성대학』(2020)은 바로 이 책 『대학』의 배경과 거의 같은 지방대학을 무대로 삼아 교수 사회의 요지경과 추악상을 냉소적으로 그린 소설이었다. 여기에서는 '일광대학'으로 나오는 이 지방대학은 교육부로부터 부실대학으로 가지정 받으면서 위기에 놓이는데, 위기 속에서 교수들의 감추어졌던 본모습이 드러난다. 위기를 기회로 삼으려는 음모와 각축이 펼쳐지는 것이다. 죽은 설립자의 아들이자 현 이사장 겸 총장인 모도일과 설립자의 최측근이었던 전 총장 주시열이 주도권을 놓고 권력투쟁을 벌이는 가운데 교수들의 합종연횡이 이루어진다. 그런 모습을 지켜보는 서술자의 태도는 지극히 냉소적이다. "예상했던 대로 교수들이 쥐새끼들처럼 떼를 지어 다니며 개구리들처럼 중구난방으로 울어댔다."

소설의 또 다른 축은 비정년 교직원 공민구가 놓인 상황이다. 대학 35년사 집필 및 편집위원이었던 그는 총장에게 직언을 서슴지 않다가 미운털이 박히는 바람에 엉뚱한 혐의로 조사를 받게 된다. "공민구는 피아를 구분하지 않는 독립군이자 자유인이었다. 오직 자신만의 원칙과 소신이 있었는데, 이것이 도덕적·논리적·체계적으로 철저하고 견고하게 무장되어 있었다"라는 대목에서 보듯 공민구는 소설 속에서 거의 유일하게 합리적이며 진정성 있는 인물로 그려지는데, 오히려 그런 합리성과 진정성이 그에게 불리하게 작용하는 것이다. 그럼에도 불구하고 그가 끝까지 정의감과 애교심을 놓지 않는다는 사실 역시 적어둘 만하다.

일광대학을 둘러싼 위기와 혼란은 사실 이 대학만의 문제가 아니다. '벚꽃 피는 순서'라는 시쳇말로 요약되는 지방대학의 위기를 이 학교 역시 겪고 있는 것이다. 교수들의 지저분한 행태는 그 본질적인 위기를 악화시키는 구실을 할 뿐이다. 교직원 공민구가 개인적 이불리(利不利)를 따지지 않고 사태 해결을 위해 나서 보지만, 그것은 어디까지나 한계가 분명한 안간힘이라 해야 할 것이다.

장편 『시일야방성대학』의 이런 기본 틀이 연작 소설집 『대학』에서도 여전히 유지된다. 그런 점에서 두 책은 분명한 연속성을 지닌다. 『시일야방성대학』과 『대학』이 일종의 연작 소설이라 해도 무방할 정도다. 대학과 교수 사회에 대한 작가의 판단과 우려가 여전하다는 뜻이겠다. 『대학』의 무대인 중석대는 『시일야방성대학』의 일광대를 판박이처럼 빼닮았다. 둘 다 지방대학이고 설립자 또는 이사장의 절대적 영향력 아래에 놓여 있으며 교수들은 합리성이나 줏대와는 거리가 먼 모습이다.

수록 작품에 따라 조교 우자광(「조교 우자광」) 또는 고시철(「우아한 정식」)이나 동태걸(「그때 왜 그러셨어요」), 설상구(「데우스 엑스 마키나」), 천정철(「잃어버린 정의를 찾아서」) 같은 교직원으로 바뀌어 나오는 주인공들은 『시일야방성대학』의 공민구에 해당하는 인물들로, 공민구와 사실상 같은 역할을 한다.

연작 소설집 『대학』을 역사서에 견주자면 그것은 연대별 서술 방식인 편년체가 아닌, 인물별·사건별 서술 방식 기전체를 택하고 있다 하겠다. 대학을 이루는 다양한 인물들이 차례로 등장해 깜냥껏 자신의 이야기를 펼쳐 보임으로써 대학이라는 커다란 모자이크화를 이루는 것이다. 교수들이 그 그림의 핵심을 이루고 있음은 물론이다.

"조교 생활 2년 차인 자광은 이래서 교수들이 싫었다. 자기부정, 무오류, 유체이탈 등등을 일상 속에 끼고 사는 신이 내린 특권층들이었다."

(―『대학 1』, 「조교 우자광」, 37쪽)

"그도 중석대 구성원으로 재직해 오는 동안 교수들의 곡학아세, 교언영색, 표리부동한 작태들을 신물이 날 정도로 겪어봤기 때문이었다."(―『대학 2』,

「내 무덤에 침을 뱉어봐」, 501쪽)

"교수들이 이래요. 개구리 모양 우물 속에 들어앉아 권한만 행사하고 의무와 책임이 뭔지 모르고 사시니 사회성 지수가 낮아요."(—『대학 2』, 「대학 사용법」, 531쪽)

각각 조교와 교직원, 학생의 시점으로 서술된 인용문들에서 교수들은 이기적이고 부정직하며 사회성이 떨어지는 집단으로 평가된다. 교수들을 관찰하고 판단을 내리는 이들의 상황과 처지가 제각각인 만큼 평가의 근거와 맥락은 상이하지만, 관찰자들이 대체로 동일한 결론에 이른다는 사실이 주목된다. 교수들이 도대체 어떻길래 이들은 약속이나 한 듯 이렇게 대동소이한 결론에 이른 것일까.

두 단편 「조교 우자광」과 「허틀러 행장기」는 동일한 인물의 이야기를 담은 연작 속의 연작이라 할 법한 작품들이다. 「조교 우자광」에서 레거시 신문의 지역 주재 기자 출신인 허삼락이 국어국문학과 교수로 부임해 오자 학생들이 대자보를 붙이고 시위를 벌이며 반발한다. 학위가 없는 무자격자다, 임용 과정에 부정이 있었다, 과거 행적이 교수로서 부적절하다, 중복 전공 선발이다, 실력 없는 사이비 교수다…… . 학생들이 허삼락의 교수 임용에 반대하는 이유는 여럿이고 그 하나하나가 나름대로 근거가 없지 않은데, 중요한 것은 그런 학생들의 배후에 학과의 기존 교수들이 있다는 추정이다. 허삼락의 신규 임용에 부정적인 교수들이 학생들에게 정보를 제공하면서 임용 반대 운동을 펼치도록 은근히 부추기고 있다는 것이다. 이 작품의 주인공인 우자광 조교는 허삼락과 정의명 등 기존 교수들 사이를 오가며 중재 노력을 펼치는데, 그 결과 사태는 원만히 해결되는 듯하지만 엉뚱한 곳으로 불똥이 튀었으니 우자광 자신이 곤란한 처지에 놓이게 된 것이다.

"문제는 저였어요. 모든 것이 없었던 일인 양 끝난 것과는 달리 제 처지는 아주 고약하고 난감하게 꼬이고 말았어요. (…) 일단 허 교수 사퇴 시위가 잦아든 4월 말 이후부터 학과 교수들이 저를 상대하지 않고 따돌리기 시작했어요. 교권을 농락·조롱하여 교수의 위상을 실추시켰고, 이로써 교수 집단의 위계와 질서에 심대한 손상을 줬다는 거예요."(—『대학 1』,「조교 우자광」, 62쪽)

「허틀러 행장기」는 「조교 우자광」과 무려 18년의 시차를 둔 이야기이다. 우여곡절 끝에 국어국문학과 교수로 임용되었던 허삼락은 "곧바로 자신이 전직 주류 중앙지 주재기자 시절에 확보한 다종다양한 정보와 인맥을 바탕으로 빼어난 로비 역량을 발휘하여 교육부로부터 실용문예창작학과 신설 인가를 받아냈고, 그때부터 줄곧 학과 창업주이자 터줏대감으로서 중석대 전대미문의 절대 권력을 행사"해 왔다. 허틀러라는 별명이 그에서 비롯되었거니와, 비정년 강의전담 교수로 허삼락의 "개인 비서이자 집사이자 머슴" 노릇을 하며 17년 가까이 그를 모셔 온 박박이라는 인물이 이 소설의 화자이다. 박박이 허삼락을 그토록 지극정성으로 모셔 온 까닭은 두말할 나위도 없이 교수 임용을 노려서였다. 실용문예창작학과의 '창업주이자 터줏대감'으로서 허삼락이 교수 임용에 관해 거의 절대적인 권한을 지니고 있기 때문. "본래 대학이라는 것은 실체가 없고 학과가 실체"인데, 더구나 이 학과의 창립과 유지에서 허삼락이 지니는 절대적 위치 때문에 "실문과(실용문예창작학과)는 허삼락 교수의 사유물"이라는 것이 박박의 판단이다. 그런 판단에 따라 온갖 수모와 역경을 감내하며 17년 동안 모셔 온 허삼락 교수가 교통사고로 갑자기 죽는 바람에 닭 쫓던 개 신세가 된 박박의 암울한 처지가 이 소설의 핵심이다.

"장장 17년 동안 간난신고 중에 좌고우면하며 애지중지 쒸어 온 죽 솥이, 엎어진 것도 아니고 깨져버렸는데 더는 살아 무엇 하겠어요. 제 나이 쉰

둘인데 어디 가서 다시 솥을 구하며, 누구 밑에 가서 다시 죽을 쑤겠습니까."(―『대학 1』, 「허틀러 행장기」, 225쪽)

실용문예창작학과 허삼락 교수의 사례가 극단적이기는 하지만, 학과의 주인이 교수이고 특정 학과 내 교수들 사이에서도 권력 관계가 명확하다는 것은 이 책 속 다른 작품들에서도 확인된다.

단편 「우아한 정식」은 대학원 학사운영팀장인 교직원 고시철이 국어국문학과 대학원 박사과정에 입학했다가 환멸을 느끼고 휴학하는 과정에서 목격한 교수 사회의 요지경을 꼬집는다. 학과 동료 교수들 사이에 상관(相關)과 불륜, 권력 다툼이 난무하는 가운데 고시철의 친구이기도 한 대학원생 지종순은 그런 상황을 적절히 이용해 가며 실익을 챙기기도 한다. 사태가 이렇듯 어지러운데도 "대학은 무소불위의 교수 중심 집단인지라 그들의 패륜적 행위를 비판하거나 심판하려 드는 자가 없었다."

중편 「죽은, 어느 교수의 일기」에서 와인바를 운영하는 애인의 집에서 복상사한 피도린 교수의 딸 피마리 판사는 아버지가 불어불문학과 동료 교수들의 따돌림과 괴롭힘 때문에 죽었다며 평소 친분이 있던 성조기 교수에게 조사를 의뢰한다. 딸의 믿음과 달리 고인의 사인이 엉뚱한 데에 있음은 물론인데, 죽은 이가 남긴 일기를 통해 드러나는 학과 교수 사회의 난맥상이 소설의 핵심을 이룬다. "공동 교재 저작료와 교양 교재 채택료"를 둘러싼 교수들 사이의 다툼은 차라리 애교라 치자. "교직원도 시중에 형성된 공시 호가라는 게 있"어서 기부금 또는 학과 발전기금 명목으로 거액을 요구하고, "교수 업계에서 자기보다 잘난 놈을 절대 뽑아서는 안 된다는 불문율"이 신규 임용을 좌우하는가 하면, "교수들 간의 세력과 이권 다툼에서 비롯된 세대 전쟁 성격을 띤 무능 교수 퇴출 음모에 학생들이 동원"되기도 한다(교수들 사이의 싸움에 학생들이 동원되는 상황은 「조교 우자광」에서도 만나 본 바 있다).

교수 사회의 이런 난맥상이 교직원들과 부딪치면서 빚어지는 갈등 양상들이야말로 이 연작 소설집의 알짬에 해당한다. 「조교 우자광」에서 교수들 사이의 갈등을 해결하고자 동분서주한 결과 소기의 성과를 얻어낸 조교 우자광이 문제 해결 뒤에 오히려 불이익을 받게 된 사정은 앞서 설명한 바 있다. 비슷한 상황이 다른 여러 작품에서도 약간의 변주와 함께 되풀이된다.

단편 「그때 왜 그러셨어요」의 주인공 동태걸은 건축기사 자격증을 지닌 인물로 원래 시설관리과 소속이었으나 윗사람들의 눈 밖에 나는 바람에 전공인 건축과는 아무런 관련도 없는 단과대 운영팀장으로 전보 발령이 난다. 게다가 그가 배치된 교양학부대학 식스아츠칼리지(SAC)의 학장 엄영숙은 무능한 데다 고집불통에 거짓말이 몸에 밴 인물이어서 업무가 제대로 진행되지 않고 그 책임은 온전히 동태걸의 몫으로 돌아온다. 견디다 못한 그는 학교에 팀장 사직서를 제출하고, 그것이 받아들여지면서 팀장 자리에서 물러난다. 여기까지만 해도 분통이 터지는 상황이라 하겠는데, 그보다 더 어처구니없는 일은 나중에 일어난다. 해외 여행지에서 우연히 마주친 엄영숙이 동태걸에게 이렇게 따지는 것 아니겠는가. "그때, 저한테 왜 그러셨어요?" 똥 묻은 개가 겨 묻은 개 나무라는 격—이라기보다는 적반하장이라는 사자성어에 딱 어울리는 상황이라고 해야 마땅하리라.

단편 「데우스 엑스 마키나」의 교직원 설상구는 『시일야방성대학』의 공민구와 비슷하게 집중 감사에 시달리는 인물이다. "중석대 개교 이래 33년 동안 교원과 직원을 통틀어서 자체 조사와 감사를 가장 많이, 가장 길게 받았던 사람이 나였다." 공민구와 마찬가지로 설상구 역시 원칙과 합리성의 인간이므로 그에게 씌워진 혐의들—교비 유용, 지시불이행, 업무방해 등—역시 결국은 근거가 없는 것으로 결론이 나지만, 그러기까지 그가 겪어야 하는 수난과 고초가 덩달아 없었던 일이 되는 것은 아니다.

이 작품 말미에는 약간의 반전이 있다. 금상필 총장이 학교와 법인의 몇몇 측근을 대동하고 군산 근대건축기행 행사를 마련하는데, 설상구 팀장과 동태걸 건설실장 역시 동행자에 포함되게 된다. 기행이 끝난 뒤의 만찬 자리에는 또 중석대의 '오너'인 금기태 이사장이 참석해서는 동태걸 실장과 설상구 팀장을 위한 건배 제의를 한다. 평소 입바른 말을 잘해서 교수들과 학교 경영진에게 밉보인 두 직원을 일부러 챙겨주는 것. 금 이사장은 특히 설상구를 가리켜 '데블스 애드버킷', 그러니까 악마의 변호사라 부르며 한껏 추어올린다.

"조직에는 반항하고, 저항하고, 불화하는 사람도 필요합니다. 새로운 입장과 관점에서 보려고 하지 않고, 관행이나 습관에 따라 전체의 흐름에 어우렁더우렁 휩쓸려가게 되면, 요즘 같은 위기 시대에서 조직의 생존은 불가할 것이오."(―『대학 2』, 「데우스 엑스 마키나」, 440쪽)

여기서 알 수 있는 것은 금 이사장의 만만치 않은 사람됨이다. 금 이사장은 부동산업과 금융 대부업을 수익사업으로 겸하는 노회한 경영인이자, '군인정신'을 "이데아요 절대이성이요 물자체요 궁극의 절대가치"로 삼는 강퍅한 인물이다. 그런 그의 주위에는 '십상시'로 표현되는 아첨꾼 및 첩보원들이 포진하고 있어서 그의 눈과 귀를 가로막는다. 그럼에도 이 인사는 때로 '데블스 애드버킷' 운운의 배포 큰 언행으로 아랫사람들을 포용하는 면모를 보이기도 하는 것이다.

'악마의 변호사'라는 표현은 이 책에서 가장 긴 중편 「잃어버린 정의를 찾아서」에도 등장한다. 이 소설집의 총괄과도 같은 이 작품에서는 명예이사장으로 물러난 금기태 전 이사장이 주인공인 교직원 천정철 중국장(미디어팀장)과 악수를 나누며 같은 표현을 쓴다. "잘 부탁하네, 중국장. 자네가 악마의 변호사가 되어주게" 이에 앞서 금기태의 조카이자 현 이사장인 금상구 역시 천정철에게 같은 취지의 말을 한다. "천 팀장은 앞으로도 오늘처럼 우리와 다른 생각을 말해주시오." 그러나 이런 아름다운 말들에도 불구하고 절대 권력인 이사장의 전횡과 그의 눈을 가리는 십상시의 농단이라는 현실이 바뀌는 것은 아니다. 그리고 그런 사실을 금 이사장 자신 너무도 잘 알고 있다.

중편 「오, 모세」에서 금 이사장의 아들이자 병원장인 금상설이 십상시들의 농단에 놀아나는 아버지의 행태를 지적하자 금 이사장은 이렇게 받아친다. "교수들의 위선과 가식이 내 힘이다. 그들의 위선과 가식이 없었다면 우리 대학은 벌써 망했다, 이놈아. 너도 머지않아 알게 될 것이다."

「잃어버린 정의를 찾아서」에서는 다름 아닌 천정철이 과연 악마의 변호사답게 금기태 명예이사장 면전에서 그를 '절대 권력자'라 일컬으며 비판하자 당사자는 이렇게 딴청을 부린다. "그게 무슨 말인가? 절대 권력자? 처음 듣는 말일세. 난 절대 권력자가 뭔지도 모르고, 중국장 말대로 내가 만약 절대 권력자라면 자네가 지금 내 앞에서 이럴 수 있겠는가?" 그런 그에게 정철은 비수를 꽂듯 다시 질문을 던진다. "이사장님으로 계실 때, 이사장님이 하시고자 하는 일에 이의나 반대의 뜻을 달아 제지하거나 방해한 교직원이 있었습니까?"

정철의 이런 질문에 금기태가 더는 항변을 하거나 분노를 터뜨리지 않고 입을 다물었다는 사실이 그의 자기 객관화 능력과 너른 품을 보여주는 사례일 수도 있겠다. 그러나 문제는 금 이사장의 절대 권력이 십상시들의 농단은 물론 다른 교수들의 문제 역시 부추겼다는 점이다. 「잃어버린 정의를 찾아서」에서 정철의 시점에 가까운 삼인칭 서술자의 이런 진술을 보라.

"학구 선생(=금기태 이사장)은 평생 돈만 좇느라 제대로 배우지 못한 탓인지, 교수의 자존심과 교권을 성역처럼 알고 건드리면 저주나 재앙이라도 받는 양 생각했다."(— 『대학 2』, 「잃어버린 정의를 찾아서」, 548~549쪽)

교수들에게 권한은 주되 책임은 묻지 않는 이사장이라니, 교수들 처지에서 보자면 금 이사장은 매우 훌륭하고 모범적인 사학 운영자일 테다. 개인적으로 그는 시인 박용래를 좋아해서 그의 시 50여 편을 암송할 정도로 나름 낭만과 품격을 과시하며 보직교수들도 그런 그에게 잘 보이고자 덩달아 박용래의 시를 암송하고는 한다.

"금 이사장이 박용래 시인을 좋아한다는 것은 특이 취향이었는데, 어쨌든 견도 금 이사장이 애송하는 시 50편 중에 10여 편을 구구단인 양 줄줄 외웠다. 물론 대다수 본부 보직자들도 한두 편 정도는 외워 술자리에서 분위기를 띄우고 이사장의 취흥을 돋우는 데 활용했다. 이게 중석대만의 자랑스런 문기(文氣)이자 낭만이었다."(—『대학 1』,「오, 모세」, 281쪽)

그러나 사학의 절대 권력자가 교수들을 상대로 인품과 풍류를 과시하는 그늘에서 교수들의 무소불위와 안하무인격 행티가 제약 없이 번성한다는 것이 이 책의 문제의식이다.

"상식과 도리보다 자신(=교수)들의 우월적 신분과 지위가 우선이었다. 즉 자신의 사고와 판단과 행위 자체가 진리이자 정의였다."(—『대학 1』,「조교 우자광」, 35쪽)

"저는 S대를 나온 '죄'와 '실력'으로 허 교수 논문의 9.5할을 썼습니다. 논문뿐만이 아닙니다. 지방 문단에 발표하는 시도 허 교수가 초고를 쓰고 제가 마사지만 해줬지만, 중앙 문단에 발표하는 시는 허 교수가 주제를 잡아주면 제가 거의 쓰고, 쓰고 난 시를 허 교수가 감수했답니다."(—『대학 1』,「허틀러 행장기」, 210쪽)

"안 그래도 대학은 신분 우선 사회인지라, 전공학문 빼고—심지어는 포함해서—여러모로 모자란 교수들이 능력과 경험 있는 직원들을 함부로 대하면서 업신여기는 바람에 학사행정이 종종 산으로 올라가는 비합리적이고 비효율적인 조직이었다."(—『대학 2』,「내 무덤에 침을 뱉어봐」, 463쪽)

설립자 겸 이사장의 전횡과 '십상시'의 농단, 교수들의 부정과 부패가 사태를 악화시킴은 물론이지만, 중석대가 놓인 상황은 정도의 차이는 있을지언정 다른 많은 지방대학들이 맞닥뜨린 현실을 대변한다고도 할 수 있다. 이 책 곳곳에는 "궁벽진 시골 대학"(「우아한 정식」, 「그때 왜 그러셨어요」), "시골 구석에 처박힌 '지잡대'"(「오, 모세」) 같은 자조적 표현들이 나오는데, 이런 말들은 사태에 대한 비판과 함께 오늘날 지방대학이 놓인 어찌할 수 없는 현실에 대한 체념 섞인 비관 역시 담고 있는 것으로 보인다. 「오, 모세」는 그런 불가항력적인 현실을 잘 보여주는 작품이다.

이 소설에서 금기태 이사장은 "리버럴아츠교육이 한국 대학의 새로운 교육 트렌드로 자리 잡고 있으니, 더 늦기 전에 선진적 교양교육을 당장 실시하라고 (아랫사람들을) 닦달"했고 그 지시에 따라 '글로벌사이버콘텐츠창의학부'(글사콘창)와 그 후신 격인 '식스아츠칼리지'(SAC, six arts college)라는 요상한 이름의 학부가 탄생한다. 식스아츠칼리지란 고대 중국의 여섯 교과목 '육예'(六藝: 禮樂射御書數)를 영어로 옮긴 것인데, "예는 윤리와 법률, 악은 문학과 예술, 사·어는 군사와 체육, 서는 문자, 수는 과학을 의미한다고 했다." 어쨌든 금 이사장이 교양교육에 눈을 돌린 것은 그를 통해 오늘날 대학 특히 지방대학이 놓인 위기상황에서 벗어나고자 하는 몸부림이라 하겠다. 글사콘창과 SAC를 위해 그는 서울 소재 대학에서 정년퇴직을 1년 앞둔 안장생 교수를 초빙해 석좌교수니 특임부총장 같은 타이틀과 그에 걸맞은 대우를 제공하지만, 결과는 신통치 않았고, "절대 권력자인 금 이사장을 뒷배 삼아 중석대 교양교육을 장장 14년 동안이나 쥐락펴락해 온 안장생이 특임부총장 잔여 임기를 6개월가량 남겨놓고" 줄행랑을 놓기에 이르는 소동이 이 소설의 전말이다.

"SAC는 중석대의 비상구이자 숨통"이라고, 안장생이 도망친 뒤 금 이사장은 아들인 금상설 병원장에게 강조하지만, 거듭되는 신입생 미충원 사태와 교육부의 '부실대학' 지정 같은 위기를 SAC가 해결해 주는 것은 아니다.

단편 「대학 사용법」의 화자인 콜걸 출신 학생 사비아는 "개인 역량 강화와 국가 경쟁력 강화를 위해 4차 산업형 컨실리언스(통섭) 융·복합 교육을 하기로 했다"는 학교 방침에 따라 외교통상학과(5년 전 입학 때는 정치외교학과) 소속인 자신이 수강해야 하는 육예의 교양필수 과목을 소개한다. '수의 소통', '에너지 톺아 보기', '나노야 놀자', '나는 뭐야'라는 이름을 지닌 그 과목들인즉 결국 포장만 바꾼 수학, 물리, 화학, 생물학이었노라며 냉소적이고 부정적인 태도를 보이는 그의 모습에서 SAC의 암울한 운명을 짐작할 수 있음이다.

사비아의 개명 전 이름이 '사귀자'(史貴子)라든가, 항공사 승무원을 희망하는 그가 취업 면접을 위해 평소 자신에게 추근대던 교수와 잠자리를 같이한다는 등의 삽화에서 보듯 이 소설은 대학 사회의 치부를 블랙 유머 스타일로 까발린 작품이다. 사귀자는 학사서비스팀 직원을 상대로 자신이 입학했을 당시의 교양 과목을 수강할 '권리'를 주장하며 따지는데, 그 과정에서 자신이 휴학한 2년 동안 해마다 한두 차례씩 교육 목표나 교과과정이 바뀌었다는 사실을 알게 된다. 그는 자신이 학사운영팀 근로장학생으로 일하면서 파악한 사실을 근거로 "'학생 중심 교육'이라는 것은 개뻥 까는 얘기고요, 교육부 중심 교육인 것 같았어요"라는 관찰을 내놓는데, 이 거칠고 조야한 관찰은 뜻밖에도 날카로운 통찰을 담고 있어서 주목할 만한 가치가 있다. 금 이사장이 악마의 변호사로 인정한 천정철의 관점을 담은 「잃어버린 정의를 찾아서」의 이런 대목을 보라.

"교육부는 자신들의 무분별한 대학 설립인가와 증과증원 남발 그리고 출산율 절벽에 따라 발생하고 있는 대학의 정원 미충원 문제에 대한 모든 책임을 대학으로 떠넘겼다. 자기들이 깔아준 판에서 놀았던 것인데, 그 판을 너무 많이 깔아 문제가 터지자, 그동안 판을 깔아주고 뼁을 뜯어온 놈들은 빠지고, 깔린 판에서 논 놈들에게 모든 책임을 지우는 것과 다를 바 없는 짓거리였다."(―『대학 2』, 「잃어버린 정의를 찾아서」, 554~555쪽)

사비아의 관찰 못지않게 거칠고 투박한 판단이지만, 문제의 핵심이 교육부와 교육 정책에 있다는 사실만은 적확하게 겨냥하고 있다 하겠다. 『시일야방성대학』에도 "교육부는 슈퍼 갑, 대학은 지질이 을이었다"라는 표현이 나오고, "일광대도 다른 대학들을 벤치마킹하여 교육부에서 은퇴한 고위 관료 한 명을 특임교수로 뽑았다"는 문장이 그에 대한 증거의 하나로 동원된다. 『시일야방성대학』의 결말이 학교의 근본적 위기에 대한 해결에는 미치지 못하는 가운데 주인공 공민구의 순수한 애교심을 부각시키는 데에 그친 것처럼, 『대학』의 총괄 편인 「잃어버린 정의를 찾아서」의 결론 역시 미적지근하기 짝이 없다.

"벚꽃 피는 순서대로 대학들이 망해나갈 것이라고 난리를 부리는 쓰나미 상황에서 잃어버린 정의를 찾겠다는 명분으로 제 몫을 더 챙겨 나가겠다는 선배 교수들에게 후배 교수들은 싫은 내색조차 하지 않았다."(―『대학 2』, 「잃어버린 정의를 찾아서」, 651쪽)

"소송 교수들, 아니 하병우를 비롯한 5인방의 최종 목표가 금기태 명예이사장님이 법인과 학교 경영에서 완전히 손을 떼도록 몰아내는 거라고 합디다. 내년에 교수노조가 정식 출범하면 분규대학으로 만들어서 관선이사 파견을 이끌어내고, 경영권을 빼앗는다, 뭐 이게 최종 목표랍니다."(―『대학 2』, 「잃어버린 정의를 찾아서」, 655쪽)

천정철의 시점을 택한 위의 인용문과 금교필 사무처장이 정철에게 귀띔하는 교수들의 동향을 닮은 아래 인용문에서 교수들은 위기에 치힌 학교를 구하기보다는 자신들의 이익과 권한을 챙기는 데에 한층 열심인 것으로 묘사된다. 『대학』의 무대인 중석대 교수 사회라는 '작은 세계' 역시 『교수들』의 그것 못지않게 혼탁하고 암울하다는 반증이겠다. 하긴 지금 중석대와 '중석대들'이 놓인 상황은 교수 몇 사람이 마음을 고쳐먹고 모종의 행동에 나선다고 해결될 일은 아닐 테다. 교수들의 문제는 오늘날 대학이 처한 위기의 원인이기보다는 그 결과라 보는 편이 타당하지 않겠나. 연작 소설집 『대학』을 이루는 작품들 각각과 이 책 전체의 기조가 한결같이 답답하고 우울한 것은 그 때문일 것이다.

대학, 호우지절을 말하다

3년 전 발표한 장편소설『시일야방성대학』이 통사라 한다면,『대학』은 열전이라고 할 수 있다. 중편 4편에, 단편 6편으로 지었다. 이 중 몇 편은「조광조, 너 그럴 줄 알았지」(중편, 2004년)를 통해 시도한 바 있는 담론소설이다. 각각 독립된 개별 작품으로 일부는 발표작이고 일부는 미발표작이다. 모두 학교법인 중일학원 중석대학교에서 벌어진 이야기들을 묶었기에 개별과 전체가 하나다. 동일 인물이나, 시제가 서로 어긋나는 작품도 있다.

나는 함께 살아가는 세상이지만, 각자의 삶은 각자의 몫이라는 말을 인정하고 또 믿는다. 서로 별개라는 뜻은 아니다. 세상은 실체가 없으나 지배하는 자와 지배받는 자가 실체를 만들어 살아간다. 웃기는 세상이다.
　지배하는 자는 세상 탓을 하지 않으나, 지배받는 자는 세상 탓만 한다. 세상은 주체성을 가지고 살아가는 자의 것이지, 의존심을 가지고 살아가는 자의 것이 아니다. 지배자들은 피지배자들에게 하늘 탓, 세상 탓하는 법을 가르친다. 정치와 자본의 종복이 된 대학이 깊이 고민해야 마땅한 문제이다.

많이 배웠다는 자들이 교언영색으로 진리를 잡도리질하고, 곡학아세로 권력에 아부하고, 조삼모사로 자기 이득을 찾는 기술이 날로 신묘해져 놀랍다. 이 시대 불세출의 정치와 경제 공학자들이 누구인가. 이들 중 대다수에게는 정의나 대의나 공익에 대한 제대로 된 개념이 일(1)조차 없을뿐더러, 탐욕에 빌붙어 양심과 도덕마저 팽개친 지 오래 아닌가. 나는 가까이서, 그리고 멀리서도 많이 봤다. 그러나 이 말이 의심스럽다면, 돌이킬 수 없는 위기에 빠져든 작금의 미국과 또 이를 추종하는 한국의 현실을 보라. 더러 개념과 양심 있는 식자들은 자폐아인 양 각자의 방에 처박혀 세상을 관망하고 무겁게 침묵한다. 이들 또한 지식권력의 최정점에 서 있는 동업자들인지라 서로 대립하거나 비판하는 짓은 하지 않는다. 초록은 동색이라 하지 않던가. 물론 아첨과 방관이 아닌 불화를 선택해 세상의 모순과 부조리, 부정과 부패에 죽기 살기로 맞서 비판하며 저항하는 극소수의 식자들도 있다. 당연한 일인데, 지금은 성자로 추앙받아 마땅한 세상이 됐다.

자본과 지식이 모든 권력을 틀어쥐고 신자유주의와 능력주의를 신격화해 세계를 장악하고 그 힘으로 쥐락펴락하고 있는데, 이 끝을 잘 알고 있어 바꿔야 할 '책무'가 있는 대학이 비판도, 저항도, 분노도 하지 않는다면 어어, 하는 사이에 그 끝은 쏜살같이 빠르게, 번개같이 갑자기 들이닥칠 것이다. 나는 이 적대와 반목과 혐오가 설치는 작금에 그렇게 믿는다.

'큰 대학'의 식자들은 나라와 세계를 먹이사슬로 삼고 있으나, '작은 대학'의 식자들은 각자 소속한 조직을 먹이사슬로 삼아 자신의 이익을 도모한다. 학생이 '인적자원'이고, 그래서 장차 경제의 수단이 될 개발 대상이니 큰 대학, 작은 대학 할 것 없이 경제논리, 경제공학에 따라 교육이 작동하는 것은 당연하지 않겠는가.

나는 학생과 교직원으로서 '작은 대학'들의 세계를 43년 동안 유심히 깊게 들여다봤다. 그 작은 대학들——큰 대학들이라고 해서 다르겠나——의 작동원리와 작동 과정 속에서의 진실과 정의, 도덕과 양심의 실체를 말하고 싶어 10여 동안 이 소설들을 썼다. 앞으로 우리네 대학의 이와 같은 호시절과 사양기(斜陽期)는 다시 겪을 수 없는지라, 미래 쓰임새를 생각해 꼭 기록해 두고 싶었다.

나는 나름의 의미와 재미에 빠져 소설을 쓰는 글쟁이인데, 이번 소설들은 쓰는 내내 기분이 몹시 상했고 불편했다. 물론 내가 만난 일부 독자들이 지금까지 발표한 내 소설들이 대부분 불편했다——본래 사실과 진실은 불편한 법이다——고 했지만, 나는 그렇게 생각하지 않았다. 하지만 이 소설들은 내가 먼저 불편하니, 독자들이야 오죽할까 싶다. 하지만 똥을 살펴야 병(病)을 볼 수 있지 않겠는가.

내게 소설은 노동요이다.

누구에게나 노동(밥벌이)의 시간이 있고, 쉬고 노는 시간이 있고, 잠자는 시간이 있다. 나는 교직원으로 살 때, 쉬고 노는, 잠자는 시간을 아껴 글을 썼다. 시간이 없다는 이유로 '지금——여기'에서 안 쓰면 영원히 쓸 수 없을 것이라는 강박의 결과였다. 글을 밥 먹듯이 똥 싸듯이 생각하며 쓰는 수밖에 없었고, 그래서 노동요를 부른다 생각하며 썼다.

교직원(校職員) 시절 나의 노동은 긴장과 불화의 연속이었고, '관계들'은 멀어질 수밖에 없었다. 그래도 나는 거짓의 안위보다 분노와 진실의 불화가 좋다. 책이 나올 때마다 이 멀어진 관계의 틈서리에서 말들이 만들어지고 떠돌았는데, 일과를 훔쳐 책을 만든 양 말했다. 글이 많아져 두 권으로 나뉘고, 발행이 늦어진 이유이다.

군이 밝힌다면, 나의 모든 노동에는 한 점 부끄러움이 없었다. 이 글들은 합리적인 예지력이라기보다 사적인 신통력을 믿고 우리네 대학 사회에 보푸라기와 병뚜껑처럼 떠돌던 말들을 주워 모아 썼다. 그러니까 떠도는 말들의 주체이자 실체 들의 이야기일 것이다. 그래도 지어진 소설임을 다시 밝힌다.

사람들은 아직도 이 세상에 우가 있고 좌가 있으며, 보수가 있고 진보가 있다는 순진무구한 생각들을 하고 사는 것 같다. 죽은 자식 불알만도 못한 것들에 대한 허튼 생각이다. 신념이 진리의 적이듯, 이념은 정의의 적이다. 세상을 위해 진실과 정의를 찾아 밝히고 지키려는 극소수의 사람들과 자신을 위해 이를 감추고 왜곡하려는 절대다수의 사람들이 있을 뿐이다.

무도한 세상에 또 한 권의 책을 낸다. 때를 놓쳐 늦어진 책, 그래서 두 권으로 나눈 책을 기꺼운 마음으로 받아주신, 또 '완전체'로 독자를 만날 수 있도록 해주신 도서출판 바람꽃 권영임 대표님께 감사드린다. 무엇보다 오래전 나의 두 번째 소설집인 『조광조, 너 그럴 줄 알았지』를 훌륭하게 편집해 주신 분인지라 감회가 남다르다. 이번 책의 편집에 대한 믿음이 컸다.

이 책을 읽으실 독자분들께 감사드리고 행운을 빈다.

2023년 10월
버드내 앞에서
고 광 률